Six pieds sous terre

RAY FRENCH

Six pieds sous terre

Traduit de l'anglais (Grande-Bretagne)
par Carine Chichereau

ÉDITIONS FRANCE LOISIRS

Titre original : *Going Under*

Édition du Club France Loisirs,
avec l'autorisation des Éditions Fleuve Noir

Éditions France Loisirs,
123, boulevard de Grenelle, Paris
www.franceloisirs.com

ISBN : 978-2-298-02699-3

Ce livre est dédié à Peter Beswick.

Un homme de vingt-six ans qui prend encore le bus peut considérer sa vie comme un échec.

Margaret THATCHER.

1

À peine entré dans le magasin, Aidan sentit s'éveiller la méfiance du gérant. Celui-ci quitta précipitamment son comptoir pour s'occuper de ce nouveau client nerveux qui observait la marchandise d'un air hésitant.

— Puis-je vous aider, monsieur ?

— Je cherche un cercueil.

Aidan aurait préféré qu'il le laisse tranquille ; il n'y avait rien de pire que d'être ainsi harcelé quand on voulait acheter quelque chose. C'était déjà assez difficile comme ça. Il jeta un œil à son badge : Terence Roberts.

Le vendeur joignit les mains devant lui, et s'enquit d'une voix douce :

— Pour qui est-ce, si je puis me permettre ?

Après trente-cinq ans passés dans les pompes funèbres, il savait combien la question était importante pour une personne en deuil : la mort d'un parent éloigné soulevait des problèmes très différents de celle d'un conjoint, par exemple.

Aidan leva les yeux vers lui :

— C'est pour moi.

La stupéfaction se peignit un instant sur le visage de Roberts, puis il se reprit :

— Je vois.

Quelques années auparavant, après avoir découvert qu'il était atteint d'une maladie incurable en phase terminale, un homme était déjà venu choisir son propre cercueil et prendre ses dispositions pour son enterrement, afin d'épargner aux siens cette corvée. C'était sa manière de prendre en charge ce qui lui restait à vivre, et Roberts l'avait admiré pour cela. Peut-être ce nouveau client était-il dans le même cas. Cela pouvait expliquer sa nervosité. Il avait la cinquantaine et semblait plutôt en forme, mais on n'était jamais sûr de rien.

— Voilà le modèle Hartington, qui rencontre un certain succès : placage sombre contrastant avec les panneaux découpés, poignées d'or résistant à la crémation, et plaque nominative...

— Ça ne m'intéresse pas vraiment tout ça ; c'est plutôt l'intérieur que je voudrais voir.

— Veuillez m'excuser ?

— Je vais y rester pendant un bout de temps. Je voudrais être sûr que c'est bien confortable.

Roberts commençait à se demander quand reviendrait Clive, son jeune associé. Il était sorti acheter des viennoiseries pour accompagner le café du matin, et prenait son temps.

— C'est combien ?

— 525 livres.

Aidan fronça les sourcils et montra du doigt le suivant.

— Et celui-là ?

— Le modèle en acajou ? 399 livres.

— Je peux l'essayer ?

— Je vous demande pardon ?

— Je peux m'allonger dedans, pour voir ?

Les traits de Roberts se durcirent.

— Je suis navré, monsieur, ce genre de chose n'est pas autorisé.

Aidan fit un pas en avant et éleva le ton.

— Et pourquoi ? Si vous achetez une maison, vous n'allez pas donner votre pognon rien qu'en regardant de l'extérieur, pas vrai ? Vous voulez entrer pour voir comment que c'est à l'intérieur.

Le gérant se raidit et, d'un air pincé :

— Et que croyez-vous que les gens penseraient si en passant devant notre vitrine, ils vous voyaient allongé dans l'un de nos cercueils ?

Aidan réfléchit. Il fallait bien l'admettre, l'autre n'avait pas tort.

— D'accord. Et combien ça me coûterait de louer l'acajou pendant quelques mois ?

Assis dans le salon, Aidan écoutait *Meat is Murder*. Shauna, sa fille, avait dû oublier ce disque lors de sa dernière visite, quelques semaines plus tôt. Les Smiths étaient l'un des rares groupes des années quatre-vingt qui plaisaient à Aidan, et il se le passait en boucle – un morceau en particulier, qu'il écoutait dix à quinze fois par jour. À présent, il pouvait le faire sans risquer d'être interrompu. Autrefois, quand Shauna et Dylan étaient adolescents, qu'ils ne cessaient d'aller et venir en claquant les portes, de se crier dessus, de monopoliser la télé et la chaîne stéréo, il se plaignait inlassablement de ne jamais avoir la paix. Aujourd'hui, il ne savait plus quoi faire de tout ce calme. Après son licenciement, ce serait pire encore.

Le voilà, le quatrième morceau, cette chanson qui s'était à jamais gravée dans son esprit, *What She Said*. Ça partait comme un train lancé à toute allure, filant à deux cents à l'heure. Riff déchiré à la guitare, rythme brûlant, poussant sans arrêt de l'avant. On savait que quelque chose de costaud, de dangereux se profilait. Et quand ça éclatait, ça tranchait dans le vif comme un couteau. Morrissey, obsédant, exigeant de savoir pourquoi nul n'avait remarqué qu'il était mort et qu'il fallait l'enterrer. Dieu savait qu'il était prêt. Après avoir entendu ce morceau, Aidan comprit ce qu'il lui restait à faire.

Aidan, Russell, Gwynned et Wilf déjeunaient à la cantine. Ils observaient un homme en combinaison de travail blanche qui repeignait le panneau situé à l'entrée de l'usine.

— Ça fait combien de fois ce mois-ci ?

— Cinq.

Quelqu'un s'amusait à changer le slogan de l'enseigne, qui au lieu de : *Sunny Jim Electronics, le soleil se lève – l'avenir est si éblouissant que vous devrez mettre des lunettes de soleil,* devenait : *Salauds Jim Electronics – prends le fric et tire-toi.* Un portrait de Jim Richter, le P-DG de Sunny Jim Electronics avait aussi été abîmé : de grosses taches noires gâtaient son sourire éclatant.

— Peut-être qu'ils vont embaucher un vigile pour monter la garde toute la nuit en dessous, dit Russell.

Gwynned sourit, cette idée lui plaisait. Il porta sa tasse à ses lèvres :

— Vous avez entendu la nouvelle ce matin ? Jim Richter, Sunny Jim en personne, on lui a filé une prime de 750 000 livres.

Russell faillit s'étouffer avec une boulette de viande.

— Et pourquoi ça ?

— Pour avoir mené à bien avec succès le plan de restructuration global.

— Tu peux me traduire ?

— Pour avoir pris la décision courageuse et radicale de fermer les usines d'ici, de Tyneside et des États-Unis pour les délocaliser en Inde, afin de réduire les coûts de manière significative.

— Mais c'est dégueulasse !

— C'est ça, les affaires.

— Merde alors, ajouta Russell, ça me coupe l'appétit.

— 750 000 livres ? fit Aidan, blême.

— Ouaip.

— La vache, murmura-t-il en repoussant les frites au bord de son assiette. Et qu'est-ce qu'on aura, nous ? Sûrement une semaine de salaire par année d'ancienneté. Après, on va tous se retrouver sur les rangs pour les mêmes boulots, et ça, dans une des zones les plus sinistrées du pays.

Il se mit alors à égrener les possibilités sur ses doigts :

— Tu peux devenir vigile, remplir les étagères des supermarchés, rassembler les Caddie sur les parkings.

Tu as vu ce gars, sur le parking de Tesco, à Maes-glas, celui avec la petite moustache ?

— Qui ressemble à Blakey de *On the Buses* ?

— Ouais, c'est lui. Si tu voyais sa tête quand il aperçoit des gens qui larguent leurs Caddie n'importe où après leurs courses... On dirait qu'il va leur trancher la gorge. Et il a notre âge !

Il posa sa fourchette et son couteau, et son regard se perdit au-dehors :

— Ranger les Caddie sur le parking de Tesco... et dire qu'on va tous se battre pour faire ça !

Les autres restèrent silencieux pendant un moment. Puis Russell se mit à parler du match de la veille.

— Le deuxième but, il était hors jeu : c'est ça qui a foutu la partie en l'air.

Gwynned et Wilf se lancèrent à leur tour avec joie dans la conversation. Il leur fallut quelques minutes avant de s'apercevoir qu'Aidan était comme pétrifié, le regard fixe.

— Ça va, mon vieux ? fit Russell. À quoi tu penses ?

Aidan se retourna lentement vers lui, l'air affligé :

— Tu as vu le prix des cercueils, de nos jours ? C'est dingue.

Dimanche matin. Il fallait qu'Aidan sorte de chez lui, qu'il fuie ces quatre murs. Il alla en ville, déambula dans John Frost Square. Construit dans les années soixante, à l'époque de la folie du béton, le parc était flanqué sur deux côtés de boutiques tristounettes, sur un troisième d'un parking de plusieurs étages, et sur le quatrième de la miteuse bibliothèque municipale. La bise froide de novembre s'y engouffrait, emportant des sacs en plastique, de vieux journaux et papiers d'emballage de frites, pour les coller aux jambes des passants. La nuit précédente, quelqu'un avait fracassé les vitrines de *Cheap "N" Cheerful* et *Fags and Mags*, et le sol était jonché de morceaux de verre.

— C'est terrible, n'est-ce pas ? Ils n'ont donc vraiment rien de mieux à faire ? murmura une vieille dame en passant devant Aidan.

Fronçant les sourcils, elle tira son chien maladif loin des débris.

— Eh non, ma jolie, rien de mieux.

Il erra un moment sans but à travers le square, puis s'assit sur un banc. À vrai dire, il ne savait plus quoi faire de ses week-ends. Russell cultivait sa parcelle. Wilf allait à la messe ; après, il faisait les courses hebdomadaires avec Megan. Gwynned, qui s'était remis de son divorce et suivait des cours du soir, passait des heures à surfer sur Internet. Tout le monde était occupé, sauf lui.

Une prime de 750 000 livres, il ne parvenait pas à y croire. Comment Richter pouvait-il se regarder dans la glace ? Gwynned lui avait fait lire un article sur ce type : il possédait une maison en Suisse, un appartement à Londres, et un ranch aux États-Unis. Il avait son propre hélicoptère et un yacht baptisé *La Dame de fer*. C'était le même homme qui avait déclaré qu'une augmentation de salaire causerait la faillite de l'entreprise.

En janvier dernier, quand les rumeurs de licenciements commençaient à devenir embarrassantes,

Richter était passé à la télévision. Devant les caméras, avec une sincérité calculée, il avait dit que ces rumeurs de dégraissage étaient totalement infondées. Elles avaient été lancées par des gens qui voulaient ternir la réputation de Sunny Jim. Pire, il les considérait comme des attaques envers son intégrité personnelle, or rien ne comptait davantage à ses yeux.

Lisez sur mes lèvres : il n'y aura pas de licenciements chez Sunny Jim dans un avenir proche. Je vous en donne ma parole.

Le lendemain, alors que les autres disaient qu'ils ne feraient jamais confiance à ce sale baratineur, Aidan, lui, l'avait défendu :

— C'est que j'arrive pas à croire qu'il soit assez cynique pour dire ça, et puis, quelques mois plus tard, retourner sa veste pour nous mettre tous dehors.

— Te laisse pas avoir, mon gars, il essaie de gagner du temps.

— Si c'était le cas, il aurait pu répondre : « Pas de commentaires », ou : « On ne peut éliminer aucune possibilité », un truc comme ça.

— Moi je te le dis, il ment comme un arracheur de dents.

— Je lui fais confiance.

Ils avaient hurlé de rire.

Mais la triste vérité était qu'Aidan avait commencé à se barricader en lui-même bien des années avant que Richter ne parle de fermer l'usine. Ça avait commencé à la mort d'Eileen. Il avait alors mis hors service cette partie de lui qui croyait en l'avenir. Quand ses enfants étaient partis, il avait fait de même avec celle qui était fière de sa maison. Et puis le reste avait suivi. Faire les choses juste pour le plaisir, sans songer au risque – hors service. Croire qu'il n'était pas trop tard pour rencontrer quelqu'un et repartir de zéro – hors service. Se dresser pour défendre ce à quoi il croyait – hors service. Il avait renoncé à tant de choses, qu'il ne savait plus ce qui subsistait encore du véritable Aidan.

Soudain, il s'aperçut qu'il y avait quelqu'un debout à côté de lui. Il leva les yeux et vit un homme élégant, tenant une mallette et un livre noir, qui lui souriait.

— Bonjour mon ami, aimeriez-vous entendre la Bonne Nouvelle ?

Aidan se rembrunit.

— Et quelle putain de bonne nouvelle ça pourrait être, hein ? Que les dix dernières années, c'était juste un mauvais rêve ? Que je vais me réveiller et m'apercevoir qu'en fait tout va bien ?

Le sourire disparut et l'homme recula en hâte.

Quelques jours plus tard, assis dans un coin du Globe, son agenda et son portable posés à côté de lui, sur une table, Pancho écrivait quelque chose dans son carnet. Il portait un T-shirt Che Guevara sous son blouson de cuir, et un bandana rouge sur la tête. Cheveux longs attachés, moustache en guidon de vélo et barbe de trois jours, dent en or côté gauche. Il sortit de son blouson un cigare coupé, prit une allumette derrière son oreille, se pencha d'un mouvement souple et l'alluma en la grattant sur le talon métallique de sa santiag. Aidan sourit. Il ne l'avait jamais vu rater son coup. Pancho était l'élément le plus coloré du Globe.

L'endroit n'avait guère changé en vingt ans. Quelques années plus tôt, on avait passé deux ou trois couches d'un jaune pisseux par-dessus le papier peint moisi, ce qui permettait de conserver un semblant de propreté. Les fenêtres crasseuses laissaient à peine pénétrer la lumière ; la moquette marron foncé, dont la principale utilité était d'absorber et de dissimuler les innombrables taches, ne faisait qu'augmenter l'aspect lugubre des lieux. Un nuage de fumée flottait en permanence dans l'atmosphère, ainsi qu'une odeur persistante de bière renversée ; enfin, une puanteur agressive émanait des toilettes des messieurs chaque fois que la porte s'ouvrait. À cette heure, se trouvaient là seulement quelques buveurs solitaires entre deux âges, et deux jeunes gars couverts de tatouages qui jouaient au billard, saluant chaque coup manqué d'une bordée d'exclamations grossières.

— Salut, Pancho.

Il alluma son cigare et leva les yeux.

— *Buenas noches*, Aidan. Qu'est-ce que je peux faire pour toi ?

— Je cherche un truc pas ordinaire.

Il n'avait pas les moyens de payer le prix demandé par les pompes funèbres, mais il n'allait pas abandonner pour autant, juste parce que Russell et les copains n'avaient pas la même façon de voir les choses. Pancho tira sur son cigare et fit un rond de fumée parfait. Il regardait Aidan avec un sourire rusé.

— Hé, mec, est-ce que je t'ai déjà laissé tomber ?

Aidan secoua la tête.

Pancho l'imita, heureux d'être d'accord avec lui. Il lui fit signe de s'asseoir en face.

— Bon, maintenant, dis-moi ce que tu veux.

Aidan prit place, jeta un regard derrière lui. L'autre sourit de nouveau.

— Personne t'écoute… Allez, t'inquiète pas, je reçois toutes sortes de demandes, et c'est très rare que j'arrive pas à y répondre. Y a quelques mois, un client m'a commandé une grosse quantité de couches-culottes et de fringues pour bébés, taille adulte.

— Pour se déguiser, c'est ça ?

— Quoi d'autre ?

Aidan fit la grimace.

— Merde alors !

Pancho prit son verre de tequila et but lentement une gorgée, observant la réaction d'Aidan. Celui-ci regarda autour de lui, puis se retourna :

— C'était pour qui ? Ils sont là, en ce moment ?

— T'oublies le secret professionnel.

Aidan leva les mains.

— Bien sûr. Je comprends.

— Alors, et ce truc pas ordinaire…

— C'était Brynley Biggerstaff ?

Pancho agita l'index d'un air réprobateur.

— Bon, bon…

Le juke-box se mit à jouer *A Design for Life*. Toutes les cinq minutes à Crindau, quelqu'un mettait une pièce dans un juke-box pour diffuser ce morceau qui était devenu un véritable hymne local. C'était le tube le plus improbable en ces temps difficiles, éloge passionné de l'État providence par trois gars du coin, du côté de Blackwood. Les gens de Crindau tiraient une immense fierté du succès chèrement gagné de ce groupe.

— J'ai besoin d'un cercueil.

Pancho resta bouche bée.

— Je suis désolé, j'avais pas compris que tu étais en deuil.

— Non, fit Aidan avec un geste rassurant. C'est pour moi.

— Quoi ?

Pancho écarquilla les yeux. Il se pencha d'un peu plus près en lissant sa moustache.

— T'as eu des mauvaises nouvelles ?

— Ouais, je vais être licencié.

— Bon Dieu, mec, je sais que c'est dur, mais…

— T'inquiète pas, c'est pas ce que tu crois.

Pancho haussa les épaules. Dans son boulot, il ne posait pas de questions.

— Je vais voir ce que je peux faire.

— Ça prendra combien de temps ?

Pancho baissa les yeux, griffonna quelque chose dans son carnet.

— Faut bien admettre, Aidan, que ça sort de l'ordinaire. Ça va être du boulot.

— Je comprends… mais j'ai confiance en toi, Pancho. En fait, j'ai été voir aux pompes funèbres, et les prix sont un peu élevés. J'ai un budget limité. C'est dingue ce qu'ils demandent pour un morceau de bois. M'en fous que ce soit le meilleur acajou, qu'il y ait des placages sombres ou des poignées en or résistant à la crémation et puis une plaque nominative. Je veux dire, au bout du compte, c'est rien d'autre qu'une boîte, non ?

Pancho acquiesça. Le client a toujours raison, c'était sa devise. Sauf quand il lui rapportait sa marchandise. Vendu en l'état, c'était son deuxième principe.

— OK, alors pas de fantaisie, le plus important, c'est le prix, j'ai pigé. Tu sais bien que j'ai toujours des tarifs très compétitifs.

C'était juste, Aidan lui avait acheté son magnétoscope, sa télé, sa chaîne, son micro-ondes et son frigo pour une fraction du prix qu'il aurait payé en magasin. Il lui renvoya son regard.

— Le plus tôt sera le mieux. J'ai hâte de m'y mettre, tu comprends ?

Pancho n'y comprenait rien, mais ce n'était pas nécessaire, il était un simple fournisseur. Son portable se mit à sonner – la *Cucaracha*.

— Je te ferai signe.

Il serra la main d'Aidan et prit l'appel.

Debout dans son trou qui lui arrivait à présent jusqu'au genou, les mains sur les hanches, Aidan haletait et soufflait comme une machine à vapeur. La douleur lui vrillait les épaules et les cuisses. Il avait terriblement envie de tout laisser tomber pour retourner boire une bière, vautré sur son canapé.

Mais il tiendrait bon.

Il y avait deux excellentes raisons à cela. Il avait besoin de faire quelque chose de concret. C'était vital pour ne pas perdre son énergie. Plus on tardait à mettre un projet à exécution, moins on avait de chances de passer à l'action un jour. Attendre la livraison de Pancho ne signifiait pas qu'il devait rester les bras croisés sans rien faire. Il pouvait commencer à tout préparer. À quoi bon un cercueil sans un trou pour l'y enterrer ?

Et puis, il y avait le rideau de la chambre des voisins qui bougeait. Joy devait devenir chèvre à force d'essayer de deviner ce qu'il faisait. Tout le quartier serait au courant demain matin. Il n'allait pas lui offrir une si belle occasion de le dénigrer.

Il ne s'est pas occupé de son jardin depuis des années, c'est une honte. Et puis, tout d'un coup, il décide enfin de se bouger et de faire quelque chose, mais il laisse tomber au bout d'une demi-heure. Il a fallu qu'il aille se reposer. Si vous l'aviez vu, j'ai bien cru qu'il faudrait appeler une ambulance.

C'était Eileen qui avait la main verte. Après sa mort, il supportait à peine la vue de cet espace qui lui rappelait trop sa femme. Shauna avait pris la relève pendant un moment, car elle avait hérité du goût de sa mère, mais quand elle avait quitté la maison, il avait tiré les rideaux de l'arrière-cuisine afin de ne plus rien voir, et au diable le jardin.

Ça y est, ça recommençait, le rideau remuait. Il allait lui montrer.

Il prit sa pelle et se remit au travail. Au bout de quelques minutes, Ken sortit de chez lui, en sifflotant trop fort. Joy avait dû l'envoyer en reconnaissance. Leur jardin à eux était parfait – ils montaient la garde à l'entrée quand leurs petits-enfants leur rendaient visite, de crainte qu'ils n'écrasent une platebande. Aidan l'entendit ouvrir l'appentis, son sifflement étouffé pendant qu'il farfouillait, ramassant des outils, les remettant à leur place, faisant tinter au passage quelques boîtes en fer. Il ressortit et ferma la porte, cessant de siffloter.

— Fait bon, ce soir.

Penché sur la clôture, il faisait des efforts démesurés pour ne pas regarder le trou, Aidan s'en rendait compte.

— Ouais, pour sûr, vraiment doux pour la saison.

— Tu bosses ?

— Juste un petit peu de jardinage.

Ce fouineur de Ken en espérait davantage, mais Aidan ne dirait rien d'autre. Joy n'avait qu'à venir elle-même si elle voulait en savoir plus.

— Bon, ben j'y retourne, tu sais ce que c'est.

Il lança un clin d'œil à son voisin, reprit sa pelle et se remit à creuser.

Aidan s'assit à la table de la cuisine, un bloc-notes ouvert devant lui. Il esquissa quelques modifications nécessaires. D'abord, il dessina un cercueil, puis ajouta un carré sur le dessus. Une fenêtre pour voir au-dehors, sinon, il deviendrait claustrophobe. Une ouverture, c'était vital. Mais quel intérêt, sans vue ? Il repassa tout ça dans sa tête, gribouillant dans les marges de la page. Il faudrait un puits entre la fenêtre et la surface. Un morceau de ciel bleu, un petit nuage blanc flottant tout là-haut, voilà des détails qui vous remettaient du cœur au ventre quand les choses tournaient au vinaigre. Et les gens pourraient se pencher dessus pour le voir, allongé en bas. Cela ferait une énorme différence de lever les yeux et de voir la tête de ses interlocuteurs. Il prit note de ces aménagements, se renfonça dans sa chaise et contempla son croquis : oui, ça prenait forme. Il avala une gorgée de bière et s'essuya la bouche d'un revers de main.

Puis il se mit à réfléchir. Avait-il vraiment besoin d'une fenêtre ? Pourquoi se donner du travail en plus ? S'il se contentait de faire un trou dans le couvercle, on lui descendrait sa nourriture directement par le puits et il ferait remonter l'assiette quand il aurait fini. *Vas-y mon gars, tu commences à te débrouiller*. Il reprit son crayon et dessina au-dessus un treuil et des bonshommes bâtons. Ça commençait à ressembler à quelque chose. Un projet bien conçu aux détails soignés, c'était la clef du succès. On ne pouvait pas se contenter de s'enfermer dans un cercueil en croisant les doigts et en espérant que tout irait bien. Il ne voulait pas avoir de mauvaises surprises en découvrant qu'il avait oublié un point capital une fois le cercueil cloué et enterré six pieds sous terre.

Il esquissa une tête souriant à travers la fenêtre. À son tour, il sourit. Il rajouta une bulle sortant de la bouche d'un des personnages du dessus.

Qu'est-ce que tu veux pour le dîner ?

Puis une seconde, partant du visage dans le cercueil.

Un fish and chips.

Il but une autre gorgée de bière et se mit à rire. Après le fiasco des pompes funèbres, l'autre fois, il s'était demandé s'il y arriverait un jour, mais à présent, il sentait la confiance revenir. Son plan allait marcher.

Dans le jardin, armé de cisailles, Aidan coupait les ronces et les hautes herbes qui lui arrivaient au genou. Ce travail de forçat lui prendrait bien tout le week-end, et ses mains étaient déjà toutes égratignées par les épines. La semaine prochaine, il emprunterait la tondeuse de Russell (10 livres chez Pancho) pour fignoler, afin que tout soit bien propre. Pas la peine de faire de la publicité si les gens devaient se frayer un chemin à travers cette fichue jungle pour arriver jusqu'à lui.

Il avait hâte de voir la tronche de Russell quand il aurait fini. La dernière fois qu'il avait jeté un coup d'œil à son jardin, il avait secoué la tête en lançant à Aidan un regard chargé de mépris, puis, les mains en porte-voix, il avait hurlé :

— Sergent Yashimoto, vous pouvez sortir, la guerre est finie. Il y a un poste de contremaître qui vous attend à l'usine Honda.

Il contempla autour de lui les tas de déchets qui attendaient d'être évacués dans des sacs-poubelle, et il se sentit bien, comme si on avait ôté un poids de ses épaules. Il y avait des années qu'il aurait dû faire ça. Où avait-il la tête pour laisser son jardin sombrer dans un tel abandon ? Combien de temps était-il ainsi resté assis sur son derrière, à boire de la bière en regardant la télé, indifférent à ce chaos ? Dans quel trou noir avait-il failli être englouti ? Assez. Plus de regards en arrière, plus de regrets. Dorénavant, il allait se concentrer sur ce qu'il pouvait vraiment changer, sans se soucier du reste.

— Tu travailles dur.

Joy. En se relevant, Aidan sentit une douleur fulgurante lui remonter dans la colonne vertébrale. Bon sang ! Il laissa choir les cisailles, posa les mains sur ses reins et, avec lenteur, se redressa. Debout près de la barrière, sa voisine le considérait d'un air soucieux.

— Ça va ?

Comme s'ils étaient amis ! Comme si elle n'avait pas raconté à tous ceux qui voulaient bien l'entendre qu'elle avait vu un rat dans son jardin, quelques semaines plus tôt. Elle avait menacé d'appeler la municipalité et de lui mettre sur le dos les services d'hygiène.

— Ouais, ça va.

Un petit sourire se dessina sur ses lèvres tandis qu'elle contemplait ses travaux.

— Qu'est-ce qui te prend tout à coup ?

Il fixait des yeux un point au-dessus d'elle, comme s'il avait soudain une vision.

— Il va y avoir de grands changements dans le coin.

— Sans blague ?

Elle ne parvint pas tout à fait à dissimuler une pointe de sarcasme. Il lui sourit, affable, l'observant qui luttait pour cacher son impatience. Elle ne rentrerait pas bredouille comme son mari.

— C'est pour quoi, ça ? fit-elle en désignant la fosse.

— Quoi ?

À présent, il s'amusait.

— Ce grand trou derrière toi.

Aidan se retourna, l'air surpris.

— Oh ! ça.

Il glissa le pouce dans sa ceinture et jeta un regard affectueux à son ouvrage.

— Pour toi, c'est peut-être un trou, mais en fait, ce n'est qu'un début. Je construis un sanctuaire pour la faune locale.

— La faune locale.

— Ouais, j'ai plein de bestioles dans mon jardin.

— Quel genre ?

Il lui adressa un clin d'œil.

— Des rats. Des bons gros rats. Y en a qui font cette taille-là, précisa-t-il en écartant ses mains de trente centimètres. Ça m'étonne que t'aies rien remarqué.

Elle le foudroya du regard, puis tourna les talons. Lorsqu'il l'entendit claquer la porte de derrière, battant en retraite chez elle, il éclata de rire.

Fait étonnant, alors que l'usine s'apprêtait à fermer, les commandes ne cessaient d'affluer, et les matinées de boulot se succédaient dans l'entrepôt. C'était un lieu de travail rude, impersonnel, où défilaient les journées, répétitives, épuisantes. C'était exactement le genre d'environnement dont Aidan avait eu besoin après la mort d'Eileen : un endroit où passer huit heures quotidiennes sans la moindre chance de tomber dans de dangereuses introspections.

Des milliers de boîtes en carton de forme et de taille variées étaient alignées, recrues sans visage attendant le défilé. Agrafées, étroitement emballées sous plastique, étiquetées, prêtes à partir. Cris et hurlements, sifflets et rires ricochaient sur le haut plafond et les murs de métal. Le bourdonnement incessant des chariots élévateurs et le choc sourd des lourds colis se mêlaient au ronron délibérément guilleret de Radio 2, diffusé par les haut-parleurs accrochés là-haut, sur les murs. L'été, c'était une serre, l'hiver, un congélateur. Les néons violents vous éblouissaient si vous leviez trop vite les yeux ; l'air était chargé de relents d'essence, de plastique, de la sueur de la veille.

Ils travaillaient d'arrache-pied. Après être resté assis chez lui, à ruminer en songeant à l'avenir, Aidan appréciait ce rythme rigoureux. Il se réjouissait d'être ainsi occupé. Comme ça, les voix dans sa tête n'avaient pas le temps de semer le doute en lui, ni de l'abreuver de récriminations et autres interrogations.

Mais à quoi tu pensais ? Ça marchera jamais, laisse tomber, pauvre cornichon. Qu'est-ce que tu as fait de ta vie ? Rien du tout !

En fait, quand l'esprit devait travailler de concert avec le corps, il devenait beaucoup plus docile. Des tas de trucs nageaient dans votre tête, qu'il valait tout simplement mieux ignorer. À une autre époque, il aurait pu en parler à un prêtre. Aujourd'hui, les gens allaient chez *Trisha* et autres émissions de télévision pour s'y donner en spectacle et déballer leur vie. Mais les réponses toutes faites, ça n'existait pas : parler ne changeait rien à l'affaire. Il ne voyait pas à quoi cela servait de rabâcher encore et encore les mêmes choses – à part gonfler les copains. Il valait mieux laisser tout ça de côté. Voilà pourquoi il fallait rester actif : pour empêcher les trucs qui nageaient là-dessous de faire surface.

Il aimait bien bavarder aussi ; une fois qu'on avait pris le rythme et que le boulot tournait bien, les blagues commençaient à fuser.

— C'est l'histoire d'un gars qui va chez le médecin, il dit, docteur, chaque fois que je fais l'amour à ma femme, elle…

Peu importait que tout le monde l'ait déjà entendue, quand quelqu'un se mettait à raconter une histoire, ça voulait dire que tout marchait comme sur des roulettes.

Gwynned vint chercher un nouveau paquet de cartons à transporter. Il gara son chariot élévateur près d'Aidan qui, les mains sur les hanches, soufflait un instant. Il avait bien remarqué le changement d'humeur de son ami depuis quelques jours. Il était moins morose, ressemblait plus à ce qu'il était avant, il recommençait même à rire et à participer aux échanges.

— Tu t'inquiètes toujours pour le prix des cercueils ? fit Gwynned en lui lançant un clin d'œil.

— Nan, c'est fini, répondit-il avec un autre clin d'œil. J'ai demandé à Pancho de m'en dégoter un. Il va me faire économiser une fortune.

Son ami le regarda un moment sans comprendre, puis poursuivit son chemin sans un mot.

Shauna se promenait sur le marché artisanal à ciel ouvert du centre de Cardiff, à la recherche d'un présent pour Charlie. Elle entendit quelqu'un l'appeler, se retourna et se retrouva face à Joy, le sourire jusqu'aux oreilles.

— Comment ça va, ma puce ?

— Ça va bien, Joy. Et toi ?

— Oh ! tu sais, moi, je me plains jamais.

Shauna ne manifesta aucune réaction. Espèce de vieille langue de vipère malveillante !

— Et qu'est-ce qui t'amène à Cardiff ?

— Ken et moi, on va au concert du Band of the Coldstream Guards à Saint-David's Hall. Là, il est dans une librairie... J'imagine qu'il va encore rapporter des livres sur les trains à vapeur.

Shauna venait justement d'apercevoir une jolie aquarelle de Cader Idris susceptible de plaire à Charlie, et songeait à s'enquérir du prix. Notant son air distrait, Joy adopta une mine soucieuse et alla droit au but :

— Est-ce que ton papa va bien ?

— Pas trop mal, vu les événements.

— Les événements ? fit-elle tout émoustillée.

— Oui, son licenciement.

— Ah, oui, bien sûr.

Son excitation retomba. Ça, elle était au courant. Shauna comprit soudain que Joy s'était précipitée sur elle parce qu'elle avait des choses à raconter. Lui donner la satisfaction de s'intéresser à ses commérages l'insupportait, mais elle ne pouvait s'empêcher de s'inquiéter pour Aidan.

— Pourquoi me poses-tu la question ?

Joy se rapprocha d'elle.

— Il a un comportement très bizarre en ce moment.

Elle lança à Shauna un regard lourd de sens, puis attendit.

— C'est-à-dire ?

— Eh bien, après toutes ces années, il a enfin décidé de s'occuper de son jardin. Il a passé tout le week-end à débroussailler, j'ai jamais vu ça. Il dit qu'il va y avoir de grands changements.

En effet, c'était étrange.

— Mais c'est bien, non ?

Joy eut un petit mouvement de tête hargneux.

— Il a été très grossier quand je lui en ai parlé. Il m'a dit qu'il installait un sanctuaire pour la faune locale.

— Un quoi ?

— Il s'est fichu de moi, bien sûr, fit-elle en lui lançant un regard plein de mépris.

— Ah.

Shauna commençait à perdre le fil.

— Je veux dire, pour sûr que j'étais curieuse, depuis la semaine dernière où je l'avais vu creuser ce grand trou. Ken dit que quand il a eu fini, y avait plus que sa tête qui sortait de terre.

La jeune femme écarquilla les yeux.

— Si je le connaissais pas, j'aurais juré que c'était une tombe.

Tandis que Shauna digérait les derniers commérages de Joy sur la place du marché, Aidan s'était attablé dans la salle à manger, un cahier devant lui, et mâchouillait son stylo. La page était couverte de ratures, de points d'exclamation, de flèches et d'astérisques ; la table, de feuilles arrachées, froissées. Il fallait avoir le coup de main pour ce genre de trucs, et il semblait en être dépourvu. Ça lui rappelait trop l'école, quand le maître leur donnait un sujet de rédaction. *Qu'avez-vous fait pendant les grandes vacances ? Deux pages, commencez tout de suite.* Il aimait bien parler de ses vacances dans la cour de récréation avant que la cloche sonne – aucun problème alors –, mais dès qu'il se retrouvait devant la page blanche, il bloquait.

Il relut ce qu'il avait écrit.

Je me suis lancé dans cette entreprise désespérée comme un dernier recours. Sunny Jim Electronics a refusé toutes les offres du gouvernement, de l'Assemblée galloise et des syndicats. Je crois qu'il est temps que les patrons de ce pays se mettent à traiter les ouvriers avec un peu plus de respect et qu'ils arrêtent de leur montrer la porte dès que ça les arrange, sans même se sentir responsables de la misère qu'ils causent. Je crains ce qui risque d'arriver à cette ville s'ils ferment l'usine. Chaque année, c'est un peu plus dur de joindre les deux bouts. Chaque année, c'est une autre ville qui coule. Et une fois qu'elle a coulé, elle ne s'en remet jamais. On dirait que cette fois, c'est notre tour.

On peut bien se plier, se courber, se tordre dans tous les sens, on n'est jamais assez flexible pour le marché du travail d'aujourd'hui. Il faut changer, on ne peut pas continuer comme ça, voilà ce qu'on les entend tout le temps raconter, les politiciens. Mais s'ils aiment bien dire aux autres de changer, ils ne sont pas pressés de suivre leurs propres conseils – leur paye augmente, et leurs primes sont de plus en plus grosses.

Ça lui avait pris une heure, il pensait chaque mot qu'il avait écrit, et pourtant, c'était nul. Il y avait tant de choses qu'il ne savait comment formuler, ou qu'il n'était même pas sûr de pouvoir écrire dans un communiqué de presse !

Le téléphone sonna. Aidan alla décrocher dans l'entrée.

— Allô

— Papa ?

— Oh ! salut Shauna, comment ça va, ma chérie ?

— Ça va bien, et toi ?

Il revint dans la salle à manger, se rassit, considéra son cahier. Il reprit son stylo et écrivit : *Sa famille est tout entière derrière lui*. Puis il tira un trait.

— Papa ?

— Excuse-moi, Shauna, tout va bien.

— C'est sûr ?

Il ne voulait pas qu'elle s'inquiète pour lui ; ses problèmes ne la concernaient pas.

— C'est juste que Joy m'a parlé de ce grand trou que tu as creusé dans le jardin.

Alors voilà de quoi il retournait.

— Elle a fait ça ? Mais quelle sale fouineuse ! Je parie qu'elle donnerait n'importe quoi pour savoir ce que je fabrique.

— Papa, qu'est-ce que tu fais ?

Il faudrait bien le lui dire tôt ou tard, ce n'était pas juste de la laisser plongée dans l'incertitude, et bien entendu il ne pouvait lui mentir. Sinon, il ne valait pas mieux que Richter. Mais arrivé au milieu de ses explications, il se passa quelque chose. Plus il imaginait son visage soucieux à l'autre bout du téléphone, plus son plan lui paraissait loufoque.

— Et voilà, maintenant tu sais tout, termina-t-il. Tu vois, y a pas de quoi s'inquiéter.

Un silence de plomb accueillit cette dernière remarque.

— Shauna ? Tu es là ?

— Papa, je vais passer te voir. Il faut qu'on parle.

Le Globe était bondé. C'était la soirée Quiz. Premier prix, un bon d'achat de 20 livres chez Tesco.

Pancho entra au moment où Frank s'apprêtait à poser la première question. Il croisa le regard d'Aidan et lui fit signe. Celui-ci se leva et se fraya un passage au milieu des autres en demandant pardon, sans se soucier de leurs mines étonnées. Debout près de la porte, Pancho regardait autour de lui, ses doigts tambourinant sur le mur. Il portait un nouveau T-shirt, à l'effigie d'un zapatiste coiffé d'un passe-montagne faisant le V de la victoire. Dessous, cette inscription : *El pueblo unido jamás sera vencido*. Aidan n'avait aucune idée de ce que cela signifiait, mais il était à peu près certain que ce n'était pas du gallois.

— J'ai quelque chose à te montrer.

Aidan sentit un frisson de peur le parcourir, et comprit soudain combien il redoutait cet instant. Pancho le considéra.

— Tu vas pas changer d'avis avec tout le mal que je me suis donné pour te dégoter ça, hein ?

— Mais non.

— Alors amène-toi.
— Tout de suite ?
— Ben ouais.
Aidan se retourna vers la table, dans le coin, d'où Russell, Gwynned et Wilf l'observaient avec intérêt. S'il s'en allait maintenant, il leur manquerait un partenaire.
— Ça peut attendre une heure ?
Pancho se raidit.
— Après ce soir, je suis pris le reste de la semaine.
Il jeta un regard oblique, montrant à présent une certaine appréhension. Quelque chose le dérangeait. Il s'approcha d'Aidan et lui demanda en baissant la voix :
— Je croyais que tu étais pressé ?
Deux types au bar semblaient s'intéresser à leur conversation, et Aidan comprit que cela ne plaisait guère à Pancho. Après tout, il lui avait bien dit de faire aussi vite que possible.
— C'est bon, on y va.
Le camion était garé devant le pub. Tout en mettant sa ceinture de sécurité, Aidan s'enquit :
— Où on va ?
— Ce soir, répondit-il en souriant, je te fais un grand honneur, tu es un privilégié, Aidan. Je t'emmène dans mon repaire secret, un endroit que personne n'a jamais vu, pas même ma *señorita, comprende* ?
Aidan essaya de se montrer impressionné.
— Il y a beaucoup de spéculations sur le lieu où ça se trouve, comme tu dois le savoir. Y en a qui

croient que c'est à Maindee, d'autres à Gold Tops, Llis-werry, j'ai même entendu dire que c'était à Cat's Ash, gloussa-t-il. T'inquiète pas, tout ça, c'est des commérages.

Aidan se demanda combien de temps il lui faudrait endurer ce bavardage avant qu'il en vienne aux faits.

— J'ai même entendu un gars dire que ça n'existait pas, que ça faisait juste partie du mythe de Pancho.

Il se montrait ironique, à présent, pour lui faire croire que les racontars glissaient sur lui comme de l'eau sur les plumes d'un canard. Mais Aidan voyait bien qu'il adorait ça.

— Alors, c'est quoi cet endroit dont tout le monde parle ?

Pancho se pencha vers lui, et sa veste de cuir couina.

— Là où je stocke la marchandise, fit-il en dévisageant Aidan. On va à mon entrepôt.

Il se tut, aussi grave et immobile qu'un témoin déposant au tribunal d'Old Bailey.

— Y a des gens qui vendraient leur grand-mère pour trouver l'entrepôt de Pancho.

Aidan commençait malgré lui à ressentir une certaine excitation. Il essaya de la dissimuler en souriant avec suffisance.

— Ah ouais ! et tu veux me fouiller, pour être sûr que j'ai pas une caméra cachée sur moi ?

L'autre plongea la main dans sa poche, d'où il retira un grand mouchoir rouge.

— Non, je veux juste que tu portes ça.

— Quoi ?

Il retourna l'étoffe pour en montrer les deux côtés à Aidan.

— Il a jamais été utilisé, il sort tout droit de sa caisse.

— Il peut bien sortir du pressing, je m'en fous, je le mettrai pas.

La main qui tenait le mouchoir retomba. Pancho se pencha un peu plus et dit à voix basse, sur le ton de la confidence :

— Écoute, Aidan, le prends pas contre toi, tout ça c'est une question de sécurité.

— De quoi tu parles ?

— Attends, je t'accuse de rien, je sais que t'es un type réglo. Mais supposons que tu boives quelques verres un soir, et puis sans y penser, que tu dises que t'es allé dans mon entrepôt.

Aidan s'apprêtait à défaire sa ceinture pour s'en aller. Pancho se pencha encore un peu plus.

— Tu sais jamais qui écoute ta conversation dans un pub, pas vrai ? Tu as remarqué comme ces types au bar avaient l'air intéressés quand on causait ensemble, tout à l'heure ?

En effet, il l'avait noté.

— Un soir, je suis arrivé au Globe avec des Calvin Klein. Des hauts et des sous-vêtements pour dames et pour messieurs, à des prix très avantageux. Ces deux mecs, ils étaient là, ils ont voulu jeter un œil, et après, ils ont pas arrêté de râler : est-ce que c'est des vrais ? et où c'est que je les ai eus ? Ils ont même essayé de discuter le prix... Putain, j'y croyais pas. J'ai dû leur rappeler les règles et leur mettre les points sur les *i* : tu payes ou tu la fermes. Ils ont pas apprécié, ils m'ont lancé le regard qui tue, genre *Les Sopranos*. Tu as vu comment ils étaient intéressés par notre conversation ? ajouta-t-il en agrippant la jambe d'Aidan. Imagine que deux types dans ce genre-là t'entendent raconter que tu es allé dans mon entrepôt, qu'ils te suivent après la fermeture et qu'ils te coincent dans un recoin sombre pour te casser la gueule. Tu crois qu'ils arrêteraient avant que tu leur aies balancé l'adresse ?

Il retira sa main. Ça l'emmerdait d'avoir à dire ça, et il fronça les sourcils.

— Je me sentirais responsable si tu finissais à l'hôpital. Et imagine un peu comment toi tu te sentirais si je perdais tout mon stock parce que tu leur as balancé l'adresse ? Tu serais déjà assez mal comme ça avec un nez cassé, des côtes fêlées, une hernie en prime et…

— C'est bon, c'est bon, je vois le tableau.

— Alors, pour éviter les problèmes de sécurité, et pour qu'il y ait pas de dettes de sang entre nous à l'avenir…

Pancho lui mit de nouveau le mouchoir sous le nez. Aidan songea à tout le tracas que lui causerait la recherche d'un nouveau cercueil, et au prix fort en plus.

— D'accord, donne-moi ça.

— Je suis content que tu comprennes, fit Pancho en souriant.

Aidan prit le carré de tissu, le replia plusieurs fois, puis le plaça délicatement sur ses yeux.

— Tu veux un coup de main pour l'attacher ?

— Non, fit-il avec brusquerie.

— Comme tu veux.

Pancho savait quand il fallait s'arrêter. Il attendit qu'Aidan soit prêt, puis il mit le moteur en marche et démarra. Au bout de la rue, il tourna à droite, continua ainsi pendant quelques minutes, ralentit et s'engagea sur un grand rond-point, rejoignant la circulation en direction de l'ouest. Aidan devina qu'ils étaient sur Cardiff Road. Pourtant, peu après, Pancho prit à gauche, puis très vite encore à gauche, à droite, et Aidan commença à perdre le fil. Il se demanda si Pancho ne faisait pas des détours exprès pour l'égarer. Encore à gauche, puis tout droit sur une route défoncée. Il était ballotté sur son siège ; ne rien voir rendait les choses pires encore. Il s'accrocha à la poignée de la portière, avec le sentiment d'être horriblement vulnérable.

— Bordel, j'ai l'impression d'être Brian Keenan[1].

— T'inquiète pas, fit Pancho en riant, on est bientôt arrivés.

Ils tournèrent à droite et prirent une route en meilleur état. Le portable de Pancho sonna.

— Allô ?

Aidan entendit un camion passer dans un bruit de tonnerre, et se demanda s'ils étaient près des docks.

— Demain, je peux pas, je suis à Swansea toute la journée. Quoi ?

Le véhicule fit une embardée sur la droite. Un Klaxon retentit, puis une voiture passa en vrombissant du même côté.

1. Journaliste irlandais retenu pendant quatre ans au Liban. *(N.d.T.)*

— Merde, Pancho, regarde la route !

— Tu as promis de me les livrer cette semaine, qu'est-ce que je vais dire à mes clients ?

Aidan s'agrippa au bord de son siège, et les freins crissèrent quand ils prirent un virage à cinquante à l'heure.

Dix terrifiantes minutes plus tard, Pancho ralentit enfin.

— On y est.

Il se gara et Aidan enleva son bandeau.

— Plus jamais je monte avec toi dans ce camion, t'es complètement dingue.

— Je vis pas à deux à l'heure, *hombre*, répondit-il en souriant.

Ils se trouvaient sur une route étroite, parallèle aux arches d'une voie de chemin de fer. Pancho se dirigea vers une porte et sortit un trousseau de clefs. Aidan le regarda ouvrir trois cadenas, puis pousser la porte, entrer et allumer. Il lui fit signe de le suivre. L'endroit était rempli jusqu'au plafond de caisses empilées, atteignant presque l'ampoule faiblarde qui pendouillait tout là-haut. Aidan parcourut des yeux l'entrepôt : ordinateurs, téléphones portables, chaînes hi-fi, lecteurs CD et DVD, magnétoscopes, télévisions, bouilloires électriques, pétrins, baladeurs. Des poches en plastique contenaient des jeans, jupes, pulls, vestes, robes, hauts, manteaux. En longeant les caisses, il émit un sifflement, notant les noms, les marques.

— Pas mal, hein ? Maintenant, tu comprends pourquoi je me fais du souci pour la sécurité.

— Faut reconnaître, Pancho… Qui est-ce qui va acheter ça ?

Il désigna un squelette en plastique de taille réelle assis dans un fauteuil, l'écharpe de l'équipe de rugby galloise autour du cou, une pinte à la main.

— C'est mon vigile.

Un peu plus loin, il y avait des cuisinières, des réfrigérateurs, une baignoire, des toilettes, deux bidets ; des rouleaux de moquette et de linoléum, des paniers pour chats, une photocopieuse, des fax, des karaokés, des barbecues, un fauteuil roulant et une pile de transats.

En passant, Pancho lui posa la main sur l'épaule.

— Et moi, j'ai une affaire pour toi.

Il se baissa pour sortir un cercueil de derrière un costume trois-pièces d'un violet éclatant.

— Et voilà !

Il était beaucoup moins beau que ceux des pompes funèbres. Pas de poignées en or. Pas de poignées du tout, en fait, à la place, de petites cordes formant un U. Aidan ne savait pas de quel bois il s'agissait, mais il semblait bon marché et de mauvaise qualité. Si on lui avait demandé de décrire ce cercueil, il aurait répondu que celui des pompes funèbres avait l'air de sortir de chez Harrod's, et celui-là de la coopérative locale.

— Dis-moi, à combien ils étaient chez ton croque-mort ?

— Le moins cher était à 400 livres.

Le visage de Pancho s'éclaira.

— Eh ben, mon pote, je vais te faire économiser un paquet de fric !

— Il a pas l'air terrible. Est-ce qu'il est, comment on dit, défraîchi ?

Pancho croisa les bras.

— C'est l'avenir que tu as sous les yeux. C'est un cercueil écologique dernier cri.

— Ah ?

— Aujourd'hui, la plupart des cercueils sont faits avec de l'aggloméré et des poignées et des garnitures en plastique, pas vrai ? C'est un désastre pour l'environnement, ça pollue l'air au moment de la crémation…

— Mais je vais pas me faire incinérer !

Pancho eut l'air fâché d'être ainsi interrompu. Aidan savait à quel point il aimait faire l'article ; cela pouvait partir dans n'importe quelle direction, passer par toutes sortes de digressions avant d'en arriver au fait. Comme la fois où il leur avait vendu, à Wilf et lui, des magnétoscopes. Il leur proposait un bon prix, et ils se seraient facilement contentés de payer et de repartir avec la marchandise, mais Pancho leur avait tenu la jambe pendant dix minutes, discourant sur les bienfaits des distractions domestiques qui rassemblaient la famille et faisaient économiser de l'argent, sans oublier un argument obscur démontrant que louer une vidéo était meilleur pour la santé qu'aller au cinéma. Aidan n'en avait pas retenu un traître mot mais, à l'époque, il s'était laissé convaincre. Il songeait souvent qu'en fait, Pancho prenait autant de plaisir à baratiner ses clients qu'à vendre.

— Et le plastique met du temps à se décomposer après l'enterrement. Alors, quand tu vois tout le mal qu'on a fait à la campagne galloise, avec les mines de charbon, de fer, les aciéries et tout le reste, je pense que tu seras d'accord avec moi sur l'idée qu'il faut arrêter de détruire notre propre pays.

— Je savais pas que tu te faisais autant de souci pour l'environnement.

— Faut penser à l'avenir, pas vrai ? fit-il en hochant la tête. Quel monde on veut laisser à nos enfants, et tout ça.

— Tu es membre de Greenpeace, c'est ça ?

Pancho prit un air étonné.

— Non, mais je suis sympathisant de Friends of the Earth.

Il lui parla encore pendant quelques minutes des différents types de cercueils qu'on trouvait de nos jours, comment le carton se désintégrait, laissant le corps fertiliser le sol. Aidan était impressionné, il n'avait pas réalisé à quel point les choses avaient changé.

— Pour revenir à ta question, maintenant, ce cercueil-là ne ressemble pas à ceux que tu as vus aux pompes funèbres, parce que ceux-là, ils sont en bois. Quel terrible gâchis ; à la vitesse où ils abattent les forêts à travers le monde, bientôt y en aura plus. Tu imagines, un monde sans arbres ? Où est-ce que les petits oiseaux iraient faire leurs nids ?

Pancho tapota le cercueil et continua :

— Voilà pourquoi je suis heureux de t'annoncer que ce cercueil est composé à 100 % de carton recyclé.

— Nom de Dieu, du carton !

Aidan fit un pas en arrière et regarda de nouveau. Pas étonnant qu'il ait l'air différent :

— Merde alors ! reprit-il, ça tiendra jamais, je vais passer à travers.

Pancho le regarda avec commisération.

— Tu pourrais y loger une personne de 120 kilos sans problème. C'est du carton ondulé extrafort, double épaisseur, avec en plus une armature interne de plastique pour consolider le fond.

— Jusqu'à ce qu'il pleuve. Alors c'est mouillé, ça se ramollit et ça part en morceaux.

— Dis pas de conneries, répondit Pancho en tapant dessus avec le poing. C'est aussi résistant que du bois.

Aidan lui jeta un regard sceptique.

— Le carton, c'est très solide, continua-t-il en montrant les piles de caisses autour d'eux. Pense à tous ces machins qu'on met dedans aujourd'hui pour les trimballer à travers le pays : des gazinières, des frigos, des tas de trucs. Je te parle d'un matériau très costaud, pas d'une boîte de corn flakes.

Il fit une pause avant de lui assener le *coup de grâce**[1].

— Et il est à toi pour quarante livres.

Aidan était sans voix.

— 40 livres ?

— C'est ça. Je t'assure, c'est la dernière mode, les gens font la queue pour se faire enterrer dans du carton.

Aidan tapa dessus. Ça semblait vraiment solide.

— Je peux l'essayer ?

— Je t'en prie.

1. Les mots ou expressions en italique et suivis d'un astérisque sont en français dans le texte. *(N.d.T.)*

Pancho ôta le couvercle. Ce n'était pas aussi lourd que le bois, mais ça semblait aussi résistant. Aidan imagina un poids énorme écrasant du carton pour en faire ce bloc dense, compact et dur. Il entra dedans, s'allongea, croisa les mains sur le ventre. C'était spacieux. Il se glissa vers le fond, jusqu'à ce que ses pieds touchent l'extrémité, puis tendit les mains derrière lui, et calcula qu'il restait un espace d'au moins vingt-cinq centimètres au-delà de sa tête. Pancho, en parfait vendeur, lisait dans ses pensées :

— C'est un modèle extralarge : presque deux mètres dix de long, soixante-six centimètres de large et quarante de hauteur. C'est une boîte spécialisée dans les grandes tailles qui les fait. Normalement, un article comme ça, c'est plus cher.

Aidan ferma les yeux. Il éprouvait un calme étonnant. Il n'y avait pas à avoir peur. Après tout, c'était juste une caisse. En fait, ce cercueil de carton était peut-être exactement ce dont il avait besoin. Sans les fixations et garnitures habituelles, les poignées de cuivre, la plaque en métal, les jolis gonds et toute la panoplie du croque-mort, ça faisait moins morbide. Bien sûr, Pancho était tout près, et il n'était pas encore sous terre. Mais bon, il se sentait bien.

— Arrête.

— Hein ?

Aidan ouvrit les yeux et vit Pancho, debout au pied du cercueil, les mains plongées dans ses poches, qui le toisait.

— Ça suffit maintenant, lève-toi, tu me fous les jetons, mec.

Aidan sourit, ravi de voir Pancho décontenancé pour une fois.

— Mais je t'ai dit, c'est pas ce que tu crois. J'ai l'intention de traîner encore un bon moment dans le coin. Attends, je vais t'expliquer.

Derrière lui, Pancho tira un transat de la pile, le déplia et s'assit au pied du cercueil. Il alluma un cigare. Quand Aidan eut fini de parler, il secoua la tête et envoya un parfait rond de fumée :

— Tu es vraiment fêlé, *hombre*. Et tu sais, ça pourrait peut-être bien marcher, ajouta-t-il dans un hochement de tête, tout en esquissant un sourire.

— Tu crois ?

Mais Pancho ne l'écoutait déjà plus, il suivait le fil de ses pensées. Son regard semblait se perdre dans le lointain.

— Le petit homme qui s'attaque au système, un pauvre type un peu dingue qui ne veut pas s'avouer vaincu, conclut-il en faisant tomber ses cendres sur le sol. Ouais, ça me plaît.

Aidan était ravi. Puis une petite voix dans sa tête lui susurra que Pancho était probablement toujours d'accord avec ses clients juste avant la transaction. Celui-ci fit un nouveau rond de fumée qu'il regarda s'élever.

— Tu as réfléchi au reste du matériel dont tu auras besoin ?

— Quel matériel ?

— Tu veux que les journaux et la télé viennent t'interviewer, non ?

— Pour sûr.

— Alors, tu auras besoin d'un portable. Comment ils te contacteront, autrement ? Et, excuse-moi de te dire ça, mais si jamais, toi, tu as besoin d'appeler quelqu'un en urgence, comment tu feras, sous terre ?

— Mais je sais pas m'en servir !

Pancho eut un geste blasé.

— C'est rien, je t'expliquerai comment ça marche. Et qu'est-ce que tu feras, quand tu seras allongé là-dessous ? Comment tu t'occuperas pour pas t'ennuyer à mort ? Me dis pas que tu vas passer ton temps à te branler ?

Pancho tordit le cou et désignant un lointain recoin de son repaire :

— Par là… ou là-bas… j'ai des radios numériques géniales. Un son impeccable, exactement ce qu'il faut pour un homme dans ta situation.

— Je sais pas, Pancho, je suis un peu fauché. J'ai pas grand chose à dépenser en gadgets.

— Je crois que tu vois ça sous un mauvais angle, *amigo*. Tout ça, c'est pas des gadgets, c'est des nécessités absolues. Je suis sûr qu'on peut trouver un arrangement. J'ai réfléchi, tu n'es pas le seul à avoir besoin d'un portable, me dis pas que Russell, Gwynned et Wilf sont pas dans le coup ?

— Ils ne sont pas encore au courant.

— Mais tu vas leur dire, non ?

— Bien sûr.

— Alors, ils voudront t'aider.

— J'espère.

— Dans ce cas, ils auront besoin d'un portable, eux aussi, non ? Je veux dire, au cas où tu aurais besoin de les joindre…

— En urgence.

Pancho gratifia Aidan d'un de ces mouvements d'épaules latins dont il avait le secret – *c'est toi qui le dis*.

— Alors ça te va comme marché ? Si tu me ramènes ces trois nouveaux clients, je te fais le tien à moitié prix.

Pancho tira de nouveau une bouffée sur son cigare en examinant Aidan à travers la fumée. Il fallait bien avouer que c'était tentant. Après tout, ils auraient bien besoin de rester en contact.

— En plus, je te fais économiser une fortune sur le cercueil.

Son portable sonna de nouveau. Il répondit et son expression changea. Quelqu'un avait l'air mécontent. Aidan crut reconnaître une voix féminine à l'autre bout de la ligne.

— Je sais bien, mais… je sais… Oui… Encore une demi-heure au plus, je… écoute-moi, s'il te plaît. Écoute-moi, bon Dieu !

Il se leva et s'éloigna, poursuivant la conversation derrière un amoncellement de caisses. Il revint au bout de deux minutes, avec un sourire gêné.

— Ma *señorita*. Je lui avais promis que je serais là à 8 heures. Elle a préparé du chili con carne, acheté une bonne bouteille, alors elle râle… C'est le prix à payer quand on est aux petits soins avec ses clients, fit-il avec un haussement d'épaules en rangeant son portable dans sa poche comme pour évacuer le problème. Bon, 40 livres, c'est mon prix cash.

— J'ai pas assez sur moi.

— On s'arrêtera devant un distributeur. Allez viens, faut charger la marchandise.

Ils portèrent le cercueil dehors et Pancho ouvrit l'arrière du camion. Au fond s'entassaient une demi-douzaine de cuisinières. Pancho agrippa Aidan par le bras.

— Bon, donne-moi un coup de main pour transporter tout ça dans l'entrepôt. Après, on charge ton cercueil et on va chercher un tire-fric.

Il avisa l'expression d'Aidan.

— Allez, mec, avec deux gars comme nous, ça prendra cinq minutes.

Aidan croisa les bras.

— C'est une coïncidence que tu m'aies réservé l'honneur, l'immense privilège d'être le premier à visiter ton entrepôt le jour où tu as justement toute une cargaison de cuisinières à débarquer ?

Pancho éclata de rire, comme si Aidan avait dit quelque chose d'hilarant.

Le lendemain soir, Aidan prenait un verre au Globe en compagnie de Russell, Gwynned et Wilf. C'était le moment, le test ultime. Il connaissait ces gars-là depuis des années, ils étaient à ses côtés bon an mal an, comme des frères. Ils étaient grognons, têtus, râleurs, mais c'étaient ses meilleurs amis, et il avait besoin d'eux. Sa meute, comme Dylan les appelait. Ces expressions qu'ils avaient, aujourd'hui ! Sa meute !

— Pourquoi tu souris ? lui fit Gwynned.

— À cause d'un truc qu'a dit mon fils.

— C'était quoi ?

Russell et Wilf le regardaient eux aussi. Il fallait qu'il se lance.

— Oh, rien. Écoutez-moi, j'ai un plan pour les empêcher de fermer l'usine.

Russell s'arrêta, le verre en suspens. Il jeta à Aidan un regard que celui-ci ne comprit pas.

— Vous voulez que je vous explique ?

Russell but un coup et haussa les épaules. Aidan aurait aussi bien pu lui proposer de lui raconter ce qu'il avait mangé au dîner.

— Ouais, pourquoi pas ?

Cette indifférence ne gênait guère Aidan, car son ami ne montrait jamais d'enthousiasme pour les idées des autres. Gwynned, lui, semblait intéressé, mais il ne dirait rien tant que Russell ne se serait pas exprimé. Quant à Wilf, il avait l'air perdu, on avait changé de sujet trop vite pour lui. Il avait toujours un temps de retard : ça bouffait les nerfs d'attendre qu'il pige. Aidan posa les coudes sur la table.

— Vous savez, je crois qu'on a pris les choses dans le mauvais sens, en restant assis comme ça, dans l'espoir que quelqu'un vienne nous aider. Où est-ce que ça nous a menés ?

Il s'interrompit, pour laisser l'argument prendre corps.

— Il faut voir les choses en face : le gouvernement ne fera rien, pas vrai ?

— Sûr, fit Gwynned, ils réclament même plus leur pognon.

Quand Sunny Jim Electronics avait annoncé la fermeture de l'usine, plusieurs membres du Parlement en colère avaient exigé que l'entreprise leur rembourse les 18 millions de livres octroyés pour encourager l'investissement dans une zone au taux de chômage élevé. Hélas, cela ne semblait plus faire partie de leurs préoccupations.

— J'aimerais bien faire une croix sur 18 millions comme ça.

Aidan leur rappela de quelle manière les syndicats avaient été bafoués, que l'Assemblée galloise, souhaitant discuter avec la direction de Sunny Jim une semaine avant les tractations, avait été reçue durant à peine une heure. Rhodri Morgan en était ressorti l'air lugubre, les mains vides. Il passa vite à la suite, car il ne voulait pas que Russell se lance dans son habituel couplet à propos de l'Assemblée galloise.

— Alors, ça nous laisse qui ?

— On n'a qu'à appeler Superman ? lança Gwynned.

Aidan sourit, il fallait bien leur autoriser une petite blague. Jusqu'ici, il était satisfait de la tournure que ça prenait.

— Il n'arrivera rien à moins que nous, on saisisse le taureau par les cornes. Il ne reste pas beaucoup de temps. Les gens nous oublient déjà. Il faut faire quelque chose, et vite.

Ils avaient en effet brièvement fait la une de la presse et du journal télévisé quand on avait annoncé les licenciements. Mais même alors, c'était surtout à cause de cette phrase stupide :

Sunny Jim Electronics, l'entreprise qui avait pour slogan : « Venez travailler chez nous, nous vous offrons des lunettes de soleil – indispensables car votre avenir sera trop éblouissant ! » a annoncé aujourd'hui la fermeture de ses usines dans le sud du pays de Galles et à Tynes, avec pour conséquence la perte de 2 000 emplois.

Au bout de quelques jours, de nouveaux événements plus captivants les avaient chassés des gros titres – un participant de l'émission de télé-réalité *Big Brother* avait battu un record ; David Beckham avait changé de coupe de cheveux. Et on les avait oubliés.

— Il faut un truc qui nous ramène en première page, pour mettre la pression sur Sunny Jim et le gouvernement, qu'ils fassent quelque chose.

— OK, fit Russell, dis-moi si j'ai bien compris. Toi, Aidan Walsh, tu vas accomplir un miracle pour te faire un nom et sauver nos boulots.

Il déformait ses propos. Il n'était pas en quête de gloire personnelle.

Russell mit sa main en porte-voix et s'écria :

— Hé, Frank, ça fait combien de temps que tu as cette photo dédicacée de Tom Jones derrière le bar ?

Le barman, qui servait une bière, leva les yeux et haussa les épaules.

— Environ vingt ans, je pense. Pourquoi ?

— Ben, je crois que tu devrais l'enlever, il a fait son temps, mon vieux, c'est un dinosaure.

— C'était bien *Delilah*, commenta Wilf.

— C'était bien y a trente ans.

— Écoutez, tout ce que je dis, c'est…

Mais Russell coupa de nouveau Aidan.

— Ce qu'il faut mettre là-bas, derrière le bar, c'est la photo dédicacée d'un héros bien de chez nous, un type que les clients respectent.

— Ah ouais ? Comme qui ?

Il tendit sa pinte au client, prit son argent. L'homme se retourna, regardant Russell, attendant la chute, dans l'espoir d'une bonne plaisanterie.

— Il se trouve que tu as justement chez toi le genre de personnage que tu cherches, qui inspire les autres.

— Ah bon ? Et c'est qui ?

— Lui, répondit-il en désignant Aidan.

— Lui ?

Frank essayait de contenir son rire.

— Pour sûr. Ça va faire du bruit dans les chaumières.

Aidan se força à sourire. Pas la peine d'essayer de l'arrêter à présent, ce serait pire s'il montrait son agacement.

— Je peux avoir un autographe ? demanda le type du bar en rigolant.

— Va te faire foutre !

Il y avait des limites, se faire charrier par ses amis était une chose. Mais ce gars-là, il ne le connaissait même pas.

— Sympa.

L'autre prit sa bière et partit. Frank alla servir un autre client.

— Tu as fini ? fit Aidan.

— Alors toi, tu vas réussir là où le gouvernement, les syndicats et Taffia's Talking Shop ont échoué ?

— Je sais que ça paraît dingue, mais je pense vraiment que ça peut marcher, ouais.

Son ami ricana.

— C'est ça, et le pays de Galles va battre le Brésil 6-0 à la prochaine Coupe du Monde !

Les autres gloussèrent. Aidan ne pouvait plus dissimuler son exaspération, il était en droit d'espérer mieux que ça de leur part. C'étaient ses amis, et ils allaient se faire rouler dans la farine tout comme lui. Il était le seul à ne pas avoir abandonné, le seul à qui il restait encore la force de lutter, et ils se foutaient de lui à cause de ça.

— D'accord, dit doucement Russell en avisant l'expression d'Aidan. Vas-y, raconte-nous tout.

— Laisse tomber.

— Allez, mon vieux, renchérit Gwynned. Il te faisait marcher.

— Il sait jamais quand il faut s'arrêter.

— OK, c'est bon, je suis désolé d'être allé trop loin, j'ai vraiment envie d'entendre ce que tu as à dire.

Russell croisa les bras et poussa un soupir théâtral.

— Et je te promets de ne pas t'interrompre ni de lâcher une vanne tant que t'as pas fini, juré craché.

Aidan resta de marbre. Russell lui envoya un baiser.

— Allez !

— Tu fais chier.

À présent, ils riaient tous, Wilf plus fort que les autres, soulagé et ravi que tout soit rentré dans l'ordre. Russell tendit la main, présentant sa paume, et Aidan la tapa un grand coup.

— Vas-y, maintenant, fit Gwynned, on attend.

— Très bien. C'est ce qu'on pourrait appeler une réponse extrême à une situation extrême. Je vais m'enterrer vivant dans un cercueil au fond de mon jardin, et je ne remonterai pas avant que Sunny Jim soit revenu sur la délocalisation et les licenciements.

Ils le dévisagèrent un bon moment.

— Eh bien, reprit Aidan, vous n'avez rien à dire ?

Shauna se gara devant la maison de son père. Elle ressentit soudain une grande lassitude à l'idée de sortir de sa voiture. Toute la semaine, au cabinet, elle s'était occupée des problèmes des autres : deux patients avaient fondu en larmes, un autre avait passé presque toute la séance à parler de suicide. La dernière chose dont elle avait envie à présent, c'était de remettre ça ici. Sa famille lui faisait penser à ces chiens policiers, dans les films, qui traquent des évadés de prison, même s'ils ont ingénieusement maquillé leurs traces. C'est toujours au moment où on se dit qu'on va enfin pouvoir se reposer et commencer une vie nouvelle qu'on entend leurs affreux aboiements, car ils ont retrouvé votre piste.

Elle coupa le moteur et se renfonça dans son siège, observant l'état des lieux. Il fallait refaire le toit. Une lézarde partant de la gouttière descendait jusqu'à la fenêtre de la chambre d'Aidan. Une autre, semblable à un éclair, démarrait sur le côté de la fenêtre de la salle de bains. La haie était depuis longtemps retournée à l'état sauvage, empiétant sur le trottoir.

Il laissait tout aller à vau-l'eau. Maman s'occupait du jardin, Papa de la haie, et Shauna donnait un coup de main. Ça marchait comme ça. Le dimanche matin, il taillait les branches qu'elle devait ramasser pour les mettre à la poubelle. Il s'arrêtait régulièrement pour discuter avec les passants.

— C'est votre aînée ?

— Eh oui ! Dis bonjour, Shauna.

Elle aurait donné n'importe quoi pour ne pas être ainsi exposée, horriblement consciente de la nudité de ses bras et de ses jambes, de sa poitrine naissante. Aidan n'imaginait pas un instant à quel point elle était mal à l'aise, face à ces hommes qui la déshabillaient des yeux.

— Shauna, sois polie, dis bonjour !

Dylan chéri, le bébé à sa maman pouvait rester jouer à l'intérieur tandis qu'elle devait travailler avec son père.

Elle frappa à la porte et attendit. Les rideaux étaient tirés. Elle consulta sa montre, onze heures et quart. Elle frappa de nouveau, plus fort, plus longtemps. Toujours pas de réponse. Elle sortit sa clef et entra. Au pied de l'escalier, elle appela :

— Papa !... Papa ?...

Pas de réponse. Elle ouvrit la porte du séjour, un peu inquiète, et alluma.

— Oh mon Dieu !

Elle s'agrippa à la poignée de la porte, le souffle coupé. En pyjama, les yeux clos, Aidan était allongé dans un cercueil posé par terre, devant la télévision, la télécommande à la main.

Merde alors, mais pourquoi n'était-elle pas venue plus tôt ! Elle n'aurait jamais dû le laisser seul si longtemps.

Elle s'approcha, le cœur battant. Il était pâle, livide même. Shauna sentit monter en elle une bouffée de peur et s'agenouilla près du cercueil. Elle chercha son pouls, le trouva et poussa un profond soupir de soulagement. Puis elle avisa les canettes de bière vides jonchant le sol.

« Il est complètement bourré », pensa-t-elle.

Elle lui secoua l'épaule avec douceur :

— Papa, réveille-toi, c'est Shauna.

Sa tête oscillait de droite à gauche.

— Allez, réveille-toi !

Elle se mit à le pousser plus fort, plus vite, mue par le besoin d'entendre sa voix. Soudain, il bredouilla :

— Quoi ?

— Tu vas bien ?

Il ouvrit les yeux, gêné par la lumière.

— Où je suis ? Qu'est-ce qui se passe ?

Shauna s'assit par terre et le toisa.

— Tu es dans le salon, allongé dans un cercueil, au pied de la télévision.

Elle fit du café et des œufs au bacon pendant que son père se lavait.

Après avoir mangé, il monta s'habiller. Elle ne put s'empêcher de ranger un peu et de nettoyer quelques assiettes sales. Hélas, il n'y avait rien à faire pour remédier aux meubles fatigués du séjour, ni à l'horrible papier peint à fleurs jaune pâle qui partait en lambeaux dans les coins. Quand il redescendit, elle lui tendit une autre tasse de café.

— Merci, ma chérie.

Il savait très bien pourquoi elle était venue. Pour le convaincre de renoncer. Mais bon, le simple fait de la voir lui redonnait le moral. Sa fille était devenue une belle jeune femme pleine d'assurance. Il redoutait à une époque que perdre sa mère si jeune l'ait à jamais traumatisée. Heureusement, elle allait bien. Plus que bien. Elle était épanouie.

Il s'assit dans le fauteuil, et Shauna prit place en face de lui, sur le canapé. Elle secoua la tête en regardant le cercueil.

— Comment te l'es-tu procuré ?

— Pancho.

— Pas d'occasion, tout de même, dit-elle en fronçant les sourcils.

— Non ! C'est un cercueil écolo.

— C'est bien ce que je pensais.

— Tu vois, la plupart des cercueils sont faits en…

Elle tordit le cou pour mieux voir.

— On dirait un de ces modèles en carton.

— Comment tu as deviné ?

— Voyons, papa, les enterrements écologiques sont à la mode depuis des années.

Aidan était sidéré. Lui qui attendait avec impatience de voir l'expression de son visage quand il le lui apprendrait !

— Une de mes patientes est obsédée par sa propre mort, elle s'est déjà acheté un cercueil en carton et un petit lopin de terre, en pleine forêt, pour y être inhumée. Elle m'a montré des photos.

Il regrettait qu'elle lui ait raconté cela. Il n'avait jamais réussi à se mettre dans la tête que des gens payaient Shauna pour les écouter débiter leurs problèmes – écouter, rien de plus, sans même prescrire des pilules à la fin. Elle appelait ça la psychanalyse, mais selon lui, c'était juste un mot savant pour pleurnicher sur une épaule, alors que ce dont ils avaient besoin, c'était d'un grand coup de pied au derrière, pour qu'ils se ressaisissent. Il essayait d'être en phase avec son époque, mais chaque fois qu'elle faisait allusion à ses patients, il s'inquiétait de la voir travailler au contact de fous pareils.

— Eh bien ? reprit-elle.

Dans l'éclatante lumière du matin, il paraissait bien son âge, avec sa barbe poivre et sel, ses poches sous les yeux et sa pâleur maladive.

— Depuis quand dors-tu dans un cercueil, papa ?

Il avala une gorgée de café et se renfonça dans le fauteuil.

— Cette nuit, c'est la première fois.

— En quel honneur, ce changement d'habitude ?

Il la regarda comme si elle était lente à comprendre.

— Je m'entraîne.

— Cela ne me renseigne guère, papa.

— Si tu devais courir un marathon, tu ne te pointerais pas le jour J en short et baskets sans aucune préparation en croyant que tu vas gagner, pas vrai ? Tu t'entraînerais tous les jours pendant des mois, à travailler tranquillement ton rythme. Eh bien, c'est ce que je fais, je me prépare pour un marathon ! Ça va être une épreuve d'endurance, et la première étape, c'est de m'habituer à passer du temps dans ce cercueil.

— Se bourrer la gueule devant la télé, tu appelles ça s'entraîner ?

Shauna vit à quel point elle l'avait blessé et s'en voulut.

— Pour être honnête, j'avais besoin d'un verre pour me remettre du cœur au ventre. Tout ça, c'était un peu bizarre, au début. Mais bon, on s'y fait vite, ajouta-t-il en haussant les épaules. En fait, je vais y passer l'après-midi, après je fais une pause, et puis je m'y remets pour la nuit. Tu sais quoi ? reprit-il en lui souriant. J'ai eu l'idée en écoutant un de tes disques.

— Quoi ? !

Il lui expliqua tout, puis le regretta car elle semblait mortifiée.

— Mais papa, pourquoi fais-tu tout ça ? Je ne comprends pas.

— Tant mieux.

— Comment ?

— Tu as toute ta vie devant toi. Pour toi, tout est encore nouveau, excitant, je suis sûr que tu as hâte de te lever le matin.

— C'est ça, je bondis hors de mon lit en chantant *La Mélodie du bonheur* et ma vie est une longue fête…

— Ça va, ça va…

— Papa, je sais que c'est dur d'être licencié, mais tu n'as pas besoin de prendre des mesures aussi extrêmes. Je peux t'aider.

— Comment ?

— Si tu as des soucis financiers…

— C'est ton argent à toi, ma chérie, tu as travaillé dur pour le gagner.

Shauna rejeta l'argument en secouant la tête d'un geste nerveux.

— J'ai les moyens.

— Non ! Et puis, ce n'est pas qu'une question de sous.

Elle croisa les mains entre ses genoux et se radoucit.

— De quoi s'agit-il alors, papa ?

Il ne savait comment lui dire. Il se réveillait le matin et regardait défiler les minutes jusqu'à ce que la radio se mette en marche, priant pour avoir la force de s'arracher de son lit. De se lever pour tout reprendre de zéro. De se remettre en mouvement, même s'il se sentait comme un boxeur dans les cordes, espérant de toutes ses forces que l'arbitre s'interpose et siffle l'arrêt du match. Au fond de lui, il y avait un trou béant qui ne s'était jamais refermé depuis la mort de sa femme. La seule chose qui le faisait tenir, c'était le fait d'être attendu au travail, le seul endroit où son absence serait remarquée. Car au moment où il croyait ne plus être capable de rien, une petite voix murmurait dans sa tête : « Tu peux pas manquer le boulot comme ça, qu'est-ce que tu vas leur dire si tu ne viens pas ? » Il avait toujours détesté se faire porter pâle. C'est ça qui le poussait encore à se lever. À présent, on songeait à le mettre au rancart. Il n'était qu'un ouvrier sans qualification de cinquante-quatre ans : qu'était-il censé faire après ? Il voulait pouvoir se regarder dans la glace le matin sans éprouver de dégoût.

— Je ne le montre peut-être pas, mais je suis inquiet.

Shauna fit la grimace. Le fait qu'il croie présenter au monde un visage insouciant prouvait à quel point il s'abusait lui-même.

— Il faudrait que tu parles à quelqu'un, répondit-elle.

Ça faisait du bien de parler, il le savait. Il comprenait que c'était mauvais de tout garder pour soi. Il savait aussi que c'était nocif de trop boire, pourtant il allait au pub tous les soirs. Il n'ignorait pas qu'il était bon pour l'organisme de manger beaucoup de fruits et légumes, mais il se nourrissait de chips, de pâtes et de repas tout prêts. C'est une chose de savoir ce qui est bon pour vous, mais c'en est une autre de l'appliquer.

— Mais je te parle à toi, non ?

— Je pensais à quelqu'un d'extérieur à la famille.

— Tu veux dire un psy ? dit-il avec un mouvement de recul.

— Oui, un thérapeute ou un conseiller.

— Mais je n'invente pas un problème dans ma tête, j'ai un vrai problème.

— Raison de plus pour te faire aider.

Il n'était pas certain de ce que cela signifiait, pourtant son ton se durcit.

— On vit pas dans le même monde, Shauna. Je suis qu'un gars ordinaire de la classe populaire, je serais mal à l'aise en face de ces gens-là.

— Comment peux-tu le savoir avant même d'avoir essayé ?

Il la regarda comme si elle lui avait suggéré d'aller se promener dans le centre-ville en tutu.

— Papa, ton projet m'inquiète.

— Y a pas de quoi se tracasser.

— Sais-tu à quel point ce sera angoissant d'être enfermé dans un espace confiné, sous terre, pendant une durée indéterminée ? Quand tu seras tout seul, là en bas, toutes sortes de choses pourraient te passer par la tête. Tu dis que tu es inquiet, eh bien je ne vois pas de meilleur moyen pour faire empirer la situation.

Russell se gara devant la maison d'Aidan et laissa tourner le moteur.

— Merci, mon vieux. Mais franchement, c'était pas la peine.

Il releva le frein à main :

— T'aurais jamais pu attraper un bus à cette heure-ci, et il fait un temps de chien.

La pluie tambourinait sur le toit de la Ford Escort. Ils avaient passé la soirée chez Russell, à regarder un match. Ils avaient bu un coup et bien rigolé ; c'était une bonne soirée. Personne n'avait parlé du projet d'enterrement, pas de silence gêné. Pourtant, derrière son ton badin, Aidan sentait bien que son ami broyait du noir. Il le regarda, plongé en lui-même, fixant d'un air morose les grosses gouttes dégoulinant le long du pare-brise.

— Tu as l'air claqué, mon vieux.

Ces paroles arrachèrent Russell à sa torpeur. Il se massa les yeux. Puis il détacha sa ceinture et attrapa dans sa veste ses cigarettes et son briquet.

— T'en veux une ?

Aidan avait arrêté depuis des années. Il se demanda si Russell l'avait oublié, ou s'il essayait de le tenter. Il avait juste envie d'aller se coucher, mais il voyait bien que son ami, lui, voulait parler.

Russell inspira la fumée dans ses poumons. Minuit passé, la rue était déserte. Seul bruit audible, le jappement d'un chien provenant de la masse rouillée de l'usine Jenkins, la vieille aciérie qui attendait toujours sa reconversion. Il avait trouvé le moyen d'y entrer et ne savait plus comment en ressortir. Il aboierait ainsi toute la nuit.

— Depuis combien de temps on se connaît ?

L'inquiétude envahit Aidan.

— Ça doit faire plus de vingt ans.

— Je crois que ça en fait vingt-quatre, bientôt vingt-cinq.

Aidan observait les gouttes d'eau étincelantes qui dansaient dans la lumière jaune pisseux d'un lampadaire tout proche.

— Presque un quart de siècle ! Ça fout la trouille, tu trouves pas ?

— Eh ouais, on se fait vieux !

— Faut croire.

Russell prit une grande bouffée et souffla la fumée par le nez.

— Ça te gêne pas si je te dis ce que je pense ?

— Bon Dieu, Russell, est-ce que ça t'arrive de ne pas le faire ?

Aidan croyait qu'il se mettrait à rire, mais il sursauta car, quand son ami se retourna, il affichait une extrême gravité.

— Je crois que j'en ai bien gagné le droit.

Pas la peine d'expliquer. À la mort d'Eileen, Aidan avait failli sombrer. Russell l'avait tiré par la peau du cou et forcé à revenir dans le monde des vivants. Pendant la première année, il s'assura qu'Aidan ne restait jamais seul. Les gosses étaient toujours dehors, à jouer dans la rue, au parc, ou partis dormir chez leurs copains ; un mur s'était érigé autour d'Aidan pour les tenir à distance. Russell l'emmenait au pub, aux matchs de foot, au cinéma, aux courses de Chepstow, ou encore passer la journée à Cardiff ou Bristol. Il était absolument parfait, on n'aurait pu rêver plus fidèle ami.

Au bout de quelques semaines, Aidan n'en pouvait plus.

Quand Russell frappait à sa porte, il se cachait derrière le canapé en songeant : « Fous-moi la paix ! » Et l'autre se mettait à crier : « Ouvre, je sais que tu es là », en frappant de plus en plus fort. Rien ne l'arrêtait, et au bout d'un moment, Aidan commençait à craindre qu'il ne défonce la porte s'il ne répondait pas. En fin de compte, il se relevait et ouvrait avec une vague excuse du genre j'étais aux toilettes ; j'étais au téléphone.

Russell, qui n'en croyait pas un traître mot, lui adressait un semblant de sourire, puis il lui tapait dans le dos en disant : « Allez, mets ton manteau. » Aidan avait alors envie de pleurer sur l'épaule de son ami en gémissant : « Pourquoi moi ? Nom de Dieu, pourquoi c'est tombé sur moi ? » Mais il ne le faisait pas. Il enfilait son blouson. Suivait Russell jusqu'à la voiture. Mettait sa ceinture. Se laissait emmener pour la journée. *Je crois que j'en ai bien gagné le droit*. Sans Russell, il serait toujours terré derrière son canapé à se demander : pourquoi moi ?

— Je t'écoute.

— Ton idée, là, de t'enterrer vivant, fais pas ça. Tu y arriveras jamais. Je te promets qu'au bout de deux ou trois jours, tu pleureras pour qu'on te sorte de là. Et qu'est-ce que tu feras, après ? Tu sais comment ils sont par ici ? Ils aiment bien se foutre de ceux qui veulent pas faire comme tout le monde, surtout quand ça foire. Ils feront la queue pour te dire : « Je t'avais prévenu. »

Il s'arrêta pour prendre une autre bouffée. Aidan regardait droit devant lui, sans rien manifester.

— Alors, faudra que tu retournes chez Sunny Jim, la queue entre les jambes, en espérant qu'ils aient pitié et qu'ils te laissent continuer à bosser jusqu'au bout pour que tu aies droit à ta prime, dans quelques mois. T'as pensé à ce que ça ferait ? Supplier ces salopards en leur disant à quel point tu es désolé d'avoir fait ça ?

— J'y ai réfléchi. Et j'ai décidé de continuer. Et je veux que tu saches que si je me ridiculise, tu pourras être le premier à venir me dire : « Je t'avais prévenu. » Ça te va ?

Un petit nerf se mit à tressauter sous l'œil de Russell. Il se détourna, baissa sa vitre et fit tomber sa cendre dehors, rougeoyante dans l'obscurité.

Puis il se retourna, de nouveau face à son ami, à présent crispé.

— J'essaye seulement de t'aider.

Aidan l'observa attentivement. C'était peut-être vrai, pourtant, il ne pouvait s'empêcher de croire que Russell voulait également le faire rester à sa place. Car c'était toujours lui qui avait le dernier mot, qui décidait si une idée était bonne ou pas. Qui ramenait sur terre ceux qui soudain avaient la folie des grandeurs. Peut-être qu'il n'appréciait guère que, pour une fois, Aidan prenne une initiative. Qu'il ait une idée quand tout le monde baissait les bras.

— Merci du conseil, mon vieux. Écoute, faut que j'y aille, je suis crevé.

Il ouvrit la portière. Il lui fallait s'éloigner à présent, avant de s'énerver. Russell posa la main sur son épaule.

— Si tu décides de le faire, je serai là, tu le sais, hein ?

On aurait dit qu'il voulait lui casser la figure.

— Mais oui, mon vieux, je sais.

— C'est juste que…

— Je sais. Ça a l'air dingue. Je le sais bien.

Aidan sortit sous la pluie. Il lui montrerait qui était dingue. Il leur montrerait à tous.

2

Cardiff. Dylan ne pouvait pas blairer cette ville. Tout y était trop neuf, rutilant, fanfaron, comparé à Crindau. Avant, on savait où on était. Crindau était un trou, et au bout de la route, il y avait Cardiff, un autre trou, la taille au-dessus, probablement la capitale la plus minable, la plus pourrie d'Europe. Pourtant, aujourd'hui, tous les jeunes du pays qui entraient à l'université hésitaient : « Peut-être que j'irai à Cardiff, il paraît que c'est là que ça se passe. » Hallucinant ! Cette ville était comme une vieille poule sur le retour qui, par miracle, avait enfin décroché le gros lot et s'était tout de suite mise à se maquiller outrageusement en se parant des pires accessoires qu'offrait l'argent. Sauf que tout avait été si rapide qu'il y avait eu des ratés. Aux abords et même en plein centre, ici et là, on retrouvait des pans de l'ancien Cardiff, sales, miteux, désaffectés. On aurait dit que le reste du pays de Galles pouvait bien crever, du moment que les gens avaient cette vitrine toute neuve, éclatante, où les huiles avaient leurs bureaux. Ça puait, mon pote, ça puait grave. Malgré leurs investissements, ils ne parvenaient pas à cacher le fait que c'était un trou, une pauvre bourgade de province sous les strass. Il se demandait vraiment comment Shauna faisait pour vivre là.

Et pour couronner le tout, elle était en retard.

Il l'attendait là depuis plus de vingt minutes. C'était le genre d'endroit qui poussait partout à Cardiff, le style d'établissement qui ne parvenait pas à décider s'il était un pub ou un café. Deux femmes étaient assises à une table dans un angle, leurs sacs à leurs pieds, jacassant autour d'un cappuccino, alors que tout le monde était debout au bar, à s'envoyer des pintes de blonde, pendant qu'Orbital hurlait à travers les baffles.

Ça ne ressemblait pas à Shauna d'être à la bourre. Il avala son eau pétillante et se dirigea vers la porte. Il attendrait dehors, cinq minutes, et si elle ne se montrait pas, alors tant pis pour elle. Il s'attarda près de la fenêtre, contemplant la devanture du Café de Paris. Il alluma une cigarette et tira une bouffée.

— Dylan !

Il leva les yeux et vit Shauna, le visage rouge, qui courait vers lui.

— T'étais où ?

— Je suis navrée. J'ai eu un coup de téléphone à la dernière minute d'une patiente qui avait pris une surdose de médicaments. Il a fallu que je la garde en ligne le temps qu'un collègue appelle une ambulance. Je ne pouvais pas m'en aller… Mais pourquoi tu n'allumes pas ton portable ?

— On me l'a piqué la semaine dernière.

Elle soupira, ferma les yeux et souffla. Elle avait une mine affreuse.

— Hé, fit-il.

Il lui saisit le bras. Elle ouvrit les yeux et le dévisagea :

— Oh ! là, là, quelle semaine !

Il lui tendit sa cigarette.

— Je croyais que tu avais arrêté, continua-t-elle.

— Ouais. Et là, je vais de nouveau arrêter.

Il vit une femme passer près d'eux, qui se retourna, lui fit un clin d'œil, pas mal en plus. Shauna lui souriait.

— Moi, en tout cas, ça me change d'être en retard. Viens là, toi, dit-elle en lui tendant les bras.

Dylan lui rendit son sourire et ils tombèrent dans les bras l'un de l'autre. Ils réalisèrent soudain à quel point ils se serraient désespérément fort et ils pouffèrent.

— Alors, comment vas-tu, petit frère ?

— Pas mal.

— J'ai besoin de boire quelque chose. Viens.

Il fit un pas en arrière :

— Pas là. Cinq minutes de plus à écouter Orbital, et je me transforme en Travis Bickle.

— D'accord. Où veux-tu aller ?

— C'est ta ville… Dans un vrai bar, OK ?

Un grand verre de vin aida Shauna à se détendre. Puis, après avoir débattu pour savoir qui paierait la note, son frère la laissa payer la seconde tournée.

— Je sais pas comment tu fais pour écouter les histoires de tes patients toute la journée. Tu décroches jamais en pensant à autre chose pendant qu'ils parlent ?

— Ça s'apprend, répondit-elle en haussant les épaules. Il te reste des clopes ?

— Une... On la partage ?

Elle acquiesça. Tandis qu'il l'allumait, elle reprit :

— Moi, je ne sais pas comment tu fais pour monter sur scène devant toutes ces personnes, je ne pourrais pas.

— Ah bon ?

Il lui tendit la cigarette, ravi. Shauna n'était pas du genre à faire des compliments. En tout cas, pas à lui. Ils s'entendaient bien mieux qu'auparavant, c'était un peu comme aller boire un coup entre potes.

— Tu t'y sens comme chez toi ?

Elle lui lança un long regard tranquille, comme si, enfin, elle voyait qui il était. Il se rapprocha un peu pour qu'elle le voie encore mieux.

— Ouais, j'adore ça. Au début, je suis super anxieux, bien sûr, mais une fois que j'y suis, fit-il en claquant des doigts, je plane.

Elle souffla la fumée du coin de la bouche et tapota le cendrier du bout de sa cigarette.

— Tu es retombé sur tes pieds, cette fois, en obtenant ta carte professionnelle quelques mois après la fin des cours d'art dramatique, et puis en décrochant ce rôle si vite après l'autre. La plupart des comédiens mettent des mois, des années avant d'avoir deux rôles à la suite.

« Retombé sur ses pieds », ça ne lui plaisait guère – comme s'il avait eu de la chance. Ce n'était pas de la chance, il était doué, c'est tout. Elle lui tendit à son tour la cigarette, et il inspira une petite bouffée avant de répondre :

— Ouais, mais faut dire que la pièce est mauvaise. Et quand je dis « mauvaise » c'est pas « elle pourrait être mieux », mais « c'est une putain de daube ». C'est vraiment une merde.

Il se redressa soudain et empoigna sa bouteille de Budvar comme un micro, imitant les voix off hollywoodiennes :

— C'est implacable, c'est controversé, c'est *Wasted* : le dernier spectacle de la Streetwise Theatre Company, la pièce la plus époustouflante jamais jouée à Llanglotty Village Hall. Vous allez rire, pleurer, vous serez heureux d'avoir dépensé 6 livres.

Shauna eut un sourire indulgent :

— D'accord, ce n'est pas un chef-d'œuvre, mais ça t'aidera à te faire un CV.

Mais Dylan n'en avait pas fini.

— Attends, on ne joue pas dans les théâtres. Trop bourgeois, a décrété notre metteur en scène. Ce n'est pas là qu'on touche les vraies gens, le *gwerin*[1], tu sais.

— Ah oui, le peuple !

— C'est ça, donc je vais passer les six prochains mois à tourner dans les foyers municipaux et les écoles. Et en plus, on doit rester après le spectacle pour discuter avec le public des problèmes évoqués !

— Quels problèmes ?

— Les questions soulevées par ce drame éblouissant à propos de la drogue et en quoi ça concerne les gosses du coin, tu piges ?

— Je vois le tableau.

1. « Les gens ordinaires » en gallois. *(N.d.T.)*

— Shauna, promets-moi de ne pas venir me voir jouer, sinon, je te jure, je ne te le pardonnerai jamais.

— Écoute, Dylan, tu as vingt-six ans et c'est, disons, ta quatrième carrière depuis la fac, c'est ça ?

— À peu près, fit-il en haussant les épaules.

— Tu as abandonné ta formation de journaliste au bout de quelques mois.

— Je voulais écrire un truc qui ait du sens, pas une nouvelle tranche de cinq cents mots sur des pochards qui se bastonnent après la fermeture des pubs.

— Donc, tu es parti pour devenir comique.

— Quand tu as des Cockneys bourrés qui arrêtent pas de te balancer : « Ta gueule, connard de Gallois ! », au bout d'un moment, t'en peux plus.

— Ensuite, il y a eu ton groupe…

— Tonypandy Five-O, fit-il avec un sourire nostalgique. Ça aurait pu marcher si on avait eu un bon manager à la place de ce connard de pourri de Brynley.

Elle ne releva pas.

— À présent, tu as un travail régulier, alors contente-toi de consolider ta situation, OK ?

Ses doigts tambourinaient sur la table, indifférents.

— Arrête de faire ça, reprit-elle.

Il déplaça sa main sur sa cuisse et continua.

— T'as raison, faut que j'attende que l'occasion se présente. Plus un mot sur cette pièce.

Ça ne valait pas la peine de se lancer dans une dispute, ils s'entendaient trop bien. À la réflexion, Shauna était vraiment cool, quand elle arrêtait de jouer les grandes sœurs avec lui. Il pourrait même passer une bonne soirée avec elle. Il montra du doigt son verre à moitié vide.

— On remet ça ?

— OK.

Il se leva, claqua des doigts et la désigna en souriant :

— Je vais chercher des clopes.

À son retour, Shauna lui lança un regard éloquent et lui dit à voix basse :

— On n'a pas encore parlé de papa.

Dylan contempla sa bouteille de Budvar et se mit à en déchirer l'étiquette en commençant par le coin.

Du bout de l'index, sa sœur parcourait délicatement les perles de buée qui recouvraient son verre.

— J'aurais dû aller le voir plus souvent. J'ai découvert dans quel état il était. Le problème, c'est qu'il n'est pas évident de le faire parler de lui. C'est si difficile… et j'étais tellement occupée ces derniers temps…

— Culpabilise pas, Shauna, ça fait hyper longtemps que j'y suis pas allé non plus.

C'était vrai. Mais Dylan était bien la dernière personne sur laquelle on pouvait compter. Piètre consolation.

— Dieu sait ce qui lui est passé à l'esprit. C'est une idée complètement folle.

Dylan leva les sourcils

— Ouais, mais pour une idée folle, elle est plutôt bonne.

— Tu trouves ?

Elle le regardait à présent comme si c'était un criminel.

— Qui aurait cru qu'il était capable d'imaginer un truc aussi hallucinant ? Faut l'admettre, c'est complètement barré. En fait, ça pourrait bien faire la une !

— Non, Dylan, ça ne fera pas la une parce que nous ne pouvons pas le laisser mettre son plan à exécution. Il craquerait. Franchement, combien de temps crois-tu qu'il tiendrait ?

Il continuait d'arracher des lambeaux d'étiquette, évitant de regarder sa sœur.

— As-tu quelque chose en tête ?

— Comment ça ? fit-il en relevant enfin les yeux.

— Je te connais. Tu es toujours à la recherche d'un nouveau plan.

— C'est faux ! Je plaide non coupable.

— Très bien, dans ce cas, va voir papa et essaie de lui faire entendre raison. Je ne veux pas m'en occuper toute seule. C'est toujours moi qui dois régler les problèmes ! J'aimerais que de temps en temps, toi aussi tu prennes des responsabilités.

Là, elle commençait à l'énerver pour de bon. Il fallait toujours qu'elle ait le dernier mot. Et ce dernier mot, c'était invariablement : *ça ne marchera jamais*. Elle était pessimiste dès qu'il y avait le moindre risque. Enfin quand même, on devait bien se passer de filet de sécurité, parfois ?

— Dylan, tu as entendu ce que je t'ai dit ?

Il but une gorgée à la bouteille et répondit le regard dans le vague :

— Ouais.

Dans le bus qui le ramenait à sa chambre meublée de Llantwit Minor, le jeune homme déprimait en songeant au lendemain. Encore une représentation dans une école, suivie d'un débat captivant. Il se demanda s'il parviendrait à tenir cinq mois comme ça. Toutes ces conneries sur le fait de mettre le théâtre à la portée du peuple. Le mouvement de protestation de son père, ça, c'était du théâtre pour le peuple. Le pauvre type tout seul contre le système, le mec ordinaire qui n'en peut plus. Aidan dans le rôle principal, mis en scène par Dylan.

Non, Dylan, ça ne fera pas la une parce que nous ne pouvons pas le laisser mettre son plan à exécution.

Shauna le faisait vraiment chier parfois. Comment pouvait-elle être aussi sûre que ça foire ? Elle était en colère car rien de ce qu'elle disait à son père ne marchait. Elle n'aimait pas que les gens ignorent ses conseils.

Son père avait besoin d'aide. D'un sacré coup de main, même !

Dylan aurait tellement voulu avoir un père cool, branché, affranchi. Quelqu'un qui dégage une autorité naturelle, de l'aisance, qui fasse rire ses amis, sache tout réparer, qui comprenne qui il était, le soutienne et l'aide à aller là où il voulait. Mais il était tombé sur ce type qui lui inspirait de la commisération, qui n'avait aucune idée de l'identité de son fils, et qui achetait au marché ces fringues nases, pas du tout assorties. Dylan l'aimait, mais il avait pitié de ce pauvre bougre. C'était un mélange qui le faisait frissonner.

Gwynned aidait Aidan à réarranger le cercueil.
— Il faut un conduit assez large pour me descendre la bouffe, la boisson, et pour que je puisse évacuer mes… besoins.
Son ami fit la grimace.
— Faut bien que ça atterrisse quelque part, acheva Aidan.
Gwynned replaça ses lunettes sur son nez :
— Pour sûr.
— Et j'aimerais que ce soit assez grand pour qu'en levant les yeux, je voie le ciel, et que ceux d'en haut voient ma tête et mes épaules. J'aurais moins l'impression d'être coupé du monde.
— D'accord. On s'y met.
Aidan s'allongea par terre, et Gwynned mesura un cadre englobant sa tête et ses épaules.
— Bon, ça nous fait quatre-vingts par cinquante-cinq…, dit-il en le notant dans son carnet. Maintenant, va falloir faire le trou dans le couvercle du cercueil.
Aidan se leva et s'épousseta :
— Je vais passer un coup d'aspirateur.
Gwynned ne répondit pas.
— J'ai réfléchi à la hauteur que devrait avoir le périscope au-dessus du sol. Si ça monte à un mètre cinquante, alors les gens n'auront qu'à baisser la tête pour me voir et me parler.
— Donc, si tu es enterré à un mètre cinquante de profondeur…
— Ça fait trois mètres en tout.
— Tout est sur les plans, fit Gwynned en hochant

la tête. Avec un bon plan de départ, tout retombe bien en place.

— Espérons-le !

Ils se rendirent dans une scierie et achetèrent quatre planches en agglo. Ils construisirent d'abord le périscope, puis percèrent le couvercle du cercueil et le posèrent dessus pour voir. Enfin, ils échangèrent un sourire nerveux.

— Comment est-ce qu'on va le faire tenir ? Faudrait le clouer ?

Gwynned regarda autour de lui :

— Ça va être coton après, pour le passer par la porte et l'amener dans le jardin. Vaudrait mieux les sortir séparément, ensuite on pose le périscope, et on remet la terre autour. Ça devrait suffire.

— Tope là ! Mais il faut aussi qu'on puisse faire monter et descendre des trucs, se souvint alors Aidan.

— Y aura qu'à clouer en haut une baguette en bois et mettre une corde…

— Ouais, et on en fixe une autre en bas pour attacher la corde autour quand je fais remonter le panier pour qu'il reste en haut. Parce qu'il y aura pas beaucoup de place dans le cercueil.

— Eh ben voilà ! on y arrive, fit son ami en souriant.

— Gwynned ?

— Ouais ?

— Merci pour tout… pour ton aide. Je sais que ça a l'air un peu fou tout ça…

Son ami coinça son crayon derrière son oreille :

— Les temps changent, faut trouver quelque chose d'extraordinaire, qui prenne les gens par les couilles. C'est comme Greenpeace, regarde toute la pub que ça leur a fait quand ce gars a escaladé Big Ben.

Aidan hocha la tête. C'est vrai, tout le monde en avait parlé. Il avait trouvé ça formidable.

— Un jour, les gens verront tout ça comme nous le Moyen Âge, et ils arriveront pas à croire qu'on était retardés à ce point ! Ça leur coupera la chique de voir que les patrons avaient le droit de faire ça. Ils diront : « C'était le Moyen Âge au XXIe siècle, mon vieux. Imagine que tu doives t'enterrer vivant, juste pour obtenir ce que tout le monde tient pour acquis aujourd'hui où le patron demande leur avis aux travailleurs avant de lancer les grandes réformes. » Et laisse-moi te dire mieux, on étudiera ton cas à l'université.

Aidan sourit, l'idée lui plaisait :

— On verra bien.

— On sait jamais ce qui peut marcher, pas vrai ? Le gars qui a eu cette idée d'enfermer dans une baraque un groupe de débiles, sans aucune opinion sur rien d'intéressant, de les filmer vingt-quatre heures sur vingt-quatre, sept jours sur sept, et puis de passer ça à la télé, on l'a sûrement pris pour un dingue. Et regarde le résultat !

Un peu plus tard, allongé dans son cercueil, Aidan mangeait : frites réchauffées au micro-ondes, morue et petits pois. Il faisait de son mieux pour s'empêcher de se redresser, de relever la tête, car il ne le pourrait plus quand le couvercle serait cloué. Mais c'était diablement difficile. Il devait prendre de petites bouchées et mâcher tout avec soin, sans quoi il avait du mal à avaler et souffrait de terribles problèmes de digestion. Les petits pois échappaient à sa fourchette, roulaient dans son cou, jusque dans sa chemise, ou bien tombaient dans le cercueil.

— Et merde !

Il y avait quelqu'un à la porte. Il fit très attention en se levant, posa son assiette et alla ouvrir. C'était Dylan, sourire espiègle, serrant contre lui son baise-en-ville.

— Salut, 'Pa.

— Heureux de te voir, fiston.

Il sourit de nouveau et serra l'épaule d'Aidan.

— Moi aussi, 'Pa.

— Tu as eu mes messages ?

Il lui en avait laissé deux, lui demandant de le rappeler car il avait quelque chose d'important à lui dire. Il ne voulait pas que ce soit sa sœur qui l'informe de son projet.

— On m'a piqué mon portable et j'ai pas encore eu le temps d'en acheter un autre. Shauna a appelé la compagnie de théâtre pour avoir le numéro de l'école où on jouait, et elle m'a appelé là-bas, hier. Elle m'a raconté ce qui se passait.

Épatant.

— J'allais t'appeler, et puis j'ai pensé… non, saute dans le train et vas-y !

— Tu restes longtemps ?

— Non, faut que je rentre demain matin.

— Ils te font bosser dur, hein ?

— Ouais, cinq ou six représentations par semaine.

C'était une bonne nouvelle : Aidan était heureux de le savoir occupé. Il avait été horrifié d'apprendre que Dylan voulait devenir comédien. D'après Shauna, 99 % d'entre eux étaient au chômage à un moment donné. C'était son premier rôle depuis qu'il avait obtenu sa carte professionnelle, suite à l'adaptation de *One Moonlit Night*, une production très expérimentale, que son père était allé voir à Mold, et qui l'avait totalement déconcerté.

— Faut vraiment que je te parle, 'Pa.

Son ton le trahit. Aidan imaginait très bien ce que sa sœur lui avait dit. *Essaie de lui faire entendre raison, peut-être qu'il t'écoutera.*

— Bon, tu me fais entrer ?

— Oh, mais oui, bien sûr, viens donc !

Il s'écarta pour laisser passer son fils. Aidan se rendit ensuite dans le salon. Dylan le suivit et posa son sac. Les mains vissées dans les poches arrière de son jean, il essaya de ne pas avoir l'air trop choqué.

— Donc, c'est ça ton cercueil.

Son père l'observait avec attention, se demandant quel angle choisir pour attaquer. Shauna pensait qu'il lui avait tout pardonné car il était le plus jeune, et qui plus est un garçon. Pourtant, il y avait eu de terribles disputes entre père et fils à l'adolescence de Dylan.

Dylan s'approcha et regarda à l'intérieur.

— Ça a l'air confortable.

— Pancho m'a dégotté un futon ; ça fait une sacrée différence.

Le jeune homme désigna de la tête le périscope, dans l'angle.

— C'est quoi, ça ?

Aidan le lui expliqua, et son fils alla jeter un coup d'œil.

— On dirait que tu as tout bien planifié.

Puis, désignant l'assiette posée sur le sol :

— Je t'ai interrompu pendant ton repas ?

— C'est pas grave.

— Vas-y, termine, je vais mettre la bouilloire à chauffer.

— Très bien.

Aidan se rallongea dans le cercueil, posa l'assiette sur son torse et se remit à manger. Au bout de quelques minutes, Dylan revint avec deux tasses, qu'il faillit laisser choir en découvrant son père dans cette posture. Aidan le sentit se raidir.

— Où veux-tu que je pose ça ?

— Mets-le par terre, à côté de moi.

Il s'exécuta puis s'assit sur le canapé.

— Tu t'es mis à manger dedans, c'est ça ?

Une fois de plus, son père expliqua qu'il s'entraînait. Le jeune homme ne répondit rien et se contenta de siroter son thé. Quand Aidan eut terminé son repas, il posa l'assiette et prit la tasse.

— Y a des petits pois dans ton cercueil.

Il regarda autour de lui et s'aperçut que des douzaines de billes vertes étaient éparpillées autour de lui.

— C'est sûrement quand je suis allé ouvrir la porte. Bon, alors tu vas me dire que je perds mon temps, c'est ça ? C'est pas ce que t'a demandé Shauna ?

Dylan sourit et croisa les jambes.
— Elle te mène la vie dure, hein ?
— Sûr.
— Fais pas attention à elle, c'est une idée géniale.
— Tu le penses vraiment ?
Il aurait voulu l'entendre de nouveau.
— C'est un super plan, 'Pa. Les médias vont adorer ça, c'est différent, c'est... et j'adore l'angle des Smiths.
— L'angle ?
— Ouais, Shauna m'a dit comment tu avais eu l'idée. Avec ça, on peut toucher la presse musicale. Tu as fait un communiqué de presse ?
Il se trémoussa, mal à l'aise :
— Eh bien, oui.
— C'est vrai ?
— Oui. J'ai jamais su trop bien écrire. Je sais qu'il faut publier un communiqué de presse si on veut attirer la publicité, mais je suis pas sûr d'avoir fait ce qu'il fallait.
— Montre, je vais te dire ça.
Aidan hésita, il ne l'avait encore laissé lire à personne.
— Allez, je serais ravi de te donner un avis professionnel.
Un avis professionnel. La bonne blague ! Il avait commencé une formation de journaliste, trouvé une place au *Cwmcarn Courier* et démissionné au bout de six semaines, en disant qu'il ne s'attendait pas à ça, qu'il n'avait aucune chance de faire quelque chose de créatif. Les seuls sujets sur lesquels il avait

écrit, c'étaient des cambriolages et des bagarres d'ivrognes après la fermeture des pubs. Mais qu'espérait-il, à Cwmcarn ?

Il se leva, s'approcha du cercueil, tendit la main.

Son père la saisit et se laissa hisser. Il se débarrassa de quelques petits pois cachés dans les replis de sa chemise. Déjà, Dylan s'asseyait à la table, sortait un stylo de sa poche et faisait place nette devant lui.

— Ça te dirait, une bière ?

— Pourquoi pas ? répondit-il en souriant. OK, fais voir ce que tu as fait.

La première partie était assez déprimante, trop axée sur la ville qui mourrait si l'usine fermait. Les gens n'avaient pas envie de lire des trucs aussi noirs en mangeant leurs corn flakes. Et à la fin, il y avait quelques paragraphes qui sentaient carrément le drapeau rouge.

Il est grand temps que les gens ordinaires se lèvent pour dire non. Avons-nous oublié notre fière histoire ? Ce pays a vu naître Nye Bevan, le fondateur de l'État providence. Des volontaires gallois sont allés combattre les fascistes auprès des républicains espagnols pendant la guerre civile. Et la population a accueilli Paul Robeson à bras ouverts quand il est venu filmer Proud Valley…

— Putain, murmura Dylan. Heureusement que je suis là !

Aidan sortit quelques bières du frigo et revint en fredonnant un air. Penché sur sa page, son fils en avait rayé l'essentiel.

— C'est si mauvais que ça ?

Il haussa les épaules :

— C'est…

Le sourire d'Aidan s'effaça.

— Vas-y.

— C'est un peu, disons, rétro.

— Rétro ?

— Ça fait très années soixante-dix.

— Et qu'est-ce que tu connais aux années soixante-dix ? Quand tu es né, elles étaient pratiquement terminées.

Le jeune homme ne prêta pas attention à cette dernière remarque, il avait vu tout ça à la télé. Il serra le poing :

— Tu sais, le pouvoir au peuple, nos frères avec nous, et tout ça.

— Pourtant, j'ai bien calmé le jeu, si tu avais vu la première version !

C'était à pleurer.

— Et puis, c'est trop long, il faut donner à ces gens-là ce qu'ils veulent. C'est-à-dire le moins de travail possible. Fais court, fais simple, enlevé, facilite-leur la tâche. Apporte-leur un papier quasiment prêt pour qu'ils n'aient plus qu'à l'insérer dans leur journal avec un minimum d'efforts.

— Tu veux dire qu'on doit faire le boulot à leur place ?

Dylan approuva tout en retirant la capsule métallique de sa canette :

— Exactement.

Cette idée ne plaisait guère à Aidan. Les gens qui avaient fait des études et obtenu de bonnes places ne devaient pas se montrer aussi paresseux.

— Alors, on va leur faciliter la tâche, OK ?

— D'accord.

Il renversa sa canette et but une longue gorgée ; puis il fit la grimace en voyant son fils de nouveau barrer quelque chose.

— C'est bien nécessaire ? fit-il avec dépit.

— 'Pa, mon vieux, le prends pas mal, mais faut vraiment éviter le couplet sur les pauvres travailleurs trahis par les patrons après avoir trimé comme des bêtes.

— Et pourquoi ça ?

Dylan inspira profondément en levant les mains :

— C'est trop... C'est du passé, personne ne parle plus comme ça aujourd'hui.

— Si, les gens d'ici.

Le jeune homme grogna et prit sa tête entre ses mains :

— Fais-moi confiance. Si tu veux que les journaux parlent de toi, faut changer d'approche.

Personne d'autre ne lui avait proposé de l'aider. Son fils était à ses côtés quand tous les autres le prenaient pour un fou. Il y avait longtemps qu'ils ne s'étaient pas assis tous les deux pour parler, ni n'avaient fait quoi que ce soit ensemble. Bien longtemps. Et puis, son texte était un peu bavard, il fallait l'admettre. Quatre pages, avec sûrement des répétitions. Dylan avait toujours su s'y prendre avec les mots.

— D'accord, vas-y, fais au mieux.

Le jeune homme releva la tête, rayonnant.

— Tu ne le regretteras pas, conclut-il en se remettant au travail.

Aidan se leva et vint voir.

— Qu'est-ce que tu barres, là ?

Dylan serra les dents, laissa tomber son stylo et s'écarta de la table :

— Je peux pas bosser comme ça. Faut que tu me laisses respirer !

— C'est bon, t'énerve pas.

Il prit son portefeuille et en sortit un billet de dix. Il se força à sourire :

— Tu sais quoi, 'Pa, tu vas aller nous chercher d'autres bières, et pendant ce temps, je termine ça.

Il mena sa tâche tambour battant, en une demi-heure. Quand Aidan revint, c'était terminé.

Six pieds sous terre

Alors que vous songez à Noël et aux cadeaux que vous allez offrir à vos proches, ayez une pensée pour Aidan Walsh. Car il va passer les fêtes enterré vivant dans un cercueil, au fond de son jardin. Le seul cadeau de Noël que souhaite Aidan, cette année, c'est de retrouver son emploi. En effet, il va être licencié par Sunny Jim Electronics lors de la fermeture de l'usine de Crindau, et il a peur de ce que lui réserve l'avenir ensuite. Aidan, cinquante-quatre ans, veuf et père de deux enfants, travaille depuis huit ans chez Sunny Jim Electronics : « De toute façon, c'est là que je me retrouverai quand ils m'enlèveront mon boulot : six pieds sous terre. »

Aidan restera enterré jusqu'à ce que Sunny Jim Electronics renonce à fermer l'usine. « Je ne fais pas ça uniquement pour moi, mais aussi pour tous ceux qui travaillent ici, pour leurs enfants, pour l'ensemble de la communauté. Je suis un gars ordinaire, sans relations avec un parti politique ou un syndicat, je fais seulement ce qui me semble juste. Crindau a déjà perdu tant d'emplois au fil des années, alors ces mille personnes qu'on met à la porte, c'est la goutte d'eau qui fait déborder le vase. Certains disent que mon projet est fou, d'autres que c'est le combat le plus inégal depuis David et Goliath, mais étant donné ma position, je n'ai guère le choix. Quelles sont mes chances de décrocher un nouvel emploi dans la région, à mon âge ? »

Son fils, Dylan, jeune comédien parmi les plus éblouissants du moment au pays de Galles, déclare : « Mon père nous a élevés tout seul après la mort de ma mère. Je ne l'ai jamais entendu se plaindre ni s'apitoyer sur son sort ; il a simplement fait ce qu'il fallait. Si les gens de Crindau sont à la recherche d'un héros local, je n'en vois pas de meilleur. »

Dylan avait ajouté le numéro de téléphone de son père, ainsi que celui de son mobile à lui et son e-mail. Demain, il saisirait tout ça sur son ordinateur portable, le sauvegarderait et en enverrait des copies aux journaux.

Mais Aidan n'appréciait guère les dernières lignes.

— Tu me fais passer pour une espèce de saint.

— Intérêt purement humain, 'Pa. On leur raconte une histoire dont tu es le personnage principal. Nous affrontons une multinationale sans visage, il faut te rendre humain.

— Mais je suis humain, merci beaucoup !

— Enfin, tu vois ce que je veux dire… Allez, fais-moi confiance.

Dylan et Aidan veillèrent tard, regardant *Le Grand Sommeil* tout en buvant une bière immonde. Il n'aurait jamais dû laisser son père aller seul au magasin, il rapportait toujours ce qu'il y avait de pire. Une fois pris par la boisson, Dylan avait amusé Aidan en imitant Bogart.

Allez, ma poule, remets-moi la même chose.

Aidan riait aux éclats. Son Peter Lorre n'était pas mal non plus.

Lâchez-moi, vous me faites mal.

Soit, il ne jouait pas dans *Le Grand Sommeil*, mais il aurait dû, car c'était exactement le genre de films où on s'attendait à voir débarquer Peter Lorre. Ses imitations des stars de cinéma d'autrefois, voilà ce qui avait vraiment convaincu son père que Dylan pouvait être comédien. Il avait toujours été un bon imitateur. Au lycée, leur professeur de géographie, Mr Collins, disait parfois en arrivant : « Très bien, Walsh, prenez ma place et faites-nous quelques imitations. » Ce qu'il voulait, c'était qu'il lui fasse les autres professeurs. « Faites Mr Jenkins… Faites Mrs Pugh… » Collins s'asseyait au fond de la classe et Dylan s'exécutait. Pendant quelques minutes, il devenait un héros qui les sauvait tous d'un fastidieux monologue sur la différence entre les climats tempérés et tropicaux, jusqu'à ce que, soudain, le professeur se lève en déclarant : « Très bien. J'en ai assez. Ouvrez vos livres. » Exécuter un numéro pour échapper à l'horreur d'un vrai travail, c'était peut-être ce qu'il avait fait toute sa vie, songeait-il parfois.

Quand il se réveilla le lendemain matin, ses tempes battaient comme un groupe de heavy metal serbe. Après que son père s'était couché, il avait fini la bière, veillant jusqu'à 3 heures, le cerveau en ébullition. Il entendit Aidan se lever, se traîner jusqu'à la salle de bains, descendre d'un pas lourd l'escalier. Puis la radio, le bruit de la vaisselle, de la préparation du petit déjeuner. La porte claqua et il partit à l'usine. Mon Dieu, il fallait vraiment être désespéré pour se lancer dans pareille entreprise ! S'enterrer vivant pour conserver un boulot minable dans un entrepôt ? Il osait à peine y penser.

Quand il vivait encore chez son père, chaque fois qu'il lui exposait une nouvelle idée de carrière, Aidan fronçait les sourcils et posait l'invariable question : *C'est bien joli tout ça, mais est-ce que ça paiera ton loyer ?*

Nom de Dieu, s'il entendait ça, ne serait-ce qu'une fois de plus, il hurlerait. Et lui, ça lui aurait fait mal de dire juste une fois : « C'est une idée intéressante, fiston, je te souhaite bonne chance » ? Il se souvint, enfant, de ces longs jours vides. Cette écœurante atmosphère de tristesse, de perte, qui le faisait fuir la maison. Errer par les rues crasseuses, grises et dangereuses de cette ville oubliée. Aucun moyen d'échapper à cette atmosphère morne, totalement dénuée d'imagination. Même si l'on prenait le car pour quitter Crindau, malgré quelques vagues ébauches bucoliques, le paysage retrouvait rapidement son aspect habituel : des propriétés lugubres et des usines hideuses vomissant des fumées toxiques.

Si on aimait lire, ou regarder des films sous-titrés, on se faisait traiter de pédé. Si on n'aimait pas écouter Queen ou Iron Maiden à s'en faire péter les tympans, on se faisait traiter de pédé. Si on aimait aller au théâtre... Vous voyez le tableau. Lors de sa courte carrière de comique, la parodie de la vie à Crindau avait été le fond de commerce de Dylan.

Les autres villes sont jumelées avec ces magnifiques villages de France et d'Allemagne. Crindau, elle, est jumelée avec le cimetière d'Ostende.

Dans une de ces répliques cinglantes dont elle avait le secret et qu'elle balançait sous couvert de grandes théories psychanalytiques, Shauna lui avait dit qu'il aimait jouer les comiques car le public remplaçait l'affection de sa mère. Tout ce qu'il aimait, tout ce qui le captivait, il fallait toujours qu'elle le dépouille de sa magie. C'était ça, la psychanalyse, au fond : remettre les gens à leur place. Carrière parfaite pour une grande sœur.

Souvent, Dylan avait l'impression de n'être que l'ombre d'un autre, plus solide, plus substantiel. Qui vivrait une vie merveilleuse ailleurs. Dans un endroit cosmopolite, à la mode, entouré de belles femmes et d'amis fidèles, passionnés par les mêmes choses que lui, celles qui justement le mettaient en marge à Crindau. Le matin, il se réveillait et, encore plongé dans un demi-sommeil, imaginait que quelqu'un entrait dans sa chambre pour lui annoncer : « Nous sommes vraiment navrés, Mr Walsh, c'est une terrible erreur. Vous n'êtes pas à votre place ici. Vous devriez être à New York. Habillez-vous, nous vous y emmenons tout de suite. »

Ainsi allongé dans sa chambre d'autrefois, il sentit monter en lui cette vieille déprime. Cet horrible vide qui rôde à la surface de toute chose. C'était toujours sa mère qui l'encourageait. *Ah ! Dylan,* a stór[1], *tu seras célèbre un jour.*

Il se revoyait assis auprès d'elle à l'Atlantic Bar, lors de vacances en Irlande, et se remémorait l'expression des gens qui s'approchaient de leur table.

— Aurons-nous le plaisir de vous entendre chanter, ce soir ?

— Je suis juste venue boire un verre.

— Ah ! dans ce cas, excusez-moi…

On la traitait comme une reine. Ces souvenirs bercés de lueurs d'affection, d'admiration, étaient les plus beaux de son enfance.

— Et que devient Dylan ? Tu es déjà presque un homme ! Je suis sûr que toi aussi un jour tu monteras sur scène, Dylan, *a stór*.

Parfois, il lui en voulait terriblement d'être morte. D'être ainsi partie en les laissant livrés à eux-mêmes. Cela n'avait aucun sens – ce n'était pas sa faute si elle était décédée, ce n'était la faute de personne, c'était juste arrivé. Alors pourquoi se mettait-il dans une telle fureur ?

Ça suffit. *Allez, lève-toi et bouge de là !* Il s'habilla, rangea ses affaires dans son sac, but un café et monta juste à temps dans le train de 8 h 30. Dès

1. « Mon chéri » en gallois. *(N.d.T.)*

son arrivée, il taperait son communiqué de presse et l'enverrait. Ça allait marcher, il allait faire trembler Crindau sur ses fondations.

Aidan fut horrifié quand Wilf fondit en larmes. Ils se connaissaient depuis vingt ans, mais jamais il ne l'avait vu pleurer.

— Je sais pas comment on va s'en sortir.

Voilà comment ça avait commencé : ils étaient tous les deux assis dans la cuisine d'Aidan, Wilf serrant la tasse de thé qu'il n'avait pas encore touchée, alors que son ami avait presque fini la sienne. Et puis il était parti en vrille, disant qu'il y avait toujours eu la possibilité de faire plein d'heures supplémentaires, et que ça l'avait aidé à réduire ses dettes à presque rien. Que Megan et lui avaient prévu l'été prochain d'aller en Australie voir leur fille Sharon, en emmenant sa mère à lui. C'était les vacances de toute une vie.

— Maintenant, c'est foutu.

L'instant d'après, il sanglotait comme un enfant.

— Allons, allons, avait fait Aidan en passant la main par-dessus la table pour serrer l'épaule de son ami.

Mais celui-ci avait continué de pleurer sans pouvoir s'arrêter, et au bout de quelques secondes, Aidan avait retiré sa main. Il ne savait plus quoi faire. Il avait épuisé ses compétences en la matière. Jamais il n'avait eu à s'occuper d'un homme en larmes dans sa cuisine.

Il regretta qu'Eileen ne soit plus là : elle aurait pris la situation en main avec maestria. Il essaya d'imaginer ce qu'elle aurait fait. Elle se serait levée, serait passée de l'autre côté de la table pour s'asseoir à côté de Wilf, effondré, et aurait passé un bras autour de lui. Puis elle lui aurait murmuré des paroles apaisantes avec son bel accent irlandais.

Aidan se leva pour aller s'asseoir auprès de son ami. Il prit sur lui, et s'apprêtait à passer un bras autour de lui quand soudain, Wilf se redressa et hoqueta lamentablement tout en se cognant au poignet d'Aidan. Il regarda ce dernier d'un air confus, affolé, se demandant s'il l'avait délibérément frappé. Aidan s'écarta.

— Désolé, mon vieux, je...

Wilf enfouit son visage dans ses mains et se tourna. Aidan comprit que cette proximité physique ne faisait qu'accroître son malaise ; il avait besoin d'espace. Il se releva pour aller chercher quelques bières dans le réfrigérateur. Quand il revint, Wilf essuyait ses yeux larmoyants. Aidan ouvrit une canette et posa l'autre devant son ami.

— Tiens, prends une bière.

Mais Wilf cherchait désespérément à retrouver le contrôle de lui-même et ne voulait pas se retourner. Aidan se pencha, reprit la canette et l'ouvrit avec un petit bruit sec.

— Voilà, elle est prête. Je te l'approche plus près. Elle est juste sur ta droite.

Les mains de Wilf glissèrent sur son visage, il cligna.

— À la tienne.

— Ouais.

Il attrapa un mouchoir, s'essuya les yeux et se moucha.

— Désolé.

— Y a pas de quoi. Ça fait du bien de pleurer. C'est mauvais de tout garder à l'intérieur. Tu augmentes le risque d'avoir une tumeur, comme ça.

Wilf eut l'air stupéfait.

— Ah bon ?

— C'est ce qu'ils ont dit à la radio.

— Je savais pas ça. Nom de Dieu, une tumeur ? T'es sûr ?

Wilf lui jetait un regard implorant. À présent, Aidan n'était plus très sûr, peut-être que c'était l'hypertension, en fait. Il hésitait.

— Combien de temps il faut pour avoir une tumeur si on garde les choses à l'intérieur ?

Et merde, maintenant, il regrettait d'avoir raconté ces conneries-là. Pour qui est-ce qu'il le prenait, un toubib ?

— Oh, longtemps !

Wilf avait toujours l'air pétrifié.

— La dernière fois que j'ai pleuré, c'est quand Sharon a quitté la maison, y a sept ans.

Aidan l'ignorait. Il s'était senti déchiré quand ses enfants étaient partis faire leur vie, mais il n'avait pas versé une larme. Il en avait eu envie, mais s'était assis sur le canapé, en essayant de se persuader que c'était un soulagement d'avoir tout cet espace pour lui seul, et il s'était soûlé. À présent, il se disait qu'il s'était roulé lui-même. Peut-être aurait-il mieux fait de brailler comme Wilf, de tout laisser sortir, de vider un paquet de mouchoirs taille extralarge. Il se demanda ce que son ami faisait d'autre quand ils n'étaient pas ensemble.

— Mais comment est-ce que ça peut donner une tumeur ?

Nom de Dieu, on aurait dit un chien qui a trouvé un os.

— Il paraît que les hommes ont plus de mal que les femmes à… exprimer leurs émotions, et c'est un peu comme… comme…

Il cherchait ses mots, mais il ne fallait pas lâcher le morceau : Wilf le regardait avec des yeux de labrador anxieux.

— C'est très mauvais pour la santé de garder tout à l'intérieur… Ça bouche tout, un peu comme dans les tuyaux…

Il prit une gorgée de bière. Mon Dieu, mais quel bordel !

— Et comme un tas de saletés peut boucher un tuyau, les émotions que t'as pas… euh… vidangées, ça peut tout boucher et te rendre malade.

— Et alors, il faut appeler le plombier.

— Ouais, c'est ça, pleurer un bon coup, c'est comme appeler le plombier, tu fais ça pour te déboucher à l'intérieur, pour rester en forme. En fait, je vais peut-être faire pareil que toi, ça fait un bail que j'ai pas chialé : et si j'allais peler un oignon tout de suite ?

Wilf riait presque. C'était déjà mieux. Mais tous ces discours à propos des tumeurs fichaient la trouille à Aidan. Il ne put s'empêcher de passer sa main sur son ventre. Il était sûr de sentir une boule. Peut-être faudrait-il aller voir le docteur ? Wilf à son tour se palpa le côté gauche. Il s'aperçut qu'Aidan le regardait et eut un sourire penaud.

— Paraît qu'il faut s'examiner régulièrement quand on prend de l'âge, chercher les grosseurs, et tout ça. Megan examine… euh… ses seins, elle dit que je devrais faire pareil, surtout… euh… les testicules, mais moi…

— Moi non plus.

Wilf contempla Aidan, puis détourna les yeux. Sa crise de larmes le rendait bouffi et rouge, vieux, usé. Pourtant, quelque part, Aidan se sentait flatté. Son ami n'aurait jamais ainsi pleuré à chaudes larmes devant les autres.

Il se frotta les mains et déclara :

— De toute façon, on n'est pas encore finis.

— Hein ?

— Mon projet pour les empêcher de fermer l'usine, il va falloir qu'ils y réfléchissent à deux fois quand je serai enterré vivant.

Wilf réfléchit et ajouta :

— Pour sûr, je veux dire, ils peuvent pas te laisser comme ça, non ? Il faudra bien qu'ils réagissent.

— Exactement.

Nom d'un chien, en tout cas, il l'espérait ! Il tapa du poing sur la table et s'écria :

— Je vais leur montrer !

Wilf lui lança un sourire rayonnant et levant sa canette :

— À ta santé.

— Non, répondit son ami en trinquant, à la nôtre à tous, et à ces vacances en Australie l'année prochaine.

Les yeux de Wilf s'embuèrent. Ah non, ça suffit ! Il réussit à se contrôler, avala une gorgée de bière et tapa à son tour sur la table.

— Australie, nous voici !

— C'est ça l'idée. T'en veux une autre ?

— Ouais, pourquoi pas ?

Aidan sortit deux canettes du réfrigérateur et les posa sur la table. Wilf ouvrit la sienne puis, le regardant d'un air sombre :

— Tu diras pas aux autres que j'ai chialé, hein ?

Au Globe, Pancho s'apprêtait à vendre des téléphones portables à Aidan, Russell, Gwynned et Wilf. Il leur expliquait pas à pas comment s'en servir, comme s'il s'adressait à des enfants.

— Il faut composer chaque fois le numéro tout entier, y compris le code régional.

— Même si on appelle quelqu'un à Crindau ?

— Ouais.

Gwynned semblait déconcerté.

— Ben c'est pas très pratique, déclara-t-il en considérant son portable tout neuf avec ressentiment. Je croyais que ces engins-là devaient nous faciliter la vie ?

Bon Dieu ! Pancho pria pour ne pas finir comme ça. Rien de ce qui avait été inventé depuis les années soixante-dix ne serait jamais assez bon pour ces mecs-là. Il haussa les épaules.

— Vous vous y ferez, faites-moi confiance.

Il leur expliqua le paiement à la communication, les cartes prépayées et la messagerie, sans toutefois être sûr qu'ils en aient compris le moindre mot. Ils ressemblaient à des poules qui ont trouvé un couteau. Il essaya d'éveiller leur intérêt pour le sujet.

— Donc, dès qu'il se passe quelque chose, et que vous avez besoin d'en informer les autres, peu importe où vous êtes, vous sortez votre portable et l'affaire est dans le sac.

— Si on n'a pas oublié de faire le code régional ! ajouta Wilf avec satisfaction.

— *Si, hombre !* lui répondit Pancho avec un clin d'œil.

— Y a ce jeune gars, au boulot, Dave Edmunds, sa femme est tout le temps en train de l'appeler, fit Gwynned : « Je suis au supermarché, y a des saucisses à la sauge, t'en as envie ? »

— T'as vu la gonzesse ? lança Russell. Elle est soignée.

Nul ne désapprouva.

— C'est comme ça qu'on a appris qu'on allait se retrouver au chômage. Dave Edmunds a reçu un coup de fil de sa femme. Elle venait d'entendre ça aux nouvelles de 9 heures à la radio. Ces salopards ont informé la BBC avant nous.

Il se débarrassa de sa cendre en faisant un signe à Pancho.

— Quels connards ! renchérit celui-ci.

Il contempla leurs visages tristes, leurs traits tombants, et essaya de les imaginer trente ans plus tôt, quand ils étaient encore pleins d'espoir et d'énergie, mais la tâche était trop ardue.

— Enfin bon, dit-il en souriant pour leur remettre du cœur au ventre, les portables ont beaucoup d'autres usages plus sympathiques. Sa femme aurait pu l'appeler dix minutes avant la fin de sa journée de travail pour lui dire : « Je suis dans la chambre, je t'attends, et je porte mon déshabillé en dentelle noire, rentre vite. »

Cela leur rendit le sourire. Pancho savait mettre à l'aise les clients. Peut-être fallait-il les laisser à présent qu'ils étaient dans de bonnes dispositions. Il avait songé à leur parler des textos, mais il y serait sûrement encore à minuit s'il essayait de leur expliquer ça. C'est alors que son portable à lui sonna.

— Ouais ? répondit-il soudain crispé. Je termine ici, après j'ai encore un truc à faire et je rentre. Je... une demi-heure... écoute... Merde ! s'exclama-t-il en raccrochant.

Russell eut un rire suffisant :

— Qu'est-ce qu'elle a dit ? « Je suis dans la chambre, je t'attends, et je porte mon déshabillé en dentelle noire, rentre vite. »

— C'est ça, répondit Pancho sans le regarder.

Il s'assura de nouveau qu'il avait bien leur argent en poche, et vida son verre de tequila :

— Messieurs, j'adore traiter avec vous, mais maintenant faut que j'y aille, dit-il en se levant et en boutonnant sa veste. Vous savez quoi faire si vous avez besoin de moi.

Le regard de Wilf s'illumina :

— On t'appelle de nos portables.

— Exactement. *Buenas noches, señores.*

Et il partit, traversant le pub à grands pas.

— Il me revient pas, ce gars-là, lâcha Russell dès que Pancho eut tourné les talons.

— Moi je l'aime bien, répondit Wilf.

— Bon, coupa Aidan en déchirant quatre feuilles de son carnet qu'il leur tendit. Écrivez là-dessus votre nom et votre numéro et passez au suivant pour qu'il fasse pareil, et ainsi de suite, jusqu'à ce qu'on les ait tous.

Une fois terminé, ils les examinèrent.

— Hé, fit Gwynned en se rapprochant de Wilf. C'est un 7 ou un 1 ?

Wilf plissa les yeux :

Attends, laisse moi voir, fit-il en vérifiant dans le mode d'emploi. En fait, c'est un 6.

— Bon sang ! Et on doit pouvoir compter sur lui en cas d'urgence !

— Allez, fit Gwynned à Aidan, appelle-moi.

Son ami sourit et composa le numéro.

— N'oublie pas le code régional, d'abord ! s'exclama Wilf.

— Bordel, grommela Russell. Tu vas nous sortir ça chaque fois ?

La sonnerie du portable de Gwynned retentit. *La Cuccaracha*.

— Allô, c'est qui ?

— C'est moi, Aidan, euh, ça va ?

— Pas trop mal, et toi ?

— C'est bon, c'est bon, coupa Russell. La première chose à faire, c'est changer cette saloperie de sonnerie, parce que si j'entends ça encore une fois, va y avoir un meurtre.

— Bon, rétorqua Aidan, et si je t'appelais pour qu'on écoute la tienne ?

C'était aussi *La Cuccaracha*. Quelques coups de fil plus tard, ils comprirent qu'ils avaient tous la même.

— Quelqu'un se souvient de ce qu'il faut faire pour changer ?

— Ouais, répondit Aidan, je l'ai noté dans mon calepin.

Déterminé à maîtriser cette nouvelle technologie, il s'était muni d'un petit carnet. Il lut les instructions.

— Tout le monde est dans le menu, c'est bon ?

Ils entamèrent leur sélection. Ils essayèrent l'ouverture de *Guillaume Tell*, *We are the Champions*, *Staying Alive*, *Mission Impossible* (« Celle-là, c'est pour Aidan », pouffa Russell). Ils commençaient à s'y mettre, s'informant en riant les uns les autres quand ils en trouvaient une bonne. « Hé, écoute, c'est *Comme d'habitude.* » Le volume à fond, ils passèrent toute la liste en revue, excités comme des collégiens. Au bout d'un moment, un garçon d'une vingtaine d'années sortit la tête de derrière un mur pour voir qui faisait tout ce vacarme, l'air horrifié. Il se retourna et déclara :

— Y a un groupe de vieux de l'âge de mon père qui jouent avec leurs sonneries de portable. Je vous jure. Venez voir.

Trois autres têtes pointèrent de derrière le mur.

— Putain, mais ils font quoi ?

Aidan s'aperçut soudain qu'on les observait :

— Vous avez un problème ?

— On essaye juste de…

— Écoutez ça : *Men of Harlech* !

Tenant son portable tel un calice, Gwynned leur fit la démonstration d'une version jingle de la marche.

— Ça rend tout fier, hein ? répondit Wilf Ça en fout un coup à l'hymne national anglais.

— *Land of my Fathers*, c'est l'hymne du pays de Galles, andouille.

Le jeune fronça les sourcils, mit ses mains en porte-voix, inspira et hurla :

— VOUS POUVEZ FAIRE MOINS DE BRUIT ? ON ESSAIE DE JOUER AUX ÉCHECS, NOUS !

Russell le foudroya du regard :

— Viens pas nous faire la leçon ici, fiston. C'était déjà notre repaire que t'étais même pas né, alors va te faire foutre !

Ils demeurèrent sans bouger pendant quelques secondes, puis se retirèrent derrière leur mur.

— C'est épatant, hein ? fit Gwynned en inspectant son menu.

— Ouais, une vraie petite merveille, répondit Russell. Dommage que j'aie déjà une chaîne à la maison.

— Je veux dire, imagine que tu as un empêchement et tu sais qu'on t'attend, alors tu peux appeler pour prévenir que tu es en retard.

— Si les autres ont aussi un portable.

— Combien tu connais de personnes qui en ont un ?

— Euh... vous trois.

— Et regarde les mauvais côtés : maintenant, ta femme peut t'appeler quand elle veut, pas moyen d'y échapper.

— Ça me dérange pas, répondit Wilf. J'aime ma femme.

Russell prit un air dégoûté :

— Arrête ton char !

— Quoi ?

— On a une conversation sympa, là, et toi, faut que tu viennes tout gâcher ! rétorqua-t-il en faisant la grimace puis en prenant une voix de fausset : *J'aime ma femme*.

— Je peux dire quelque chose ?

— Nan.

— Je suis assis là à regarder ce téléphone, fit Gwynned. Et vous savez à quoi je pense ?

— Que tu viens de perdre 10 livres.

— Je pense à ce qu'il représente. Cette petite invention pourrait bien être le truc qui sauvera la vie d'Aidan, s'il lui arrive quelque chose quand il sera en bas. S'il a un problème et qu'il doit sortir de là vite fait, alors il faudra qu'il nous appelle, et nous, on devra tout laisser tomber et rappliquer en quatrième vitesse. On sera comme des médecins de garde. Et pour être honnête, mon vieux, ça fout la trouille, acheva-t-il en regardant Aidan.

Aidan entra dans le bureau du personnel, soulagé de voir que Safina était seule. La jeune blonde, Angie, le mettait mal à l'aise. Safina leva les yeux de son ordinateur.

— Salut, Aidan, comment ça va ? Assieds-toi, mon grand.

Elle avait à peu près son âge, mais elle prenait grand soin d'elle, portait des couleurs qui lui allaient bien, et elle était toujours impeccablement coiffée et parfumée. Il s'assit donc.

— Pas mal. Et toi ?

— Ça irait beaucoup mieux si j'avais droit à une prime de 750 000 livres, répondit-elle en souriant.

Aidan lui rendit son sourire. La blonde n'aurait jamais dit ça.

Russell prétendait que Safina était une Asiatique typique parce qu'elle ne se mêlait pas aux autres. Aidan, lui, pensait que son ami avait dû un jour lui sortir une grosse blague, et comme elle n'avait pas feint de rire aux larmes, il avait décrété qu'elle était coincée. C'était justement l'une des choses qu'il appréciait chez elle. Elle ne faisait pas semblant, ne prétendait pas être ce qu'elle n'était pas. Il la trouvait aussi très sexy. Quand elle lui parlait, il avait du mal à ne pas contempler ses lèvres, mourant d'envie d'y poser les siennes.

— Que puis-je faire pour toi, Aidan ?

Cette façon de le regarder... Zut, est-ce qu'il n'avait pas trop longtemps fixé sa bouche ? Il essaya de répondre de manière très dégagée, tout en lui tendant un papier.

— Je voudrais prendre mes congés, tout est écrit là.

Elle regarda les dates.

— Deux semaines.

— C'est ça. Je veux liquider tout ce qu'il me reste, d'un coup.

Elle étudia de plus près la chose.

— Et tu veux partir la semaine prochaine ?

— Y a un problème ?

— Non, fit-elle en secouant la tête. C'est seulement que plus personne ne part en vacances, pour avoir un peu plus au moment du licenciement.

— Pas moi.

Elle lui lança alors un regard qui lui plut, comme si elle découvrait qu'il était plus intéressant qu'il n'y paraissait. *Oui*, se dit-il, *je suis un type qui gagne à être connu. Il est temps que tu t'en rendes compte.*

— Où vas-tu ?

— Je descends là en bas.

— C'est chouette.

— J'espère.

— En ce moment, s'éloigner de tout ça, c'est sûrement la meilleure chose à faire.

Et c'était bien ce qu'il allait faire. Puis il remarqua une photo sur son bureau. Il ne distinguait que l'arrière du cadre. Il se demanda de qui il s'agissait. D'un homme ?

— Laisse-moi ça, Aidan, je m'occupe de tout.

— Merci.

Il hésitait. Elle lui sourit, sans le quitter des yeux.

— Tu as besoin d'autre chose ?

Que vas-tu faire si l'usine ferme ?

— Si… ?

— Désolé, je voulais dire *quand*.

— Difficile de répondre. On n'a pas envie de commencer à chercher un emploi tout de suite, car si on en trouve un, on perd sa prime de licenciement, expliqua-t-elle en riant. Mais tu sais comment c'est, par ici, c'est pas facile. Je passerai plus de temps dans mon jardin, fit-elle en lui adressant un sourire triste.

— Tu aimes jardiner ?

Il réalisa que c'était la première chose personnelle qu'il découvrait à son sujet.

— J'adore ça. J'oublie tout quand je suis dans mon jardin.

— Est-ce que tu parles aux fleurs ?

Eileen le faisait.

— Non, répondit-elle en riant. Mais je chante pour elles.

Il aurait aimé voir ça : Safina, étincelante dans le soleil, se penchant pour chanter à ses fleurs.

Russell prétendait qu'elle et son mari étaient séparés depuis des années. *C'était un Italien. Il voulait plein de* bambinos *et elle pouvait pas. Il en a épousé une autre, et maintenant, il a cinq gosses.*

Aidan s'était senti mal à l'aise d'entendre ainsi évoquer sa vie personnelle au pub, devant tout le monde.

Elle n'a pas toujours été toute seule, donc.

Et d'ailleurs elle est pas toujours toute seule ; c'est juste que tu sais pas comment lui parler.

Russell avait alors remarqué l'expression d'Aidan.

On dirait que ça te déplairait pas, un peu d'épices asiatiques, pas vrai ?

Aidan détestait l'entendre parler comme ça.

Des années plus tôt, avant qu'il ne se mure en lui-même, il aurait pu tenter sa chance en lui proposant de sortir avec lui. Pourquoi ne pas essayer à présent ? Qu'avait-il à perdre ? Dans quelques jours, il serait au fond d'un cercueil, coupé de tout contact humain. Une soirée en compagnie d'une jolie femme lui remonterait le moral. Même si rien ne se passait, qu'ils se contentaient de boire quelques verres, de mieux se connaître, ce serait un souvenir agréable à se remémorer quand il serait sous terre. Il aurait quelque chose à espérer en sortant de là : la revoir, pousser leur relation un peu plus loin.

— Safina ?

Elle se renfonça sur sa chaise, croisa les bras sur son bureau.

— Oui, Aidan ?

Elle avait les lèvres entrouvertes. Il s'imagina prenant son visage dans ses mains, lui caressant les joues du bout des doigts, l'embrassant.

Allez, prouve que tu es encore vivant, vas-y, propose-lui.

— Je me demandais si tu…

La porte s'ouvrit, et la jeune blonde entra. Elle riait de ce rire aigu et criard. Elle répondit à quelqu'un dans le couloir :

— Ah ouais ? C'est ce qu'ils disent tous.

Les jeunes gars tournaient autour d'elle comme des mouches. La main sur la hanche, elle s'apprêtait à ajouter quelque chose. Aidan remarqua que les traits de Safina s'étaient crispés.

— Salut, Angie.

La jeune femme se retourna et vit Aidan, assis là.

— Oh, salut, Safina, et salut…

— Aidan.

Elle lui adressa un sourire Pepsodent. Il se leva, le regret habituel brûlant dans sa poitrine comme un éclat d'obus.

— Merci, Safina, c'était sympa de discuter avec toi.

— Pour moi aussi, Aidan, bonnes vacances !

Il rasa le mur en passant près d'Angie et repartit vers l'entrepôt en serrant les poings.

Tu es minable. Tu t'es tellement aplati que c'est à peine si tu es encore un homme.

3

Aidan enleva les feuilles mortes éparpillées sur la tombe d'Eileen, et posa au centre un bouquet de chrysanthèmes. Il recula d'un pas, sortit un chiffon de sa poche et se mit à nettoyer la pierre avec soin. Puis il déplia la chaise de camping que Shauna lui avait offerte. *Tu passes tant de temps là-bas, autant que tu y sois à l'aise.*

À vrai dire, il y allait moins à présent, et il s'était même demandé si c'était ça que Shauna voulait souligner. Enfin, c'était délicat de sa part. Il remonta son pantalon et s'assit.

— Je suis désolé de ne pas être venu la semaine dernière, j'étais vraiment très occupé à tout préparer. Je m'enterre lundi. Je…

Il se tut, arrondit les épaules, enfouit peu à peu son visage dans ses mains, inspirant profondément.

— J'ai peur, Eileen.

Il jeta un coup d'œil autour de lui pour s'assurer qu'il était bien seul.

— Des fois, je pense que j'ai eu une idée fabuleuse, et d'autres fois, j'ai peur de passer pour le dernier des crétins.

Pendant un moment, il regarda par terre, entre ses pieds, sans dire un mot. Bientôt, il serait là-dessous, lui aussi. Mais vivant, se battant pour son avenir.

— Je veux dire, et si tout le monde s'en fout ? « Tu as entendu qu'Aidan Walsh s'est enterré vivant, il dit qu'il ne remontera pas avant qu'on lui ait rendu son boulot.

— Ah bon ? Quel branleur ! »

Une femme passa très vite près de lui, prenant soin de bien regarder droit devant elle.

— C'est vrai, pourquoi est-ce que ça intéresserait quelqu'un ?

Il inspecta ses ongles.

— Je faisais souvent ce rêve, quand j'étais enfant. On était toute une bande à jouer à cache-cache dans les bois. Quand c'était mon tour, je trouvais une planque fantastique dans le tronc d'un arbre sec. J'entendais les autres qui se rapprochaient. Ils me cherchaient partout, même parmi les branches, mais aucun ne pensait à aller voir à l'intérieur. Ils commençaient à en avoir marre. Je devais me bâillonner pour ne pas pouffer de rire. Et puis, au bout d'un moment, je les entendais dire qu'ils en avaient assez, et qu'ils allaient laisser quelqu'un d'autre se cacher. Un garçon partait alors se planquer. Et ils se lançaient à ses trousses. Moi, j'étais recroquevillé dans mon tronc d'arbre à me dire : « Mais comment est-ce qu'ils ont pu me laisser tomber comme ça ? » À la fin, je n'en pouvais plus. Alors, je sortais et je courais vers l'endroit où ils jouaient. Je leur faisais de grands signes, je criais : « Hé, je suis là ! » Mais ils ne pouvaient ni me voir ni m'entendre. J'avais disparu. J'avais glissé sans bruit hors du monde… J'étais pris de panique. Terrifié à l'idée d'être seul pour le restant de mes jours, piégé dans les limbes, séparé de tous par un mur de verre. C'est alors que je m'éveillais en sursaut, trempé de sueur.

Il releva ses mains pour les examiner :

— Je mettais des heures à me rendormir. Peter était complètement sourd au reste du monde dans son lit, à l'autre bout de la pièce. J'essayais de trouver un prétexte pour aller réveiller mes parents. Juste pour m'assurer qu'on me voyait encore, que je n'avais pas disparu pour de vrai ! Puis je prenais peur en me disant que si jamais j'y allais et qu'ils ne m'entendaient pas, alors ça prouverait que…

Il leva de nouveau les yeux vers le ciel.

— Et donc, je restais couché, pétri d'inquiétude, jusqu'à ce que le jour commence à apparaître, les oiseaux à chanter, et je finissais par me rendormir.

Il soupira, coinça ses mains entre ses genoux.

— Mon Dieu, qu'est-ce qui te passe pas par la tête quand t'es môme !

Ses mains se déplacèrent sur les accoudoirs, et il changea de position. Il faisait beau ce matin-là, le soleil était à présent haut dans le ciel, et de lourds rayons couvraient d'or le tronc des arbres. En temps normal, cette vision aurait dû l'égayer, mais pas ce jour-là.

Il fit claquer sa langue, se pencha et enleva le prix collé sur le papier d'emballage des fleurs, puis il en fit une boule qu'il rangea dans sa poche.

— Shauna est catégorique, elle trouve que c'est une très mauvaise idée. Impossible de la convaincre.

Remarque, si je lui disais qu'il fait jour, elle m'affirmerait qu'il fait nuit. On ne peut rien lui dire. Tu te souviens comme elle nous rendait dingues avec ses questions quand elle était petite ? « Où est-ce que le soleil va, la nuit ? Si Dieu sait tout, alors, pourquoi il a laissé tous ces gens monter dans l'avion qui s'est écrasé ? » Dylan, lui, trouve que c'est une idée épatante ; il m'a écrit un communiqué de presse, et il déborde d'idées pour que ça marche. Il a vraiment une énergie incroyable. Tu te souviens quand il était gosse, toujours à vouloir te montrer son dernier truc. « Regarde-moi faire le poirier. Regarde, regarde ! Je suis sûr que tu n'y arrivais pas aussi bien quand tu avais mon âge. »

Il vit un écureuil grimper à un arbre et sourit.

— J'aimerais que tu voies ce qu'ils sont devenus, tu serais si fière.

Il passa la main dans ses cheveux, et son regard se perdit dans les ramures, au-dessus de lui.

— Tu me manques.

Il se demanda quand cela cesserait, cette douleur. Elle aurait dû se calmer à présent, non ? Cela ressemblait à une tumeur, un cancer qui le rongeait, qu'il fallait lui enlever.

Il était certain que Dylan tenait son assurance sur scène d'Eileen. Il se souvint de leur première rencontre, dans un bar irlandais de Cardiff. Il n'aimait pas trop ce genre d'endroit, on l'y avait trop souvent traîné quand il était enfant, lors de vacances en Irlande. L'épais nuage de fumée âcre qui pique les yeux – nom d'un chien, on fabriquait encore ce genre de cigarettes ? –, le spectacle lamentable des gens qui se rendaient ridicules à force de boire, les horribles braillements des vieux entonnant une ballade mélancolique avec des centaines de couplets.

Oh my love is in Ameri-kay.

Mais en passant devant Mooney's, il avait entendu quelques notes, s'était soudain senti envahi par une musique qui le ramenait à son enfance. Il était aux aguets. Il était resté trop longtemps avec Christine, et il était prêt à mettre un terme à cette relation pour aller vers autre chose. Il avait pris une bière et s'était posté au bout du bar, s'imprégnant de l'atmosphère, savourant une brune bien brassée, bien servie.

Il avait seulement remarqué Eileen lorsqu'elle s'était mise à chanter *The Banks of the Bann*. Il lui sembla qu'il fallait une extrême bravoure pour se lancer ainsi dans une salle bruyante, pleine d'inconnus imbibés de bière, sans craindre d'être ignorée, noyée sous les rires et les cris, voire les quolibets. Au bout de quelques mesures, les gens s'étaient tus peu à peu. *Hé ! Ça suffit, laissez-lui une chance d'être entendue !* Il avait connu de meilleures chanteuses, d'un point de vue technique, bien sûr, mais celle-là possédait quelque chose qui ne s'apprenait pas. Sa passion, sa sincérité s'exprimaient à chaque mot. Il n'y avait aucune distance entre elle et sa chanson, elle la vivait complètement. On était prêt à croire que tout cela lui était arrivé, et non qu'elle interprétait les paroles de quelqu'un d'autre. Elle disait la vérité. Comme John Lennon quand il chantait *Gimme Some Truth* et *In My Life*, comme Ray Davies interprétant *Waterloo Sunset* et *Days*. C'est pour ça qu'Aidan les aimait tellement.

Et c'était comme si elle ne chantait que pour lui. Elle savait qu'il était là et elle l'avait choisi, il en était sûr. Pourtant, quand il regarda autour de lui, il s'aperçut que tous les autres ressentaient la même chose, chacun d'entre eux avait l'impression qu'elle n'était là rien que pour lui ! C'était tout son talent.

Quand la chanson s'acheva, Aidan applaudit si fort qu'un couple de vieux lui jeta un regard réprobateur. Il avait oublié que cela ne se faisait pas de manifester trop d'enthousiasme. Il espérait qu'elle en chanterait une autre, mais ensuite, un type se mit à jouer de l'accordéon. Il était bon lui aussi, mais Aidan n'y prêta guère attention, car il ne pouvait s'empêcher de regarder Eileen. Il alla lui dire combien il avait apprécié sa chanson. Elle lui sourit poliment et lui apprit qu'elle s'intitulait *The Banks of the Bann*. À première vue, il ne l'intéressait pas vraiment, car elle préférait continuer de bavarder avec ses deux copines. L'une d'elles, la blonde, avait dû entendre cent fois qu'elle ressemblait à la chanteuse Dusty Springfield, c'était clair. Elle toisa Aidan d'un air méprisant. Il le lui rendit et ne bougea pas.

— La chanson, je la connais. Je l'ai entendue bien des fois. C'est la façon dont vous l'avez chantée qui m'a plu, c'est ça que je veux dire.

À présent, elle le voyait sous un jour différent. Elle le regarda plus longuement. Elle avait les yeux vert foncé. Certains auraient trouvé sa bouche trop grande, mais pour Aidan, elle était simplement généreuse.

— Mes parents sont irlandais, et j'ai grandi en écoutant ces vieilles chansons. Mais celle-là, je ne l'ai jamais entendue interprétée comme ça.

Il avait enfin capté son attention. Elle lui adressa un sourire sincère. Il entendit alors Dusty murmurer à l'autre fille :

— Oh non ! pas encore un de ces pseudo-Irlandais…

Connasse, songea-t-il, mais il chassa cette pensée. Il ne voulait pas qu'Eileen croie qu'il s'énervait trop vite. Qu'il faisait partie de ces types qui se sentent blessés à la moindre rebuffade. Le commentaire de sa copine n'avait pas pu lui échapper, mais elle n'en laissa rien paraître. Elle avait toujours été douée pour cela : feindre de ne pas entendre.

— D'où sont vos parents ?

— Du comté de Wexford.

— Je ne connais pas très bien par là.

— Et vous ?

— Je suis de Mayo.

Les Irlandais de l'Ouest méprisaient ceux de l'Est, selon le père d'Aidan. Ils avaient trop longtemps fricoté avec l'envahisseur, qu'il soit viking, normand ou anglais, et n'étaient plus vraiment irlandais.

— Mayo, c'est de là que vient le joueur de violon, Michael Coleman. Mon père disait que c'était le meilleur.

Il vit qu'elle ne s'attendait pas à ce qu'il en sache autant.

— C'est vrai.

Comprenant qu'il essayait de l'impressionner, elle lui jeta un regard amusé, lui montrant ainsi qu'elle appréciait. Il ne lui révéla pas ce que son père disait par ailleurs au sujet de ce comté : « Ceux de Mayo, y sont jusqu'au cou dans la tourbe et la bouse de vache. »

— Et vous, est-ce que vous chantez ?

— Mon Dieu, non, le pub se viderait en moins d'une minute.

— Vous jouez de quelque chose ?

— Seulement au con, de temps en temps.

— Ah, fit-elle avec un vague haussement d'épaules. Chez nous, pas moyen d'y échapper, mes parents étaient férus de musique et ils nous ont tous poussés dans cette voie, je n'ai pas eu le choix. Au bout d'un moment, on finit vraiment par en avoir marre, vous savez.

Il aimait sa façon de prendre les choses avec légèreté. Il ne savait pas très bien ce qui la rendait si séduisante. Elle était plutôt jolie, mais il y avait autre chose, car il avait remarqué une ou deux filles plus belles qu'elle dans la salle. C'était sa chaleur qui l'attirait, et puis ce petit air sauvage, dans les yeux, qui l'enflammait. « Vas-y, semblait-elle lui dire. Propose-moi ce que tu meurs d'envie de me demander, on ne sait jamais. » Alors, il le fit. Elle accepta un verre, puis un autre, enfin il obtint son numéro de téléphone. Il était comme ça, à l'époque. Quand il voulait quelque chose, il allait le chercher. Avant qu'il ne commence à se fermer.

Il essayait de se persuader que si Angie n'était pas arrivée à cet instant précis dans le bureau, l'autre jour, il aurait invité Safina à sortir avec lui. Mais qui tentait-il de duper ? Il n'aurait rien dit. Il avait essayé de sortir avec d'autres femmes depuis la mort d'Eileen, mais cela s'était mal passé. Au plus profond de lui-même, il était encore meurtri, écorché, recroquevillé dans un coin, et il ne savait toujours pas comment s'en sortir.

Tout cela aurait été beaucoup plus facile si Eileen avait été encore là. S'il avait senti quelqu'un derrière lui, l'accompagnant à chaque pas. Mais bien sûr, si elle avait été encore vivante, il n'aurait pas eu à faire ça.

Dans la bibliothèque de l'école, Dylan attendait les élèves pour le débat qui devait suivre la représentation. Il regarda une affiche cartonnée montrant les dernières publications pour la jeunesse. Il était écrit en lettres de dessin animé d'un jaune éclatant : *Si on rappait dessus ?* Dessous, des portraits de pré-ados en grande discussion, débordant de joie – sélection méticuleuse de différents types ethniques, tailles, corpulences et styles. Il passa ensuite aux titres : *Maman et Papa ne s'entendent plus ; J'ai deux papas, maintenant ! ; Qu'arrive-t-il à mon corps ? ; Comment faire face aux petits voyous ?*

Ce genre d'ouvrages n'existait pas quand il était à l'école.

Le bébé à sa maman ! Le bébé à sa maman ! Le bébé à sa maman !

Ces trois petits connards avaient fait de sa dernière année en primaire un enfer. Un jour, sa mère avait insisté pour l'amener à l'école. C'était la première fois qu'il y retournait après avoir eu la grippe. Il insista pour qu'elle le laisse au bout de la rue ; il était bien trop grand pour que sa mère l'accompagne encore en classe. Elle l'embrassa en lui ébouriffant les cheveux.

— Ah, Dylan, *a stór*, tu seras bientôt un grand ! Ça ne te fera pas de mal d'aller encore une fois jusqu'au bout de la rue avec ta vieille mère.

En se retournant, il vit trois garçons, en face, qui le lorgnaient avec mépris. C'en était fait. Ils le tenaient. Commencèrent alors les tortures et les humiliations. Ils exigèrent que personne ne lui parle plus. Lorsqu'ils voyaient ses amis discuter avec lui à la récré, ils se retournaient contre eux. Dylan jugea plus simple d'ignorer lui-même ses copains et d'aller lire, seul, dans un coin. Comme ça, il n'attirait pas d'ennuis à quiconque. Mais pour ses tortionnaires, c'était déjà une provocation. Ils l'entouraient, enfonçant leurs doigts dans la chair de ses bras, ses épaules, lui écrasant les pieds. *Le bébé à sa maman ! Le bébé à sa maman ! Le bébé à sa maman !* Jusqu'à ce qu'un beau jour, il ne puisse plus le supporter, et quitte l'école à l'heure du déjeuner, pour rentrer chez lui. Depuis des mois, Eileen lui demandait s'il avait des problèmes, et chaque fois il répondait non.

— Non, c'est vrai. Franchement, 'Man. Pourquoi est-ce que tu me crois pas ?

Enfin, il avait décidé de tout lui raconter. Il pouvait confier à sa mère des choses qu'il taisait aux autres. Son père lui posait la question une fois et prenait un air égaré s'il refusait de répondre. Eileen, elle, ne renonçait jamais. Elle devinait toujours quand quelque chose n'allait pas. Au fur et à mesure qu'il s'approchait de la maison, traversant le parc, rentrant chez lui en passant par-derrière, une vague de soulagement l'inondait à l'idée d'enfin tout raconter. Alors, il courut vers la porte.

— Maman ! Maman !

Elle gisait là, sur le sol. Un bras tendu vers la cuisinière, comme si elle voulait ouvrir le four, l'autre replié sous elle. Jambes écartées, un pied dans l'écuelle du chat. Il émanait d'elle une mauvaise odeur. Elle avait la tête en arrière, bouche grande ouverte, les yeux fixés sur la lézarde du plafond. Dylan ne cria pas. Il ne bougea pas, ni n'appela au secours. Il resta debout, à la porte, à la regarder.

En retournant à l'école, l'idée que tout le monde savait ce qui lui était arrivé lui fut insupportable. Cette façon qu'avaient les autres de l'éviter en marchant sur la pointe des pieds, de crainte qu'il ne s'effondre s'ils s'approchaient de trop près. Ou peut-être avaient-ils peur d'être contaminés. Il hésitait entre les deux. De toute façon, il s'en fichait.

Un jour, les trois garçons qui l'avaient tyrannisé vinrent le voir dans la cour. Debout dans un coin, il lisait son livre préféré, *L'Épée d'argent*. Ils avaient l'air gênés, intimidés. Regrettant de ne pas être ailleurs, n'importe où. L'un d'entre eux déclara :

On est désolés pour ta mère.

Dylan sentit ses yeux le piquer, mais il ne fallait pas pleurer. Pas maintenant, pas devant eux. Les deux autres murmurèrent quelque chose d'inaudible, la tête légèrement inclinée. Dylan regarda un peu plus loin et aperçut à peu de distance Miss Austin, les yeux fixés dans une autre direction. Pourquoi n'avait-elle rien vu auparavant ?

— Tu veux jouer à un jeu ?

Dylan considéra ce garçon. Pendant des mois, il l'avait provoqué, harcelé, injurié, l'avait abreuvé d'insanités, menacé, violenté. Il l'avait suivi jusque chez lui en lui hurlant des insultes, en le raillant. Et, à présent, il se tenait devant lui, attendant avec anxiété sa réponse. C'était terminé. Il n'avait qu'un seul mot à dire, et tout rentrerait dans l'ordre ; il aurait un souci en moins.

« Oui », c'était tout. Ou bien : « Non, merci, pas maintenant. Une autre fois, peut-être, merci. » Quelque chose dans ce genre-là.

La tête haute, Dylan avait répondu :

— Va te faire foutre !

Puis il avait tourné les talons et s'était éloigné. Il n'avait pas regardé en arrière, il n'avait pas non plus jeté un coup d'œil à Miss Austin en passant près d'elle, il avait continué droit devant lui, et il avait quitté l'école.

4

Lundi matin, 7 h 20. Le moment était venu. Debout depuis 6 heures, Aidan avait dormi au plus trois ou quatre heures. Enfin était arrivé le jour tant attendu où il allait passer à l'action. La seule chance d'arrêter Sunny Jim. Pourtant, quand il descendit au rez-de-chaussée et vit le cercueil, son estomac se noua à la pensée d'y être enfermé, enterré sous terre.

Il est encore temps de fuir, d'appeler un taxi et de foncer à la gare avant que les autres arrivent. Tu as posé tes congés, alors vas-y, utilise-les. Trouve-toi un petit coin sympa, fais-toi plaisir. Reviens dans deux semaines, détendu et bronzé. Fais le fanfaron quand ils te demanderont où tu étais passé.

C'est vrai, je devais m'enterrer vivant, très juste. Je savais bien que j'avais oublié quelque chose. Au fait, vous avez reçu mes cartes postales ?

Non, cette fois, il ne fuirait pas.

Il se lava, se rasa et s'habilla. Dylan était rentré la veille pour être là le jour J, mais il ne donnait aucun signe de vie pour l'instant. Aidan se fit une bonne tasse de thé et un sandwich au bacon. Mais quelques minutes plus tard, il le regretta. Bon Dieu, ce qu'il avait mal au ventre. Un gargouillement de mauvais augure le fit remonter en courant aux toilettes. Son petit déjeuner le traversa en un clin d'œil et gicla dans la cuvette avec un bruit lamentable.

Il resta assis là, la tête dans ses mains, le pantalon sur les chevilles.

— Et merde…

Ses jambes tremblaient, son front était couvert de sueur froide.

— Mon Dieu, je vous en prie, non… pas maintenant.

On frappa à la porte. Il maugréa, s'essuya et remonta son pantalon. À présent, ils cognaient sur la porte, criant à travers l'ouverture de la boîte aux lettres :

— Allez, debout là-dedans !

Russell, jouant les sergents-majors. Exactement ce qu'il lui fallait.

— C'est bon, c'est bon, retenez vos chevaux, j'arrive.

Il descendit, l'estomac vrillé, les tempes battantes, et ouvrit. Russell, Gwynned et Wilf se tenaient là, une pelle à la main. Ils avaient beau sourire, leurs regards les trahissaient.

— La brigade au rapport, s'exclamèrent-ils aussi tendus que lui.

— Bon Dieu, t'as pas l'air bien, constata Russell.

Super. Était-ce vraiment le genre de choses à dire à quelqu'un qui allait prendre le plus gros risque de sa vie ? Il tint la porte ouverte, puis se rappela quelque chose.

— Vous pouvez me donner un coup de main pour mettre en place la banderole ?

Elle était là-haut, dans sa chambre. Ils la portèrent sur le palier, ouvrirent la fenêtre et la déplièrent. Puis ils plantèrent un clou à chaque extrémité du rebord. Tout cela se déroula dans un silence quasi total.

L'anxiété d'Aidan était contagieuse, coupant court à tout commentaire oiseux.

— C'est bon, laisse descendre.

Ils regardèrent le tissu se dérouler, puis s'immobiliser.

— Allons voir à quoi ça ressemble.

Ils sortirent, traversèrent la rue et se retournèrent pour contempler la maison. Impossible de le manquer. À la fenêtre du premier étage pendait un drap blanc sur lequel était imprimé en lettres de soixante centimètres de hauteur :

SAUVEZ NOS EMPLOIS

— C'est rudement bien, Aidan, fit Wilf.

Dylan apparut alors sur le seuil de la porte, vêtu d'un jean et d'un T-shirt froissé représentant le visage furieux de Father Jack[1], avec au-dessous les mots « BAISE ! CUL ! PICOLE ! FILLES ! ».

Russell le regarda des pieds à la tête :

— Tiens, voilà la Belle au bois dormant.

Le jeune homme bâilla, se gratta la tête :

— Il est quelle heure ?

1. Personnage de série télé irlandaise, alcoolique violent et dont le vocabulaire contient essentiellement les quatre mots cités ci-dessus. *(N.d.T.)*

Son père lui lança un regard hargneux. Pour une fois dans sa vie, il aurait pu faire l'effort de se lever à l'heure. Cela lui rappelait les pires moments de son adolescence, quand il tambourinait à la porte de sa chambre au point de la défoncer.

— *Nom de Dieu, mais tu vas te lever, oui !*

— *Pour quoi faire ?*

— *Parce que je te le dis !*

Dylan comprit le message et murmura :

— C'est bon, c'est bon, je suis désolé.

Il se traîna à l'intérieur pour se faire un café. Aidan espérait que quelqu'un de l'*Argus* viendrait. Son fils affirmait qu'ils enverraient un reporter, c'était sûr et certain. Mais il ne pouvait rester là à attendre, dans l'espoir de voir débarquer un journaliste ; ses nerfs ne tiendraient pas, il fallait enchaîner.

— On y va.

Ils transportèrent le cercueil dans le jardin et le déposèrent près du trou. Nul ne disait ce que chacun pensait en son for intérieur : que c'était exactement comme un enterrement. Russell cracha dans ses mains et empoigna sa pelle.

— Bonjour, je cherche Aidan Walsh.

Un jeune gars se trouvait derrière la haie, flanqué d'un type plus âgé, appareil photo autour du cou. Aidan releva les yeux :

— C'est moi.

— Salut, Nick Williams. Je travaille pour l'*Argus*. J'espérais faire une petite interview avant que vous commenciez.

— Vous arrivez pile-poil, lança Russell. Cinq minutes après et vous l'auriez loupé.

— J'ai appelé le numéro que vous m'avez donné, mais votre portable doit être éteint.

— Merde !

Aidan fouilla dans sa poche d'où il extirpa son téléphone, réalisant qu'il ne l'avait pas allumé. Il adressa à Nick un sourire penaud :

— Désolé.

— Ce n'est pas grave. On peut entrer ?

— Mais bien sûr…

Aidan se précipita pour lui ouvrir le portillon.

Nick lui serra la main. Il avait environ l'âge de Dylan. Aidan réalisa soudain qu'il avait toujours cru que les gens qui écrivaient pour l'*Argus* étaient plus âgés. Comment ce gamin pourrait-il se rendre compte de ce que ça faisait de perdre son travail à cinquante-quatre ans ? Il remarqua un trait rouge sur sa joue, là où il s'était coupé en se rasant. Sa veste était assez élégante, mais il portait une hideuse cravate d'un jaune éclatant au nœud bien trop gros, et un clou d'oreille en or. Il avait surtout l'air d'un gosse qui essaie de ressembler à un homme. Mais bon, il était là, preuve que les médias s'intéressaient bel et bien à son histoire. Quelle aubaine !

Le photographe errait à travers le jardin, plissant les yeux, vérifiant un angle, prenant des photos imaginaires. Russell, Gwynned et Wilf rentrèrent se faire un thé, les laissant seuls.

Nick ouvrit son carnet :

— Votre manière de protester est très inhabituelle.

— Eh bien, faut vivre avec son temps, non ?

— Pardon ? fit-il, perplexe.

— Abandonner le travail pour aller défiler, faire des grèves surprises, mettre en place des piquets, marcher derrière une banderole, avec une fanfare aux fesses : qui s'intéresse à ce genre de choses aujourd'hui ? Ça fait tellement... années soixante-dix !

Nick lui adressa un grand sourire, comme s'il partageait la plaisanterie :

— Ouais, comme la solidarité ouvrière, c'est complètement rétro.

Aidan lui renvoya son sourire :

— Mais à l'usine, il y a beaucoup de gens de mon âge qui vont avoir du mal à retrouver un emploi. Si on a le choix entre moi et un gars dans les vingt ans pour le même poste, qui est-ce qu'ils embauchent, d'après vous ? Vous devez penser que j'exagère, parce que vous-même, vous êtes jeune, mais quand vous aurez la cinquantaine...

— Mon père a cinquante-trois ans, il a été licencié il y a quelques années, quand les aciéries ont fermé à Pen-y-lan.

Son air soucieux plut à Aidan.

— Et maintenant, qu'est-ce qu'il fait ?

— Il était au chômage jusqu'à il y a quelques mois, et puis il a trouvé une place dans un supermarché. Il met des articles en rayon trois nuits par semaine.

— Et ça lui plaît ?

— C'est un boulot comme un autre, vous savez, répondit le journaliste en haussant les épaules.

— Pour sûr.

— Autrefois, on disait que quand on entrait à Pen-y-lan, on avait un emploi à vie. Mais c'est fini, ce temps-là.

— C'est vrai. Et puis il faut songer aux conséquences : ça fera mille personnes en moins qui auront un salaire à dépenser dans les magasins, les supermarchés, les pubs, les fast-foods. C'est un coup dur pour tout Crindau. C'est comme… si on lâchait une grosse pierre dans un étang. Après qu'elle a coulé, y a des vaguelettes qui partent dans toutes les directions et qui finissent par arriver sur tous les coins de l'étang.

— Pourtant, les dirigeants de Sunny Jim disent qu'ils doivent s'adapter pour rester compétitifs sur un marché en perpétuel changement.

Aidan fit la grimace :

— C'est rien qu'un tas de parasites qui vous sucent le sang. Regardez un peu ce qu'ils demandaient avant de venir ouvrir l'usine par ici : 18 millions de livres d'aide du gouvernement, et l'interdiction de faire grève. Et comme si c'était pas assez, ils ont forcé le conseil régional à sortir le pognon pour construire une nouvelle route et une nouvelle ligne de bus. Donc, tous ceux qui payent des impôts locaux ont graissé la patte à Sunny Jim pour qu'ils s'installent ici – et ils ont le droit de demander des comptes sur ce qu'ils ont obtenu en contrepartie, à part, bien sûr, remplir les poches d'une compagnie déjà extrêmement riche. Sunny Jim était bien content de prendre notre fric, au début. C'est trop demander qu'ils se montrent responsables après toutes les aides qu'ils ont reçues ? On a fait tout ce qu'ils ont voulu ces dernières années : on a accepté de ne pas avoir d'augmentations pendant ces quatre ans pour rester compétitifs. On a accepté de faire les trois-huit, et des heures sup, pour que les commandes soient prêtes à temps. Dites ce que vous voulez, on le fera, sans se plaindre, sans discuter, parce qu'on nous a rabâché que c'était notre intérêt à long terme. On a cru que la boîte augmenterait ses bénéfices et qu'on partagerait ; et voilà ce qu'on a obtenu comme récompense. L'ultime insulte, c'est que le P-DG a empoché une prime de 750 000 livres pour nous avoir mis dehors. Ils parlent de l'économie mondiale, des tendances du marché, de leur devoir envers leurs actionnaires... et leur devoir envers leurs employés ? Peut-être que cela leur rappellera que ce n'est pas seulement une usine qu'ils suppriment, mais aussi les perspectives d'avenir des gens.

« Vous avez remarqué que c'est toujours ceux d'en bas qui doivent s'adapter à la réalité du marché ? Ceux d'en haut, les directeurs, les P-DG, les actionnaires, c'est jamais eux qui se serrent la ceinture. Et quand les petites gens leur font remarquer que leurs salaires à eux sont trop élevés, ils répondent : "Quand on paye des cacahuètes, on attire les singes." Alors, s'ils trouvent des Indiens qui font notre boulot pour la moitié de la paye, pourquoi s'arrêter là ? On peut limiter les frais en se débarrassant des directeurs et en demandant aussi à des Indiens de gérer Sunny Jim ? Ça économisera quelques millions. Et au point où on en est, demandons-nous si Tony Blair, il nous en donne bien pour notre argent. On pourrait embaucher un Indien pour faire son boulot à moitié prix. »

Nick faisait des efforts pour ne pas rire. Aidan était parti, à présent :

— Il ne serait pas pire que ce joli cœur, et on pourrait aussi remplacer Prescott et tous les autres par des Indiens, tant qu'on y est, et avec l'argent économisé, on ferait quelque chose d'utile, comme ouvrir un nouvel hôpital ou améliorer le chemin de fer.

Nick opinait du chef tout en griffonnant. Aidan se souvenait de ce que Dylan lui avait dit à propos des journalistes locaux : « Ils feraient n'importe quoi pour travailler dans la presse nationale, alors si tu leur apportes un sujet qui peut les aider à se faire remarquer, ils vont t'adorer. » Aidan était déterminé à lui en fournir un.

À l'intérieur, son fils était pendu au téléphone.

— Ouais, ça doit être ce curry que j'ai mangé hier soir. Non, pas là, celui qui est au bout de Vole Street, avec les flammes rouges sur la devanture. Ouais, je sais... Oui, bien sûr... Écoute, je suis vraiment désolé, mais ça devrait aller demain... OK, merci, à plus.

En raccrochant, il aperçut Russell, Gwynned et Wilf, à la porte, qui souriaient.

— Qu'est-ce qu'y a ?

— Joli numéro, fit Russell. C'est bon de savoir que ces années passées au cours d'art dramatique n'ont pas été perdues.

— Ce que j'ai préféré, c'est les flammes sur la devanture, ajouta Gwynned. Ça rend le tableau vivant.

— Ouais, c'est ça. Oh merde !

Il venait d'apercevoir la liste des points capitaux qu'il avait établie pour son père, traînant sur une chaise.

— Où est papa ?

— Dehors, il discute avec un journaliste de l'*Argus*.

— Quoi ?! Vous pouviez pas le dire plus tôt ?

— On voulait pas interrompre ce morceau d'anthologie.

— Mais il a oublié la liste des points clés, fit Dylan en se précipitant sur la feuille. Sans ça, il est perdu.

— On dirait qu'il se débrouille pas mal, même sans.

Ouais, c'est ça. Il ne voulait pas débiner son père devant ses potes, mais il fallait l'avoir constamment à l'œil. Il n'y avait qu'à lire son communiqué de presse, quelle cata !

Il passa près de Russell, Gwynned et Wilf et courut dehors. Aidan était déjà parti en vrille et racontait exactement le genre de choses que Dylan lui avait dit d'éviter car c'était hors sujet, déprimant, et lui donnait l'air d'un raté plutôt qu'un champion du peuple. Il s'exprimait d'une voix tranquille, sombre, tête baissée, les mains enfoncées dans ses poches.

— Elle est morte d'une hémorragie cérébrale. Personne ne se doutait de ce qui allait se passer. Il n'y avait aucun signe, elle avait toujours été en parfaite santé, et puis soudain, elle est partie. Éteinte comme la lumière. Je lui avais dit au revoir le matin, « À ce soir vers 7 heures », comme tous les jours, et quand je suis rentré, elle était morte.

Aidan se tut, se massa les paupières du pouce et de l'index, puis il inspira profondément. Le jeunot – un solide petit gars d'ici, ça se voyait – lui dit :

— Ça va ? Si vous ne voulez pas…

— Non, non, vous avez raison, c'est une question normale. Dans le communiqué de presse, j'ai dit que j'étais veuf, vous faites votre boulot.

Dans l'indifférence, Dylan écoutait, incapable de trouver une parade, horrifié que la première interview échappe à tout contrôle. Impuissant, il sentait son cœur battre la chamade, le souffle lui manquer. Il y avait longtemps qu'il n'avait pas entendu son père parler de la mort de sa mère, et ça ne lui plaisait pas du tout.

— Mon fils, Dylan, est rentré de l'école un peu plus tôt ce jour-là, et il l'a trouvée par terre, morte, fit-il avant de se taire de nouveau un instant. C'est horrible pour un enfant. Pauvre Dylan ! J'étais effondré, mais Dieu sait ce que ça a dû être pour les enfants de perdre leur mère à cet âge.

Dylan eut l'impression de voir un accident se dérouler sous ses yeux au ralenti. Son père allait perdre les pédales, se mettre à bafouiller, foirer complètement l'interview et tout gâcher.

— Je continue à lui parler tous les jours.

Non, lui dis pas ça !

Aidan sourit avec tristesse :

— Je lui parle certainement plus aujourd'hui que quand elle était vivante.

Le jeunot opinait du chef. Puis Aidan aperçut Dylan :

— Voici mon fils.

Nick eut l'air déconcerté.

— Ça va, Dylan ?

Celui-ci semblait pris de court, extrêmement gêné. Ses yeux se remplirent de larmes. Putain ! Il hocha vigoureusement la tête, tendit la main.

— Enchanté, Nick… Comment se passe l'interview ?

— Très bien.

Le journaliste avait l'air ennuyé à présent.

Allez, Dylan, reprends-toi.

Il jeta un coup d'œil à ses notes, puis se retourna vers Aidan :

— Quelle est votre plus grande crainte ?

Aidan prit l'air songeur. Son fils compta jusqu'à trois avant de l'entendre répondre :

— Avoir la diarrhée.

Nick pouffa. Quand Dylan eut accusé le coup, il rit à son tour. Au moment où personne ne le regardait, il s'essuya les yeux sur le revers de sa manche. À présent, son père souriait, à l'aise, confiant, comme un type qui passe son temps à plaisanter.

— Je peux vous citer ? demanda-t-il en souriant.

On voyait que ça passait bien entre eux.

Dylan avait oublié qu'Aidan pouvait être drôle. Quand il était petit, il le faisait beaucoup rire. Il se mettait à quatre pattes et jouait par terre avec lui pendant des heures, faisait le cheval, des grimaces, prenait une voix rigolote. Quand il avait grandi, il ne l'avait plus trouvé aussi drôle. Le souvenir de ses conversations avec lui, à l'adolescence, lui donnait des boutons.

En le voyant ainsi parler avec Nick, il ressentit une pointe de jalousie. C'était l'image de ce qu'aurait pu être leur relation s'il avait fait des efforts, été un peu plus patient, s'il avait baissé la garde de temps en temps. Mais il voulait tellement ficher le camp de là, c'était son obsession. Dans sa chambre, trônant sur le mur à la place d'honneur, une affiche représentant Steve McQueen dans *La Grande Évasion*, chevauchant sa moto, l'œil vissé sur les barbelés qui encerclaient le camp de prisonniers. Dylan avait ajouté au feutre une bulle, partant de sa bouche : « C'est risqué, mais tout vaut mieux que passer une autre année à Crindau. »

Peut-être que Nick était le genre de fils qui aurait rendu Aidan heureux : sensé, respectueux, fiable, content de son sort. Ouais, il voyait déjà Nick trente ans plus tard, toujours à l'*Argus*, croulant sous les emprunts, avec deux gosses, une Nissan Micra et un autocollant Disneyland à l'arrière. Il préféra les laisser entre eux.

— Je vais voir s'il y a du nouveau du côté de Crindau FM, lança-t-il à la cantonade.

Il sortit dans la rue et alluma une cigarette. Une voiture vint se garer près de lui. Il leva les yeux et vit Shauna en sortir.

— Ah, le voilà, le jeune comédien parmi les plus éblouissants du moment au pays de Galles !

Dylan resta bouche bée.

— Papa m'a montré un exemplaire du communiqué de presse que tu as écrit pour lui l'autre jour. Merci pour ton soutien.

Il haussa les épaules. Espérant que ce geste éloquent ferait comprendre sa position à sa sœur.

Tu me mets dans une situation impossible, tout ce que je propose, tu le descends toujours en flammes, tu ne me laisses donc pas d'autre choix que de faire les choses dans ton dos.

Ils restèrent à se regarder en chiens de faïence. Le photographe apparut soudain derrière eux.

— Euh, vous êtes la fille d'Aidan ? On aimerait que Dylan et vous veniez auprès de votre père, dans le jardin, on voudrait faire un portrait de famille.

Aidan fit une grimace gênée, comme autrefois, sur les photos de vacances. Dylan prit sa pose professionnelle, la tête penchée sur le côté, sourire espiègle, regard de braise. Shauna réussit à esquisser un vague sourire, l'œil circonspect. Une fois la séance terminée, elle ouvrit son sac :

— Tiens, dit-elle à Aidan, je t'ai apporté ça.

— Un autre portable ?

— Il t'en faut deux, fit-elle en levant une main pour prévenir toute objection. Que feras-tu quand tu mettras le tien à recharger ?

Il n'y avait pas songé.

— Et s'il se passait quelque chose alors, et qu'on ne puisse pas arriver à temps ? Je refuse de courir ce risque, pas tant que tu seras là en bas.

— Merci, ma chérie, ça a dû te coûter cher, tu n'aurais pas…

— Celui-là a le mode vibreur.

— Le quoi ? demanda Aidan, croyant qu'on le faisait marcher.

— C'est comme les bipers des médecins, il sonne et il vibre, comme ça, si tu veux écouter ton baladeur et qu'on t'appelle, tu ne rates pas la communication, parce que tu le sens vibrer.

Aidan sourit.

— Ça fait des années que je ne me suis pas autant amusé, dit-il en lançant un clin d'œil à Dylan.

— Et ça, continua-t-elle en lui tendant une petite boîte, ça s'appelle Remède d'Urgence. Si tu sens monter une angoisse, tu t'en mets trois gouttes sur la langue.

— Moi, une angoisse ?

Aidan se mit à rire. Trop longtemps. Trop fort.

— C'est très efficace.

— Merci, ma chérie, d'avoir pensé à tout ça, dit-il en l'embrassant.

Elle le serra dans ses bras et lui murmura :

— Je t'aime.

Dylan attendait qu'ils aient fini, un peu mal à l'aise. Il haussa les épaules et afficha de nouveau son sourire espiègle :

— Désolé, 'Pa, je t'ai rien apporté.

Aidan essaya de cacher sa déception.

— C'est pas grave, fiston, tu m'as déjà si bien aidé.

Russell regarda sa montre :

— On peut commencer ? Y en a qui bossent, ici.

Un frisson d'appréhension parcourut le visage d'Aidan. Tout le monde le regardait à présent.

Russell, Gwynned et Wilf déposèrent en douceur le cercueil à côté du trou, puis ôtèrent le couvercle. Wilf fit un pas en avant.

— Bonne chance, mon vieux.

Aidan lui tendit la main, mais son ami le prit dans ses bras, et le serra de toutes ses forces.

— Merde !

Il faillit le renverser. Aidan se ressaisit et essaya de parler. Les mots restaient coincés dans sa gorge. Ce fut Wilf qui reprit la parole, la voix vibrante d'émotion.

— Megan et moi, on va prier pour toi.

— Merci, Wilf.

— Je t'aime comme un frère, mon vieux.

Aidan hocha la tête, les yeux fermés. Il tapota le dos de Wilf. Ces au revoir étaient en train de le ramollir.

— Ouais… pour sûr.

Wilf sortit quelque chose de sa poche et le mit dans la main d'Aidan.

— Qu'est-ce que c'est ?

— Une médaille de saint Christophe. Elle appartenait à mon père. Elle lui a porté chance pendant toute la guerre… il était dans la marine marchande, les convois en mer du Nord, tu sais.

— Wilf, mon vieux, je peux pas…

Il recula :

— Mais si. Tu me la rendras quand tu remonteras, d'accord ?

Aidan acquiesça et la passa autour du cou.

Wilf s'écarta en se frottant le nez.

Russell alluma une autre cigarette. Gwynned enfonça les mains dans ses poches, puis les retira et croisa les bras.

Aidan se tenait au bord de la fosse, les yeux baissés. Nom de Dieu, ça faisait bizarre ! Combien de gens avaient ainsi scruté le fond de leur propre tombe ? Ça lui rappela ces pauvres bougres, en Bosnie.

— Ça va, mon vieux ?

Gwynned lui lança un regard interrogateur. Il avait l'air anxieux. Ils l'étaient tous.

— C'est là qu'on finira tous, hein ? Dans un trou.

Il se força à rire.

Dylan s'alarma.

Aidan regarda autour de lui, ses enfants, ses amis. C'était vraiment comme un enterrement. Comme s'il n'allait plus jamais les revoir. Il songea à toutes ces choses qu'il ne leur avait jamais dites. Toutes ces occasions ratées où il aurait pu leur témoigner son affection. Il y avait tant de conversations qu'il aurait dû avoir avec Eileen, aussi. « Tu sais quel est ton problème, Aidan ? Tu enterres les choses. » Tous les regards étaient posés sur lui, à présent, mais il ne parvenait pas à bouger.

— Papa, tu n'es pas obligé, tu sais, fit Shauna.

— Je suis désolé, ma chérie, mais il le faut. Tout ira bien, ne t'inquiète pas.

— Oh si…

Il se détourna, songeant que c'était là le début d'une conversation qu'ils auraient dû avoir bien des années auparavant.

— Qu'est-ce qu'on attend ? demanda Russell.

Aidan hésitait. Peut-être attendait-il que quelqu'un déboule dans son jardin en criant : « Ne bougez pas, ils viennent d'annoncer qu'ils ont changé d'avis. On garde notre boulot ! » Ou bien alors un membre du conseil municipal, surgissant pour dire qu'il était interdit de s'enterrer dans son jardin – un truc en rapport avec les services de santé et d'hygiène, ou une nouvelle directive de Bruxelles mise en pratique ce matin-là. « Bon, très bien. Qu'est-ce que j'y peux ? Mieux vaut tout annuler », aurait-il dit en levant les bras devant le fonctionnaire qui le menaçait de l'assigner en justice.

Le photographe avait baissé son appareil. Mal à l'aise, très raide, Nick tripotait son nœud de cravate. C'était le moment. Aidan frappa dans ses mains et s'exclama :

— On y va !

Dylan rayonnait :

— Tu te souviens de la photo dont on a parlé ?

Aidan n'y pensait plus. À présent, tout cela lui apparaissait comme une farce. Il sortit une paire de lunettes de soleil de sa veste, et les mit. Les autres le regardaient sans comprendre. Dylan s'éclaircit la gorge, fit un pas en avant, et regardant les deux journalistes :

— Qu'est-ce que tu fais, papa ?

— C'est un cadeau de Sunny Jim, répondit-il en souriant. Vous vous rappelez leur slogan : « Venez travailler chez nous, nous vous offrons des lunettes de soleil – indispensables car votre avenir sera trop éblouissant ! »

Tout le monde éclata de rire, soulagé de sentir l'atmosphère se détendre. Le photographe recommença à prendre des photos, demandant à Aidan de poser comme ceci, comme cela.

— Si on en faisait quelques-unes dans le cercueil ?

Cela relevait à présent de la blague. Aidan n'eut aucun mal à monter dedans, s'allonger, et faire le clown tandis que le photographe, penché sur lui, le mitraillait. À côté de Nick, Dylan déclara :

— Ça va faire quelques bons clichés, hein ?

Il voulait s'assurer que ce petit reporter en tire le maximum avant de retourner faire ses articles habituels sur les querelles de voisinage, le conseil municipal et les lignes de bus suspendues.

Ensuite, ils donnèrent à Aidan son matériel : une radio, un baladeur et des cassettes, le bassin hygiénique, un rouleau de papier toilette et un oreiller.

— J'ai là toutes les commodités. Avec tout ça, je crois que j'aurais plus jamais envie de remonter.

Russell serra l'épaule d'Aidan :

— Bonne chance, mon vieux.

Il y avait un léger tremblement dans sa voix seulement perceptible à ceux qui le connaissaient très bien. Mais avant qu'Aidan ait eu le temps de répondre, il s'était retourné, avait ramassé le couvercle et déclarait d'un ton brusque et professionnel :

— C'est bon, on y va. C'est parti.

Aidan frissonna en entendant les coups de marteau. C'était comme si les clous du couvercle s'étaient fixés dans son corps. Il glissa les mains sur les côtés, tendit les doigts et toucha les parois du cercueil. Le couvercle était à moins de dix centimètres au-dessus de son visage. Il leva les mains et le parcourut du bout des doigts. Il avait une marge d'une trentaine de centimètres en longueur, et d'une quinzaine en largeur. Univers restreint. Il entendit Russell dire :

— Soulevez !

Et il se sentit basculer d'un côté, puis de l'autre et, instinctivement, plaqua ses mains sur les côtés pour ne pas être entraîné. Il entendit ses copains grogner en passant les cordes sous lui, puis souffler quand ils le reposèrent avec douceur. Le visage de Russell apparut au-dessus de lui :

— Tu sais que tu es lourd, mon cochon ?

— C'est rien que du muscle.

Russell grommela, puis disparut :

— On descend.

Il se balançait en l'air à présent. Ce n'était guère agréable. Il regarda par sa fenêtre le ciel qui tanguait. Peut-être était-il vieux jeu, mais Aidan aimait que le ciel reste immobile. C'était même le genre de détail qui lui tenait à cœur. Puis, une légère secousse ; il était au fond. Debout au bord du trou, le photographe pointa sur lui son objectif et le prit dans le cercueil. Il se força à sourire. Il entendit s'abattre la première pelletée de terre, coup sourd, suivi d'une sorte de frôlement lorsqu'elle se répandit. Avant qu'il ait eu le temps de dire quoi que ce soit, une deuxième suivit, lui aspergeant la figure. Quelle bande de crétins ! Il redressa la tête et hurla :

— Hé, vous avez oublié quelque chose !

Russell, qui relevait déjà sa pelle pleine de terre, se retourna brusquement.

— Vous allez continuer à m'envoyer toute cette terre dans la gueule ? Il faut d'abord que quelqu'un mette le périscope en place.

Russell le regarda sans réagir. Puis, sentant un mouvement derrière lui, écarta la main pour empêcher toute avancée. Wilf s'arrêta net, puis fit un pas en arrière, répandant de la terre un peu partout.

Désignant la tête ahurie d'Aidan qui pointait hors du trou, Russell s'écria :

— Mais utilise un peu ta cervelle, on n'a pas mis en place le conduit d'aération, on va lui remplir son cercueil ; et après, comment tu crois qu'il respirera, espèce de charlot ?

Wilf était mortifié. Gwynned pétrifié, sa pelle pleine de terre à hauteur du genou. Russell fit signe à Dylan :

— Viens là, toi, rends-toi utile, tiens-nous ce truc-là en place.

Le jeune homme n'apprécia guère le ton de la remarque et jeta à Russell un regard lourd de sens avant de placer avec soin le périscope au-dessus de la fenêtre d'Aidan. C'était lourd, encombrant et difficile à maintenir immobile.

— Donc, il va respirer grâce à ça ? interrogea Nick.

— Ouais, et c'est aussi par là qu'on lui descendra ses repas.

Le journaliste hocha la tête tout en prenant note.

— C'est aussi une fenêtre ouverte sur l'extérieur, poursuivit-il. Comme ça, il peut voir le temps qu'il fait et aussi qui lui parle. Et, bien entendu, continuer à donner des interviews aux gens, même en étant sous terre.

Russell, Gwynned et Wilf se remirent à pelleter, se concentrant pour maintenir le rythme. Ils avaient hâte d'en finir. S'ils s'arrêtaient pour réfléchir à ce qu'ils faisaient, c'est-à-dire enterrer vivant leur meilleur copain, ils n'y arriveraient jamais. Mais sous l'œil des deux reporters, ils se sentaient obligés de bien faire.

Au fond du trou, Dylan aplanissait la terre autour du périscope, qu'il prenait soin de garder à la verticale.

Au bout de quelques minutes, Russell sentit le rythme se ralentir. Il avisa le visage rouge de Wilf et les gouttes de sueur qui commençaient à couler sur le front de Gwynned.

— Allez les gars, faut pas s'endormir !

Ils redoublèrent d'efforts et reprirent de la vitesse.

La terre tombait sur les pieds de Dylan. Il sortit du trou et resta au bord, penché, tenant toujours le périscope. Il jeta un coup d'œil au fond et surprit son père à l'improviste, le visage crispé par la peur, regardant fixement en l'air, mais sans le voir, comme s'il se perdait dans quelque sombre lieu. Dylan sentit souffler un vent de panique ; il ne voulait pas voir ça.

— Tiens-le bien droit, aboya Russell.

Le jeune homme raffermit sa poigne, tandis que la terre continuait de s'amonceler, montant peu à peu jusqu'au bord du trou.

Le martèlement des premières pelletées diminuait, n'étant plus que l'impact assourdi de la terre sur la terre.

— Bon, fit Russell au bout de quelques minutes. Je crois qu'on a fini.

Il s'essuya le front, posa sa pelle. Puis il alla jusqu'au périscope et regarda en bas :

— Et rappelle-toi, il est interdit de se branler sous terre.

Aidan sourit. C'était mieux comme ça, quelques vannes, comme au boulot. La tête de Gwynned apparut dans le cadre :
— C'est comment en bas ?
— Confortable. En fait, il fait bon.
Puis ce fut le tour de Wilf :
— T'as pas changé !
— Ah bon ? Mais à quoi tu t'attendais ?
— C'est sidérant, renchérit Russell, jamais je me serais attendu à ce qu'il ait exactement la même tête qu'il y a un quart d'heure. Allez, viens, on file, fit-il en tirant sur la manche de Wilf.
— Haut les cœurs, les gars… et n'oubliez pas de laisser vos portables allumés !
— Je ferai un saut, ce soir. Bonne chance, mon vieux, tout ira bien, ne t'en fais pas.
Russell lui adressa un clin d'œil, puis il s'en alla.
Aidan soupira, ferma les yeux, serra les dents. Il les rouvrit, et sursauta :
— Nom d'un chien, arrête !
Russell le dévisageait avec une expression bizarre, sa tête prenant toute la place.
— Tu seras bien là, ce soir, hein ?
Il éclata de rire – il riait toujours de ses blagues – puis partit pour de bon. Son ami l'entendit ensuite s'écrier :
— Allez, vous deux, on y va, on va être à la bourre.
Nick et le photographe s'en allèrent à leur tour, puis Shauna lui dit au revoir.
— Je passerai te voir dans la soirée.
Au passage, elle lança à son frère :
— Appelle-moi, il faut qu'on parle.

Elle lui lança un regard insistant qu'il prit soin d'éviter.

Dylan se tenait à présent seul dans le jardin, les mains sur les hanches. C'était étrange maintenant que tout le monde était parti. Il ne restait plus rien qu'un tas de terre, au centre, dont émergeait un conduit de bois rectangulaire. Difficile de croire que son père était là-dessous et que cet acte de protestation allait arracher Crindau à l'anonymat. Il sortit une feuille de papier de sa poche, la plia puis la tint au-dessus du périscope :

— Hé, tu attrapes ?

— C'est quoi ?

— La liste des points clés.

Il la laissa choir. En voltigeant doucement, la feuille arriva dans la main d'Aidan : son premier envoi.

— On a marqué un point, alors maintenant, je vais appeler Crindau FM pour leur dire que l'*Argus* est venu. Quand l'article sera publié, tu verras, ils rappliqueront tous. Crois-moi, ce n'est qu'un début. Les médias parleront de toi à travers tout le pays. Bon, faut que j'y aille…

— Dylan ?

— Ouais ?

— Merci.

Il eut un geste désinvolte

— Laisse tomber. Ça m'amuse.

— Je sais, répondit Aidan en souriant.

Le jeune homme fronça les sourcils. Il lisait en son père comme dans un livre, mais la pensée que celui-ci puisse comprendre ce qui le motivait vraiment était une nouvelle inquiétante.

— C'est ton plan au bout du compte, 'Pa. Si une de mes idées ne te plaît pas…

Aidan secoua la tête :

— Pas du tout, tu te débrouilles très bien. Tu sais, j'ai pensé à quelque chose.

Cette idée ne plaisait guère à Dylan, comme s'il était réellement capable de penser, au lieu de répéter les conneries qu'il entendait au boulot ou à la radio.

— Toute cette histoire pourrait bien nous rapprocher en tant que famille. Je suis inquiet, car ce que j'ai entrepris va être lourd à porter pour vous tous, et ce n'est pas juste. Après tout, c'est pas vos emplois à vous qui sont menacés.

— T'inquiète pas, 'Pa, mon vieux, je veux vraiment t'aider.

Aidan se tut, troublé.

— Eh bien, c'est formidable, fiston, mais je suis pas très sûr au sujet de Shauna.

— Nan ! le rassura-t-il en haussant les épaules. Tout ira bien, il lui faut juste du temps pour s'habituer.

— C'est bien ça que j'espère, que tous les deux, vous en arriverez à considérer ça comme… comme une aventure à laquelle vous pouvez vraiment participer. Vous êtes grands, vous avez pris chacun votre route. Ce serait chouette de vous voir…

Aidan commençait à avoir du mal, il s'était imaginé qu'il recevrait un peu d'aide à ce stade, qu'après avoir écouté dans un silence respectueux ces mots venant du cœur, son fils le seconderait avec enthousiasme, finissant ses phrases à sa place, mettant en mots les pensées qu'il avait tant de mal à exprimer. Au lieu de cela, il le dévisageait comme s'il lui avait parlé en albanais.

— Je... Ça fait si longtemps que ta mère est morte, et ça a été dur pour nous tous et...

Dylan se racla la gorge et fit un signe de tête rapide. Il ne voulait pas parler de ça.

— Ouais, je vois exactement ce que tu veux dire, 'Pa, t'as raison. Écoute, il faut que je file, je voudrais téléphoner à Crindau FM.

— Tu auras le temps de repasser ?

— Faut que j'attrape le train de 13 h 30.

— Ah, très bien !

En voyant le visage de son père, crispé par l'anxiété, l'air âgé, vulnérable, tout seul dans sa tombe, le jeune homme hésita. Sentant qu'il était mal à l'aise, Aidan ajouta d'un ton guilleret :

— Bon, alors faut que tu te dépêches. Allez, vas-y !

Dylan baissa les yeux et soutint longuement son regard. Son père avait le même air que quand il était parti pour l'université. À l'époque, il s'en était allé en hâte, sans se retourner, de crainte de voir Aidan essuyer une larme. Il n'aurait pas pu le supporter.

— Bonne chance, papa, fit-il d'une voix douce.

Il lui sourit et quand son fils eut disparu, murmura :

— Ça, je vais en avoir besoin.

Voilà, il était enfin seul, cloué dans sa boîte en carton, six pieds sous terre. La journée s'étalait devant lui comme une peine de prison. Il allait falloir s'habituer à la jouer en solo. Il n'aurait pas d'autre visiteur avant midi, quand Frank lui apporterait son déjeuner. Il regarda sa montre : pas tout à fait huit heures et demie, encore trois heures et demie avant de revoir un visage humain. Tout était si calme. Incroyablement calme, le silence pesant aussi lourd que la terre qui recouvrait son cercueil.

Il était seul. Il avait peur. *Allez, ça ne fait que quelques minutes que tu es là, ressaisis-toi !*

— C'est vrai, Aidan, ça sert à rien de rester là à te lamenter sur ton sort, essaye plutôt de t'organiser.

Il n'avait pas envie d'avoir à fouiller partout dans cet espace confiné pour mettre la main sur ses affaires. Tout en rangeant, il se mit à fredonner. D'abord, il plaça son baladeur et ses cassettes à portée de main. Il s'était constitué tout un tas de compilations : les Beatles, les Kinks et les Stones, Soul and Tamla Motown, les Animals, les Hollies, Them, Simon and Garfunkel, les Who et les Pink Floyd. Il avait quelques trucs des années soixante-dix aussi, Led Zeppelin, Deep Purple, XTC, les Clash, Joan Armatrading, Joni Mitchell et Cat Stevens. Pas grand-chose des années quatre-vingt et quatre-vingt-dix, à part les Pogues, les Smiths et les Stone Roses. Il vivait dans le passé, comme Dylan le lui rappelait inlassablement. Mais il s'en fichait, ça lui plaisait comme ça.

Ensuite, il rangea ses lectures. Il avait le programme de radio, l'*Argus* de la veille, et puis deux polars d'Elmore Leonard achetés dans une vente de charité. Il aimait bien cet auteur ; chaque année, quand il partait en vacances, il emportait un de ses bouquins ; ce bon vieil Elmore ne vous laissait jamais en rade. Papier toilette, bassin hygiénique, lingettes, une bouteille où pisser, des piles, ses portables, une torche, un décapsuleur, la liste des points clés de Dylan. Des sous-vêtements et chaussettes de rechange, le Remède d'Urgence, le journal, un panier. Il ne lui fallut pas longtemps pour tout mettre en ordre. Et après ?

Mais oui, son journal. Il allait tenir un journal. Il avait acheté un très joli carnet dans une papeterie en ville, épais, bleu, avec le mot « journal » en lettres d'or gaufrées. Il s'était senti un peu gêné en le donnant à la vendeuse. Il n'avait jamais acheté ce genre d'article auparavant, et il s'attendait presque à ce qu'elle lui dise : « On a des blocs-notes, là-bas, en promotion à 50 pence. »

Il avait envie de garder une trace de ce qu'il ferait, dirait et penserait tant qu'il serait là dans son trou. Comme ça, il n'oublierait rien une fois revenu à la surface. Après tout, personne n'avait jamais fait ça auparavant, et il ne voulait pas que cette expérience lui glisse entre les doigts. Ça lui donnait un objectif sur lequel se concentrer, constituait une échappatoire pour son imagination, une tâche à accomplir chaque jour, enfin ça l'empêcherait de rester simplement allongé là comme un légume.

Il ouvrit son journal, l'installa sur sa poitrine, lissa la première page, ôta le capuchon de son stylo et écrivit : « Lundi, premier jour », tout en haut de la page. Voilà, sa première entrée. Il tapota ses dents de la pointe du stylo et attendit que vienne l'inspiration. « Ça y est, me voilà sous terre. » Il s'arrêta d'écrire et recommença à marteler ses dents. Que dire d'autre ? Tout était si calme qu'il n'arrivait pas à penser. Il réalisa soudain que d'ordinaire il était en permanence plongé dans le bruit, que c'était normal pour lui, comme la lumière, les couleurs, ou le fait d'avoir le plancher des vaches sous les pieds. Il laissa le carnet retomber à plat sur sa poitrine, renversa la tête en arrière, cessa de respirer et tendit l'oreille pour entendre quelque chose, n'importe quoi. Il attendit patiemment. Les minutes passèrent. Nom d'un chien ! Pas même une voiture dans la rue. Comme il aurait aimé entendre un moteur vrombir, une portière claquer, des écoliers crier, un ouvrier creuser un trou au marteau-piqueur dans la rue, une sonnerie de téléphone, l'avertisseur d'un camion faisant marche arrière, le ronron et le cliquetis du laitier, les aboiements d'un chien. N'importe quoi qui lui dise que la vie continuait de suivre son cours. Qui lui montre qu'il n'était pas complètement, désespérément seul.

S'il était au travail, il y aurait la radio en fond sonore, les hommes qui grognent, ahanent, en soulevant de lourdes charges ; les boîtes se percutant les unes les autres ; le ballet des chariots élévateurs ; les exclamations, les blagues, les insultes. Bref, tout le remue-ménage qui rendait vivable le travail dans l'entrepôt, le badinage qui allégeait la corvée. Tout cela lui manquait à présent comme il ne l'aurait jamais cru.

Il regarda un long moment le couvercle, à moins de trente centimètres au-dessus de sa tête. Avec toute cette terre qui pesait dessus, ça devait être solide. Il y passa le poing. Ça semblait si résistant qu'on n'aurait jamais cru qu'il s'agissait de carton. Non, il était parfaitement en sécurité. Il tendit la main dans le périscope, au maximum. Ses doigts atteignaient environ la moitié de la hauteur, aussi n'était-il pas très loin de la surface. Si, en haut, quelqu'un y plongeait le bras, leurs mains se toucheraient certainement. Et s'il changeait d'avis, il n'avait qu'à appeler les copains, ils viendraient le déterrer, et en moins d'une demi-heure, il serait de retour à la surface. Il réinstalla le journal sur sa poitrine, reprit son stylo et écrivit : « C'est très calme en bas. »

Voilà, ça suffisait pour l'instant. Il referma le carnet. À présent, qu'allait-il faire ? Il n'en avait pas la moindre idée.

Cela surgit de nulle part, d'une manière soudaine et violente. Une panique totale, à l'état pur.

Mais à quoi tu t'attendais ? Tu n'y arriveras jamais. Et si je tombe malade ? Je pourrais avoir la grippe. L'appendicite. Une crise cardiaque. Oh bon Dieu, et si jamais c'est la diarrhée ?

Et s'il y a un problème avec le cercueil ? Peut-être que Pancho s'est foutu de moi. Si mon portable tombe en rade ? Si l'arrivée d'air se bloque ?

Si jamais un truc comme ça se produisait, il était cuit. Pourquoi s'était-il mis dans une position aussi vulnérable ? Il sentit une sueur froide lui dégouliner dans le dos.

— Non… ça suffit maintenant !

Il ne fallait pas rester ainsi à attendre. C'était précisément ce qu'il fallait éviter. Il devait rester occupé en permanence, et s'il ne pouvait s'occuper, il avait besoin d'un maximum de distraction. Il alluma la radio : Robbie Williams. Ah non, pas lui ! Tant pis, ça irait quand même. N'importe quoi ferait l'affaire. Il inséra sa compile des Beatles dans son baladeur et le mit en marche. Aidan avait une foi démesurée dans le pouvoir apaisant des Beatles. L'énergie et la joie simple qu'ils transmettaient. *Love Me Do*, *From Me to You*, *She Loves You*, *I Want to Hold Your Hand*, *We Can Work It Out*, *Hello*, *Goodbye*, elles y étaient toutes. Il mit le volume à fond. Chanta à son tour. Imaginant que quelqu'un l'observait. Pour voir comment il s'en sortait.

C'est ça, je vais leur montrer !

Il fallut un moment, cinq ou six chansons, mais il commença à retrouver le moral. Quand on faisait semblant de s'amuser, au bout d'un moment, on s'apercevait parfois qu'on ne pouvait faire la différence entre le faux et le vrai. Ça lui arrivait souvent au Globe, quand Russell se mettait à raconter de grosses conneries. Aidan songeait : « Mais non, c'est pas comme ça, c'est pas vrai. » Alors le sentiment qu'il était le seul à penser ainsi le remplissait de crainte. C'était comme si tout son monde s'était déchiré. Aussi repoussait-il très vite ces pensées dérangeantes et se lançait de manière effrénée dans une remarquable imitation du gars qui s'amuse. L'angoisse ne disparaissait pas, mais il la tenait bien en main, jusqu'à ce qu'elle ne soit plus qu'une douleur lancinante au creux de son estomac. Quelques verres l'aidaient à la tenir à distance.

Me voilà, sous terre, tout va bien, et je chante avec les Beatles.

C'était l'image qu'il aurait aimé donner si on l'avait observé. Il lui arrivait souvent d'imaginer qu'on le regardait, pour essayer de le prendre sur le fait. Aidan n'avait pas besoin d'être sous l'œil des caméras, il se mettait lui-même en scène avec grand soin.

Quand la cassette se termina, il remit la radio jusqu'à ce que la première chanson de la seconde face commence. *Distraction maximum*. Il s'encourageait lui-même.

— Allez, Aidan, il t'en faut plus que d'être enfermé dans un cercueil pour te casser le moral... Tu tiens le bon bout !

Quand la seconde face s'acheva, il était épuisé par tous ces efforts pour ne pas déprimer. Mais il se sentait fort. Il était bien parti. Il avait surmonté son premier moment difficile. Il avait même perdu la notion du temps, tant il était absorbé par la musique. C'était bon signe. Quand on s'amusait, qu'on était insouciant, le temps passait à toute vitesse. Il avait assez d'assurance à présent pour consulter sa montre. Bon sang, c'était pas possible, elle devait être déréglée.

— Je vais passer un coup de fil à un des gars, pour être sûr.

Il aurait pu remettre la radio, et attendre qu'on lui donne l'heure, mais ce qu'il voulait vraiment, c'était parler à quelqu'un. Il sortit son portable de sa poche et appela Russell. Il commençait à s'y faire, à cet engin. Il fallut un moment à son ami pour décrocher, puis Aidan entendit des jurons assourdis, un bruit de chute, suivi par une sorte de bousculade.

— Saloperie de truc... ALLÔ ?
— Salut, Russ.
— C'est toi, Aidan ?
— Ouais.
— Qu'est-ce qu'y a ? fit-il d'un ton plein d'alarme. Tu vas bien ?
— Ouais, ça va.
— C'est sûr ?
— Ouais, je vais bien, sincèrement. Je suis resté allongé, à écouter les Beatles, des fois, on oublie à quel point ils étaient doués, tu trouves pas ?

Il entendit à l'autre bout de la ligne une respiration bruyante.

— Et tu t'es aussi gratté le cul ?
— Hein ?
— Dis-moi, j'ai vraiment envie de savoir.

Aidan ne dit rien, Russell allait l'envoyer sur les roses, c'était sûr, mais il ne savait pas pourquoi.

— Parce que c'est le seul truc que tu m'as pas raconté dans ta version détaillée de ta matinée. À part ça, je vois bien le tableau, merci beaucoup, mon vieux. Maintenant, tu veux que je te parle de ma matinée à moi ?
— Sûr, vas-y, répondit-il en essayant de garder le ton de la plaisanterie.
— Je me suis fait coincer par les flics. J'ai chopé une prune pour excès de vitesse. Cinquante-cinq à l'heure en ville. Et c'est pas du bidon. Alors je suis arrivé à la bourre au boulot, et y a plusieurs gars qui sont malades, et une grosse commande à préparer tout de suite. Alors me voilà à me casser le cul, et toi, tu m'appelles. Tu me flanques la trouille de ma

vie quand le portable se met en route, et je manque de me foutre ce putain de carton sur le pied. Et me voilà à chercher ce putain d'engin en me disant, merde, qu'est-ce qui se passe, doit y avoir un problème. Et là, quand je réponds, tu me balances que les Beatles, c'est formidable.

— Désolé de t'avoir fait peur, mon vieux.

Russell grommela des paroles inintelligibles.

— Bon alors, pourquoi tu m'appelles, en fait ?

— Je voulais que tu me donnes l'heure.

— Tu m'appelles pour ça ! Bordel de merde. T'as pas de montre ?

— Euh... si, mais elle indique 9 h 34 – c'est pas possible ?

— Ah non ! D'après la mienne, il n'est que 9 h 33.

— Bon sang, tu te fous de moi !

— Est-ce que j'ai l'air de me foutre de toi ?

— J'aurais juré qu'il était 11 heures.

Aidan ne parvenait pas à admettre que sa demande n'était qu'un prétexte, et qu'il voulait aussi parler à quelqu'un. Il aurait dû appeler une autre personne.

— Bon, maintenant, tu sais quelle heure il est. Heureux de t'avoir été utile.

La communication s'interrompit. Aidan eut l'impression qu'on lui avait coupé son arrivée d'air. Le monde continuait de tourner normalement, sans lui. Personne n'avait besoin de lui. Il se sentait dériver loin des autres, loin de tout. *Ça doit être comme ça quand on est mort. Imagine que ton esprit revienne sur terre après, et s'aperçoive que personne ne parle plus de toi. Y a quelqu'un d'autre installé dans ta maison, ta tombe est couverte de mauvaises herbes ou d'inscriptions obscènes. Qu'est-ce que ça fait de comprendre qu'on n'a laissé aucune trace ? Qu'on a sué, qu'on a trimé, qu'on a rêvé, fait des projets, et tout ça, pour rien. Ton temps est fini, et t'as tout gâché.*

Il bougea le bras et sentit une forte odeur. Le genre d'effluves qu'aurait dégagé un animal pris au piège. Une affreuse frayeur. Il sentait son corps étiré, écartelé, mutilé, écrasé, chaque nerf à vif, battant. Il ne pouvait bouger de plus de quelques centimètres, quelle que soit la direction. Il était prisonnier de ses pires peurs. Toutes ces choses qu'il n'avait pas réussi à résoudre, qu'il avait tenté d'emmurer au fil des années, elles saisissaient à présent leur chance de remonter à la surface.

Il se pinça la paume de la main gauche, jusqu'à crier de douleur.

— ESPÈCE DE MOU DE VEAU !

Il devait se calmer. S'il parvenait à surmonter cette matinée, à s'habituer, alors ça irait. Combien de temps encore ? Il tourna la tête pour regarder sa montre et s'arrêta juste à temps. Il couvrit son visage de ses mains. S'il continuait comme ça, il allait devenir fou.

Le truc que Shauna lui avait donné, le Remède d'Urgence, où était-il ? Sa main longea le côté du cercueil, et le trouva près des cassettes. Il déchira la boîte et en sortit la fiole. *Rassurer et réconforter.* Il lut la notice. *Amener près de la bouche et procéder à deux pulvérisations sur la langue.* Deux, ça ne faisait pas beaucoup, alors il en fit six. Pas mal, pas mal du tout. En fait, il y avait comme des relents d'alcool après coup. Il ferma les yeux et inspira profondément. Nom d'un chien, on aurait presque pu croire qu'il y prenait plaisir. Ses poings s'ouvrirent et il tendit les doigts. Ce Remède d'Urgence, c'était pas de la gnognote. Shauna s'y connaissait. Tous les combien pouvait-on en prendre ? *Selon les besoins*. Il refit six pulvérisations. Il se sentait déjà plus calme, ça marchait vraiment. Il regarda de plus près l'étiquette et lut la composition. *Extraits de fleurs*. Quel genre de truc elle lui avait donné ? Il y avait de jolis noms : dame-d'onze-heures, hélianthème, impatiente, prunus et clématite dynamisés dans du cognac biologique. L'ingrédient secret.

— Du cognac ! Eh, eh !

Il prit le flacon et l'agita. Pour sûr, mon vieux, il en avait assez pour tenir un bon moment. Ça allait mieux, maintenant qu'il avait un petit remontant pour l'aider quand la situation tournait au vinaigre.

— Qu'est-ce que tu bois, Aidan, une pinte de blonde ? En fait, je crois que je prendrais bien un petit verre de cognac. C'est vrai, franchement, tu devrais essayer.

Il se sourit à lui-même. On n'abusait jamais des bonnes choses.

— Cul sec.

Six pulvérisations, sept, huit. Il ferma les yeux de nouveau et aspira une grande goulée d'air. Puis il remit le capuchon et rangea la petite bouteille à sa place, sur le côté.

— Ça suffit pour l'instant, j'ai pas envie d'avoir la gueule de bois.

Il se massa les tempes du bout des doigts et gémit doucement.

— Tu es au chaud, confortable, et en sécurité. Si tu changes d'avis, tout ce que tu as à faire, c'est appeler Russell ou un des gars, et dans une demi-heure, ils seront là pour te déterrer. Tout va bien se passer.

Sa respiration était plus profonde, plus régulière à présent.

— Rappelle-toi ton programme.

Il avait prévu de se fixer des objectifs, des moments qui ponctueraient sa journée pour la structurer : sa prochaine tasse de thé, les nouvelles à chaque heure, le journal qu'on lui apporterait dans l'après-midi. C'est ainsi que s'en sortaient les gens qui étaient à l'hôpital ou en prison. Prenez Nelson Mandela. Il avait passé des années dans l'isolement total, à des kilomètres de tout, sur une île au large des côtes africaines. Il avait été enfermé dans la fleur de l'âge ; il avait alors une carrière, une femme superbe, de jeunes enfants. Cela l'avait-il détruit ? Ç'avait été l'enfer, pourtant.

Aidan serra le poing, le leva aussi haut qu'il put dans le cercueil.

— Bravo à toi, Nelson !

L'esprit humain, sa beauté, sa résilience, c'était en chacun de nous... Ça, Mandela ne l'avait jamais oublié.

— Et même en moi. Oui, même chez un vieux couillon comme moi. Il est bien là, et si je creuse assez profond, je le trouverai. Imagine que Nelson te voie te tortiller comme ça, pleurant comme un veau, après seulement deux heures... Bon sang, mon vieux, t'as pas honte de te conduire de cette façon ?

Est-ce que Nelson avait une radio, des livres, des journaux, des cassettes à écouter ? Le Remède d'Urgence pour planer un peu ? Non, rien de rien. Que la force de sa volonté. La volonté et la conviction absolue que ce qu'il faisait était juste.

— Alors, trêve de jérémiades et de pensées morbides.

Si Nelson avait pu supporter sa minuscule cellule, il supporterait la sienne. Il prit le programme de radio pour voir ce qui passait. Il avait mis au point un emploi du temps. Entre les émissions qu'il souhaitait vraiment écouter, il écrirait son journal. Il mouilla son doigt et tourna la page.

— Mmmm, mardi, Radio 2, voyons voir...

Il tapota la page de la pointe de son stylo, se demandant quoi entourer. Il se mit à fredonner *Love Me Do*. Soudain, son portable se mit à sonner. Bon Dieu ! Le bruit perçant sonna comme une alarme dans la cellule de carton silencieuse. La surprise le fit bondir, et il se cogna la tête contre le couvercle.

— Merde !

Ses mains remontèrent vers son crâne meurtri, raclant le carton.

— Putain !

Il se lança avec frénésie à la recherche de son téléphone. Mais trop anxieux, trop maladroit, il ne réussit qu'à le repousser plus loin dans le cercueil. Son premier appel ! Il ne pouvait pas manquer ça ! Il se tordit, se courba, se contorsionna, jusqu'à ce qu'il l'atteigne du bout des doigts. Il appuya sur l'extrémité, et le portable fit un bond. Il se tortilla de nouveau pour essayer de le coincer contre sa jambe. L'appareil cogna douloureusement contre son genou. Sa main s'élança pour le saisir. Ses articulations ripèrent sur le carton, et ratant son coup, il envoya valdinguer le téléphone vers l'autre bout du cercueil. Il heurta le fond avec brutalité. Nom de Dieu, il avait cassé cet engin de malheur ! Non, on entendait encore sonner *La Cuccaracha* ! Il croyait pourtant avoir changé cet air pour *Mission Impossible*.

— C'est bon, c'est bon !

Cette mélodie idiote lui cassait les oreilles. Il n'avait pas la place de se relever pour l'attraper. Sa tête et son poing l'élançaient. Il allongea les bras le long du corps, releva les genoux et se fit glisser vers le fond. Il saisit le portable entre ses pieds. Et maintenant ? Cette horrible sonnerie le rendait fou, il n'arrivait plus à penser. Il fit remonter ses pieds en hauteur, mais sans parvenir à toucher le portable de la main. Alors, il le laissa choir délicatement, et repliant la jambe, le poussa du talon.

— Voilà, allez viens, ça y est !

Il le prit enfin. Cette fois, il le tenait.

— Allô ?

Silence.

— Allô, c'est Chris ?

— Non, ici Aidan, Aidan Walsh.

— Oh… Désolé, mon vieux, je me suis trompé de numéro.

Il mit fin à l'appel et s'écroula.

— Putain de merde. Putain de bordel de merde !

Quelle étuve ! Il avait attrapé une suée. Qu'est-ce qu'il faisait chaud là-dedans ! Il n'avait pas un instant envisagé que la température soit si élevée sous terre ; inutile d'être entièrement vêtu.

— Très bien !

Il déboutonna sa chemise, roula d'un côté pour enlever une manche, puis l'autre. Il se frappa la poitrine. Il était encore assez en forme. Pas trop mal pour son âge.

— Et maintenant.

Il défit le bouton du haut, puis ce fut au tour de son jean. Soudain il s'arrêta.

Regarde-toi. Qu'est-ce que tu fais ? Un strip-tease dans un cercueil ?

Il se mit à sourire et à fredonner la musique de *Full Monty*.

— Lalala…

Puis il commença à se déhancher en tendant les lèvres.

— Mmmm, t'es trop sexy, mec.

Il joua avec sa braguette, montant, descendant, comme pour exciter une femme.

Tu veux la voir, hein, t'en as envie, ma poule ?

Mais à qui s'adressait-il ? Vlan ! elle fit irruption dans son esprit. Ses beaux yeux noisette, ses longs ongles vernis, ses seins gonflés sous son chemisier. Safina. Elle le regardait droit dans les yeux, penchée en arrière sur sa chaise, se déshabillant elle aussi. Ses lèvres entrouvertes murmuraient son prénom : « Aidan » ; c'était doux comme une brise d'été sur sa peau brûlante. Il ferma les yeux, se cambra et sentit sa bite bien dure contre le jean. C'était bon, vraiment très bon. Elle avait fini de dégrafer son chemisier et le sortait à présent de sa jupe, pour l'enlever.

— Allez…

Ses magnifiques seins bruns débordaient de son soutien-gorge de dentelle noire.

— Qu'est-ce que tu attends ?

Putain, il bandait comme un âne.

— Mmmmh, t'es une vraie bombe, toi !

Il était une bête de sexe.

Like a sex machine !

Il était toujours vert, certes plus si jeune, mais il savait donner du plaisir à une femme. Enfin, dans sa tête. Pourtant, il était difficile de se sentir toujours aussi sexy une fois le jean sur les chevilles. Remonter les genoux, tirer, en arrière, encore un coup, se tortiller.

— Fichu futal !

Le manque d'espace commençait à l'énerver sérieusement.

— Merde !

Il remonta un peu trop ses genoux, qui cognèrent contre le couvercle. Il se mit sur le côté en grognant comme un chien, et frotta là où ça faisait mal. Puis il se lança dans une gigue effrénée. Se trémoussant, tirant sur la jambe pour la dégager du pantalon. Grinçant des dents, il parvint enfin à extirper ses pieds, puis se rallongea sur le dos en haletant.

— Bon Dieu, je suis claqué.

Sa queue redevenait molle. Les chaussettes à présent.

— Ouais !

Il se remit sur le côté, releva un genou et roula la première. Il eut du mal à les arracher complètement : ces saloperies ne voulaient pas lâcher. Il se mit à tirer plus fort, et son genou partit en l'air pour se fracasser contre la paroi du cercueil.

— Bordel de merde !

Nom d'un chien, il serait couvert de bleus à la fin de la journée. Il se retourna et répéta le processus de l'autre côté.

Ses ongles de pied avaient besoin d'être coupés. Il renifla ses aisselles. Pas trop mal. Bien mieux que certains gars de sa connaissance. Russell, bon sang, il puait comme un bouc en fin de journée !

Il garda son slip. Exercice. Il s'était promis de faire de la gymnastique quand il serait là en bas. Il se mit sur le ventre et fit vingt pompes, lentement, en faisant bien attention, sa tête effleurant le couvercle chaque fois.

— Bravo, c'est très bien.

Il se féliciterait toutes les fois qu'il appliquerait son programme. Positiver, c'était la clef du succès. Il respirait plus fort à présent, mais il ne voulait pas s'arrêter. Il avait trouvé son rythme. Et maintenant ? Monter le bassin, bien sûr.

— Mmmmh, t'es une vraie bombe, toi !

Il était vraiment dedans, à présent. Il se mit à grogner.

— Ohhh…

Son cœur battait la chamade. Il regretta de ne pas avoir de musique. Dans les salles de gym, les gens s'exerçaient en musique. C'était normal. Il avait son baladeur, mais préférait éviter de le mettre, de crainte de rater un appel. Il allait faire sa propre musique :

— *Sex bomb, sex bomb, you're my sex bomb...*

Une ombre plana soudain au-dessus de lui. Il leva les yeux. Il y eut un hurlement, et Aidan sursauta, se cognant les coudes aux parois.

— Oh mon Dieu ! s'exclama Joy en se couvrant le visage des mains.

— Nom d'une pipe, tu as failli me flanquer une attaque !

Elle s'approcha en écarquillant les yeux.

— Moi ? J'ai failli te donner une attaque ? Et toi alors, quel effet tu crois que tu m'as fait ?

— Tu n'aurais pas dû te faufiler en douce comme ça.

— Mais... Mais..., balbutia-t-elle en secouant la tête. Que diable fais-tu donc là ?

— Je fais ma gym.

— Tu appelles ça comme ça ?

On aurait dit qu'elle venait d'avaler un kilo de litière usagée.

— Et pourquoi tu ne portes pas de vêtements ?

— Il fait très chaud ici... et puis ça ne te regarde pas de toute façon.

— Mon voisin est un nudiste fou.

— Je suis pas à poil, j'ai mon slip.

— Quoi !

Sa voix stridente le fit reculer.

— Mais bon sang, calme-toi !

Elle avait une lanière passée autour du cou, au bout de laquelle pendait quelque chose de lourd qu'il ne pouvait voir.

— Calme-toi, qu'il me dit. Elle est bien bonne, celle-là ! Mon voisin s'enterre vivant – nu !

— Je t'ai dit, j'ai gardé mon slip.

Elle enfouit son visage dans ses mains et secoua la tête.

— Dieu sait ce qu'il fait là-dessous… des choses… dégoûtantes ! Et c'est moi qui devrais me calmer !

Elle éclata de rire. On aurait dit une sirène d'alarme, frénétique, glaçante. Il serra les dents, sentit une douleur lancinante sous son crâne, comme si on l'avait frappé avec un bloc de glace. *Bon Dieu, ce rire, ça fout les jetons, elle aurait gagné une fortune en faisant les bandes-son dans les films d'horreur.*

Aidan leva les mains, tel un flic essayant de retenir quelqu'un qui s'apprêterait à sauter.

— Allez, t'inquiète pas, c'est pas ce que tu crois.

Elle releva un appareil photo – c'était ça qui pendait à son cou – et prit un cliché.

— Mais qu'est-ce que tu fais ?

Une autre. Aidan se couvrit le visage.

— Je rassemble des preuves… Tu es un sale pervers.

Toute la pellicule y passa. Aidan préféra en rire. Puis l'inquiétude s'empara de lui. Et si elle appelait la police en disant qu'il s'agissait de harcèlement sexuel ? Arrestation, mouvement de protestation stoppé net dès le premier jour. Et merde !

Une demi-heure plus tard, son portable sonna. Il pria pour que ce ne soit pas la police des mœurs.

— Allô, ici Aidan Walsh.

— Salut, c'est Frank.

Enfin ! Depuis une heure, Aidan n'avait plus qu'une chose en tête, une obsession qui supplantait tout le reste. *Manger !*

— Salut, Frank, comment ça va ?

— Doucement.

Aidan entendait des bruits de verre sur fond de *A Design for Life* qui passait au juke-box. Il se représentait parfaitement le Globe et eut soudain envie de s'y trouver lui aussi, attablé devant une bière.

— Alors, c'est comment en bas ?

— Il fait chaud et c'est très tranquille.

— Chaud ? C'est vrai ?

— Pour sûr, il a fallu que je me déshabille.

Frank eut un rire rauque et guttural.

— Et tu t'es branlé un coup ?

— Tu fais chier.

— Moi, c'est ce que je ferais, parce qu'il doit pas y avoir grand-chose d'autre comme occupations.

— Oh, tu te trompes, il y a plein de choses à faire.

— Ah bon ?

— Ouais, j'ai lu, écouté la radio, passé quelques coups de fil. Et j'ai commencé à écrire mon journal.

— C'est vrai ?

— Et je fais de l'exercice.

— De l'exercice ?

— Tout à fait, j'ai pas envie de faire du lard.

— C'est pas un peu tard pour ça ?

— Fous-toi de ma gueule...

— Bon, t'as faim ?

— Je crève la dalle.

Il était prévu que Frank lui apporte ses repas tous les jours. Le Globe n'était qu'à quelques minutes à pied.

— C'est à cause de tout cet exercice que tu fais !

Aidan entendit quelqu'un appeler Frank.

— Je suis à vous dans une minute, je prends une commande. C'est ça, je viens de lancer un service de livraison par téléphone à emporter, ouais. C'est pour un type qui se trouve dans un cercueil, si vous voulez savoir. OK, Aidan, tu veux quoi pour déjeuner ? On a de la tourte à la viande avec des frites et des petits pois arrosés de sauce, du *fish and chips*, ou un hamburger avec des frites et des petits pois.

— Une tourte à la viande.

— Tu prendras un dessert ?

— Sûr, je veux la totale.

— Tarte aux pommes avec de la glace, roulé à la confiture, gâteau au chocolat ou flan au caramel.

Il y eut un silence prolongé.

— Tu es toujours là ?

— Ouais, vas-y, redis-moi la liste.

— Quoi ?

— Je veux entendre de nouveau la liste des desserts.

— Espèce de cornichon, allez, dis-moi ce que tu veux. J'ai pas toute la journée.

— Le flan au caramel.

— Bon choix. Exactement ce qu'il faut pour ne pas faire de lard. Tu veux quoi pour faire passer tout ça.

— Un de ces jus de fruits à la mode.

Il eut envie de commander une bière, mais il devait garder la tête froide. Il faisait chaud en bas, et il ne voulait pas s'assoupir.

— Très bien, ça sera là dans environ vingt minutes. Je t'envoie Donna.

— Merci, Frank… Tu es occupé aujourd'hui ?

Il n'avait pas envie de mettre fin à la conversation.

Pas trop, juste quelques vieux piliers de comptoir, mes fidèles clients comme je dis devant eux.

— À plus tard.

Vingt minutes, ce n'était rien. Il venait de traverser une éternité, il pouvait facilement tenir vingt minutes.

Donna arriva avec le déjeuner d'Aidan. Elle regarda en hésitant dans le périscope, et quand elle le vit, marqua un temps d'arrêt.

— Salut, Donna.

Elle porta la main à sa joue.

— Oh, c'est bizarre.

— Ouais, je veux bien le croire, fit Aidan en souriant.

— Euh, comment je te fais descendre ton déjeuner ?

— Tu vois le treuil ?

Elle regarda autour d'elle.

— Ah, oui ! et il y a une corde attachée à un petit panier. C'est mignon. Donc, je mets tout dedans et je te l'envoie.

— Exactement, bravo ! Donna.

— Et voilà, monseigneur, vous êtes servi.

Elle fit descendre le petit panier. L'odeur était de plus en plus alléchante. Frank avait tout mis dans un Tupperware. À côté, un couteau, une fourchette et la bouteille de J20. Il avait déjà un décapsuleur. Ça s'appelait être organisé.

— Bon appétit !

Il remonta son oreiller, se releva un peu, jusqu'à ce que sa tête touche le couvercle du cercueil. Le Tupperware était posé sur son ventre. Très lentement, il commença à retirer le couvercle. Dans cet espace confiné, l'odeur de la nourriture était enivrante, et il se sentit défaillir. Il salivait, son estomac gargouillait. Il ferma les yeux, grognant d'aise et de plaisir par anticipation. C'était une douce torture. Il savait qu'il devait se mouvoir avec lenteur, pour ne rien renverser, mais son ventre criait famine, et ses mains tremblaient en retirant le couvercle.

— Tiens-toi bien, mon vieux, j'arrive, j'arrive... Ouais, tu es tellement appétissant.

Petit à petit, il détacha le couvercle. Enfin, il le souleva complètement.

— Mmmmmh, ça fait un moment que j'attends ça. Je vais me régaler.

Il coupa un morceau de tourte, souffla dessus et le porta avec précaution jusqu'à sa bouche. Il ne le mâcha pas tout de suite, mais resta immobile, absorbant sa chaleur et son jus succulent. Moment de pure extase. Il était parfaitement immobile, la tête en arrière, les yeux clos, un sourire de bonheur fleurissant sur son visage. *Oh là là, ça, c'est quelque chose !*

Il se mit à mâcher. Puis il craqua, plongea la main dans le Tupperware et en retira une grosse poignée de frites qu'il enfourna dans sa bouche. Ce dont il avait vraiment envie, c'était de prendre la boîte à deux mains et de tout se déverser dans le gosier. Il se délecta de la sensation d'avoir la bouche pleine. Il ouvrit ensuite la bouteille de J20 et but une gorgée pour faire passer le tout.

Il coupait un second morceau de tourte quand son téléphone se remit à sonner.

— Nom de Dieu !

Il sursauta, et le Tupperware glissa sur le côté, se renversant sur son ventre.

— Aaaaaah !

La viande et la sauce brûlante se déversèrent hors de la pâte et l'ébouillantèrent. Il essaya de rattraper le tout à la main pour le remettre à l'intérieur, mais la tourte éclata. Des morceaux de viande hachée dégoulinants furent projetés en l'air comme des chevrotines, lui éclaboussant les bras, le visage, les cheveux, ainsi que les parois du cercueil.

— Merde ! Merde ! Merde !

Il s'ébroua comme un chien, et ses doigts ripèrent douloureusement contre le carton. Il glapit en se tortillant dans tous les sens. Il empoigna les lingettes et commença à se nettoyer. Sa poitrine le brûlait. Et le portable, qui ne cessait de sonner.

— Allô ?

Silence.

— Allô, Chris ?

— ENCORE VOUS ! Non, bordel, c'est pas Chris, c'est Aidan Walsh. Vous m'avez déjà appelé et j'ai failli me rompre le cou en allant répondre, et maintenant, vous venez de me faire renverser mon déjeuner sur moi... Bon sang, vous allez composer le bon numéro, cette fois ! Espèce de crétin !

Il raccrocha.

— Mais quel connard !

Il rappela Frank pour lui expliquer ce qui s'était passé. Quand son hilarité se fut calmée, le barman répondit :

— D'accord, je te renvoie une autre part.

— Non, cette fois, mets-moi plutôt un hamburger et des frites, vaut mieux éviter la sauce.

— J'aurais pu te le dire. C'est évident que la sauce bien chaude, au fond d'un cercueil, c'est pas une bonne idée.

— Mais alors, pourquoi tu m'as rien dit ?

— C'est pas mon boulot ; et puis le client a toujours raison, pas vrai ?

Aidan grinça des dents.

— Je te renvoie Donna.

— Ça prendra combien de temps ?

— Environ dix minutes.

— Frank.

— Ouais ?

— Je prendrai le roulé à la confiture, cette fois.

— T'as raison.

— Et est-ce que tu as des lingettes ?

Le déjeuner terminé, Aidan eut un coup de barre. Son corps était gonflé, lourd, un peu comme quand on sort de la piscine en se traînant. Il avait très peu dormi les deux nuits précédentes, il tenait sur les nerfs, mais la pression de ces derniers jours avait enfin disparu.

Ça ne lui paraissait pas bien de dormir en pleine journée.

— Allez, Aidan, un peu de courage !

Il se secoua, prit l'*Argus* de la veille et se mit à lire le courrier des lecteurs. Très vite, il se mit à cligner des yeux et piqua du nez. Le journal lui glissa lentement des mains, ses yeux se fermèrent, et il s'assoupit presque sur-le-champ.

— C'EST PAS ENCORE L'HEURE !

Aidan se réveilla en sursaut, car il étouffait. Il ne savait plus où il était. Quand ses mains rencontrèrent les parois du cercueil, une vague de panique le submergea. Puis il leva les yeux, vit le ciel au-dessus de lui et se sentit vaguement rasséréné. Il n'était pas pris au piège. Il était toujours au même endroit. Rien n'avait changé depuis ce matin. Rien ne s'était passé. Il s'était juste endormi. Il regarda sa montre. Presque 4 heures ; il avait fait une sieste de plusieurs heures.

Il se sentait engourdi, comme drogué. Raide, ankylosé, claustrophobe. Avec une furieuse envie de pisser. Il roula sur le côté et mit la bouteille en place. Une bouteille et un bassin hygiénique, voilà comment cela se passait désormais. Ça lui faisait bizarre d'être ainsi allongé, la bite pointant dans un goulot. En entendant l'urine couler dans le récipient, il fit la grimace. Là où il était, il n'y avait plus cette distance réconfortante entre lui et ses fonctions de base. Une fois terminé, il vissa le bouchon, plaça avec soin la bouteille dans le panier, puis le fit remonter. Il faudrait attendre la visite des copains pour qu'ils l'en débarrassent. Frank avait dit qu'il s'occuperait de ce genre de choses, mais il lui avait envoyé Donna, et Aidan n'avait pu se résoudre à lui demander pareil service.

Son cou et ses épaules étaient raides comme des baguettes de tambour. Il se massa la nuque, puis roula des épaules. Il mourait de soif. Il faisait si chaud ; il lui faudrait boire des litres et des litres chaque jour. Il n'y avait pas pensé. Combien d'autres choses importantes avait-il omises ?

Plus grave encore, il avait désespérément envie de chier. Mais il préférait attendre le plus longtemps possible. Et si jamais il s'en mettait partout, ou que l'odeur lui était insupportable ? Il préférait ne pas y penser.

Son portable sonna. Si c'était encore le gars qui demandait Chris, il allait lui hurler dessus.

— Allô.

Quelqu'un riait à l'autre bout de la ligne.

— Qui est là ?

Le rire se poursuivit. Formidable, absolument formidable. À présent, c'était un dingue qui l'appelait.

— TRÈS BIEN : JE NE TROUVE PAS ÇA TRÈS DRÔLE, QUI QUE VOUS SOYEZ. SI VOUS NE PARLEZ PAS TOUT DE SUITE, JE RACCROCHE.

— Je peux avoir un autographe ?

— Gwynned, c'est toi ?

— Ouais, c'est moi. Ça y est, tu es célèbre, mon vieux !

— Qu'est-ce que tu racontes ?

— Tu fais la une de l'*Argus*.

Le cœur d'Aidan se mit à battre à toute vitesse, c'était trop beau pour être vrai.

— Qu'est-ce qu'ils disent ?

— Y a une photo, et tout le reste... En fait, c'est trois photos. Une où tu es debout près du cercueil, avec tes lunettes de soleil, une autre de toi avec tes gosses, et enfin une de la banderole, à la fenêtre.

Aidan émit un rugissement.

— C'est formidable ! Que dit le gros titre ?

— *Voilà où je vais me retrouver s'ils me retirent mon emploi : six pieds sous terre.* Laisse-moi te dire, mon vieux, tout le monde va parler de toi en ville.

— Mmmh, je me le ferais bien ! hurla Russell par-derrière.

Aidan cria de joie. Puis il éclata de rire, et des larmes roulèrent sur ses joues.

— J'ai réussi ! Nom de Dieu de nom de Dieu, j'ai réussi !

Wilf tenait à présent le téléphone, la voix pleine d'émotion.

— Bravo, mon vieux, je suis fier de toi !

— On sera là dans une demi-heure.

À présent qu'il s'était produit un événement positif, le temps passait à toute vitesse. Le moment d'utiliser le bassin hygiénique était enfin venu. S'il attendait trop, ils risquaient d'arriver en plein milieu... Il ne savait s'il pourrait le supporter. Il baissa son slip et plaça l'objet.

Quand ils furent là, Aidan leur dit d'un ton tout penaud :

— Euh, vous pouvez me rendre un service ?

Il désigna le panier contenant la bouteille et le bassin hygiénique.

— Si ça vous dérange pas d'aller jeter ça dans la cabane au fond du jardin.

Gwynned acquiesça d'un air très professionnel, faisant tout son possible pour ne pas avoir l'air dégoûté. Il retira avec soin les récipients du panier pour les emporter dans la maison. Russell recula de quelques pas en faisant la grimace. Une fois les corvées terminées, ils lui demandèrent comment s'était passée sa journée. Alors, il leur raconta l'épisode du faux numéro, et comment il avait renversé son déjeuner quand cet imbécile avait rappelé. Soudain, l'anecdote devint hilarante, l'une des choses les plus drôles qui lui soit arrivée depuis des années. Il leur raconta comment il avait envoyé le type sur les roses, avant de commander un second repas. Ils riaient à gorge déployée, gloussaient, pleuraient, se tenaient les côtes. Il avait transformé sa journée en histoire drôle, et leur offrait à présent de bons souvenirs à engranger. Nul n'avait envie d'écouter geindre un gars qui craquait en se retrouvant tout seul sous terre. Ni de l'entendre mettre à nu son âme. Il n'aurait guère apprécié, lui non plus. Mais il avait à présent une histoire, et il adorait ça.

Après leur départ, Aidan passa vingt minutes à contempler la première page du journal. Il toucha les lettres : *Aidan Walsh*, et sourit.

— J'ai réussi. Bon sang, j'ai réussi ! Tout ce qu'il fallait, c'était garder son sang-froid.

On avait dit à Tina qu'elle ne pouvait pas le manquer : numéro 27, cherchez la banderole accrochée à la fenêtre où il est écrit : « Sauvez nos emplois. » Il est dans le jardin. Il vous attend. Mais quand elle poussa le portillon, ce soir-là, elle trouva tout ça bizarre, car elle ne voyait rien d'autre qu'une colonne de bois émergeant du sol.

— … Salut… y a quelqu'un ?

— Salut, répondit une voix désincarnée.

— Oh mon Dieu ! fit-elle en sursautant.

— Qui est là ? reprit la voix. Tout va bien.

Tina fit un pas en arrière, essayant de repérer d'où venait la voix.

— Je suis Tina Hughes, de Crindau FM.

— Et vous vous trouvez où ?

— Je viens de passer le portillon.

— Vous voyez l'espèce de périscope en bois qui sort de terre ?

— Oui, je le vois.

— Si vous vous penchez dessus, vous me verrez, au fond.

La jeune femme traversa lentement le jardin jusqu'à la colonne, puis regarda à l'intérieur. En bas, à plus de trois mètres, elle aperçut la tête et les épaules d'un homme entre deux âges, qui lui fit signe.

— Pas eu trop de mal à me trouver ?

— Non, ça a été.

Il lui fallut un moment pour s'adapter à la situation, mais Tina était une vraie pro. La semaine précédente, elle était allée à Abercarn interviewer un homme qui avait enseigné à son perroquet à parler la langue des Klingon. Si elle était capable de gérer ce cas-là, elle pourrait s'occuper de celui-ci. Elle fit descendre un micro dans la colonne et demanda à Aidan de prononcer quelques mots pour vérifier le son. Une fois l'interview lancée, elle lui posa le même genre de questions que le journaliste de l'*Argus*, mais cette fois, Aidan n'oublia pas de consulter l'aide-mémoire de Dylan.

— Je prie pour qu'ils ne me traitent pas par le mépris. J'espère sincèrement qu'ils viendront me voir. Ils savent où me trouver, s'ils veulent discuter. Je serais très heureux de rencontrer quelqu'un de chez Sunny Jim quelle que soit l'heure du jour ou de la nuit. Tout ce qu'ils ont à faire, c'est me passer un coup de fil, ou venir dans mon jardin.

— Si je vous suis bien, vous souhaiteriez qu'un des membres de la direction de Sunny Jim vienne jusqu'ici ?

— Absolument. Je pense que ça prouverait qu'ils cherchent à résoudre les problèmes pour de bon.

Dylan s'était montré très clair là-dessus. *Dis-leur que tu veux que Sunny Jim vienne te voir, après tout, tu ne peux pas te déplacer. Imagine la photo incroyable que ça ferait : un dirigeant qui vient discuter avec un homme, dans un cercueil, juste après l'avoir licencié ! Tu te retrouverais en première page de la presse nationale.*

— Et vous pensez que c'est possible ?

— Pourquoi pas ? Je trouve que ce serait un beau geste de leur part, ça montrerait qu'ils sont prêts à nous écouter, et ils gagneraient le respect des gens de Crindau.

Encore une recommandation de Dylan : *Montre que tu as bon espoir que ça se règle si la direction accepte de discuter avec toi, entre gens raisonnables.*

Au fond de lui, cela rendait Aidan nerveux. *Rencontrer la direction ! Nom d'un chien, je ne saurais pas quoi dire à ces gens-là.*

L'excitation se lisait à présent dans les yeux de Tina, elle savait qu'elle tenait l'information principale du bulletin du soir.

— Voudriez-vous lancer aux dirigeants de Sunny Jim Electronics en direct de Crindau FM une invitation pour qu'ils viennent vous parler ?

C'est exactement ce qu'il fit.

Cela sortit au bulletin de 19 heures, puis de nouveau, chaque fois que revenaient les informations, jusqu'à minuit. Aidan les écouta tous. Il ne s'en lassait pas : Aidan Walsh, à l'antenne, toutes les heures sur Crindau FM. Il était également content de ce qu'il avait dit, mais ça, jamais il ne le révélerait à quiconque, de crainte qu'on s'imagine qu'il avait la grosse tête.

Je pourrais m'y habituer. À ce qu'on me demande mon opinion, à me voir dans les journaux, à m'entendre à la radio.

À 20 heures, Frank lui apporta deux canettes de bière. Ça aussi, ça faisait partie du programme.

— Voilà le service pour toi.

— À la tienne, Frank.

C'était là sa récompense pour avoir tenu la première journée. Il prit une des canettes dans le panier et la dégusta avec lenteur, savourant chaque gorgée, appréciant la fraîcheur dans sa main, observant les petites perles de buée sur le métal. Une fois terminé, il s'appuya sur un coude, et se mit à rouler la seconde canette contre son front. Cela apaisa le flot de pensées qui défilaient dans sa tête. Il gémit de soulagement.

À partir des informations de 22 heures, il devint plus critique, songeant à tout ce qu'il aurait aimé ajouter. Il recomposa aussi les morceaux qui avaient été coupés, bien qu'il n'y eût là rien d'important. Dans l'émission de Rob Fleming qui suivit, on demandait aux gens de réagir à l'antenne sur ce qu'Aidan avait dit. Les appels arrivèrent très vite, en grand nombre. Tous étaient de son côté et condamnaient Sunny Jim. Au bout d'une demi-heure environ, Rob Fleming déclara :

— Dans un esprit d'équité, y a-t-il quelqu'un qui ne soit pas d'accord avec l'action d'Aidan Walsh et qui pense que Sunny Jim Electronics se comporte de manière raisonnable ? Si vous êtes dans ce cas et souhaitez réagir, alors appelez-nous.

Personne ne téléphona, pas le moindre fâcheux de service. Des larmes de soulagement et de gratitude emplirent les yeux d'Aidan. Les gens de Crindau étaient derrière lui.

Il avait passé plus de cinquante ans en ce bas monde sans avoir ne serait-ce qu'une lettre imprimée dans le journal, et aujourd'hui, il faisait la une de l'*Argus* et passait sur Crindau FM. Qui savait où cela s'arrêterait ? S'il avait cru à la présence d'un

Dieu dans le ciel, il lui aurait adressé une prière de remerciement. Mais ce n'était pas le cas, plus depuis la mort d'Eileen, aussi finit-il sa bière à la santé des gens de Crindau.

Son ardeur était telle qu'il mit des heures à s'assoupir. Il continua d'écouter Crindau FM – *À travers la nuit avec Myfanwy Bassey*, entre minuit et 2 heures. Remonté par la bière, le Remède d'Urgence et la voix rauque et sexy de Myfanwy, il souriait. Quand il se sentit fatigué, il baissa le son, jusqu'à ne plus entendre qu'un murmure. Il faisait souvent cela chez lui. Il aimait que les voix lui tiennent compagnie tandis qu'il s'endormait. Quand l'émission de Myfanwy se termina, il passa sur la radio internationale. Il s'assoupit enfin vers 2 h 30, satisfait du résultat de son premier jour sous terre.

5

Le lendemain matin, quand Aidan se réveilla, une pluie fine s'abattait sur lui et sa vessie menaçait d'exploser. Son moral sombra quand il comprit où il se trouvait. Toujours au fond de sa boîte. Misant tout sur ce projet de fou. Il ressentit une envie furieuse de se recroqueviller sur lui-même pour se rendormir et tout oublier.

Puis il entendit des gargouillis. Il regarda les gouttelettes qui voletaient sur fond de ciel mastic. Les voir ainsi tomber doucement le mit dans une sorte de transe. Ce n'était que de la bruine, ça ne pouvait pas être la cause de ce bruit d'eau qui glougloutait. Non, ça devait venir des tuyaux de la maison d'à côté. De la salle de bains des voisins. Il entendit Ken tousser, faire des éclaboussures, puis Joy dut lui dire quelque chose, car il s'écria : « Quoi ? » Aidan regarda l'heure : 7 h 15. Il entendit une porte claquer, une voiture qui s'apprêtait à démarrer. Les autres, les gens « normaux », commençaient une journée normale. Lui allait passer la sienne dans un cercueil. Il resterait tout le temps allongé. Il devrait pisser dans une bouteille. Chier dans un bassin hygiénique. Il mettrait Sunny Jim à genoux.

Tu es complètement cinglé.

Non, stop, il était vital de débuter chaque jour de manière disciplinée.

Vider sa vessie, se laver, se brosser les dents, faire de l'exercice.

Mais lorsqu'il remua, une douleur fulgurante lui transperça les épaules.

— Bon Dieu !

Il s'arrêta net. On aurait dit que son cou et ses épaules étaient pris dans un étau ; il avait mal au dos, les jambes lourdes, raides. Il prit soin de se mouvoir avec beaucoup plus de circonspection lorsqu'il saisit la bouteille pour uriner. D'humeur sombre, il songea que ça devait être comme ça, quand on était vieux. Toutes ces choses du quotidien qu'on tenait pour acquises exigeaient soudain un effort intense et douloureux. Pas étonnant que certains finissent par pisser dans leur pantalon, les pauvres vieux. Si c'était tellement compliqué d'aller aux toilettes, on était sûr d'avoir un accident de temps à autre. Il plaça la bouteille, visa et urina dedans. Quand il eut terminé, il poussa un gros soupir de soulagement.

Aidan mourait d'envie de boire un café. Ou plutôt qu'on lui apporte un café, pour voir un visage humain. Il alluma la radio pour écouter les nouvelles de 7 h 30. Un accident sur la M4 constituait l'information principale, suivi par une bagarre devant une boîte de nuit de Pen-y-lan. Un agriculteur de Tredunnock prétendait avoir vu un puma attaquer ses moutons. Aidan arrivait en quatrième position, après le puma, et cette fois, ils passèrent un extrait bien plus succinct de son interview. *Seulement quatrième, comment ça se fait ?* Aucune importance, il remonterait. Il venait de lancer un mouvement de protestation.

Ensuite, il fit sa gym, s'étira, bougea la tête, les épaules, les bras, les jambes, jusqu'à ce que toute raideur disparaisse. Il se retourna et essaya de faire quelques pompes, son crâne heurtant le couvercle lorsqu'il se relevait, avec lenteur, sur ses bras tremblants. Puis il se remit sur le dos, remonta les genoux, croisa les mains sur sa poitrine et se mit à rouler lentement d'un côté, puis de l'autre. C'était Shauna qui lui avait appris ça. Elle le faisait au yoga. Il fit ensuite pivoter sa tête en inspirant en profondeur, sentant peu à peu ses tensions le quitter. Au bout de quelques minutes, il était moins oppressé et irritable. Il se lava avec les lingettes, se rasa. Il y avait des années qu'il ne s'était pas servi d'un rasoir électrique, mais il était impossible d'utiliser de l'eau et du savon dans cette boîte. Il se brossa les dents avec du dentifrice sec. Voilà, il était frais comme un gardon.

— Bonjour, Aidan, ça te dirait un petit déjeuner ?

C'était Megan, une Thermos à la main, tel un ange descendu du ciel.

— Merci, ma belle, j'en pouvais plus.

Elle fit descendre le panier et Aidan prit la Thermos ainsi qu'un sandwich au bacon encore chaud.

— Chouette !

— Allez, fais-moi remonter le reste.

Il disposa avec précaution la bouteille d'urine dans le panier et la fit remonter.

— Comment tu te sens après cette première journée ?

— Ça va… je suis un peu raide, c'est tout.

— Wilf et moi, on a écouté l'émission des auditeurs hier soir, fit-elle en souriant. On était fiers de toi.

— Merci.

— Tu crois vraiment qu'ils vont se déplacer ici pour discuter avec toi ?

— J'espère.

Elle acquiesça, songeuse, et emporta la bouteille.

Ça faisait du bien de savoir que Megan et Wilf avaient écouté cette émission. Il se demanda combien il y en avait eu d'autres. C'était une sensation nouvelle et très excitante de savoir qu'il avait un public. Il remit la radio, pour suivre l'*Elijah Stevens Breakfast Show*.

— Sur Gaeru Road, la circulation est très ralentie en ce moment, car un poids lourd s'est renversé. Des travaux sur Llis-werry sont à l'origine d'un bouchon et la circulation habituelle, avec les nouveaux feux rouges sur Cardiff Road au carrefour de…

— Mon Dieu, quel cauchemar, je suis mieux ici.

Normalement, à cette heure-ci, il aurait dû attendre le bus sur le trottoir de Cardiff Road. Un coin affreux. Le trottoir étroit, à peine assez large pour laisser passer deux personnes, longeait un mur haut de presque sept mètres, qui bordait une usine depuis longtemps désaffectée ; à cet endroit-là, à la sortie de la ville, la circulation se faisait plus rapide, les voitures filant dans un nuage de fumée bleuâtre.

— Sacrée matinée sur les routes, on dirait, conclut Elijah. Si on écoutait quelque chose pour se détendre, hein ? Disons, *Morning Has Broken*, de Cat Stevens.

La magnifique introduction au piano, comme une eau cristalline cascadant des montagnes. Il monta le son juste au moment où Cat se mettait à chanter de sa voix triste et chaude. Aidan se laissa envahir par la musique. Il songea aux mots : on devait accueillir chaque jour nouveau comme si c'était le premier. C'était exactement ce qu'il fallait faire pour ne pas que les journées défilent les unes après les autres, comme des nombres sur un compteur. On pouvait en apprendre beaucoup grâce aux chansons.

À travers le périscope, il regarda son carré de ciel matinal, d'un bleu éclatant. Bleu, en novembre ? Ça, c'était le réchauffement climatique. Il observa les écharpes de nuages qui dérivaient avec nonchalance. Quand il était petit et qu'il faisait beau, il s'allongeait dans Clytha Park et passait des heures à regarder les nuages qui traversaient le ciel, tout le reste autour de lui se fondant dans le décor. Son père lui répétait cent fois par jour : « Tu vas rater ta vie à force de rêvasser, Aidan. » Pourquoi est-ce que ça gênait tant les adultes que les enfants ne soient pas en permanence occupés à faire quelque chose ? Pourquoi ne pouvaient-ils les laisser exister ? Il était heureux de s'étendre ainsi pendant des heures, se délectant de la caresse du soleil sur son visage, des longues herbes tendres autour de lui, de la mise en scène qui se déroulait dans le ciel, jusqu'à ce que les fumées âcres de l'usine chimique voisine arrivent là, portées par le vent, et le fassent suffoquer. À Crindau, il y avait toujours des émanations toxiques venant de quelque part.

Il se demanda si Cat s'était lui aussi couché dans l'herbe un matin comme celui-là, pour admirer le ciel, et si c'était cela qui lui avait inspiré ce morceau. Cette idée lui plaisait, et il décida que ça s'était passé comme ça. Il se souvenait bien quand la chanson était sortie. Il conduisait un petit camion pour Edwards & Sons, à l'époque. Ce morceau passait à la radio tous les matins et, chaque fois, ça lui redonnait le moral. On aurait dit que toutes les femmes de Crindau en dessous de soixante ans étaient alors amoureuses de Cat Stevens. Aidan avait dit à Russell à quel point il aimait sa musique, et que ça ne lui déplairait pas non plus d'avoir un peu de son sex-appeal. Russell avait failli s'étrangler : « Arrête tes conneries, vieux, il est pédé, ça crève les yeux. »

Il se mit à reprendre en chœur.

— *Praise to the new day, praise to the morning...*

Ses mains jouaient sur un clavier imaginaire.

— Bravo, Cat, c'est une chanson formidable.

Il sourit, puis mit ses mains en porte-voix et cria d'une voix aiguë :

— Je te trouve super beau, Cat Stevens !

Il éclata de rire, il s'amusait bien. Il pouvait dire tout ce qui lui passait par la tête maintenant.

Puis il entendit les bips annonçant 9 heures, le *Breakfast Show* était terminé. Il ne connaissait pas l'émission suivante, car d'habitude, à cette heure-là, il était au travail. *Morning Has Broken* fut remplacé par ce qui ressemblait à un bruit de marteau-piqueur défonçant une route, puis un gémissement de femme qui aurait la tête au-dessus des toilettes, après avoir englouti dix-sept rhum-Coca.

— Goooooood morning Crindau ! C'est Funky Phil et Barmy Bethan, pour deux heures des tout derniers happenings sonores, de compétitions incroyables, de nouvelles people salées et de bulletins sur le trafic routier. On a un programme hallucinant pour vous !

— Ta gueule, connard, s'écria Aidan en fermant la radio.

Nom de Dieu, mais qui avait envie d'écouter ça ? Pourquoi les jeunes avaient-ils toujours besoin de crier, quelle que soit la conversation ? L'état de grâce était brisé, il lui fallait de nouveau se calmer. Il prit quelques inspirations profondes et se retourna vers son coin de ciel bleu en fredonnant *Morning Has Broken*, pour essayer de se sortir de la tête ces débilités.

Un avion traversa le ciel sans donner l'impression de bouger. Il ne l'avait pris que deux fois ; pour aller en Espagne et au Portugal. Il avait eu la peur de sa vie au décollage, mais une fois la vitesse de croisière atteinte, il s'était détendu et avait commencé à apprécier le voyage.

Comme il aurait aimé être à bord, à présent, en route vers une destination insolite, regardant Crindau qui s'étendait sous lui, abandonnant tous ses problèmes, avec la certitude qu'à son retour, il retrouverait son emploi. Le pilote leur disait qu'ils pouvaient à présent détacher leur ceinture, les hôtesses se précipitaient pour leur servir à boire, les gens étiraient leurs muscles, se relaxant enfin, puis ils regardaient autour d'eux, dans l'expectative, prêts à s'accorder un petit verre quand le chariot arriverait. Aidan trouvait ça excitant de boire un verre en avion, il ne s'en lassait pas.

La première fois, il avait commandé un gin tonic, car il lui semblait que c'était la boisson des stars de cinéma. Les enfants avaient grandi et quitté la maison, et un nouveau chapitre de sa vie s'ouvrait. Il n'était jamais allé à l'étranger auparavant, à part en Irlande, et toujours par bateau. Russell et Wilf avaient pris une Carlsberg, et leurs femmes, de petites bouteilles de vin blanc doux. Russell avait froncé les sourcils d'un air soupçonneux quand on avait donné son verre à Aidan.

— Bon sang, un gin tonic, maintenant, c'est ça ? C'est plus assez bien pour toi, la bière ?

Megan avait hoché la tête :

— Pourquoi est-ce qu'il prendrait pas ce qu'il a envie ? On est en vacances, pas vrai ? Vas-y, fais-toi plaisir, avait elle ajouté en lui lançant un clin d'œil, tu vaux bien autant que tous les autres passagers de cet avion.

Eileen aurait adoré partir en vacances en avion.

Non, t'embarque pas dans cette direction.

Son premier gin tonic, à une altitude de vingt mille pieds, servi par une hôtesse sophistiquée au sourire affecté, vêtue d'une veste d'un bleu éclatant, et lui qui pensait : « C'est ça, la belle vie. »

Il en avait bu un second après le repas, puis il s'était calé dans son fauteuil pour regarder le film, une comédie avec Richard Pryor et Gene Wilder. Lorsqu'ils avaient survolé la frontière espagnole, il était heureux comme un bouddha.

La pensée d'être dans l'avion le calma. Peu à peu, sa respiration se fit plus ample, et son cœur ralentit. Il glissa les mains sous sa nuque et continua de contempler son glorieux carré de ciel bleu, laissant son esprit vagabonder. Alors surgit de nulle part l'image d'Eileen et lui, allongés côte à côte dans un champ, près de Spanish Point. Leurs premières vacances ensemble en Irlande. C'était il y a longtemps, avant qu'ils aient des enfants, quand tout était encore nouveau et excitant, et qu'ils passaient leur temps à faire l'amour. Leurs bicyclettes étaient rangées dans un fossé tout proche, leurs vêtements éparpillés sur l'herbe.

— C'est formidable, hein ?

— Ouais, pour sûr.

Elle s'était tournée vers lui, avec un air narquois. Avait lentement fait glisser son index le long de son torse.

— Tu ne sais pas de quoi je parle.

— Ah bon ?

— Non, je ne pensais pas à ce que nous venons de faire.

— C'est vrai ? fit-il l'air déçu.

— Oh, mais ça aussi c'était formidable.

Elle lui adressa un sourire rayonnant et son doigt continua vers le bas, décrivant un cercle autour de son nombril.

— Je veux dire, c'est formidable d'être allongé ici, entièrement nu, au soleil. Tu ne trouves pas que c'est fantastique de sentir ça sur sa peau ?

Elle se rallongea sur l'herbe à côté de lui, étendant bras et jambes, puis elle poussa un profond soupir de contentement. Son bras gauche retomba sur la poitrine d'Aidan, et ils demeurèrent ainsi longtemps, silencieux. Il aimait tout particulièrement ces longs moments de complicité tacite. Puis, en lui tapotant le torse :

— Est-ce que ce serait pas formidable si on n'avait plus à se préoccuper de s'habiller, et si on pouvait rester nus tout le temps ?

— Pense aux orties et aux ronces.

Elle fit la grimace, déçue qu'il ne saisisse pas la balle au bond et tourne les choses à la plaisanterie. À l'époque, elle ne prenait pas mal ce genre de réflexions.

— Dieu du ciel, ne sois pas si terre à terre, utilise ton imagination. Pense à quel point on se sentirait libres, on n'aurait plus à se préoccuper de ce qu'on va porter pour sortir, ni à faire la lessive.

Elle leva les bras vers le ciel, remuant les doigts comme un pianiste s'échauffant avant un concert, et se mit à fredonner.

— Eh bien, moi, je trouve que ce serait formidable !

— Ouais, c'est sûr, dit-il en souriant devant son aisance, sa beauté simple.

— Ça ne plairait pas à ces fichus prêtres, bien sûr.

— De toute façon, ils n'aiment rien, ceux-là. Oh, fit-il en frissonnant, imagine le père O'Connor sans aucun vêtement !

C'était le prêtre de la paroisse, qui était passé la veille chez les parents d'Eileen.

— Oh mon Dieu !

Elle pouffa, tendit les bras et entoura le visage d'Aidan de ses mains.

— Cette espèce de vieux schnock tout fripé, il ne sait pas ce qu'il rate.

Elle roula sur lui en souriant. Il sentit sa queue durcir sous elle.

— Peut-être bien qu'il nous a suivis pour garder un œil sur nous. Je crois qu'il te soupçonne de pensées impures. Peut-être qu'il nous espionne en ce moment même à travers les arbres, là-bas.

Elle se redressa en riant. Puis ses mains se joignirent derrière sa nuque, et elle cambra le dos, faisant ressortir ses seins.

— Notre très saint-père O'Connor, êtes-vous là ? Est-ce que ça vous a plu ?

Ce fut au tour d'Aidan de rire.

— Dis donc, ça va jaser à ton sujet, à Ballymichael.

Elle ricana en relevant ses cheveux.

— C'est déjà le cas.

Ses mains se glissèrent sur ses hanches, et il l'amena dans la position qu'il voulait. À présent, sa queue était bien droite, et son cœur battait plus fort.

— Si on offrait une séance gratuite au père O'Connor ?

Elle sourit et se pencha pour l'embrasser tendrement.

Ils étaient si heureux à cette époque. Plus tard, quand ils rentrèrent chez les parents d'Eileen par les sentiers luxuriants et pleins d'ornières, poussant le vélo d'une main, la canne à pêche inutilisée dans l'autre, l'écoutant fredonner *Marie's Wedding*, il se sentit ivre de bonheur.

Le ciel était exactement pareil ce jour-là, à Spanish Point. Il était satisfait d'avoir tant de souvenirs à évoquer, à revivre, et cela, sans éprouver ni la peine ni la solitude habituelles. Soudain, sans savoir pourquoi, il se sentit en paix avec lui-même et son passé. Après tout ce temps. Qui aurait cru qu'il trouverait l'apaisement au fond d'un cercueil ?

— Saloperies de pigeons !

Il se redressa en sursaut, les mains sur le visage, et sa tête heurta le couvercle.

— Merde !

C'était peut-être du carton, mais c'était solide comme du chêne et il s'était presque fracassé le crâne. À présent, il fallait non seulement enlever toute cette saleté, mais aussi supporter la douleur cuisante. C'était tombé en plein sur son nez, l'obligeant à fermer les yeux pour éviter que ça lui coule dedans. Il tâtonna d'une main frénétique à la recherche des lingettes, tout en s'essuyant le visage de l'autre.

— Putain de bestioles !

Il ouvrit un œil, tira une lingette et essaya de se nettoyer. Il en fallut deux autres pour qu'il se sente propre. Ensuite, il les fourra toutes les trois dans un sac dont il noua les poignées.

Sales bêtes. À présent, il faudrait attendre que Frank lui apporte son déjeuner pour se débarrasser de tout ça. Nom d'un chien, ça remettait les idées en place de se dire que même six pieds sous terre, on n'était pas à l'abri d'une merde de pigeon. Il y réfléchit à deux fois avant de regarder de nouveau dans son périscope. Le charme était rompu, à présent, son beau rêve de Spanish Point avec Eileen s'était enlisé dans la fiente.

— Merci beaucoup, espèce de salopard.

Il prit le roman d'Elmore Leonard.

— Bonjour, Aidan.

Il leva les yeux et vit le facteur qui lui souriait comme un vieil ami. Étrange. Ils n'avaient jamais échangé que de brefs signes de tête auparavant. Il agita deux lettres en l'air.

— Voilà votre courrier… Pas la peine de le mettre dans la boîte puisque vous êtes là, hein ?

— Merci, c'est gentil à vous.

— De rien. Je les mets là-dedans ? s'enquit-il en désignant le panier.

— Oui, merci.

Aidan les fit descendre.

— *A priori*, y a que des factures.

Depuis quand les facteurs se montraient-ils si familiers ? Aidan n'était pas certain d'apprécier.

— Attendez que je raconte ça aux autres. Je parie qu'aucun d'eux n'a jamais porté du courrier dans un cercueil.

Il s'agissait bien de factures. Aidan leva de nouveau les yeux pour s'apercevoir que l'autre était toujours là, attendant d'un air gêné.

— Vous croyez vraiment qu'ils vont venir ici pour négocier avec vous ? Là, dans votre jardin ?

C'était donc ça : il avait écouté l'émission des auditeurs, lui aussi. Aidan répondit qu'il en était certain.

— La sécurité de l'emploi, ça n'existe plus aujourd'hui. Je me demande dans quel monde mes enfants vivront quand ils seront grands.

— Ils ont quel âge ?

— Mon fils a sept ans, ma fille, neuf ; merci de poser la question. C'est ce matin, au tri, que j'ai compris qui vous étiez. J'ai dit aux autres : « Vous savez quoi ? Le gars dans le cercueil, il est sur mon secteur ! » En fait, cette enveloppe que vous venez d'ouvrir, est-ce que ça vous embêterait de la signer ? demanda-t-il avec embarras.

— Vous rigolez !

— Non, non. Ils ont pas voulu me croire, quand je leur ai dit. Comme ça...

Aidan fit signe qu'il avait compris et attrapa son stylo.

— Est-ce que vous pouvez écrire : « De la part d'Aidan, l'homme du cercueil, pour Ivor » ?

— Bien sûr.

Il mit l'enveloppe dans le panier qu'il fit remonter. Le facteur lut, puis sourit.

— C'est super. Merci, Aidan, à demain.

— Salut, Ivor.

Il attendit un peu pour être certain qu'il soit parti, puis il murmura, incrédule :

— Mon premier autographe... Nom de Dieu, je suis célèbre.

Aidan avait mis au point un programme pour éviter que ses membres se raidissent trop. Toutes les trente minutes, il devait en faire bouger un pendant cinq minutes. À 10 h 30, il fit monter et descendre sa jambe gauche. À 11 heures, la droite. À 11 h 30, son bras gauche, etc. Il faisait monter et descendre son bras droit quand il s'aperçut qu'on ne parlait pas de lui aux nouvelles de midi et que Sunny Jim ne lui avait toujours pas téléphoné. Il sentit monter la migraine et faiblir l'excitation de la veille. Dylan l'appela.

— Salut, 'Pa, Sunny Jim s'est manifesté ?

— Non. Et on ne parle plus de moi aux nouvelles, à la radio.

Il était dégoûté de constater combien les médias étaient versatiles : héros local un jour, chassé par un puma le lendemain.

— C'est comme ça. Il faut leur donner un nouvel angle d'approche si tu veux rester dans la course.

Il entendait les doigts de Dylan qui tambourinaient.

— Ce qui compte vraiment pour nous, c'est que tu sois de nouveau dans l'*Argus* cet après-midi, pour qu'ils continuent à parler de toi.

— Et comment on va faire ?

— Je vais y réfléchir. Sinon, tu vas peut-être avoir un appel de *Qu'elle était verte ma vallée*.

— C'est quoi ?

— Un mensuel sur l'environnement, ton cercueil écologique les intéresse.

— Seulement le cercueil ?

— Je te l'ai dit, faut leur donner un angle d'approche. Ils ont un petit tirage, mais s'ils publient quelque chose, ça peut être repris par des journaux plus importants. La journaliste s'appelle Fiona, elle est un peu hippie sur les bords, mais ça va. Dis-lui que tu fais de ton mieux pour sauver la planète tout en essayant de sauver ton job. Elle va adorer : un mec de la classe ouvrière comme toi, dans un trou pourri comme Crindau, et qui pense à l'environnement même quand il est menacé de licenciement. Tu seras leur sujet du mois, la preuve vivante que la révolution verte est en marche.

— Crindau n'est pas un trou pourri !

— Non, t'as raison. Désolé, ça m'a échappé. Bon, faut que j'y aille.

Aidan écoutait Radio 2 en suçant un bonbon à la menthe, son journal ouvert, posé sur la poitrine, au cas où il aurait une lueur d'inspiration. Il avait envie de replier ses membres, de se lever pour faire quelques pas. En plus de sa gymnastique, toutes les trente minutes, il n'oubliait pas de faire bouger ses orteils et de plier les jambes. Il tournait la tête de droite à gauche, étirait ses bras, ses doigts. Il fallait faire circuler le sang. Il pliait et dépliait le bras quand son portable sonna.

— Allô, c'est Nick de l'*Argus*.

— Salut, Nick.

— Je voulais vous parler de l'ambiance, à l'usine.

— Que se passe-t-il ?

— J'ai reçu un coup de fil anonyme d'un de vos collègues. Apparemment, là-bas, le ton monte. Les gens sont furieux que Sunny Jim n'ait pas répondu à votre appel. Ils disent que cela prouve à quel point ils sont arrogants. Je me demandais si vous auriez des commentaires à faire là-dessus.

Un appel anonyme ? Aidan réfléchit à toute vitesse, essayant de deviner de qui il s'agissait.

— Celui qui a téléphoné a dit qu'il ne voulait pas révéler son nom à cause des représailles possibles, parce qu'il ne fait pas confiance à Sunny Jim.

Aidan se demanda si c'était Russell.

— Je crois qu'il y a matière à écrire un nouvel article, ce serait bien d'avoir votre avis.

Il hésita, il n'avait jamais fait ça auparavant, répondre à un journaliste à brûle-pourpoint. *Allez, dépêche-toi !*

— Qu'est-ce que disait Churchill, déjà ? Vaut mieux ouvrir sa gueule que faire la guerre.

— Euh, oui…

Faut enchaîner, c'est ce qu'a dit Dylan, il faut leur donner du grain à moudre tous les jours.

— S'ils n'ont pas répondu demain, cela prouvera que les gens disent vrai : ils écoutent leurs actionnaires, leurs comptables, mais jamais leurs employés.

— Est-ce un ultimatum ?

— Exactement. Si les dirigeants de Sunny Jim ne sont pas venus me parler à la fin de la semaine, cela prouvera aux gens de Crindau qu'ils se foutent complètement d'eux. De quoi ont-ils peur ? Je ne vais pas les mordre. Si les catholiques et les protestants arrivent à parlementer, en Irlande du Nord, si les Israéliens et les Palestiniens parviennent à s'asseoir à la table des négociations, alors Sunny Jim peut bien discuter avec ses employés, non ?

— Oui, c'est génial.

C'est vrai, songea Aidan, *c'est génial, hein ?* Il découvrait qu'il avait du talent pour ce genre de choses.

Frank lui apporta l'*Argus* dès qu'il sortit cet après-midi-là. Il se pencha sur le périscope d'Aidan et eut un sourire sardonique :

— Tu décolles jamais de la une de ce foutu journal, hein ?

Il le fourra dans le panier et partit. Aidan occupait la page deux.

Ouvrir sa gueule, pas faire la guerre !

Dessous, une photo de Churchill, un énorme cigare à la bouche, faisant le V de la victoire, accompagnée de cette légende : « Sunny Jim devrait lire le livre de Churchill, dit le protestataire au cercueil, Aidan Walsh. » L'article faisait une demi-page.

Aujourd'hui, la situation d'Aidan Walsh, qui proteste de manière inhabituelle contre son licenciement par Sunny Jim, a pris une nouvelle tournure quand un ouvrier qui préfère garder l'anonymat nous a contactés en déclarant qu'à l'usine, l'atmosphère atteignait « le point d'ébullition ».

L'ouvrier était longuement cité, et la réaction d'Aidan suivait. L'article se terminait en soulignant que Sunny Jim s'était refusé à tout commentaire. « Pas de commentaire. » Tout le monde savait que ça voulait dire : « Nom de Dieu, mais qu'est-ce qu'on va faire ? » C'était fantastique que ses collègues lui expriment leur soutien. Il était fier d'être gallois, pays où la solidarité signifiait encore quelque chose. Il lut trois fois la page, se souriant à lui-même. Puis Dylan appela, et Aidan lui fit la lecture.

— « Sunny Jim s'est refusé à tout commentaire. » Tu m'étonnes ! Je parie qu'ils doivent courir dans tous les sens, comme des poulets sans tête, en se demandant ce qu'ils vont bien pouvoir répondre. T'as semé la pagaille chez eux, 'Pa. Ils ne pourront pas toujours rester silencieux.

— Qu'est-ce que tu crois qu'ils vont faire ?

— Je sais pas, mais la balle est dans leur camp, c'est ça qui est important, on fait monter la pression. Ils savent que la lutte a commencé.

Ça plaisait à Aidan d'imaginer qu'ils étaient, à leur tour, sous pression.

— C'est chouette, mais il y a un truc qui me turlupine.

— Ah bon ?

— J'aimerais bigrement savoir qui a appelé l'*Argus*.

— C'est moi.

— Quoi ?

— C'est moi qui les ai appelés.

Il lui fallut quelques secondes pour encaisser le coup.

— Alors, toute cette histoire sur l'atmosphère à l'usine qui atteint le point d'ébullition, c'est du bidon ?

— Mais non ! Ça va forcément arriver, vu la façon dont se comporte Sunny Jim.

— Mais Nick t'a pas reconnu ?

— Nan ! J'ai fait semblant d'être Russell : « Je vais vous dire, moi, les gens en ont ras la casquette de tout ça. »

On aurait dit que c'était lui. Ça faisait bizarre.

— Bon sang, t'as quand même pas fait ça ?

— « Je dis ce que je pense, moi, et si ça vous plaît pas, eh ben vous pouvez aller vous faire foutre ! »

— Arrête !

Dylan hurlait de rire.

— Tu peux pas te faire passer comme ça pour quelqu'un d'autre, c'est pas bien !

— 'Pa, c'est le boulot des comédiens.

— Pas de se faire passer pour des amis à moi ! Merde alors, Russell te tuera s'il apprend ça !

— Et comment il le découvrirait ?

— C'est pas ça le problème. Tu as parlé à sa place. Ça se fait pas.

— Comment tu sais qu'il a pas dit ça ?

— Parce que je l'ai pas entendu !

— Peut-être que c'est pas à toi qu'il l'a dit, mais à Gwynned et Wilf, à la pause déjeuner, ou dans la voiture, en rentrant du boulot, ou bien au Globe, hier soir.

— T'en sais rien…

— Si, parce que je connais Russell. Et c'est exactement le genre de choses que plein de gens diraient à la presse s'ils avaient pas tant la trouille de perdre leur prime de licenciement. Tu m'as dit toi-même à quel point tout le monde était dégoûté.

C'est pas pareil…

— En fait, tu me l'as répété si souvent que c'est devenu une évidence.

— Mais…

— Et tu vas voir, maintenant que c'est dans le journal, les gens vont commencer à dire les choses tout haut. Il fallait juste les décoincer.

— Oui mais cette méthode me plaît toujours pas. C'est pas bien.

— Faut trouver un moyen pour que tu restes à la une des journaux.

— Mais c'est un mensonge, Dylan.

Ce dernier eut un soupir d'exaspération.

— Et quand est-ce qu'ils ont dit la vérité, eux ?

Il n'y aura pas de licenciements chez Sunny Jim dans un avenir proche. Je vous donne ma parole.

— 'Pa, c'est pas une partie de cricket. Ce sont ces mecs-là qui t'ont pris ton boulot, pourquoi est-ce que tu jouerais franc jeu avec eux ? Est-ce qu'ils ont jamais respecté les règles ? Si tu veux que ça marche, faut que tu apprennes à faire des trucs qui te plaisent pas. Tu as une marge vachement étroite, 'Pa, et il faut qu'on te sorte de là. Les gens ont la mémoire courte : si on ne parle plus de toi pendant quelques jours, ils t'oublieront.

Ce genre de discours éveillait les soupçons d'Aidan. Il sentait chez Dylan un mépris pour les petites gens, et il se demanda d'où il le tenait. Certainement pas de lui ni d'Eileen, pour sûr.

— Toi, tu es le mec de base, tout seul au fond de son trou, dans son jardin. Sunny Jim, c'est une multinationale tentaculaire qui cherche juste à faire un max de bénéfices. Ils se foutent complètement du bien-être des gens et de leurs opinions. Ils croient que tu es un pauvre con, qui va pas tenir plus de quelques jours avant de craquer et de retourner bosser. Alors, ils t'ignorent dans l'espoir que tu te décourages. Et nous, on essaie de leur montrer que ça va pas se passer comme ça.

Ce que Dylan avait fait lui déplaisait beaucoup. Cependant, il aimait la façon dont il lui parlait à présent. Un discours offensif. Père et fils ensemble, faisant équipe. Ça n'avait pas toujours été ainsi. Quand Dylan était adolescent, ils avaient de terribles querelles, parce qu'il traînait au lit jusqu'à midi, séchait les cours, sortait toute la nuit, avait des coiffures bizarres. Une fois, il avait même hurlé à Aidan qu'il aurait préféré que ce soit lui qui meure à la place de sa mère.

« Espèce de petit salopard ! » Aidan avait voulu le frapper. Dylan avait esquivé, mais le poing de son père l'avait quand même atteint sur le côté de la tête, l'envoyant au tapis. Aidan était sorti en trombe. Les yeux ruisselant de larmes, il était parti dans la rue. Il ne savait pas où il allait, il avait seulement besoin de mettre de la distance entre lui et son fils, pour ne pas le tuer. Non, ils n'avaient pas toujours fait équipe.

— 'Pa, fais-moi confiance, je sais ce que je fais. Parfois, il faut un peu secouer l'arbre pour que les choses arrivent. Moins tu resteras dans ce trou, mieux ce sera, non ? J'essaie juste d'accélérer le processus.

— Mais c'est un mensonge. Ils peuvent mentir, eux, si ça leur chante, c'est leur problème. Seulement si nous on s'y met aussi, ça veut dire qu'on est comme eux. Je veux que les gens sachent qu'ils peuvent me faire confiance. Si on apprend qu'on a menti une fois, alors, on se demandera combien de fois c'est arrivé.

Il entendait Dylan réfléchir. Le silence s'étirait, lourd des tensions anciennes, de toutes leurs dissensions non résolues.

— OK, finit-il par répondre, maintenant qu'on a lancé la machine, on la joue réglo, je te promets. Même si on doit se battre contre une bande d'ordures vicieuses prêtes à vendre leur grand-mère pour quelques livres.

Russell, Gwynned et Wilf passèrent le voir après le travail. Leur enthousiasme le mettait mal à l'aise, car ils ignoraient que tout était bidon.

Wilf regarda dans le périscope, sourit et lui fit le V de la victoire.

Gwynned s'écria :

— Ouvrir sa gueule, pas faire la guerre !

— Et tant qu'on y est, envoie-nous tes trésors de guerre, ajouta Russell.

Le lendemain matin, un porte-parole de Sunny Jim fit une déclaration reprise dans son intégralité sur Crindau FM.

— Nous n'avons aucune intention de parler avec Mr Walsh. Le temps de la discussion est passé. Sunny Jim Electronics a déjà négocié avec le gouvernement, l'Assemblée galloise et ses actionnaires. Nous avons pris la décision difficile de fermer notre usine de Crindau après de longues délibérations, et il est tout à fait injuste de la part de Mr Walsh de déclarer que nous ne nous soucions pas de notre personnel. En vérité, le montant exact de la prime de licenciement que nous offrirons est un sujet auquel nous réfléchissons beaucoup.

— Tu parles, fit Aidan, ils essaient de voir à combien ils peuvent s'en tirer au minimum.

Le journaliste reprit :
— Et quand vous…
— J'aimerais ajouter quelque chose avant que vous ne me coupiez.
— C'est toi, qui l'as coupé ! s'indigna Aidan.
Devant le ton agressif du porte-parole, le journaliste s'inclina.
— Allez-y.
— Il faut que les gens comprennent la nature de l'économie mondiale. Le marché est très nerveux, très exigeant, et à long terme, il offrira à tous des opportunités et la prospérité. Toutefois, il y aura d'abord une période d'ajustement. En Europe, nous bénéficions d'un très haut niveau de vie depuis de longues années, mais notre richesse et notre confort contrastent fortement avec le niveau de vie moyen des populations des pays en voie de développement. À bien des égards, notre niveau de vie repose en effet sur l'exploitation des ressources naturelles et humaines de ces autres parties du monde, sans que nous leur ayons rien donné en retour. Les compagnies comme Sunny Jim sont aujourd'hui à l'avant-garde d'une nouvelle tendance. Nous transférons une partie de nos moyens de production dans des régions qui auparavant souffraient d'un déficit de développement. Nous nous engageons à rétablir l'équilibre, afin d'amener lentement mais sûrement tout le monde au même niveau.
— Mais…
— Êtes-vous déjà allé en Inde ?
— Eh bien, non.

— Moi, oui, et quand j'ai vu la pauvreté qui règne là-bas, je dois vous l'avouer, j'en ai eu les larmes aux yeux.

— Nom de Dieu ! s'écria Aidan.

Il se demanda s'il pourrait en supporter davantage. Il pariait que la dernière fois où ce type avait pleuré, c'était quand il s'était coincé le kiki dans sa braguette.

— Il y a là-bas tant de gens qui vivent dans une pauvreté abjecte. La possibilité de travailler dans une de nos usines va transformer leurs vies et celles de leurs enfants. Allez-vous refuser à ces gens la chance de connaître un avenir où ils ne souffriront plus ni de la faim ni des maladies ?

Aidan tapa sur le couvercle de son cercueil.

— Allez, mon vieux, balance-lui quelque chose, tu vas pas le laisser s'en tirer comme ça, comme si c'était un nouveau Bob Geldof.

Ce journaliste était vraiment nul.

— Mais quel mal y aurait-il à discuter avec Mr Walsh. Vous ne croyez pas qu'il vaut mieux parlementer que se faire la guerre ?

Il y eut un lourd silence, puis le porte-parole répondit d'un ton glacial :

— Nous ne menons pas de négociations par le biais des médias. Et nous ne discutons pas avec les maîtres chanteurs.

— Vous traitez Mr Walsh de maître chanteur ?

— De quelle autre manière peut-on décrire ce qu'il fait ? En réalité, je me pose des questions sur sa santé mentale. Vous ne vous demandez pas quel genre de personne il faut être pour s'enterrer vivant afin d'obtenir ce qu'on veut ? C'est extrêmement morbide. Cela me rappelle ces membres de l'IRA qui faisaient la grève de la faim en Irlande du Nord pour essayer de faire plier le gouvernement britannique. Ils menaçaient : si vous ne nous donnez pas ce que nous demandons, nous nous laisserons mourir de faim, et ce sera votre faute. Mr Walsh dit : si vous ne me donnez pas ce que je veux, je resterai au fond de mon cercueil et vous serez les responsables. C'est la stratégie des fanatiques. Il serait totalement déraisonnable pour Sunny Jim de cautionner ce genre de tactique.

— Ne voyez-vous donc aucune issue à cette situation ?

— Vous appelez ça une situation, j'appelle ça du chantage. C'est tout, merci.

Aidan appela Dylan :

— Ils ont dit ça !

— Ouais, ils m'ont comparé à ces foutus terroristes de l'IRA.

Dylan émit un long sifflement.

— La vache, je pensais pas que ça les ferait chier à ce point-là !

Ce n'était pas le genre de réponse qu'attendait Aidan. *'Pa, fais-moi confiance, je sais ce que je fais*, voilà ce qu'avait dit son fils.

— Et maintenant ?

— En fait, fit Dylan d'un ton de nouveau réjoui, c'est sûrement ce qui pouvait t'arriver de mieux. Ouais, c'est même génial, quand on y réfléchit.

— Génial ?

— Mais oui, 'Pa, ils n'ont même pas pris la peine de faire semblant de t'écouter, ils se sont directement conduits comme des brutes sans cœur. Ils vont perdre toute sympathie aux yeux du public en se comportant comme ça.

— Ils n'ont pas besoin de la sympathie des gens, ils ont le pouvoir, et c'est ça qui compte, au fond.

— Pas de discours défaitiste. Écoute, faut surtout pas s'énerver. Le fait qu'ils réagissent comme ça montre seulement à quel point tu leur as cassé la baraque. Ils sont pris. Ils peuvent pas faire le poids, alors ils montrent les crocs. Ils essaient de t'intimider.

— Eh ben, c'est réussi !

— Ce n'est qu'une ruse. Ils font ceux qui ne bougeront pas d'un pouce, mais quand ils s'apercevront que tu ne lâches pas, ils devront revoir leurs positions.

— C'est du bluff ?

— Exactement. Il faut que tu appelles l'*Argus* et Crindau FM en disant que tu demandes à répondre aux affirmations de Sunny Jim. Tu ne peux pas laisser passer ça. Il faut que tu sautes tout de suite sur les journalistes, chaque fois que les autres se manifestent, pour ne jamais les laisser s'en tirer de cette manière. Les médias aiment ça : c'est beaucoup mieux pour eux d'avoir une dispute à couvrir à chaud plutôt que les déclarations d'une seule partie, tu piges ? Bientôt, c'est les journaux et la radio qui t'appelleront directement en te demandant ta réaction quand Sunny Jim fera quelque chose, parce qu'ils sauront que tu es capable de leur fournir une réponse sur commande. Les dirigeants de Sunny

Jim, par contre, seront lents à la détente, parce que toute déclaration en leur nom doit être approuvée par un comité. C'est toi qui tireras les ficelles.

— Très bien, je leur téléphonerai.

— Fais-le tout de suite. Tu vas leur dire quoi ?

— Que je ne suis pas un maître chanteur.

— Ouais.

— Et moi, je me suis limité au vrai problème, alors qu'eux, ils m'ont traîné dans la boue.

— Tout à fait.

— À aucun moment je n'ai fait de remarques personnelles sur la direction de Sunny Jim…

— Parfaitement. Donc tu laisses au public le soin de décider quelle approche il préfère. N'oublie surtout pas de dire cette phrase : « Est-ce que j'ai une tête de maître chanteur ? » Ça les poussera peut-être à publier une autre photo. Bon, faut que j'y aille, on joue dans une école dans une demi-heure, on se reparle plus tard.

Bien sûr, Frank lui apporta l'*Argus* cet après-midi-là.

— Tu es encore dedans. J'en ai vraiment ma claque d'entendre parler de toi, pour être honnête.

Il le déposa dans le panier.

— Merci, Frank !

Je ne suis pas un maître chanteur, réplique Aidan, l'homme au cercueil, pour défendre sa réputation.

En guise d'illustration, une photo de lui et de ses enfants. Les trois quarts de l'article portaient sur la déclaration de Sunny Jim, mais la fin était consacrée à la réaction d'Aidan, aussi, quand le lecteur achevait sa lecture, c'étaient ses mots à lui qui résonnaient à ses oreilles. Dylan ne s'était pas trompé : il était vital de répondre tout de suite. Il avait retourné la situation à son avantage. Pas la peine de s'affoler.

Tout allait bien à la fin de la journée, pourtant, mais devoir en permanence se contrôler épuisait Aidan. Garder le moral était un boulot à plein temps.

Il fallait rester calme. Mettre la situation en perspective. Il devait continuer à s'encourager lui-même. *Bravo, Aidan, c'est ça l'idée. Encore une heure avant le dîner, après tu tiens le bon bout, mon vieux*. Ne pas oublier de faire ses exercices. Mon Dieu, son programme, il s'embrouillait maintenant.

Il est trois heures et demie : agiter les doigts de la main gauche pendant cinq minutes. Ou bien c'est la main droite ? Oh ! c'est trop bête. Mais non, c'est pas vrai, faut pas laisser tomber, tu dois faire preuve de discipline.

Il devait aussi surmonter son dégoût pour le bassin hygiénique. Se persuader que les gens s'intéressaient à lui. Que Sunny Jim l'écouterait et négocierait. À la fin de la journée, il avait les yeux fatigués. Mais parviendrait-il à dormir ? Bon sang ! Une fois le Globe fermé, les derniers retardataires rentrés, et les voisins couchés, Aidan commençait à s'affoler. La nuit n'était pas silencieuse du tout. Il y avait des bruits impossibles à identifier, des murmures, des grattements. Un frémissement, un froissement, le bruissement des pneus sur la chaussée mouillée, le gargouillis des tuyaux, le miaulement d'un chat. Cris fantômes emportés par le vent. Battement, claquement, craquement. Parfois un grincement affaibli, comme des volets oscillant sous le souffle du vent. La ville ne dormait jamais. Il se passait toujours quelque chose, quelque part. Mais il ne savait pas quoi.

Son odorat se développait. C'était certainement parce qu'il ne pouvait bouger et que son champ de vision était si restreint. Son nez lui permettait de rester en contact avec le monde extérieur. L'odeur âcre de l'isolement était celle de la terre fraîchement retournée et de la sueur rance. À d'autres moments, c'étaient des relents d'humidité et de désespoir dans une pièce vide. D'étranges effluves flottaient dans le cercueil quand il ne parvenait pas à fermer l'œil, la nuit ; comme du papier se consumant peu à peu. La vanille suave était le parfum de l'espoir et du renouveau quand Megan lui apportait son petit déjeuner. C'était insensé. Ça n'avait ni queue ni tête. Mais c'était comme ça.

Le moindre bruit faisait s'emballer son cœur. Il était difficile de distinguer d'où ils provenaient, et surtout de quelle nature ils étaient.

Y a quelqu'un. Non, c'est juste une bourrasque. Là, c'était un bruit de pas. Qui peut bien être dehors à cette heure de la nuit ? Et qu'est-ce qu'ils font ?

S'il avait eu un compagnon, il aurait pu s'accommoder de tout ça. Mais quand on était seul, enfermé dans une boîte, comment faire ?

Si vraiment quelqu'un voulait s'en prendre à lui, il était foutu, il n'avait aucune issue. Il était pieds et poings liés. Mais ça n'arriverait pas, on n'était pas en Amérique, ici, il n'y avait pas de psychopathes ni autres cinglés rôdant en ville. Les habitants de Crindau étaient travailleurs, gentils, respectueux. Il avait de nouveau suivi l'émission des auditeurs ce soir-là, et tout le monde était de son côté.

C'est rien que le vent.

Voilà ce qu'il se répétait. Et la partie rationnelle de son cerveau savait que c'était vrai. Pourtant, son imagination refusait d'écouter. Elle savait qu'il y avait quelqu'un, là, dehors. Qui écoutait, guettant le moment propice, qui se rapprochait, pas à pas. *Salut, Aidan, je suis là depuis le début. J'attends.* Il avait des palpitations et finissait trempé de sueur. Il prenait un coup de Remède d'Urgence. Allumait la radio. Puis l'éteignait, de crainte de ne pas entendre les bruits suspects. Il avait peur que ses nerfs ne commencent à lâcher. Et les voix dans sa tête reprenaient :

Barre-toi avant de devenir fou. Appelle les gars et demande-leur de venir te déterrer.

Y a un dingue, dehors, qui attend son heure, qui se fiche de toi. Il prend son pied à te faire peur.

Un soir, il demanda à un de ses copains d'allumer toutes les lumières de la maison, pour que le jardin soit illuminé. Mais ça n'allait pas bien loin ; ça rendait la nuit un peu moins noire, guère plus. Les bruits le mettaient toujours à cran. Oh oui, les nuits étaient longues !

Le lendemain matin, ITV Wales appela Aidan. Serait-il prêt à accorder une interview à Huw Humphreys ? *Quoi ?* Huw, le *golden boy* d'ITV Wales ?

L'éternelle « personnalité de l'année » au pays de Galles ? Aidan ne pouvait rêver meilleur interlocuteur. Il téléphona à Megan.

— Devine qui vient m'interviewer ? Huw Humphreys !

— C'est pas vrai !

— Il sera là dans une heure, alors, est-ce que tu pourrais me rendre un service, ma puce, et aller me chercher ma plus belle chemise ? C'est la bleu clair, y a une étiquette en bas où c'est écrit Paul Smith. J'en aurai besoin pour l'interview.

C'était Shauna qui la lui avait offerte au Noël précédent, mais il ne l'avait portée qu'une seule fois : on lui avait fait tant de compliments – on lui avait même demandé s'il avait un rendez-vous galant –, qu'il s'était senti trop gêné pour la remettre.

— Oh, quelle bonne idée ! Huw est toujours si bien habillé.

— C'est ça, tu vois, j'ai pas envie de passer pour un plouc.

Des femmes s'étaient rassemblées au coin de la rue, devant la maison d'Aidan. Les gens leur demandaient ce qui se passait.

— On attend pour voir Huw.

— Qui ça ?

— Huw Humphreys, il va venir.

— Tu parles !

Aidan était une vraie boule de nerfs, il ne cessait d'observer sa coiffure et sa chemise dans le miroir que Megan lui avait prêté. Pour sa première apparition à la télévision, il voulait faire bonne impression.

Huw paraissait un peu plus petit et enveloppé qu'à l'écran, il faisait manifestement des UV, mais était par ailleurs tout à fait charmant.

— Bonjour, Mr Walsh.

Quelle belle voix : un accent gallois doux et musical, qui rendait celui de Crindau grossier comme du gravier sur de la brique.

— Appelez-moi Aidan.

— Très bien, Aidan.

Huw souriait. Aidan sentit une chaleur l'envahir.

— Je peux vous appeler Huw ?

— Je vous en prie.

Aidan faillit éclater de rire. C'était incroyable, ils s'appelaient par leur prénom, avec Huw Humphreys ! Celui-ci lui fit un clin d'œil.

— Jolie chemise.

Aidan s'aperçut qu'ils avaient la même.

— Ah ! ouais… je l'aime bien, celle-là.

Huw se mit à rire.

— Heureusement que je porte une cravate, n'est-ce pas, autrement on pourrait nous confondre.

Aidan avait les joues en feu.

L'interview fut très agréable. Les questions avaient beau être parfaitement prévisibles, selon Aidan, elles étaient posées avec une grande classe. Qu'est-ce qu'il avait donc, ce Huw ? Les femmes l'adoraient, les hommes avaient envie d'être ses copains, ou de l'avoir pour gendre. Tout le monde le trouvait absolument sensas. Même si, à présent qu'il l'avait vu de près, Aidan trouvait qu'il avait bien quelques kilos à perdre.

Il y avait juste eu un petit problème : à peu près à la moitié de l'interview, il s'était mis à pleuvoir.

Au bout de quelques minutes, il tombait des hallebardes. Des trombes d'eau s'abattaient sur Huw, qui dégoulinait.

— On dirait que le temps a changé.

C'était carrément la mousson. Aidan se sentait très mal à l'aise. L'averse était si forte que les gouttes rebondissaient sur le périscope et cascadaient à l'intérieur, frappant sa tête comme des cailloux. Au-dessus de lui, Huw était trempé comme une soupe, cheveux plaqués sur le crâne, la goutte au nez, clignant furieusement des yeux tandis que les billes glaciales rebondissaient sur lui. Il était clair qu'il n'était pas préparé à ça. Comment avait-il pu négliger les aléas du climat britannique ?

Le reportage à la télé fut parfait : les plans montrant Huw qui écoutait Aidan, souriant en acquiesçant à ses réponses, lui donnèrent une crédibilité instantanée. Huw conclut en disant : « Un homme remarquable, je pense que vous en conviendrez. C'était Huw Humphreys pour ITV News en direct de Crindau. » Cinq minutes avec Huw avaient anéanti la tentative de Sunny Jim pour transformer Aidan en maître chanteur. Huw ne frayait pas avec les maîtres chanteurs, tout le monde savait ça. Mais quand ils revinrent en studio, après l'interview, les présentateurs, Steve et Libby, rigolaient.

— C'était donc Huw Humphreys, à Crindau…

Steve marqua un temps d'arrêt, et se retourna vers Libby en souriant :

— … où c'est la saison des pluies.

La journaliste pouffa comme si c'était la meilleure blague depuis des lustres. Elle finit par se reprendre et ajouta avec un petit sourire :

— Ne vous inquiétez pas pour lui, il a pris un bon bain chaud et une aspirine, en rentrant, et il sera parmi nous dès demain.

Aidan eut un mouvement d'impatience : l'interview était parfaite, et ces crétins-là ne parlaient que du temps. Bien entendu, quelques minutes plus tard, Dylan était au téléphone.

— 'Pa, faut que tu installes un abri, tu peux pas laisser les gens qui viennent t'interviewer risquer de se noyer.

Il avait raison. Ils auraient dû y penser plus tôt. Il appela Gwynned.

— On ira acheter un barnum chez Argos, demain. Ça devrait faire l'affaire.

Il sentit une pointe d'hésitation chez Aidan.

— Ça pose un problème ?

— Je pourrai plus voir le ciel avec ce truc-là : j'ai toujours compté là-dessus. Ça me donne l'impression d'être encore relié au monde extérieur... Tu comprends ?

— Mais oui, mon vieux.

Il était content d'avoir téléphoné à Gwynned plutôt qu'à Russell. *Du nerf, mon vieux, faut pas s'attendrir.*

— Attends, j'ai une idée. On pourrait mettre une grande feuille de plastique transparent, ça protégerait de la pluie, mais tu verrais quand même le ciel à travers. On pourrait installer quatre poteaux de deux mètres cinquante. Ensuite, on y fixerait les coins de la bâche. Comme ça, y aurait un abri pour les stars de la télé et tes autres visiteurs, quel que soit le temps.

— Gwynned, mon vieux, tu es un chef !
— Adjugé. On s'en occupera demain, après le boulot.
Ainsi installèrent-ils la bâche, puis Russell apporta quatre chaises de jardin.
— J'ai pris ça aussi… C'était en promo.
Il les disposa en rang, sous l'abri.
— Comme ça, tous les people des médias que tu fréquentes en ce moment pourront s'asseoir en attendant leur tour pour t'interviewer.
Gwynned accrocha un écriteau à l'un des piquets.
Aidan est là. Installez-vous en attendant.

Ses journées commençaient à prendre forme. C'était incroyable comme on pouvait s'adapter. Organiser sa routine quotidienne en s'habituant aux circonstances les plus étranges. Il mettait si longtemps à s'endormir qu'il était réveillé tard par le gargouillement de l'eau dans les tuyaux, le sifflement d'une bouilloire, le cliquetis des couverts sur les assiettes, le son étouffé de la radio, de la télévision. Puis, le brouhaha du matin peu à peu faiblissait, et le silence s'installait. À ceci près qu'il n'était jamais total. Une voiture passait, un piéton sur le trottoir, une fenêtre se fermait, et puis le doux martèlement de la pluie sur la bâche. Ensuite commençaient les visites de ses voisins. Ils étaient sympathiques, apportaient toujours une Thermos de thé ou de café, des biscuits, une tranche de gâteau fait maison, des chocolats. Aidan s'inquiétait pour son poids : toutes ces friandises, alors qu'il ne faisait aucun exercice, obligé qu'il était de rester allongé là. Mais il était difficile de résister quand on avait si peu à faire tout au long de la journée. Il ne pouvait se résoudre à refuser. Il ne voulait vexer personne. Il avait désespérément besoin de leur compagnie.

— C'était sympa cette petite conversation, je repasserai plus tard, pour voir si vous avez besoin de quelque chose.

— Merci bien.

Il écoutait le flash d'informations à chaque heure sur Crindau FM, mais il n'y avait aucune nouvelle déclaration de la part de Sunny Jim. À quoi jouaient-ils ? Il comptait sur leur réponse, qui lui aurait donné la possibilité de revenir à la charge. Il était prêt, aux aguets. Mais peut-être avaient-ils aussi compris la situation et décidé que la meilleure tactique était encore l'indifférence.

Au bout de quelques jours dans le cercueil, les choses commencèrent à sembler à peu près normales à Aidan. Bien sûr, il avait envie de sortir pour se dégourdir les jambes, de s'étirer, faire un petit tour, mais il y avait une sorte d'étrange confort à voir son univers se résumer à quelques décimètres carrés. À avoir tout sous la main, à écouter ce qu'on voulait. Il n'avait plus à se soucier de l'état du toit ni des lézardes des murs, à présent qu'il vivait dans une boîte en carton ; nul besoin d'aller se traîner dans un supermarché déprimant, puisque tous les jours, Frank lui apportait ses repas. Il croyait ne jamais pouvoir se passer de télévision ou d'aller boire sa bière au Globe, mais il s'aperçut qu'il y arrivait très bien. Il faisait une pause dans cette vie de fou, pour prendre du recul, recadrer les choses. Il était devenu une sorte d'ermite. Cette idée lui plaisait. Shauna lui avait dit un jour que les ermites étaient tenus en grande estime au XVIIIe siècle. Qu'il était alors très à la mode chez les riches d'en entretenir un sur leurs terres pour divertir leurs visiteurs. *Oui, voici le lac où nous faisons des promenades en barque, et là-bas, dans ce bosquet, vit notre ermite ornemental. Aimeriez-vous le rencontrer ? Il est tout à fait inoffensif.* En fait, la tradition avait été reprise : l'année précédente, un grand propriétaire du Staffordshire avait fait passer une annonce pour accueillir un ermite ornemental. Il y avait eu plus de deux cents réponses émanant du monde entier. Mais oui, les gens se bousculaient pour devenir ermites, tant ils voulaient échapper aux pressions de la vie moderne. Peut-être aurait-il dû se laisser pousser la barbe et adopter un regard profond, méditatif.

Le matin, après s'être réveillé, il se lavait avec des lingettes, se rasait et faisait de l'exercice. Megan lui apportait son petit déjeuner. Puis il écoutait Crindau FM, pour voir si l'on parlait encore de lui. Shauna lui téléphonait en se rendant à son travail.

— Comment tu vas, Papa ?

— Ça va, ma chérie. Je t'ai dit de ne pas t'en faire pour moi.

Au cours de la matinée, il recevait des appels de journalistes qui voulaient l'interviewer – des quatre coins du pays, à présent. Dylan avait raison : les médias adoraient ça. Souvent, d'ailleurs, il téléphonait pour discuter avec son père d'une idée nouvelle.

Parfois, Russell, Gwynned ou Wilf l'appelaient aussi pour lui raconter ce qui se passait à l'usine. Des gens, qui vivaient un peu plus bas dans la rue mais qu'il se contentait de saluer de loin, venaient le voir pour lui témoigner leur soutien ou lui demander comment était Huw Humphreys, en vrai.

Formidable, un vrai gentleman.

Après le déjeuner, il y avait encore deux ou trois interviews, puis on lui apportait l'*Argus*, et il lisait le courrier des lecteurs où l'on parlait de lui. Gwynned, Russell et Wilf arrivaient après le travail, et un peu plus tard, c'était au tour de Shauna. Ses journées étaient remplies de visites et de conversations. Par certains côtés, il se sentait mieux, plus vivant que depuis bien des années. À présent, il jouissait de toutes les attentions, son opinion comptait, et le public était derrière lui. Les journées se passaient bien. Vraiment. Sunny Jim n'avait pas réitéré ses déclarations, et Aidan avait choisi de croire : pas de nouvelles, bonnes nouvelles. Cela prouvait qu'ils ne savaient pas quoi lui répondre. Ils n'avaient personne de leur côté. Qui allait prendre le parti de Goliath ?

Le jour, il parvenait à maîtriser la situation ; la nuit, c'était autre chose. De même qu'il découvrait de nouveaux aspects de lui-même, là en bas, il en apprenait aussi davantage sur sa ville. Tout se passait la nuit.

Quand les ténèbres descendaient, une sorte de folie s'emparait des gens de Crindau. Une succession de bruits remplissaient l'atmosphère et se déversaient par son périscope, tombant droit sur lui.

Ivrognes, cris de femmes, taxis vidant des fêtards gorgés de bière, et puis des gars qui s'insultaient. *Redis jamais ça, je te préviens. Casse-toi, connard.*

Quelqu'un ouvrait la porte du Globe et on entendait un claquement, le bruit du juke-box, des glapissements, des rires, des grognements, le tintement des verres, l'odeur amère de la bière.

L'un de ses voisins avait un chien qui devenait fou chaque fois qu'on approchait sa maison. La nuit, c'était pire encore. Son jappement aigu, arrogant, ameutait son propriétaire qui, cinq ou six fois par heure, lui hurlait de se taire. La simple banalité de la chose donnait à Aidan mal à la tête et au ventre. Comment pouvait-on supporter un chien aussi stupide ? Pourquoi ne lui faisait-on pas suivre des cours d'éducation canine ? Et pourquoi ne pas le piquer tant qu'on y était ?

Il était forcé d'écouter tout cela. Il ne pouvait fermer sa porte, allumer la télé, mettre de la musique ou se barricader. Enfin si, il pouvait se réfugier derrière son baladeur, mais à la vérité, il était de plus en plus accro à tous ces bruits. La vie continuait, au-dessus, et il avait besoin de savoir ce qui s'y passait, que cela le distraie ou l'irrite. Adolescent, il avait lu une histoire dans un journal de *comics* appelé *Fantastic Tales* à propos d'un homme doué de facultés auditives phénoménales. Au début, le gars trouvait que c'était un don extraordinaire, et l'utilisait pour empêcher des accidents et des crimes qui autrement seraient passés inaperçus. Puis, peu à peu, il s'était mis à entendre des choses qu'il aurait préféré ignorer. Son meilleur ami qui disait du mal de lui dans son dos ; sa femme qui faisait une déclaration d'amour à un autre homme... Il n'avait aucun moyen d'empêcher les propos méchants, sordides, mesquins d'arriver jusqu'à lui et d'envahir sa tête à chaque minute de la journée. Il plaquait ses mains sur ses oreilles et hurlait. Il demandait grâce, suppliait qu'on eût pitié de lui. Mais il ne connaissait nul répit, son don s'était transformé en cauchemar. Au bout du compte, il devenait fou. Certaines nuits, Aidan comprenait pourquoi.

Il commençait aussi à avoir des visites nocturnes. Les âmes égarées. Elles arrivaient en troupeau dans son jardin à la tombée du jour. Il entendait le verrou du portillon s'ouvrir, les gonds grincer, puis le heurt assourdi suivi d'un raclement quand elles refermaient.

Encore un.

Il posait alors son journal ou son livre, éteignait la radio et attendait, épiant le bruit de leurs pas à travers le jardin. Certains se mettaient à tousser ou le saluaient pour l'informer de leur présence. D'autres passaient juste la tête dans le périscope pour le voir, arborant une étrange expression d'attente, comme s'ils contemplaient une sorte d'animal de cirque. Quelques-uns étaient déçus, il s'en rendait compte. Ils ne s'attendaient pas à ça. Aidan ressemblait à monsieur tout-le-monde, ainsi allongé, avec son T-shirt.

Peut-être était-ce là une sorte de mise en scène. Dernier élément d'une espèce menacée : *un employé qui croyait avoir des droits !*

— Je peux vous aider ? disait-il alors.

Ils sursautaient. Ils n'avaient jamais pensé qu'il pouvait parler.

— Je suis venu vous souhaiter bonne chance. Je trouve ça formidable ce que vous faites.

C'est en général comme ça que ça commençait.

— J'aimerais bien faire quelque chose, moi aussi, mais pour être honnête, j'ai trop peur de perdre ma prime de licenciement. Sinon…

Comme c'était la nuit, il ne distinguait pas bien leur visage. Peut-être était-ce d'ailleurs pour cela qu'ils venaient à cette heure. À cause de l'anonymat. Il leur était plus facile de parler. Il n'était pas sûr de les reconnaître si jamais il les croisait dans la rue.

— J'admire votre courage.

Il déclarait que c'était plus facile pour lui. Ses enfants étaient grands, ils avaient quitté la maison, il était seul, sans personne pour qui s'inquiéter.

— Il était temps que quelqu'un fasse quelque chose contre ces multinationales, elles se croient tout permis.

Ils dévidaient ensuite la liste de toutes les grosses entreprises qui avaient quitté Crindau au fil des années.

— Les aciéries de Pen-y-lan qui ont fermé, c'était la goutte qui a fait déborder le vase. Trois mille emplois supprimés d'un coup. Aucune ville pourrait s'en remettre, si rien d'autre vient les remplacer. Et qu'est-ce qu'ils ont offert aux travailleurs qu'ils avaient licenciés ? Des cours gratuits d'informatique et de technique commerciale… Franchement !

Aidan murmurait son acquiescement. Il les écoutait raconter les histoires de ceux qui, après avoir été licenciés de Pen-y-lan, avaient plongé. Certains avaient quitté Crindau pour aller chercher un travail ailleurs, d'autres n'avaient pas réussi à en trouver, s'étaient mis à boire, et les dissensions dans leur couple s'étaient aggravées, jusqu'à l'effondrement, et alors, il ne leur était plus rien resté.

— Autrefois, il faisait bon vivre ici. Mais maintenant…

Crindau était la capitale des incendies criminels en Grande-Bretagne. Régulièrement, des jeunes mettaient le feu aux usines désaffectées et aux maisons fermées, puis s'en prenaient aux pompiers lorsqu'ils arrivaient. Quand il ne leur restait plus de bâtiment à incendier, ils s'attaquaient aux voitures, ou, l'été, à la forêt. Parfois, on ne parvenait pas à maîtriser ces feux, et les gens étaient obligés d'abandonner leurs logements. Les plus jeunes grandissaient en considérant les incendiaires comme des héros. Et puis, il y avait les drogués qui traînaient dans les coins sombres et les passages souterrains, le regard étrangement vide.

Les gens ne se préoccupaient plus de leurs voisins comme autrefois. Tout foutait le camp, et personne ne faisait rien. Si Sunny Jim s'en allait, qu'est-ce qui allait empêcher Crindau de finir comme ces villes désespérées, dans la vallée ? Ces horribles tas de béton, sur les flancs désolés des collines, où l'atmosphère puait la défaite. Parfois, on ne savait plus s'il fallait rire ou pleurer.

— Je sais, c'est terrible, disait Aidan.

Il cherchait ce qu'il pouvait ajouter, mais en général, ça semblait suffire. Ils n'attendaient pas de solution. Avaient renoncé depuis longtemps à l'espoir que quiconque en propose une. Ils étaient là parce qu'ils avaient besoin d'être écoutés. Et Aidan faisait parfaitement l'affaire. Ils se sentaient mieux quand ils venaient le voir : c'était un des leurs, et lui au moins, il faisait quelque chose.

— Continue, mon vieux, c'est bien ce que tu fais. Tous ceux que je connais te soutiennent.

Toutes ces tristes histoires auraient dû le déprimer, mais ce n'était pas le cas. En vérité, cela le transportait. Auparavant, pendant des nuits entières, allongé seul dans son lit, il passait en revue ses erreurs, s'inquiétant pour l'avenir. Parfois, il regardait par la fenêtre et s'apercevait que les autres maisons étaient toutes plongées dans les ténèbres, qu'il était le seul chez qui la lumière brille encore. *Il n'y a que moi pour me torturer comme ça en plein cœur de la nuit. Pourquoi est-ce que je n'arrive pas à me détendre, comme tout le monde ?* À présent, il comprenait qu'il n'en avait jamais été ainsi. Tout ce temps, derrière les rideaux tirés d'autres maisons, dans tout Crindau, d'autres gens, eux aussi malades d'anxiété, passaient de longues nuits blanches à se ronger les sangs pour les mêmes motifs.

Cette ville était gangrenée par l'angoisse. Plus personne ne s'y sentait en sécurité. Nul ne voulait songer à l'avenir. Ici, on avait toujours travaillé dur, en s'enorgueillissant de la solidarité qui unissait les gens, en luttant contre toute forme de prétention. Ici, l'identité galloise n'avait guère de sens – ni chorale ni tradition religieuse, et très peu de personnes parlant gallois. On ne tirait aucune fierté du passé non plus : tout ce qui précédait l'ère de l'industrie lourde appartenait à la préhistoire. En dehors du travail, il n'y avait rien d'autre à quoi se raccrocher. Aidan était seulement le premier à admettre que cela lui faisait une peur bleue, et à tenter quelque chose pour y remédier. Son cri d'alarme avait déclenché des vagues de reconnaissance et de sympathie à travers toute la ville. Mais n'importe lequel d'entre eux aurait pu se trouver au fond de ce trou.

Pourtant, quand les gens s'en allaient, le laissant seul de nouveau, son humeur changeait. Il commençait à se sentir responsable d'eux. Ils semblaient croire qu'il savait ce qu'il faisait, les pauvres. Comment aurait-il pu les laisser choir ?

Chaque nuit, ils étaient plus nombreux, traînant après eux une vie de solitude et de déceptions, un sentiment de désespoir et de perte.

Un soir, quand le portillon s'ouvrit, Aidan sentit tout de suite qu'il s'agissait d'une âme en peine. Il avait entendu tant de gens entrer dans son jardin qu'à présent il les devinait à leur simple façon de pénétrer chez lui. Cette fois, c'était un homme costaud, mais qui utilisait sa force de façon très timorée, comme s'il craignait que les objets lui éclatent dans les mains. Aidan l'entendit essayer plusieurs fois de refermer le portillon, si mollement que, chaque fois, le vent le rouvrait. C'était un homme fort, et blessé. Aidan éteignit la radio. Il retenait sa respiration. La tête et les épaules du gars apparurent au sommet du périscope. Il était mal à l'aise.

— Salut…

— Salut !

— Tu me remets peut-être pas, mais je bosse à Sunny Jim, moi aussi... sur la chaîne. Je m'appelle Geoff.

— Heureux de te rencontrer, Geoff.

— Tiens, fit-il en déposant une bouteille de whisky dans le panier. C'est pour toi. Pour te tenir chaud, avec les nuits froides qu'on a.

— Merci.

Aidan la fit descendre et prit bien soin de l'admirer. Il buvait rarement du whisky, mais celui-là avait l'air bon. Un vieux scotch malté, dans une boîte sur laquelle était dessinée une île ; ça avait dû lui coûter une fortune. Il était touché.

— Je t'ai vu quand tu as été interviewé par Huw Humphreys. C'était génial, tu as très bien fait passer le message. Les seules fois où qu'on parle de Crindau, d'habitude, c'est quand des gosses foutent le feu.

— Merci.

— Ils parlent de leurs profits, de leurs responsabilités auprès de leurs actionnaires, mais y pensent jamais qu'ils vont foutre en l'air la vie des gens en les mettant au chômage...

Soudain, il couvrit son visage de ses mains et baissa la tête. Un homme adulte, un parfait inconnu, était en train de craquer sous les yeux d'Aidan qui ne savait pas quoi dire.

— Ça va, mon vieux ?

L'autre se reprit juste à temps, Dieu merci. Il poussa un long soupir, puis baissa les mains.

— Désolé, je sais pas ce qui m'a pris.

— Non, ça va. On dirait que tu en as gros sur la patate.

Il baissa de nouveau la tête et inspira profondément.

— On peut le dire.

Il se tut avant de reprendre :

— Ma femme a un cancer.

Aidan fut surpris d'entendre ce gémissement faible et pitoyable. On aurait dit un chien qui sait qu'il sera battu, encore une fois. La figure de Geoff se crispa, mais il n'essayait plus de ravaler ses larmes.

— Ça va aller, lui dit Aidan.

Puis il réalisa à quel point cette réflexion était stupide. Comment cela aurait-il pu aller alors que sa femme avait un cancer ?

— Je suis désolé, mon vieux. Vraiment désolé.

L'homme passa les mains sur son visage, et un long fil de morve apparut sur son index. Machinalement, Aidan voulut lui tendre un mouchoir, avant de s'apercevoir qu'il n'avait aucun moyen de le lui donner. L'homme essaya de s'en débarrasser, mais la morve resta collée à son doigt, jusqu'à ce qu'il s'essuie sur sa manche.

Ils l'ont opérée la semaine dernière, elle est bouffée de partout…

— Ça va, mon vieux, prends ton temps.

— Putain, elle a que trente-huit ans. C'est pas juste. Elle verra jamais grandir les enfants. Les docteurs disent qu'elle en a plus que pour quelques mois.

— Tu as des enfants ?

— Trois.

— Ils ont quel âge ?

— Garry a deux ans, Helen, cinq et Cerys, sept. Je sais pas quoi leur dire.

— On boit un coup ? proposa Aidan, à court de réponse mais déterminé à lui offrir quelque chose.

Il ouvrit la bouteille de whisky.

— Désolé, j'ai pas de verres.

Sers toi en premier, dit Geoff.

Aidan prit une bonne lampée, puis remit la bouteille dans le panier pour Geoff.

— Comment tu as fait quand ta femme est morte ?

Bien sûr, songea Aidan, *tout le monde connaît ma vie, à présent*. Mais qui était-il pour donner des conseils à ce pauvre bougre ? Que pouvait-il lui dire à part de se trouver un ami comme Russell ? Geoff lui avait renvoyé la bouteille, et Aidan but à son tour avant de répondre.

— Je crois que le plus important, c'est de ne pas oublier que tu n'y arriveras pas tout seul. Tu as besoin d'aide. Et crois-moi, les gens vont te proposer leur aide. Ici, c'est une ville bien, on s'entraide, par chez nous.

Geoff acquiesça et but une gorgée.

— T'as raison, c'est une ville bien.

Et il se remit à pleurer.

6

Aidan avait un peu la gueule de bois le lendemain matin. En fait, avec Geoff, ils avaient presque fini le whisky. Et pour ne pas arranger les choses, Joy l'arracha de son sommeil en allant au petit coin. Il entendit d'abord Ken lui crier :

— Combien de temps tu vas y rester ?

— Mais qu'est-ce que c'est que cette question ? aboya-t-elle. Ça prendra le temps que ça prendra, nom d'une pipe !

Il faisait encore nuit. Il n'y avait aucun autre bruit susceptible de dissimuler l'horreur qui se déroulait à côté. À présent qu'ils avaient attiré l'attention d'Aidan, il lui était impossible de ne pas entendre. Il attendit, en retenant son souffle, le premier plouf. Nom de Dieu, ça y était, c'était un gros, qui fit beaucoup d'éclaboussures. Il aurait juré qu'il avait alors entendu un léger soupir, par la fenêtre. Il fit la grimace en l'imaginant, assise sur le trône.

— Nom de Dieu, dépêche-toi, je peux pas supporter ça.

Au bout d'une éternité, il entendit un deuxième plouf. C'était tout ? Non, un nouveau silence prolongé fut suivi d'un soudain regain d'activité frénétique, et une grêle de crottes s'abattit à grand bruit. Le papier toilette fut ensuite déroulé en hâte, d'un geste professionnel, le porte-rouleau cliquetant sèchement contre le mur. Bon sang, c'était comme s'il avait été assis à côté d'elle, sur le siège, fesse à fesse, à lui préparer le papier. C'était obscène. Le dégoût l'envahit.

Allez, tire la chasse, tu veux bien ?

Une immense vague de soulagement l'emplit quand l'eau s'écoula en gargouillant à travers les tuyaux. *Enfin, c'est terminé.* Il n'avait aucun désir d'être ainsi familiarisé avec la vie intime de Joy, sans façon, vraiment. Ses tempes cognaient, il n'avait pas l'habitude du whisky, et la tension créée par la proximité des rites matinaux de sa voisine n'avait pas arrangé les choses. À présent que c'était fini, il pouvait se retourner pour se rendormir.

Hélas. Il entendit un grognement, suivi d'une rafale de pets ronflants, passant de nouveau par la fenêtre. Putain, c'était Ken maintenant. Aidan serra les dents et attendit.

Quand Megan arriva avec son petit déjeuner, elle lui demanda comment il allait.

— Ce matin, c'est Joy qui m'a réveillé en allant poser sa pêche… Ça te va comme réponse ?

Elle fit la grimace et tourna les talons.

Une demi-heure plus tard, après avoir mangé et fait une petite sieste, Aidan entendit s'ouvrir le portillon. Quelqu'un arrivait en fredonnant *It's Not Unusual*. Un type entre deux âges, mal fagoté, aux yeux globuleux, se pencha sur le périscope pour l'observer. Il lui sourit :

— Salut !

L'autre continua de le dévisager. Et voilà, encore un qui venait voir à quoi ressemblait la bête. Il commençait à en avoir ras le bol.

— Je peux faire quelque chose pour vous ?

L'homme eut un sourire mystérieux.

— Je vous ai entendu dire sur Crindau FM à quel point la musique était importante pour vous, qu'elle vous aidait à tenir le coup.

— Oui, c'est vrai.

— Alors, mon histoire va beaucoup vous intéresser, dit-il en relevant les sourcils. Tout ce que je vais vous raconter s'est vraiment produit.

— Ah bon ?

— Je suis le vrai Tom Jones.

— Vous êtes qui ?

Il hocha la tête avec vigueur, puis regarda autour de lui pour s'assurer qu'il n'y avait personne alentour.

— Ça s'est passé dans les années soixante, lors d'une tournée aux États-Unis, quand j'étais au sommet de ma gloire, j'ai fait un spectacle à Las Vegas, avec toutes ces femmes qui me jetaient leurs petites culottes… Vous en avez entendu parler, non ?

— Ouais.

— C'est vrai.

Il hocha de nouveau la tête, attendant visiblement qu'Aidan lui pose des questions. Comme rien ne venait, il eut l'air déçu.

— La mafia a voulu me faire payer en échange de sa protection. Je leur ai dit d'aller se faire foutre. C'était une grosse erreur. Je te donne un conseil, mon vieux : t'approche pas de la mafia.

— Merci bien, acquiesça Aidan, je m'en souviendrai.

— Ils m'ont kidnappé, enfermé dans une pièce et forcé, sous la menace de leurs armes, à chanter et faire tous mes mouvements pendant qu'un autre gars me regardait.

Il se pencha, saisissant à deux mains le périscope, son visage remplissant presque l'ouverture. Les relents de cidre de son haleine firent grimacer et tousser Aidan.

— En fait, ils voulaient que le gars m'étudie.

— Ah bon ?

— Ouais... Comme je les avais envoyés péter, ils m'ont volé mon identité !

— Ils ont...

Aidan avait du mal à suivre à présent.

— Je sais, je sais, ça paraît trop gros pour être vrai, hein ? Mais écoute, mon vieux, poursuivit-il en s'assurant une fois de plus que nul ne l'écoutait. Ils ont préparé ce type pour qu'il prenne ma place. Ils lui ont fait de la chirurgie plastique pour qu'il me ressemble, ils lui ont appris à chanter comme moi, à bouger comme moi... La totale, quoi ! En vrai, il s'appelle Brad Plimpton, il était vendeur de voitures d'occasion dans le Minnesota. Ils n'ont pas réussi à mettre la main sur moi, mais avec lui, ça a marché. C'est Brad Plimpton qui a créé *Delilah*, c'est lui qui a chanté au Royal Variety Command Performance et au Caesar Palace. Et moi aussi, ils m'ont fait de la chirurgie plastique, pour me refiler cette gueule-là, fit-il en tirant sur sa joue. Voilà à quoi il ressemblait, Brad Plimpton... Quelle tête de con, hein ? Ils ont échangé nos visages ! Un plan diabolique, pas vrai ?

Comment faire pour convaincre les gens que c'est moi le vrai Tom Jones, avec cette tête-là ? Celle d'un gros vendeur de voitures d'occase du Minnesota.

Aidan se mit à prier pour que quelqu'un vienne le délivrer de ce casse-pieds.

— Ils m'ont tenu enfermé dans un sous-sol pendant vingt ans, dans une petite ville près de la frontière canadienne. Finalement, je me suis échappé. Ça m'a pris des années, mais j'ai réussi à creuser un tunnel avec une petite cuillère affûtée. Mais qui c'est qui va me croire, maintenant ?

Il regarda ses mains d'un air pensif, puis les montra à Aidan à travers le périscope :

— Tu vois ces mains, est-ce que tu peux me regarder dans les yeux en affirmant que c'est pas les mains de Tom Jones ?

— Ben, je suis pas expert en la matière…

— Ils ont seulement transformé mon visage. Si la police prenait mes empreintes…

— Oui, oui, bien sûr.

— Mais ce qu'ils n'ont pas réussi à me prendre, c'est ma voix. Je l'ai conservée, j'ai toujours la même magie… Écoute ça…

Il renversa la tête en arrière et entonna *Delilah*.

— *She stood there laughing.*

Aidan se boucha les oreilles. Quand l'autre eut terminé, il le félicita. Mais il n'en avait pas fini. Il chanta ensuite *What's New Pussycat ?*, *It's Not Unusual*, *I Who Have Nothing*. Quand il se lança dans *The Green Green Grass of Home*, Aidan attrapa son baladeur et mit les Beatles à fond. Il était clair qu'on ne lui ficherait pas la paix ce jour-là.

Shauna avait eu une réunion après le travail, puis elle avait dû emprunter une déviation pour arriver jusqu'à la M4, perdant ainsi une bonne vingtaine de minutes. Elle arriva chez son père lasse et affamée, mais déterminée à ne pas montrer son irritation. Elle posa dans le panier un gros sac de mandarines.

— Tiens, je t'ai apporté ça, papa. Tu dois prendre soin de toi, tant que tu es là. Il te faut des fruits frais, avec tous ces repas du pub qui sortent tout droit du micro-ondes.

Aidan en mangea une sans attendre. Il lui raconta l'histoire du vrai Tom Jones. Elle rit. Cela lui fit plaisir car il y avait longtemps qu'il n'avait pas réussi à la dérider. Dans ces moments-là, elle ressemblait à Eileen. Il lui parla de ses autres visites, des interviews qu'il avait données ces derniers jours. Il ne dit mot de ses crises d'angoisse, de son mal de dos, ni des mystérieux bruits nocturnes qui l'empêchaient de dormir.

— On dirait que tout va très bien en ce moment, papa.

Elle avait beau dire les mots qu'il fallait avec le ton adéquat, Aidan voyait bien qu'elle n'était pas impressionnée comme les autres.

— C'était déjà ta deuxième semaine. Il ne te reste plus beaucoup de temps. Et si Sunny Jim ne bouge pas d'ici lundi prochain ? Que feras-tu alors ?

Il lui lança un regard plein de défi.

— As-tu une stratégie de repli ?

— Une quoi ?

— Tu ne peux pas rester là indéfiniment. Il serait bon de prévoir une issue pour sortir de cette situation sans avoir l'air de capituler. Au cas où.

Aidan se sentit vexé.

— Si j'avais commencé à penser à ce que je ferais si ça ne marchait pas avant même d'avoir commencé, alors j'aurais jamais rien fait. Y a des années que je me dis : « Oh ! ça marchera jamais », ou bien : « Tu te prends pour qui pour te croire capable de faire ça ? » Personne sait mieux que moi trouver des excuses pour ne pas faire les choses : je suis champion du monde à ce jeu-là. Mais des fois, il faut agir, même si ça paraît dingue, sinon, tu ne fais jamais rien.

— Papa, ça m'ennuie de te dire ça, mais si c'est une question de patience, alors c'est Sunny Jim le favori. Tout ce qu'ils ont à faire, c'est attendre sans bouger.

— Alors que tout le monde se retourne contre eux ? Ils se font étriller, il va bien falloir qu'ils mettent de l'eau dans leur vin.

— Je ne parierais pas là-dessus.

— Mais enfin, je peux pas abandonner maintenant. Je pourrais pas regarder les gens en face, dans la rue. Mon Dieu, Shauna, je me rendais pas compte qu'il y avait autant de gens malheureux à Crindau. C'est incroyable le nombre de personnes qui comptent sur moi pour que ça marche. Je suis leur seul espoir. Si je les laisse tomber, il ne leur restera plus rien à attendre.

Shauna fut surprise par ce sursaut ; il semblait victime d'un complexe du sauveur.

— Je suis inquiète pour toi, papa.

— Faut pas, ils n'oseront pas me virer : j'ai été interviewé par Huw Humphreys.

Elle écarquilla les yeux.

— On dirait Dylan.

— Ah bon ? Eh bien, lui, il croit en moi ! C'est bon de savoir qu'au moins un membre de ma famille me soutient.

Aidan fulminait. Il était là, au pied du mur, jouant son dernier atout, et tout ce qu'elle faisait, c'était le critiquer.

As-tu une stratégie de repli ? Merde alors !

Elle avait toujours eu de bonnes notes, était allée à l'université, avait fait carrière, possédait une belle maison à Cardiff. Elle avait gravi les échelons, s'était élevée. C'était bien. Voilà ce qu'on souhaitait pour ses enfants. Mais Aidan se demandait s'il était vraiment possible de grimper ainsi dans la hiérarchie sans tordre le nez en regardant ensuite derrière soi, en se disant qu'on en sait davantage que les autres. Constamment. À propos de tout. Il avait remarqué son regard sévère lorsqu'elle lui rendait visite. Un jour, elle avait apporté un catalogue Ikea et lui avait montré des meubles en disant qu'ils feraient très bien dans son salon. En fait, c'était le genre d'objets qui auraient été parfaits chez elle. Il avait répondu que c'était un peu cher, plutôt que d'avouer qu'en vérité, ça ne lui plaisait pas. Alors, elle avait proposé de les lui offrir.

— Non, ma chérie, non merci.

— Papa, ça me ferait plaisir.

— Non, vraiment.

Bon sang !

Elle l'avait invité chez elle à Noël. Sa maison était moderne, chic, à la mode. Parquet rayé, tableaux certainement onéreux accrochés au mur, solide table en pin, porte-fenêtre ouvrant sur le superbe jardin. Ses amis étaient thérapeutes, artistes, musiciens, conférenciers. Il s'était senti maladroit, pas à sa place. L'un d'eux lui avait demandé :

— Et vous, Aidan, qu'est-ce que vous faites ?

Je suis un prolo.

Il avait hâte d'être de retour au Globe, avec les copains.

Elle croyait détenir toutes les réponses. Elle oubliait qu'il était là depuis plus longtemps qu'elle, qu'il en avait vu un peu plus. Elle avait des théories sur tout. Il était certain qu'elle en avait une sur ce qu'il faisait. Mais il ne souhaitait pas la connaître. Avait-elle compris qu'un jour, il lui faudrait peut-être à son tour revenir sur ce qu'elle croyait ? Quand elle admettrait enfin que la vie ne pouvait se réduire à des théories. Les jours suivants, le *Guardian*, le *Telegraph*, le *Times* et le *Mirror* publièrent tous des entrefilets sur lui, et il donna des interviews à une douzaine de radios. Le silence de Sunny Jim était assourdissant.

Le jeudi, le *New Musical Express* fit un article sur lui.

Un homme s'enterre vivant en hommage aux Smiths.

Il ne goûta guère le titre.

— C'est pas un hommage, nom de Dieu. C'est une lutte pour survivre.

Dès le lendemain, les fans des Smiths accouraient. L'un d'eux, un homme d'une quarantaine d'années un peu dégarni, mais arborant une banane impressionnante et d'épaisses lunettes noires lui apprit qu'il faisait des conférences sur l'étude des médias.

— Je fais une conférence l'année prochaine à Manchester, pour le premier symposium sur les Smiths, c'est sur Morrissey et l'esthétique de la classe ouvrière, avec des références particulières au cinéma britannique des années soixante.

— Bien, répondit Aidan sans avoir la moindre idée de ce dont il parlait.

— Votre action pourrait s'inscrire dans ce cadre-là, en fait.

Il lui adressa un sourire penaud, comme si Aidan pouvait lui objecter quelque chose, mais il était trop perdu pour cela.

— Votre mode de protestation constitue un développement captivant. Les Smiths ne sont pas perçus comme étant un groupe politisé comme les Clash, par exemple. Leur stéréotype populaire est celui d'un misérabilisme romantique. Pourtant, une de leurs chansons a servi à attirer l'attention des gens sur le problème du capitalisme international.

Il s'arrêta un instant et agita un doigt en l'air, le visage crispé par la concentration.

— Cependant, plutôt que de mettre en place un piquet de grève, ou d'aller affronter la police…

— Trop démodé, fit Aidan en secouant la tête.

L'homme lui adressa un sourire indulgent.

— En effet, au lieu des confrontations machistes qu'on associe d'habitude aux combats des ouvriers, vous vous êtes enterré. Votre action me fait penser à la chanson des Smiths la plus connue, celle de leur premier album, *You've Got Everything Now.*

— C'est vrai ?

Et il continua ainsi pendant une dizaine de minutes, Aidan se contentant de hocher la tête de temps en temps. C'était un brave type, ce conférencier, seulement il n'était pas très doué pour se faire comprendre. Aidan se demanda ce que pouvait lui apporter ce genre de publicité ; c'était en train de tourner à la farce.

Geoff revint le lendemain, avec ses enfants, cette fois, deux filles et un garçon. Il les réunit autour du périscope, se tenant derrière, les mains posées sur leurs épaules.

— Je veux vous présenter Aidan. Ses deux enfants à lui sont grands, maintenant, mais leur maman est morte quand ils étaient petits, pas vrai, Aidan ?

Il lui lança un regard implorant, et Aidan saisit la balle au bond :

— Oui, c'est vrai.

Comme il aurait voulu ne pas avoir à faire cela ! Sa sympathie allait à la fille aînée, qui le toisait avec un mélange de peur et de défi. Elle servirait de mère aux deux autres, devrait grandir plus vite, serait privée d'enfance. La seconde fille serait prise entre les deux, et le plus jeune, le petit garçon ne jouirait jamais de toute l'attention nécessaire... Comment un père aurait-il pu remplacer une mère ?

— Vous étiez très tristes, n'est-ce pas ?

— Pour sûr, on était très tristes.

Mais vous avez réussi à vous en sortir en vous entraidant, hein ?

— C'est vrai. Quand on perd sa maman...

— Quand elle part trop tôt pour le paradis, coupa Geoff.

— Oui, parce que c'est ça qui est arrivé. Elle est allée très tôt au paradis, elle nous attend, moi et nos enfants, elle nous regarde de là-haut et elle veille sur nous.

Aidan lisait sur les frimousses des gosses qu'ils voulaient garder leur maman ici-bas, et pas qu'elle veille sur eux de là-haut. Quel intérêt ?

— Il faut vous souvenir qu'elle verra tout ce que vous faites. Aussi, c'est très important de lui montrer que vous êtes des bons petits.

Les yeux de Geoff se remplirent de larmes, mais il réussit à lever le pouce pour féliciter Aidan. Lui regardait l'aînée, qui arborait un air sceptique, comme si elle avait songé : « Qu'est-ce que vous essayez de nous faire gober ? Je suis trop vieille pour croire aux contes de fées. »

Shauna et Dylan se retrouvèrent dans un café près de la gare de Cardiff.

— Je t'ai laissé trois ou quatre messages, pourquoi ne m'as-tu pas rappelée plus tôt ?

— Je suis tellement occupé..., répondit-il en soufflant sur son cappuccino.

Elle mordit dans le biscuit italien qui accompagnait son moka, attendant la suite. Comme il se taisait, elle reprit :

— Tu as vu papa ces jours-ci ?

— Non, mais on s'est beaucoup parlé au téléphone. Je l'appelle aussi souvent que je peux.

L'expression de Shauna se radoucit en entendant une nouvelle chanson.

— Oh ! c'est Martha Wainwright, j'adore, fit-elle avant d'en revenir à son père. Tu sais, il n'a pas l'air bien, il est victime du stress. Je ne pense pas qu'il se rende vraiment compte de ce qu'il fait.

Dylan déballa un sucre, en trempa un coin dans son café, et l'observa qui peu à peu se teintait de marron, avant de le lâcher.

— C'est pour ça que je l'aide ; sinon, il va tout foutre en l'air.

— Et de quel genre d'aide s'agit-il ?

Lentement, il remua son café.

— Je l'aide à répondre aux médias, je lui donne des idées pour renouveler sa campagne. Ce truc, c'est sa grande idée. Ce sera terrible pour lui si ça marche pas.

— Est-ce que ça l'aide vraiment ?

— Qu'est-ce que ça veut dire ?

— Crois-tu qu'il ait la moindre chance de réussir ?

— Bien sûr.

— Moi, j'en doute.

— Ben, tu te trompes.

Elle le toisa avec dureté. Elle ne s'attendait pas à ça. D'habitude, quand il s'agissait d'Aidan, c'était elle qui prenait toutes les décisions, et elle croyait qu'il abonderait toujours dans son sens. À présent, elle découvrait qu'il avait lui aussi des idées sur la question. Il but une gorgée de café.

— Dylan, ce n'est pas ainsi qu'il faut aider papa.

— Si, si on veut que ça marche.

Shauna le regarda comme s'il avait cinq ans et qu'il lui parlait avec enthousiasme de la pièce qu'avait glissée la petite souris sous son oreiller.

— Comment cela pourrait-il aboutir ? Crois-tu sincèrement qu'une multinationale va céder devant un type qui s'enterre au fond de son jardin à Crindau ?

Mais regarde la publicité qu'il a déjà eue. Tu sais Shauna, toute cette histoire me passionne.

— Ça, c'est parce que tu ne peux supporter qu'il en soit autrement.

Dylan froissa l'emballage du sucre et le roula dans sa paume :

— Comment tu peux savoir que ça ne marchera pas sans même avoir essayé ?

Dans des moments comme ça, Shauna avait envie qu'il arrive à son frère quelque chose d'inattendu, de douloureux, de complètement arbitraire, juste pour lui rappeler l'existence de ce lien ténu qu'il entretenait avec le monde extérieur. Elle pointa le doigt sur son front en lui lançant un regard dur :

— Tu n'es pas en train de diriger papa dans une pièce qui se jouerait dans ta tête, Dylan. C'est de la réalité dont nous parlons ici, tu comprends la différence ?

— Tu fais chier.

— Ce n'est pas bien de lui dire uniquement ce qu'il a envie d'entendre et d'entretenir ses espoirs.

— Et c'est reparti, faut toujours se battre contre cette putain de tare galloise, hein ? fit-il en grimaçant. Tu es en plein dedans, tu t'en rends compte ? Laisser tomber avant même d'avoir commencé, en te disant à quoi ça sert, ça ne marchera jamais de toute façon. Putain, je déteste ça ! Allez, Shauna, être galloise, c'est plus une excuse pour tout rater de nos jours.

Elle but à son tour une gorgée et eut un sourire sarcastique.

— Ah ! parce que tu es gallois, maintenant ? Si je me souviens bien, tu étais irlandais l'année dernière ? Tous les grands écrivains sont irlandais, la meilleure musique est irlandaise, et là-bas, on s'amuse comme des petits fous. Tu voulais demander un passeport irlandais, car ta mère était irlandaise. Comme ça, disais-tu, si tu te trouvais à bord d'un avion détourné, ils te relâcheraient, parce que l'Irlande était un pays neutre à chaque guerre, et que tout le monde aimait les Irlandais.

— C'est bon…

— Nuala… C'est bien comme ça qu'elle s'appelait ?

— Quoi ?

— Ça n'a pas duré longtemps, hein ? Je croyais que tu songeais à t'installer là-bas ?

— Quelques semaines, ça m'a suffi, fit-il avec un geste de découragement. Ce pays me rend malade, là-bas, les gens ont tous une gueule, c'est des vrais personnages, la bonne femme de l'épicerie, le chauffeur de bus, même le mec qui te fait le plein à la station-service. On dirait qu'ils auditionnent pour un rôle dans une pièce.

Shauna prit son air las de grande sœur professionnelle.

— Ah ! Trop forte concurrence.

— Tu parles ! Ça fait tellement toc ! C'est comme si tu débarquais au pays de Galles, et que tous les gens que tu rencontres se mettent à pousser la chansonnette.

— Tu croyais retrouver tes racines, seulement tes racines t'ont laissé tomber.

Et voilà, c'était reparti, ce ton paternaliste. Cette façon de rire de tout ce qu'il disait. Il décida de traiter cela par l'indifférence.

— Ça me rend malade de voir comment ils rampent et font des courbettes devant le premier Yankee friqué qui se pointe en disant que son arrière-arrière-grand-père était du pays. Mais si tu leur dis que ta mère était irlandaise et que tu es né en Grande-Bretagne, ils te lancent un regard désabusé. Ça, ça ne compte pas. T'es pas un vrai Irlandais. Eh ben, qu'ils aillent se faire foutre !

— Alors maintenant, tu apprécies le défi que ça représente d'être gallois ?

Il lui lança un regard outragé. Il pouvait encaisser certaines railleries, mais à présent, sa patience atteignait ses limites. Il avala une gorgée de cappuccino. Se brûla la bouche, et dut faire un effort énorme pour ne pas tout recracher.

— Je me demande ce qui te passe par la tête, parfois.

— Arrête, la semaine a été géniale. Il a réussi à capter l'imagination du public, et tout le monde parle de lui.

— Dylan, bien sûr que c'est génial, mais ça n'est qu'une semaine. Il a déjà épuisé la moitié de ses congés, et Sunny Jim n'a pas bougé d'un pouce.

— Regarde toute la publicité qu'il a eue.

— Dylan, ce n'est pas la publicité qui va lui rendre son emploi ! Quel genre de bêtises es-tu allé lui raconter ? Comme si l'attention des médias pouvait empêcher Sunny Jim de le licencier ! Enfin, tu ne penses quand même pas qu'ils vont déclarer forfait au bout d'une ou deux semaines ?

— Qu'est-ce que tu en sais ? On n'a jamais fait ça avant ; personne ne connaît les règles. C'est ça qui rend la situation tellement excitante, il peut arriver n'importe quoi !

— Ça t'excite, hein ? Eh bien moi, je m'inquiète pour papa. Ce n'est pas une interview de Huw Humphreys qui va l'aider. Pour eux, c'est une goutte d'eau dans un océan. Il s'agit d'une grande entreprise internationale, Dylan, ce sont des durs, ils font ce qu'ils veulent. Ils savent que de temps à autre, ils doivent faire face à des campagnes médiatiques négatives, alors ils feront le dos rond en attendant que ça passe et que papa craque.

— OK, OK, je comprends. Ces mecs-là sont très puissants. Mais prenons les choses sous un autre angle : l'usine de Crindau n'est qu'une partie de leur immense empire, un truc insignifiant, comme par exemple les îles Orkney. Alors si ça devient trop chiant pour eux, ils pourraient très bien renoncer à fermer, parce que ça ne vaut pas le coup de se prendre la tête pour ça alors qu'ils ont des continents entiers à gérer.

— D'un autre côté, s'ils cèdent à papa, ils créent un précédent. Qu'est-ce qui empêchera un autre type de s'enterrer de nouveau la prochaine fois qu'ils fermeront une usine ?

— Ouais, c'est vrai, Papa pourrait lancer un nouveau courant, une manière de lutter contre le capitalisme mondial. Trop cool.

— Petit con.

— Y a pas de mal à être ambitieux !

— Tant que tu n'utilises pas papa pour réaliser tes ambitions.

— Alors ça, c'est dégueulasse, Shauna !

— Sincèrement, Dylan, peux-tu me regarder dans les yeux en affirmant que tu sais ce que tu fais ?

— Tu crois peut-être que parce que tu es l'aînée, tu peux t'en tirer par ce genre de conneries ? Eh ben, c'est terminé !

Il se leva et enfila sa veste.

— J'suis plus ton petit frère.

— Non, tu fais juste semblant.

— Et t'as pas à me dire ce que j'ai à faire.

Shauna le vit sortir en trombe, essayant de paraître plus grand qu'il n'était, roulant des épaules et renversant une chaise au passage. Il faisait son cinéma. Les gens tournèrent la tête pour le voir passer. Elle ne s'en était pas très bien tirée.

Le samedi, deux jours avant que se terminent ses congés, Aidan reçut une lettre de Sunny Jim.

— Ça vient d'eux, regardez. Y a leur logo dans le coin, lui dit Ivor le facteur en montrant l'enveloppe.

Le cœur d'Aidan fit un bond. Enfin, ils craquaient.

— On dirait bien que c'est la lettre que vous attendiez, Aidan.

Ivor n'avait pas l'air de vouloir s'en aller, impatient de voir Aidan ouvrir sa lettre pour en découvrir la teneur.

— Merci, Ivor.

Il la posa à côté de lui, montrant bien qu'il n'avait pas l'intention de la décacheter tout de suite. Le facteur comprit et, l'air vexé, prit congé. Dès qu'il eut entendu le portillon se refermer, Aidan déchira l'enveloppe. Il se demandait s'ils enverraient quelqu'un chez lui ou lui proposeraient de le rencontrer à l'usine. Dans ce cas, il devrait sortir, et si leur offre n'était pas à la hauteur, il lui faudrait de nouveau s'enterrer… Nom de Dieu ! Il avait beau se persuader de ne pas trop espérer, ses mains tremblaient en dépliant la feuille.

Cher Mr Walsh,

Vous devez reprendre votre travail lundi. Si vous n'êtes pas là pour effectuer votre service, vous serez en rupture de contrat.

Le directeur des ressources humaines aimerait vous voir dans son bureau à 9 heures pour discuter avec vous de vos récentes déclarations publiques au sujet de la compagnie.

Aidan fut pris d'un violent haut-le-cœur, comme s'il était en bateau sur une mer démontée. Il relut la lettre, lentement, méditant chaque mot dans l'espoir de dénicher un éventuel double sens, un message caché. Mais il n'y avait aucune ambiguïté, cela ne pouvait être plus clair.

— C'est magnifique, n'est-ce pas ? Ils me demandent de revenir bosser pour pouvoir me licencier.

Il appela Dylan.

— Ils n'ont pas l'air de faiblir.

— 'Pa, c'est comme une partie de poker. Faut pas perdre son sang-froid.

— Tu m'as déjà dit ça.

— Ils céderont à la fin, tu verras. Ils peuvent pas te laisser là, tu es trop célèbre. Tu as été interviewé par Huw Humphreys ! Ils vont te faire une offre, tu peux me croire. Tu leur fais trop peur.

— C'est comme une partie de poker, se répéta-t-il à lui-même après avoir raccroché.

Aidan était toujours couché dans son cercueil, et la peur le gagnait peu à peu. Bientôt, ses congés seraient épuisés. *Ils n'oseront rien faire contre toi : tu es célèbre, maintenant.* Certes, il avait capté l'attention du public. Ils étaient bouche bée quand ils passaient la tête par le périscope. Certains prenaient des photos. Écrivaient des papiers sur lui, pour amuser les gens à l'heure où ils mangeaient leurs corn flakes. *Allez, amenez-vous, venez donc voir ce dingue qui s'est enterré vivant dans son jardin.* Mais tout cela servait-il à quelque chose ? Sunny Jim avait-il changé de position d'un iota ? Et merde…

Il y avait autre chose. Son corps réagissait d'une drôle de manière depuis quelques jours. C'était bizarre. Effrayant. Il ne comprenait pas. Il dégoulinait de sueur. Tremblait. Avait du mal à respirer. Sa gorge était sèche. Il ne parvenait pas à avaler et ses yeux le brûlaient. Sa tête était si lourde qu'il avait peur de ne jamais plus pouvoir la soulever. Parfois, il était convaincu d'être au bord de la crise cardiaque. Sans crier gare, son cœur se mettait à cogner comme un fou. Il le sentait qui battait la chamade, se démenait dans sa poitrine, essayant désespérément de fuir. Il l'imaginait qui sortait de son torse, comme dans *Alien.* Alors il appuyait de ses deux mains bien fort sur ses côtes, pour le maintenir à l'intérieur. Il savait que c'était inutile, mais il le faisait quand même.

Si j'ai une attaque là en bas, je suis foutu. Même s'il appelait les secours, combien de temps leur faudrait-il pour arriver et le déterrer ? *Je ferais mieux de leur téléphoner maintenant, avant que ça se gâte.* Bon sang ! Et qu'est-ce qu'ils penseraient s'il appelait en disant : « Je crois que je vais avoir une crise cardiaque, je suis enterré dans un cercueil, au fond de mon jardin. Vous pouvez envoyer une ambulance ? » Ils le prendraient pour un dingue.

Il voulait sortir de ce cercueil avant de perdre définitivement la raison. Ou que son corps tombe en morceaux. Mais peut-être qu'il s'inquiétait pour rien. Que tout serait plus facile s'il se laissait sombrer ? Abandonner toute lutte, rester étendu là, la bave aux lèvres, sans conscience. La folie avait du bon. C'était plus facile que d'espérer. C'était l'espoir qui vous faisait débloquer. Il se souvint de ce gars au Globe, quelques mois plus tôt, qui portait un badge avec cette inscription : « Depuis que j'ai cessé d'espérer, je me sens beaucoup mieux. » Mais que lui restait-il à part l'espoir ? Nom d'un chien, voilà qu'il avait de nouveau une suée.

Cet après-midi-là, Russell, Gwynned et Wilf passèrent le voir. Il savait toujours quand c'était eux à leur façon d'entrer. Russell ouvrait le portillon d'un geste vif et familier, puis hurlait : « Y a quelqu'un ? »

Aidan leur parla de la lettre.

— Fais voir, dit Russell.

Aidan la plaça dans le panier puis le fit remonter. Ses trois amis se serrèrent pour la lire ensemble.

— C'est vicieux, déclara Russell en secouant la tête.

— Très condescendant, ajouta Gwynned en remontant ses lunettes sur son nez.

— Personne ne te blâmerait si tu revenais à l'usine, renchérit Wilf. T'as fait de ton mieux, mon vieux.

— Et comment tu vas t'en sortir, sinon ? demanda Russell. T'es dans la merde, pour sûr.

— Tu te rappelles ce que tu disais ? répondit Aidan. Ils m'attendront tous au tournant du genre « Je t'avais prévenu » si je reviens maintenant la queue entre les jambes : non, je reviendrai pas.

— Allez, mon vieux, fit Gwynned. Tu as fait comme tu avais dit ; tout le monde est au courant de ce qui se passe. Tous les regards sont braqués sur Sunny Jim. Y a eu des journalistes et des équipes de télé toute la semaine. Maintenant, il faut laisser ça aux politiciens. Imagine la scène quand tu vas revenir lundi, avec les médias sur les talons.

— Bien sûr, et où ils seront le lendemain ? Ils auront remballé leur matériel pour aller voir ailleurs. La seule raison pour laquelle ils sont ici, c'est parce que je me suis enfermé dans cette boîte. Une fois sorti, je cesse d'être l'homme au cercueil, et je redeviens ce pauvre bougre d'Aidan Walsh, tu piges pas ?

— Et quel mal y aurait à ça ? lâcha Russell.

— J'irais bosser dans un entrepôt, boire un coup avec mes copains, je ne serais plus différent des milliers, des millions de gens ! Pourquoi est-ce que quelqu'un s'intéresserait à moi alors ?

— Tu redeviendrais comme nous, c'est ça que tu veux dire ?

Russell s'était montré très sec. Peut-être avait-il découvert une vérité dérangeante. Aidan n'était plus le même. Ce pauvre gars tristounet, qui avait peur de sortir du lot. Ce minable. Il ressentait une douleur dans la poitrine rien qu'en songeant à la façon dont il avait vécu ces dernières années. Avançant avec précaution, d'un pas hésitant, sursautant au moindre bruit, s'attendant à chaque minute à prendre un coup. S'il revenait à l'usine à présent, il aurait l'air d'un crétin. Et puis, il y avait tous ces gens qui l'avaient supplié de ne pas le faire, qui lui disaient qu'il était leur dernière chance. Et ce n'était pas fini. Avoir sa photo dans les journaux, être interviewé, ça lui plaisait vraiment. À présent, il comprenait pourquoi certains étaient prêts à tout pour devenir célèbres. C'était passionnant. On comptait. Peut-être que s'il était resté cloué dans sa boîte sans rien à faire de la journée, il serait demeuré dans le même état d'esprit qu'auparavant. Mais s'il avait tenu le coup, c'était grâce aux visites des amis et aux interviews. C'était devenu son oxygène.

Le lundi, Aidan écouta tous les bulletins d'informations sans en omettre un seul. Rien. Il tressautait chaque fois que le téléphone sonnait, mais ce n'était jamais Sunny Jim, seulement des amis qui voulaient savoir si les autres s'étaient manifestés. *Ils ne veulent pas perdre la face, ils vont essayer de tenir le plus longtemps possible. Ils débarqueront à la dernière minute avec un compromis.*

C'est une partie de poker, se disait-il, malgré le sentiment grandissant qu'on lui avait distribué les mauvaises cartes.

Le mardi matin, quand Safina arriva, son cœur fit un bond dans sa poitrine. Puis il comprit que quelque chose n'allait pas. Elle avait l'air très mal à l'aise. Elle lui tendit une enveloppe brune.

— Aidan, ils m'ont payé le taxi pour venir ici. Je leur ai dit que je ne voulais pas. Je les ai suppliés.

Elle se tut, car sa voix s'étranglait. Elle secoua doucement la tête.

— Je suis si profondément désolée pour toi.

Il lui demanda de poser tout ça dans le panier et le fit descendre. Avant d'ouvrir, il savait. Un regard sur le visage de Safina avait suffi. C'était une lettre de licenciement.

7

Dans la grande salle, Dylan assistait au débat qui suivait la pièce. Sur les chaises disposées en cercle étaient assis les comédiens, le metteur en scène, un jeune professeur et les élèves grincheux de la classe 10C de St David's High School, à Bryn Glâs.

— Bien, fit Matt le metteur en scène, quels sont selon vous les principaux problèmes soulevés dans cette pièce ?

Un silence de plomb s'abattit, seulement rompu par l'éclatement sonore d'une bulle de chewing-gum.

— Eh bien, moi je pense qu'il y a là matière à se poser beaucoup de questions.

Une odeur fétide arriva aux narines de Dylan, émanant des rangs des jeunes. L'enseignant se jeta à l'eau avec courage :

— À mon avis, il s'agit de la responsabilité.

Matt acquiesça avec enthousiasme. Avec son polo noir cintré et son bouc, Dylan trouvait qu'il ressemblait à un type déguisé en metteur en scène pour aller à une soirée costumée. Le menton dans la main, l'œil brillant, Matt reprit, enthousiaste :

— Quelqu'un d'autre pense qu'il s'agit de la responsabilité ?

Les élèves regardaient par terre, en l'air, ou contemplaient leurs ongles. Perché sur le dossier de sa chaise, le metteur en scène cherchait désespérément un signe de vie sur leurs visages détournés.

— À moins que vous ne soyez pas d'accord !

Dylan imagina qu'il lui coupait son bouc avec des cisailles, et lançait la touffe de poils par la fenêtre. Ou peut-être pourrait-il y mettre le feu. Le professeur, un peu nerveux, reprit :

— Il me semble que le message de la pièce est que nous sommes tous responsables de notre propre vie et...

L'une des filles se leva et fila vers la porte de manière théâtrale.

— Sharon, où allez-vous comme ça ?

Elle se retourna et lui lança un regard de haine, tel qu'on les réserve d'habitude aux meurtriers les plus sanguinaires.

— Aux toilettes, monsieur.

— Normalement, on demande la permission quand...

— J'ai mes règles. Vous voulez que je mette du sang partout, c'est ça ?

L'enseignant rougit. Un groupe de filles gloussa. Soudain, le portable de Dylan sonna :

— C'est papa... je te dérange ?

— Non... vas-y.

Matt lui décocha un regard noir. Dylan haussa les épaules en guise d'excuses et se précipita dans le couloir.

— 'Pa, mon vieux, qu'est-ce qui se passe ?

— Ils m'ont viré.

La main de Dylan retomba, il renversa la tête en arrière et son visage se crispa. Il ressentit une violente douleur dans la poitrine.

— Putain !

— Dylan, tu es là ? Dylan…

— Wilf, réveille-toi.

Megan lui donnait des coups de coude dans le dos.

— Quoi ? Qu'est-ce qu'y a ?

— C'est le téléphone.

Il regarda son radio-réveil : 0 h 43.

— Laisse sonner, grommela-t-il.

Ses yeux se refermèrent. Megan lui retira la couette. Il se recroquevilla, les mains coincées entre ses cuisses.

— Arrête !

— C'est peut-être important.

Il grogna et enfouit sa tête dans l'oreiller. Megan le bourra de nouveau de coups de coude.

— C'est peut-être un des gosses qui a des problèmes ?

Pourquoi fallait-il qu'elle dise ça ?

— Alors, t'as qu'à répondre, tu sais bien mieux que moi trouver les mots pour les rassurer quand ça va pas.

La sonnerie retentissait toujours, elle semblait même de plus en plus forte, bien qu'il sache que c'était impossible.

— Mais Wilf, et si c'est un pervers ?

— Je croyais que c'était un des gosses ?

— J'ai dit peut-être. Mais ça pourrait bien aussi être un pervers. Y en a un qui a appelé Shirley la semaine dernière.

Nom d'un chien, elle était sûre de gagner. Cette femme avait l'esprit mal tourné.

— Alors, tu lui raccroches au nez.

— Vas-y, Wilf, c'est toi, l'homme. C'est un boulot d'homme de répondre au téléphone en pleine nuit. Si c'est un des gosses qui a un problème, appelle-moi, et je viendrai lui parler.

Il posa les pieds par terre, alluma sa lampe de chevet, enfila sa robe de chambre et descendit. L'appareil se trouvait dans le couloir. Il décrocha, mais ne dit rien. S'il s'agissait bien d'un pervers, il ne comptait pas lui faciliter la tâche, à lui de faire le premier pas. Il entendit une respiration bruyante à l'autre bout de la ligne et sa main se serra sur le combiné, prête à raccrocher à la moindre remarque salace.

— Wilf, c'est toi ?

— Aidan ?

— Ouais.

Il poussa un soupir de soulagement.

— Où es-tu ?

— Au Ritz. Enfin où tu veux que je sois ?

— Mon Dieu, Aidan, il est presque une heure du matin. J'étais au lit, je dormais.

— Excuse-moi, je sais qu'il est tard, dit-il avant de faire une pause. J'ai besoin de parler à quelqu'un.

— Je suis là, mon vieux, vas-y, je t'écoute.

— Je veux dire, pas au téléphone. Tu peux venir ?

— Ouais, bien sûr. Donne-moi juste le temps de m'habiller. Je suis là dans dix minutes.

— Merci... Hé Wilf...

— Ouais.

— Tu peux apporter à boire ?

— À boire ?

— Ouais, de l'alcool.

— Euh... je sais pas s'il nous reste grand-chose à la maison...

— Tu as forcément une bouteille. Cherche un peu !

Bon sang, Aidan avait le moral dans les chaussettes. Quand les gars étaient passés le voir ce soir-là, ils avaient en vain essayé de le dérider.

— Ils ne peuvent pas te virer comme ça, s'était écrié Wilf, on va faire une manif, par solidarité.

— Non, avait-il répondu, c'est pas ça que je veux. Ils seraient trop contents, ils pourraient vous balancer à votre tour et économiser encore plus. Personne ne m'a demandé de faire ça, c'était mon idée à moi.

— Tu ne pourras pas les arrêter. Ils seront trop en rogne ; on se serre les coudes, chez nous.

— Je ne parierais pas là-dessus, ricana Russell.

— On sera tous dans la rue en un clin d'œil, reprit Wilf en claquant des doigts. Ça leur apprendra.

— C'est ce que les gens disent, mais ce temps-là, c'est fini. Non, je ne parierais pas là-dessus, surtout vu les circonstances. Ils ont trop la trouille de perdre leur prime de licenciement.

— Allez, mon vieux, sois pas si négatif.

— Je suis réaliste. C'est ce qu'il faut dans ces circonstances : garder la tête froide.

— Il a raison, renchérit Aidan. Personne ne va aller manifester. T'inquiète pas pour moi, ils essaient juste de me faire peur, mais ça ne marchera pas. Il faudra bien qu'ils m'écoutent à la fin.

En s'en retournant, Wilf avait dit aux autres :

— Il prend ça avec beaucoup de calme, hein ?

À présent, toute sa tranquillité semblait s'être évaporée.

— C'était quoi, Wilf ? l'interrogea Megan.

Assise dans son lit, elle serrait la couette autour d'elle. Il lui expliqua et commença à s'habiller.

— Il doit faire froid dehors, mets ton gros pull, tu sais, le bleu que je t'ai offert à Noël. Il est dans le tiroir du milieu.

Il enfila le chandail et se baissa pour nouer ses lacets. Quand il se redressa, elle lui dit :

— Ton col est mal mis.

Il grogna et redescendit. Il y avait quelques canettes de bière dans le frigo. Et une collection bigarrée de bouteilles dans le buffet du salon : une demi-bouteille de whisky Bells, de la liqueur de gingembre, de l'*advocaat*, du poiré, du sherry et cette mystérieuse mignonnette de liqueur croate dont nul ne savait d'où elle provenait. Il mit le tout dans un cabas.

Dans la rue, le sac cognant dans ses jambes, il songea avec plaisir : *C'est moi qu'Aidan a appelé, pas Russell ni Gwynned.*

Il ouvrit le portillon du jardin, entra et appela :

— Aidan, c'est moi, Wilf.

— Salut.

Il avait l'air au trente-sixième dessous. Wilf s'approcha et regarda dans le périscope : il était bien au trente-sixième dessous. Comme un prisonnier à qui on aurait refusé sa liberté conditionnelle pour la énième fois.

— Tu as apporté de quoi picoler ?

— Ouais… Voilà.

Wilf déposa une bière dans le panier et la fit descendre. Aidan l'ouvrit et en but la moitié cul sec, les yeux clos. Puis il regarda son ami :

— T'en prends pas une, toi aussi ?

— Si ça t'ennuie pas, je préfère pas.

— Allez, c'est pas drôle de boire tout seul.

Son air tourmenté déconcerta Wilf, alors il prit l'autre canette et avala une petite gorgée. En moins d'une minute, Aidan avait vidé la sienne.

— Je peux en avoir une autre ?

— J'en ai que deux.

Il lut la panique dans les yeux d'Aidan et tendit la sienne :

— Tiens, prends celle-là.

— T'as rien d'autre ?

— Mais si, répondit-il en ouvrant son cabas et en égrenant la liste de ce qu'il contenait.

— Passe-moi le whisky, alors.

Il fit remonter le panier avec la canette vide, et Wilf y déposa la demi-bouteille. Dès qu'il eut mis la main dessus, Aidan en ingurgita une bonne lampée.

— Hé, du calme ! Tu vas être complètement bourré avant même de t'en rendre compte.

— J'espère bien.

— Aidan, qu'est-ce qui ne va pas, mon vieux, tu m'as dit que tu avais besoin de parler à quelqu'un.

Il s'enfila une nouvelle rasade de whisky, fit la grimace et se passa la main sur la figure tout en secouant la tête.

— Je suis foutu.

Puis il éclata de rire, et son ami sentit son dos se hérisser.

— Complètement, désespérément foutu.

— Mais tu as dit toi-même qu'il fallait garder son calme, que c'était pas encore fini, que Sunny Jim pouvait pas te virer et s'en tirer comme ça ?

— Pourtant ils l'ont fait ! J'ai plus de boulot, je suis fauché, et ces salopards n'ont pas bougé d'un pouce. J'ai grillé ma dernière cartouche, Wilf, j'ai pas la moindre idée de ce que je vais faire maintenant.

— Mais tu disais que...

— Que je savais depuis le début que c'était possible qu'ils me lourdent, que j'y étais préparé. J'ai menti, j'ai fait semblant d'avoir toujours une longueur d'avance. Je ne croyais pas qu'ils auraient assez de culot, ces connards. Je pensais que même eux, ils pouvaient pas être aussi salauds.

Il avala encore un peu de whisky.

— Shauna avait raison, j'aurais dû avoir une stratégie de repli.

— Une quoi ?

— Laisse tomber.

Il liquida le whisky, jeta la bouteille dans le panier et d'un coup sec le fit remonter.

— Bien, dit-il en inspirant profondément. Goûtons à ce sherry.

— Aidan, mon vieux, c'est pas au fond d'une bouteille que tu vas trouver une solution.

Il fit la moue et lança un regard irrité à Wilf.

— Fous-moi la paix !

En déposant le sherry dans le panier, Wilf détourna les yeux. Puis il but une gorgée de bière, et Aidan une rasade de sherry.

— Putain, c'est dégueulasse ce truc.

— On garde ça pour la mère de Megan, quand elle vient à Noël. Ça la fait péter comme un cochon.

Aidan s'essuya la bouche.

— Je suis vraiment trop con. Comment est-ce que j'ai pu croire que ça pourrait marcher, nom de Dieu ?

Wilf ne savait quoi lui dire.

— C'est vrai, les gens sont tout le temps en train de te charrier parce que t'es pas très malin…

Wilf prit un air consterné.

— … mais toi, t'as quand même pas été assez bête pour croire que tu pourrais empêcher Sunny Jim de fermer l'usine en t'enterrant vivant. Non, pour ça, il fallait vraiment être le dernier des crétins. C'est…

Aidan s'aperçut que son ami était blessé.

— Et merde, je suis désolé, mon vieux. Le prends pas mal, c'est seulement que… Tu sais ce que les gens disent…

Wilf secoua la tête. Il était prêt à répondre à présent.

— Non, non, c'est pas grave, t'inquiète pas, t'es pas dans ton état normal. Tu me connais. Je ne prends jamais à cœur ce genre de remarques.

Gêné, Aidan se trémoussa, et la bouteille de sherry se renversa.

— Bordel !

Quelques gouttes coulèrent sur son matelas. Quand il leva de nouveau les yeux, il s'aperçut que son ami essayait de dissimuler combien il était vexé. Alors, il se mit à pleurer.

— Oh ! Wilf, qu'est-ce que j'ai fait ?

— Pleure pas, ça va pas si mal que ça.

— PUTAIN, MAIS SI C'EST LA CATA !

Wilf était de nouveau à court d'arguments. Soudain, Aidan fut pris d'un fou rire.

— Enfin, c'est bon pour toi, de pleurer. Ça te débouche la tuyauterie... comme un plombier !

Wilf se mit à rire à son tour, grandement soulagé de voir que son ami percevait malgré tout l'aspect comique de la situation. Puis ce dernier se remit à sangloter.

— Aidan ?

Il s'essuya les yeux, se força à avaler une gorgée de sherry, puis sourit à Wilf.

— J'ai hâte de goûter à cette liqueur croate.

Wilf lui renvoya son sourire.

— Wilf ?

— Quoi ?

— Tu diras pas aux autres que j'ai chialé, hein ?

Quand Megan lui apporta son petit déjeuner à 8 heures, il dormait d'un sommeil de plomb et ronflait, la bouche ouverte. Elle ramassa la bouteille d'*advocaat* vide :

— Je croyais pas que j'aurais vécu assez longtemps pour voir ce truc-là fini.

Elle posa le casse-croûte et la Thermos dans le panier et les fit descendre. Elle avait eu toutes les peines du monde à tirer Wilf hors du lit ce matin-là. Il s'était effondré sur la couette en rentrant, sans même prendre la peine de se déshabiller ni d'ôter ses chaussures.

Aidan offrait un triste spectacle. Elle songea qu'il ne tiendrait plus très longtemps à présent.

À la pause du matin, Wilf prit la parole :

— J'ai réfléchi.

— Allons donc, ricana Russell.

Wilf posa sa tasse sur la table d'un geste brusque.

— Je sais que vous me prenez tous pour un idiot, mais vous pourriez au moins être polis, pour une fois !

— C'est bon, t'excite pas, répondit Russell en lançant un regard à Gwynned.

— Vas-y, Wilf.

Il s'aperçut qu'une mare de thé s'était répandue sur la table et sortit un mouchoir en papier pour essuyer.

— Voilà… Aidan va pas faire long feu maintenant qu'ils l'ont viré. Et il a quand même fait ça pour nous tous. Alors j'ai pensé qu'on pourrait demander à tout le monde à l'usine de se cotiser pour l'aider à continuer.

— Tu veux organiser une collecte ?

— On pourrait appeler ça une cotisation, comme celle qu'on paye régulièrement aux syndicats, pour que tout le monde donne quelque chose…

— La cotisation Aidan.

— Ouais. Ce serait pas grand-chose. Disons que tout le monde donne 50 pence par semaine, ça ferait pas un trou dans leur budget.

— Attends, coupa Russell. Y a environ 1 200 personnes qui bossent pour Sunny Jim, si tout le monde donne 50 pence, ça lui ferait 600 livres par semaine !

Gwynned siffla.

— Bon sang, fit Wilf à présent dans l'embarras.

— Ce serait un nanti, il vivrait sur le dos des travailleurs, à se goinfrer de caviar et de champagne au fond de son cercueil, cette grosse feignasse.

Gwynned se mit à rire. Wilf ne trouvait pas ça drôle. Ils n'avaient pas le droit de se moquer.

— D'accord, peut-être pas 50 pence alors…

— Bon, alors 10 pence, ça ferait combien au total ? fit Russell en lançant un clin d'œil à Gwynned.

— Écoute, répondit-il pour empêcher la situation de tourner au vinaigre. Je comprends ce que tu veux faire, Wilf. Mais ce serait un cauchemar à organiser.

— Et tu trouverais personne pour payer, de toute façon, ces salopards, y en a même qui te…

— Alors, on pourrait faire une collecte devant l'usine. Vous savez, avec une cagnotte, et on resterait devant les grilles après le travail, je suis sûr que ça marcherait.

Russell avala une gorgée de thé.

— Ouais, on pourrait essayer. Bonne idée, Wilf, dit-il en se penchant par-dessus la table pour lui donner une tape sur l'épaule.

Ce dernier sourit, but un coup et se détourna.

Aidan se réveilla avec une terrible gueule de bois. Il avait mal partout. Dès qu'il remuait la tête d'un centimètre, des aiguilles de feu lui transperçaient le crâne. Au bout d'environ un quart d'heure, il réussit à bouger suffisamment les bras pour attraper son panier. Il délaissa le sandwich au bacon refroidi pour se verser un café. Il y avait aussi quelques lettres et une brochure sur papier glacé montrant un papillon émergeant de sa chrysalide.

Vous n'avez pas réussi à atteindre vos objectifs ?

Vous constatez qu'aucun de vos projets n'aboutit ? Peut-être prenez-vous la vie dans le mauvais sens. Venez écouter Jazz Jackson vous expliquer comment notre conscience crée notre réalité. Quand on commence à regarder au plus profond de soi, alors il devient possible de modifier la façon dont on considère la vie et ressent les choses. La force intérieure que nous éprouvons nous permet d'exercer sur le monde qui nous entoure une influence positive, pleine d'amour. Quand je change, le monde change. Vous n'êtes pas un raté, vous avez simplement cherché des réponses au mauvais endroit.

Nous vous invitons à vous joindre à notre Heure de Méditation Internationale de 18 h 30 à 19 h 30. Un créneau horaire consacré à l'envoi de vœux de paix et de bons sentiments à travers le monde.

— Je ne suis pas un raté, grogna Aidan, j'ai simplement cherché des réponses au mauvais endroit.

Il froissa le papier et ferma les yeux pour se

rendormir. Mais son esprit refusait de se laisser aller et les voix dans sa tête se réveillèrent à leur tour. *Maintenant, tu es le seul qui n'auras pas de prime de licenciement. Pourquoi est-ce que t'as pas courbé la tête, comme tout le monde, en croisant les doigts dans l'espoir d'un miracle ? Nom de Dieu, pourquoi t'avais pas de stratégie de repli ? Ils vont tous faire la queue pour te dire : « Je t'avais prévenu. »*

— Ta gueule ! hurla Aidan.

Ou peut-être imagina-t-il qu'il hurlait. Il ne savait plus. La frontière entre l'intérieur et l'extérieur de son esprit s'était peu à peu brouillée avant de disparaître.

Raté. Imbécile. Charlot. Ses mains se crispèrent sur son visage.

— Par pitié, arrête !

Les railleries étaient incessantes. Il était inutile de le soumettre à la question puisqu'il n'avait besoin de personne pour se torturer. Il était obligé de rester allongé là, d'endurer moqueries et sarcasmes, injures et invectives. Aucun répit. C'était comme un acouphène. Une cacophonie constante, si bruyante qu'il ne pouvait se concentrer sur rien d'autre. Il essaya de rassembler ses esprits.

— Allez, c'est l'heure de tes exercices.

Exercices ! Tu parles ! Quel intérêt ? C'est pas ça qui va te sauver la mise.

Il s'allongea sur le ventre. Quelques pompes lui feraient du bien. Il essaya de se soulever. Ses bras tremblaient comme les pattes de Bambi lors de ses premiers pas, son cœur brûlait, un étau de métal se resserrait autour de son crâne. Il s'effondra. Bouche ouverte. Bavant. Quelqu'un lui murmurait à l'oreille :

Salut, on est tes démons intérieurs, on est venus te tenir compagnie.

Il était cuit cette fois.

Respect était à l'affiche de la maison des jeunes d'Abertillery, un bâtiment préfabriqué qui puait la sueur rance, les chips à l'oignon, le fromage et le tabac froid. Dylan faisait le poireau dans les coulisses, tandis que sa partenaire, Hermione, dévidait le long monologue narrant sa descente dans l'enfer de la drogue. Ils avaient couché ensemble quatre fois, mais une seule avait suffi pour le convaincre que c'était une erreur. Il l'avait fait pour tromper l'ennui. À présent, il fallait continuer à travailler avec elle. Tout le monde était au courant, bien sûr. Une vraie torture.

Quand elle se tut pour essuyer des larmes imaginaires, un énorme rot retentit parmi les spectateurs, provoquant l'hilarité habituelle. Putain, on aurait pu régler sa montre sur ces éructations. Mais à quoi pensait donc l'auteur pour ménager autant de pauses dans une pièce destinée aux foyers et maisons des jeunes ? Ça dépassait l'entendement. Ils étaient dans une forme olympique, ce soir-là à Abertillery. L'un d'eux avait déjà crié au moins cinq fois à Dylan : « Hé, mec, t'es pédé ? », et on n'en était qu'au premier acte. L'idée de jouer ce genre de pièces dans de pareils endroits, dans dix ans, devant un public aussi lourd – et en plus en étant heureux de travailler ! –, voilà qui le déprimait profondément. L'excitation ressentie en aidant son père lui manquait. Tout faire pour que son vieux soit dans le journal ou passe à la télé, ça, c'était le pied. Il avait l'impression d'être un guerrier, creusant sous les défenses de l'*establishment*, balançant des grenades.

— Alors, la seule chose qui m'est restée à vendre, c'était mon corps, pleurnicha Hermione, et je l'ai vendu.

Une espèce de néandertalien roux au regard concupiscent posa sa main sur son entrejambe et lui tendit ses lèvres. Ah, la séduction de la scène !

Quand il pensait à Aidan, Dylan en était malade. Il l'avait laissé tomber comme une vieille chaussette. *Fais-moi confiance, je sais ce que je fais, tiens bon, ils n'oseront pas te virer*. Il devait y avoir une autre solution. Ce qu'il fallait à son père, c'était une nouvelle approche. Un truc énorme, audacieux, qui capterait l'attention du public. Que son vieux se prenne une raclée pareille, ça foutait les boules.

— C'est si dur d'être à la rue, sanglotait Hermione, les gens n'ont pas idée.

Et qu'est-ce qu'elle en savait, cette fille de bourges que ses parents avaient envoyée dans une école privée de Cheltenham ? Tout était bidon, au théâtre. Aucune de ces pièces à la mords-moi-le-nœud, soi-disant écrites pour « les jeunes », ne visait juste, parce que ces putains de dramaturges et de metteurs en scène se prenaient pour des missionnaires venus apporter la Bonne Nouvelle aux sauvageons. Le théâtre en tant que remède social, quelle bouffonnerie ! Ces mômes étaient peut-être des porcs, des bœufs analphabètes, mais ils étaient tous dotés d'un excellent détecteur de connerie. Et eux, ils débarquaient là, dans leur maison des jeunes à eux, pour leur faire la leçon sur les dangers de la drogue, alors que tout ce qu'ils voulaient, ces jeunes, c'était jouer au billard. Peu importe ce qu'on faisait ou leur disait, ces gamins avaient déjà décrété qu'ils étaient traités comme des bébés.

C'est alors qu'il comprit. Soudain, Dylan sut comment son père pouvait l'emporter. Bien sûr, comment n'y avait-il pas pensé plus tôt ? La solution était sous son nez. D'accord, ce n'était pas gagné, et ça ne serait pas facile non plus de le persuader de se lancer là-dedans. Mais c'était son unique espoir. Et seul Dylan pouvait s'en occuper. Personne d'autre à Crindau n'avait l'expérience, l'ambition, ni même les couilles nécessaires pour que ça marche. Ça signifiait un gros sacrifice de sa part. Mais à présent qu'il avait eu cette idée, il ne pouvait plus reculer.

— Alors, qu'en penses-tu, Gareth ?

Hermione le dévisageait, appuyant lourdement sur les mots, l'air affolée. Dylan s'aperçut qu'il avait raté sa réplique. Dans les coulisses, le metteur en scène gesticulait. Le jeune acteur toisa l'avenir d'Abertillery affalé au premier rang, les jambes écartées, gloussant, ricanant, sentant bien que ça partait en vrille. Quelle perte de temps que le théâtre ! Encore une manière de se convaincre qu'on faisait quelque chose d'intéressant, alors que l'action véritable, celle qui comptait, se déroulait ailleurs.

Il avança lentement vers le devant de la scène et resta planté là, mains dans les poches, les regardant dans les yeux. Il se sentait d'une extraordinaire légèreté, prêt à s'envoler s'il ne prenait garde à ancrer fermement ses pieds sur le sol. Une sensation de liberté exaltante coulait dans ses veines. Ce genre d'instant, où on sait exactement ce qu'on va faire ensuite, où tout doute est levé, ça ne se produisait pas souvent. Et quand cela arrivait, il fallait le savourer.

Personne n'éructait plus, ni ne criait : « Hé, t'es pédé, mec ? » Les jeunes d'Abertillery savaient que cette fois, c'était du sérieux. Dylan fit un pas en avant en les regardant droit dans les yeux, ces mômes aux visages méfiants, couverts d'acné.

— Quelle connerie en barre, cette pièce ! Ça me gonfle trop, exactement comme vous.

Il y eut quelques rires, des ricanements étouffés.

— Et j'en ai aussi ras le cul de vous entendre roter et péter comme des porcs. Vous n'êtes qu'une bande de nases, et vous méritez bien d'habiter un trou comme Abertillery. Y a un million de choses plus intéressantes à faire que de perdre son temps avec vous. J'en ai marre, je me tire ailleurs, pour faire quelque chose de valable.

D'un bond, il quitta la scène et traversa le public ébahi, prenant la direction de la sortie. Il avait du boulot. Il rentrait chez lui.

Le lendemain, après leur journée de travail, Russell, Gwynned et Wilf se retrouvèrent aux portes de l'usine afin de lancer une collecte pour Aidan. Wilf songea que ses amis avaient l'air plutôt moroses.

— Allez, du nerf, on va bien rigoler.

— Et qu'est-ce qu'y a de si drôle ? demanda Gwynned en se recroquevillant pour lutter contre le froid.

— On recueille ce qu'on sème. Ça va être une partie de plaisir.

— Si tu crois que ça m'amuse de rester glander par cette température avec une boîte en fer en demandant du fric aux gens, eh ben, tu te fourres le doigt dans l'œil jusqu'au coude ! glapit Russell.

— Attends…

Wilf sortit de sa poche un nez rouge de clown et l'enfila.

— TA-DA !

— Mais qu'est-ce que tu fous ?

— Pour faire venir l'argent, il faut créer une atmosphère de fête.

Russell le dévisageait, pétrifié. Gwynned écarquillait les yeux.

— Tu sais bien, comme pour Comic Relief[1].

— Je déteste cette putain de campagne ! Tous ces salopards de richards qui rackettent les gamins en leur disant que s'ils donnent pas leur argent de poche, ce sera leur faute si les petits Africains crèvent de faim ! Enlève ça tout de suite !

— Non, fit Wilf en s'écartant de crainte que Russell ne le lui arrache.

— OK, très bien, c'est hors de question que je reste à côté de toi si tu gardes ce truc-là. On se retrouve à la voiture.

1. ONG créée par des artistes anglo-saxons qui récolte des fonds pour aider les pays en voie de développement. Son originalité est que les campagnes sont basées sur le comique, comme par exemple l'Opération Nez Rouge, équivalent du Téléthon. *(N.d.T.)*

Il fit volte-face et partit.

— RUSSELL !

— Laisse-le, dit Gwynned. Allez viens, on y va.

Il jeta de la menue monnaie dans la cagnotte, et se mit à l'agiter pour la faire sonner.

— POUR SOUTENIR AIDAN, DONNEZ POUR SOUTENIR AIDAN.

Une voiture passa, et le chauffeur les regarda, bouche bée.

Vitre baissée, Russell fumait dans sa voiture, le dossier incliné en arrière, les pieds posés sur le tableau de bord. Il entrevit quelqu'un qui s'approchait, tourna la tête. C'était Dylan qui lui souriait.

— Salut, Russell.

— Qu'est-ce que tu viens faire par ici ?

Le jeune homme se pencha, s'appuyant au toit du véhicule, et le fixa droit dans les yeux :

— Faut que je te parle.

— À propos de quoi ?

— Regardons les choses en face : la campagne de mon père bat de l'aile, il faut qu'on trouve autre chose, et très vite.

Russell lui lança un regard appuyé.

— Très bien, monte.

Quand la voiture quitta l'usine, Wilf et Gwynned agitaient toujours leur cagnotte misérablement. Russell ralentit.

— VOUS ALLEZ PAS LE LAISSER MOURIR DE FAIM : IL FAIT ÇA POUR NOUS TOUS… Oh, salut !

— Alors, vous vous êtes bien amusés ? Non ?… C'est bien ce que je pensais. Allez, venez.

— Salut les mecs, fit gaiement Dylan depuis la banquette arrière.

Gwynned monta à l'avant, et Wilf s'assit à côté du jeune homme.

— Salut, Wilf, comment ça va ?

— Pas trop mal, en fait.

— Pourquoi tu portes un nez rouge ?

— Parce que c'est un pauvre couillon, lâcha Russell en s'engageant sur la grand-route.

— Combien on a ramassé ? demanda Wilf.

— 2,78 livres, répondit Gwynned. Non, attends, j'ai mis 50 ou 60 pence de ma poche au départ pour faire tinter la cagnotte, alors ça nous laisse dans les 2,30 livres.

— Chouette ! Il va pouvoir s'acheter du cervelas, des frites et un café.

— Combien de temps on est restés ?

— Environ une demi-heure, fit Russell en consultant sa montre.

— C'est tout ? Nom d'un chien, j'ai l'impression que ça fait des heures qu'on y est, je suis gelé.

Ils roulèrent un moment en silence. Dylan avait bien réfléchi à la manière de leur présenter les choses. Ils étaient vieux, ancrés dans leurs habitudes ; leur imagination était limitée et ils se méfiaient beaucoup des beaux jeunes gens dynamiques et intelligents comme lui. Il marchait sur des œufs.

— C'est triste ce qui est arrivé à Dai Rogers, hein ?

Député de la circonscription ouest de Crindau pendant douze ans, il était mort d'une crise cardiaque quelques mois plus tôt. Des élections partielles étaient prévues pour janvier.

— Pour sûr, c'est vraiment dommage, approuva Gwynned. C'était un type bien. Un gars de chez nous : il était né et avait grandi à Crindau, pas du genre à se donner des grands airs.

— C'est grâce à lui qu'on a encore un service des urgences à Crindau. Les gens disaient qu'il n'arriverait jamais à le maintenir, mais il n'a pas laissé tomber, c'était un battant.

— Il défendait ce en quoi il croyait, et des comme ça, y en a plus beaucoup de nos jours, renchérit Russell. Et puis intelligent, avec ça.

— C'est vrai, reprit Dylan. C'était un mec bien, il paraît qu'il serait devenu un parlementaire de premier plan s'il avait suivi la ligne du parti.

— « Ça marche peut-être comme ça à Westminster, mais ça ne passera jamais à Crindau », ajouta Wilf, citant la phrase qui avait rendu célèbre Dai Rogers.

Les autres sourirent.

— Nom de Dieu, tu vas enlever ce nez de clown, s'il te plaît ? fit Russell en regardant dans son rétroviseur.

Wilf eut un sourire penaud et rangea le nez dans sa poche. Gwynned se retourna vers Dylan :

— Si Dai était encore là, tu peux être sûr qu'il flanquerait une bonne correction à Sunny Jim.

— Ouais, je m'en doute.

En regardant par la vitre, le jeune homme s'aperçut qu'ils longeaient Coedkernew Park, le théâtre de ses premières expériences amoureuses. Quatorze ans. Il avait cru mourir de bonheur en lui dégrafant son soutien-gorge. *Concentre-toi, Dylan.*

— Et vous pensez quoi du nouveau type envoyé par le parti ?

Gwynned fit la grimace.

— Nigel Watkins ? Exactement le contraire de Dai, un gars du New Labour, propre sur lui.

— Et avocat, ajouta Gwynned d'un air dégoûté. Un esprit de juriste, froid et calculateur.

— Aucune personnalité, un vrai béni-oui-oui. Oui, Tony, non, Tony, tout ce que tu voudras, Tony. Il lui a même piqué son sourire.

— Ouais, mais il fait pas aussi peur que l'autre, précisa Wilf.

Ils s'esclaffèrent. Wilf en resta interloqué car il n'avait pas l'habitude de déclencher l'hilarité.

— Et quelle est sa position au sujet de Sunny Jim ? interrogea Dylan.

— À mon avis, il ne sait même pas où ça se trouve ! répondit Gwynned avec une pointe de mépris.

— Parmi les gens que je connais, on l'aime pas beaucoup, fit Russell en tordant le nez. Mais il décrochera quand même son siège.

— Si le parti parachutait un âne à Crindau, ils voteraient pour lui, renchérit Gwynned.

Dylan sourit, comme s'il n'avait jamais entendu cette blague. Russell finit d'enfoncer le clou en déclarant :

— Et en plus, ce Watkins, il est de Cardiff.

— Je parie qu'il habite dans un de ces appartements qui donnent sur la baie. Là-bas, un studio, ça coûte 1 000 livres.

— Un studio !

— C'est pareil qu'à Londres... et vous savez quoi ? Y a des connexions Internet dans tous les appartements, mais y a pas de cuisines.

— Non !

— Je te jure, je l'ai lu dans le journal, mon vieux. C'est comme ça, maintenant, à Cardiff : tu bosses chez toi et tu bouffes dehors.

— C'est dingue, ça !

— C'est Cardiff.

Cela n'aurait pas déplu à Dylan d'occuper un de ces logements, c'était à peu près le seul quartier de Cardiff où il s'imaginait pouvoir vivre. Hélas, c'était au-dessus de ses moyens.

— Ce qu'il faudrait, c'est un candidat local, qui comprenne les problèmes des gens d'ici. Quelqu'un en qui on ait confiance, reprit Dylan.

— Ah ouais ? Et où est-ce qu'on va en dégoter un comme ça ?

Russell ralentit au feu rouge du rond-point de Gaeru. Dylan attendit qu'il soit à l'arrêt complet et ait tiré le frein à main. Puis il ajouta :

— Je sais exactement où trouver cette personne.

— Ah bon ?

— Et vous aussi, les gars.

Russell se retourna lentement, posant le bras sur le dossier de son siège :

— D'accord, qu'est-ce que tu mijotes ?

— Votre seul espoir, c'est qu'il y ait un candidat indépendant. Avec un seul objectif. Quelqu'un qui soit déterminé à demander des comptes à Sunny Jim, à les empêcher de fermer et de tous vous virer. Celui-là aurait de bonnes chances de gagner. Tout ce qu'il faut, c'est trouver la bonne personne, quelqu'un qui soit connu pour son opposition à la politique de Sunny Jim. Et selon moi, il n'y en a qu'un qui corresponde.

Russell dit qu'il avait besoin d'un verre pour réfléchir et insista pour aller au Globe. Là, ils s'installèrent dans un coin, loin de la télé, du billard et des machines à sous. Dylan détestait le Globe ; c'était un endroit déprimant. Il se souvenait d'y être venu avec son père quand il avait dix-sept ans. C'était censé les rapprocher l'un de l'autre, mais au bout de quelques minutes, ils n'avaient plus rien à se dire. Il n'y avait pas de match de foot à la télé, alors ils avaient joué au billard pour meubler cet embarrassant silence. Il avait battu son père à plate couture, c'était son meilleur souvenir de la soirée.

— Très bien, on t'écoute, fit Russell en posant devant lui sa pinte de bière, arrachant le jeune homme à sa rêverie.

Gwynned et Wilf s'étaient assis à côté de lui, Russell, en face. Cerné par les mous du bulbe et du mollet, Dylan prit une gorgée, puis posa les mains à plat sur la table.

— Regardons les choses en face : il ne peut pas rester là-dessous indéfiniment. On le sait, et eux aussi le savent. Pour l'instant, il leur suffit d'attendre que la tempête soit passée. Si on veut se montrer réaliste, on sait qu'il ne lui reste pas beaucoup de temps avant de remonter, pas vrai ?

Nul ne répondit, alors il poursuivit :

— Donc, soit il abandonne et reste sur un échec, après avoir gaspillé tout ce temps sous terre et perdu sa prime de licenciement pour rien ; soit on lui donne une chance de s'en sortir la tête haute en continuant de se battre pour emporter le siège de Crindau. Qu'est-ce qui est le mieux ?

Russell leva une main, contemplant Dylan comme s'il avait perdu la raison.

— Il n'a aucune expérience en matière de campagne électorale, il n'a jamais fait un discours de sa vie, il n'a aucun parti derrière lui, il n'a ni budget, ni programme… Il perdrait tout son argent et passerait pour un crétin.

Gwynned acquiesça. Wilf semblait de plus en plus inquiet.

— Je ne suis pas d'accord, rétorqua le jeune homme.

— Pourquoi ?

— Je vais te le dire. Parce qu'il n'a aucune expérience en matière de campagne électorale, n'a jamais fait de discours de sa vie, n'a aucun parti derrière lui…

— Hein ?

Russell semblait contrarié, mais Dylan s'obstinait, en le regardant droit dans les yeux. Ce serait lui le plus difficile à convaincre : il fallait le prendre de front, pour montrer aux autres qui était le plus fort, sur ce terrain-là.

— Ce que tu considères comme ses faiblesses sont en réalité ses principaux atouts.

— D'accord, t'es allé à la fac, alors que nous, on est qu'une bande de prolos, c'est pour ça qu'il va falloir que tu nous expliques par A+B où tu veux en venir.

Le jeune homme jeta un rapide coup d'œil à Wilf et Gwynned, stupéfait que Russell joue déjà la carte sociale.

— Le fait que ce soit un travailleur ordinaire, sans expérience politique, voilà exactement ce qu'on va mettre en avant. Pourquoi vouloir le cacher ? Rappelez-vous qu'il y a quelques mois, une étude a montré que les gens faisaient encore moins confiance aux politiques qu'aux vendeurs de voitures d'occasion.

Gwynned se mit à rire car il avait lu ça dans la presse et l'avait montré aux autres.

— Aidan sera le candidat qui ne raconte pas de conneries, qui dit les choses comme elles sont. Les gens vont adorer ça, ils attendent désespérément quelqu'un comme lui.

— Le choix du peuple, fit Wilf.

— Exactement.

Dylan lui lança un sourire d'encouragement. Quand il était petit, c'était déjà Wilf qu'il préférait. Chaque fois qu'il passait à la maison, il lui apportait une barre de chocolat et prenait le temps de jouer au foot avec lui dans le jardin.

— Laissez-moi vous le dire : il est parfait. Il va faire un tabac.

— Ça te plaît ? demanda Russell à Dylan en désignant la pinte de blonde mousseuse qu'il avait à peine touchée.

D'habitude, il prenait de la bière en bouteille, de la Budvar, de la Beck's ou de la Cobra. Mais il savait qu'au Globe, il valait mieux s'abstenir.

— Ouais, elle est bonne, à la tienne.

— T'as presque rien bu : t'es pas un gros buveur, hein ? Ton truc, c'est plutôt la drogue, pas vrai ?

Dylan sentit sa volonté vaciller sous le regard d'acier de Russell. Il ne répondit pas, ne sourit pas.

— Parce qu'il faut vraiment avoir fumé la moquette pour imaginer un truc aussi farfelu qu'Aidan élu au Parlement de Westminster.

Gwynned pouffa et Russell lui adressa un sourire de connivence.

— Ouais, ça va, elle est bien bonne.

Dylan fut un instant déconcerté. Dieu sait quel genre de préjugés grouillaient dans ces vieux cerveaux tordus et amers. Encore quelques verres, et ils lui diraient que Jim Davidson était leur comique préféré, que le pays était envahi d'immigrants clandestins, et qu'il fallait rétablir le service militaire, les châtiments corporels et la peine de mort. Il les laissa rire entre eux ; il fallait leur donner du mou. Ses doigts pianotaient sur la table, attendant que la situation se calme.

— Je vous le jure, les autres candidats vont faire dans leur froc quand ils sauront qu'Aidan se présente.

Ils se remirent à brailler. C'était presque aussi déprimant que de se retrouver à la maison des jeunes d'Abertillery.

— Qu'est-ce que je disais ? T'as fumé un joint de trop.

Mon Dieu, songea Dylan, *quels clichés de vieux cons !* Il était désolé que son père fréquente une brute comme Russell. Gwynned devait gagner à être connu, quant à Wilf, il était gentil. Mais Russell, franchement, il se demandait comment Aidan pouvait le supporter.

— Qu'est-ce qu'il y a de si drôle à l'idée qu'Aidan se présente aux élections en tant qu'indépendant ?

— Il bosse dans un entrepôt, s'assoit là pour parler de foot en buvant une mousse après le boulot, oui, exactement où tu es. Après il rentre chez lui, il se fait cuire un poisson surgelé et le bouffe devant la télé. C'est un gars normal.

— Mais plus maintenant.

— Tu peux répéter ?

— Il a cessé d'être un mec ordinaire quand il a commencé à passer dans le journal, à la télé et la radio. Des milliers de gens le connaissent, à présent. C'est lui le type qui lutte contre les patrons qui s'en mettent plein les poches. L'homme qui a décrété : ça suffit, il est temps de faire quelque chose. Il est devenu un symbole. Et les symboles sont très puissants, bien plus que les manifestes politiques... D'ailleurs, ça, personne les lit.

Il marqua un temps d'arrêt pour laisser l'argument atteindre son but. *On n'est pas obligés de suivre leurs règles. On peut tout foutre en l'air, pour repartir de zéro*. Gwynned hochait la tête, cette idée lui plaisait, il en avait très vite saisi le potentiel.

— Voter pour Aidan, ça reviendra à faire passer le message que les gens de Crindau en ont marre qu'on prenne leur scrutin pour du tout cuit parce qu'ils vont voter comme des moutons pour les travaillistes. Ça montrera qu'on veut être écoutés et traités avec respect. Enfin, vous voulez vraiment donner votre voix à cet avocat de Cardiff ?

— Non, mais…

— C'est mon père, c'est votre ami. Il faut absolument qu'on le sorte de là. Si nous on l'aide pas, qui le fera ?

Ils ne riaient plus à présent.

— Comme je l'ai dit, je ne crois pas qu'il puisse tenir encore bien longtemps si on ne trouve pas une nouvelle stratégie.

Wilf se racla la gorge, regarda autour de lui, hésitant, puis dit :

— Il y a quelques jours, Aidan m'a appelé un peu après minuit, il était vraiment pas bien…

Les autres se tournèrent vers lui, ébahis.

— Il t'a téléphoné, à toi ? fit Russell.

Wilf semblait mal à l'aise, son doigt allait et venait sur la table tandis qu'il s'exprimait.

— Ouais, il voulait que je lui apporte à boire, pour se bourrer la gueule. Mais j'avais que deux canettes de bière et une bouteille de poiré qui restait de la dernière fois où Sharon était venue à la maison, et puis en fin de compte, j'ai trouvé du sherry dans…

— Tu crois vraiment qu'on s'intéresse à ce que t'as dans ton bar ? Allez, accouche !

Wilf leur raconta à quel point Aidan était mal, qu'il était convaincu d'avoir commis une terrible erreur.

— Merde alors, fit Russell, je pensais pas que c'était à ce point-là !

Dylan non plus.

— Pourquoi tu nous as rien dit ? aboya Russell.

— Il m'a demandé d'en parler à personne. Il était gêné.

Russell le toisa, puis but une longue gorgée de bière.

— Vous voyez bien, il faut qu'on le sorte de là.

Russell se mit à fouiller ses poches à la recherche de ses cigarettes ; Gwynned à gratouiller le bord de son sous-bock ; Wilf à examiner ses ongles. Il y eut un long silence.

— Et qui va s'occuper de mener sa campagne, vu qu'il est coincé dans son cercueil ? demanda Gwynned.

— Moi, répondit Dylan.

— C'est bien ce que je pensais, ajouta Russell.

— Si ça te plaît pas, tu peux le faire à ma place.

— Ouh là ! non merci.

— Quelqu'un d'autre a une objection à émettre ? Parce que c'est le moment de le dire.

— Et comment tu vas faire quand tu seras en tournée pour ta pièce ? reprit Russell.

— J'ai démissionné hier. Vous voyez à quel point j'y crois.

Ils furent impressionnés.

— Mais je peux pas m'en sortir tout seul. C'est un travail d'équipe. On va lutter contre des professionnels qui disposent d'un gros budget et de volontaires comme s'il en pleuvait. Ça va pas être facile, y aura beaucoup de boulot. Beaucoup ! Vous êtes partants ?

— Moi, oui, fit Wilf.

Dylan lui adressa un sourire de gratitude que Wilf lui renvoya.

— Génial, Wilf… Gwynned ?

Il acquiesça, le visage crispé, songeur, puis murmura :

— Moi aussi.

— Bravo. Russell ?

Il souffla de la fumée par le nez puis saisit son verre, faisant durer le plaisir.

— C'est une idée loufdingue. Mais il faut bien faire quelque chose. C'est bon, je donnerai un coup de main.

— Bien, ainsi s'achève la session d'ouverture de la campagne : « Votez pour Aidan », à moins qu'il y ait autre chose.

— Et qu'en pense notre candidat ? demanda Gwynned.

— Je ne sais pas. Je voulais d'abord en parler avec vous, les mecs, avant d'aller lui demander.

— J'y crois pas, s'écria Russell. Tu veux dire que t'as même pas informé ce pauvre couillon de ce qui l'attendait ?

— Il aura plus de mal à refuser s'il sait que vous trouvez tous ça génial.

— Je vais te dire un truc, fit Russell. T'as un sacré putain de culot, fiston.

Dylan eut envie de lui dire de ne plus jamais l'appeler comme ça, puis il se ravisa. Finalement, il lui fit un clin d'œil appuyé.

— Et quand est-ce que tu comptais lui annoncer ?

— Rien ne vaut l'instant présent. Après avoir vidé nos verres, je me disais…

Aidan fut surpris de voir Dylan, Russell, Wilf et Gwynned arriver tous ensemble et lui adresser de grands sourires à travers le périscope.

— Qu'est-ce qui se passe ? Comment ça se fait que tu sois à la maison, Dylan ?

— On fait relâche quelques jours.

Il ne voulait pas avouer à son père qu'il avait quitté son boulot avant d'avoir abordé le sujet principal.

— En fait, j'ai eu une idée, reprit-il. C'est un peu dingue, mais je crois bien que ça pourrait marcher.

— Tel père tel fils, commenta Gwynned.

— Hein ?

— C'est exactement ce que nous a dit ton père quand il nous a annoncé son projet du cercueil.

Dylan ne s'attarda pas sur cette comparaison ; il faisait cavalier seul.

— Vous avez bu ?

— Un petit verre en passant, répondit Russell.

Il avait insisté pour prendre une deuxième tournée avant d'aller voir Aidan. Au bar, il avait demandé à tous les clients s'ils voteraient pour Aidan. Avant que Dylan ait compris ce qui lui arrivait, il avait devant lui une autre bière, payée par un sympathisant et accompagnée d'une grande tape dans le dos. *Je me souviens de toi quand t'étais haut comme trois pommes. Tu es le portrait craché de ton père quand il était jeune, pour sûr*. Et puis un autre, et encore un autre, et le pot rapide s'était transformé en séance de deux heures, accompagnée de chants et de slogans. *Aidan va gagner ! Aidan va gagner ! Ouaaaais ! Aidan va gagner !*

— En fait, reprit le jeune homme, je sais comment battre Sunny Jim.

Là, il capta l'attention de son père. Il lui exposa son idée, avec rapidité et confiance, pour ne pas être interrompu. Mais plus Dylan parlait, plus Aidan semblait terrifié. Il avait l'air épuisé, moulu, au bout du rouleau, songea son fils. Il était arrivé juste à temps. Quand il eut fini, son père lui dit, affolé :

— Tu as complètement perdu la tête.

— Pas du tout. Tu peux vaincre ce type. Je suis prêt à le parier. En fait, je mettrai de l'argent sur toi dès que ta candidature sera officielle.

— Laisse tomber. J'ai aucune chance. Est-ce que j'y connais quelque chose, moi, au boulot de parlementaire ?

— Qui s'y connaît ? Tu n'as pas besoin de qualification, ni de passer des examens, tu gagnes, et tu y vas. Y a plein de fonctionnaires pour te montrer comment ça marche. Le manque d'expérience, c'est pas ça qui a arrêté les autres : 'Pa, merde, si John Redwood a réussi à se faire élire, tu as forcément ta chance.

Aidan dut admettre que l'argument était de poids et qu'il ne pouvait le réfuter. Sentant qu'il y avait là une brèche, Gwynned donna une tape sur l'épaule de Dylan et lui dit :

— Explique-lui qu'il est un symbole.

Mais en dépit de l'éloquence de son fils, Aidan s'obstinait.

— Je vais passer pour un con.

— Bien sûr que non. Les gens d'ici détestent les politiciens ! Ils s'identifieront à un type insignifiant comme toi.

— Merci !

— Moi, je voterai pour toi, fit Wilf. Et Megan aussi, tu peux compter là-dessus.

— Moi pareil, ajouta Gwynned.

Le jeune homme se tourna vers Russell, qui s'efforçait d'allumer une cigarette tordue. Il s'était assis sur son paquet, au pub.

— Et toi ?

— Tu parles ! Je vais quand même pas faire élire un putain d'avocat de Cardiff.

— Et moi aussi je voterai pour toi, continua Dylan. Et Shauna.

— Et tous ceux du Globe, renchérit Gwynned.

— Tu es le candidat du peuple, conclut Wilf.

— Le candidat des poivrots, murmura Russell abandonnant la cigarette abîmée qu'il jeta par terre de dégoût.

— Sans oublier tous ceux qui bossent pour Sunny Jim, renchérit son fils. Et voilà, ça te fait déjà plus de mille suffrages en poche, avant même d'avoir commencé. Ce résultat va déclencher une onde de choc à travers tout le pays.

— Et c'est reparti, commenta Russell. Encore son baratin à la mords-moi-le-nœud.

— Sauf que j'y connais rien en politique.

— Peut-être, mais tout le monde sait contre quoi tu te bats. Ton message, c'est garder l'usine ouverte. Un message clair, simple et populaire, qui se résume en peu de mots ; c'est une image de marque très forte. Les autres candidats tueraient pour ça.

— C'est une marque, maintenant, c'est ça ? coupa Russell. C'était le choix du peuple il y a une minute.

— Le choix du peuple, c'est ça la marque, et il n'y en a pas de meilleure. Regarde toute la publicité que tu as déjà eue. Imagine comment ça va augmenter si tu te présentes aux élections. C'est une histoire fantastique !

— Faut que tu le fasses, dit Gwynned. Tu es le seul qui ait une chance de l'emporter.

— Bien sûr que non !

— Jamais plus, de toute ta vie, tu n'auras la possibilité de faire un truc pareil, un truc qui fasse vraiment la différence. Pense un peu combien tu le regretteras si tu ne le fais pas. Tu pourras vivre avec ça ? conclut Dylan.

À l'expression anxieuse d'Aidan, il comprit qu'il avait fait mouche, cette fois.

— Tu crois que le candidat du New Labour, ce petit avocat bien propre de Cardiff, tu crois qu'il se demande s'il est à la hauteur, lui ? Tu ferais un bien meilleur élu que lui parce que tu as vécu ici toute ta vie. Ce type, il en a rien à branler de Crindau, c'est juste un siège facile à gagner qui lui permet de prendre l'ascenseur vers les sommets en se remplissant bien les poches au passage.

— Ouais, sale profiteur, s'écria Russell. On va lui montrer qu'on mange pas de ce pain-là à Crindau.

Aidan s'apprêtait à répondre, mais il ne put placer un mot.

— Nous laisse pas tomber maintenant, mon vieux.

— Ouais, on compte sur toi.

— Mais j'ai pas la moindre idée de ce qu'il faut faire !

— Sois simplement toi-même, et laisse ton équipe régler les détails de la campagne, répondit son fils.

— Et c'est qui au fait, mon équipe ?

— Nous ! s'exclama Wilf, levant la main en l'air, rayonnant.

— Et merde, acheva Aidan.

Puis ils se retirèrent dans la maison.

— Tiens, rends-toi utile et va vider ça, dit Russell à Dylan en lui tendant le bassin hygiénique.

Le jeune homme eut un frisson de dégoût, prit le récipient à bout de bras, en se bouchant le nez, et alla tout verser dans les toilettes. Tandis que Wilf préparait le thé, Dylan contemplait le désordre qui régnait au salon.

— Difficile de croire que ça va servir de QG de campagne au premier parlementaire indépendant de Crindau. À l'époque où ce truc-là était à la mode, Harold Wilson était encore Premier ministre, fit-il en jetant un coup d'œil au canapé miteux.

Russell le toisa avec mépris.

— Bon, on fait quoi maintenant ?

Le jeune homme se passa la main dans les cheveux, regarda au plafond et répondit :

— Qu'est-ce que j'en sais… On n'a aucune expérience, ni relations, ni pognon. Notre candidat ne pourra pas passer à la télé parce qu'il est coincé dans un cercueil, et en plus, c'est le siège travailliste le plus sûr du pays.

— Tu viens de dire à Aidan que c'était dans la poche ?

— Je voulais pas qu'il s'inquiète.

— Nom de Dieu !

Dylan se sentit soudain épuisé. Il avait envie d'aller se coucher. La journée avait été longue.

— Ça va pas être facile, c'est tout ce que je dis.

— Merci pour ces paroles d'encouragement, chef.

Wilf apporta le thé. Ils se servirent et s'assirent en se passant les petits gâteaux. Les effets secondaires de l'alcool commençaient à se faire sentir et ils étaient de plus en plus apathiques.

— Aidan n'avait pas l'air enthousiaste, fit Gwynned. Peut-être qu'on devrait y aller mollo, lui laisser quelques jours pour réfléchir.

— Surtout pas ! Faut mettre la pression, lui laisser aucune chance de se rétracter. De toute façon, c'est vendredi le dernier jour pour déposer les candidatures.

— Merde, ça nous laisse que trois jours ?

— Ouaip.

Dylan trempa un biscuit dans son thé, d'un air très détendu. Russell lui décocha un regard courroucé.

— Si je comprends bien, tout ça, tu l'as sorti de ton chapeau à la dernière minute. Les autres planifient leur campagne depuis des mois, et nous, on n'a même pas encore réussi à persuader notre homme d'être candidat. Ça va être une sacrée chienlit.

— Faux, parce que personne ne s'y attend...

— Aidan encore moins que les autres, ironisa Russell.

Le jeune homme ne releva pas :

— ... ce qui veut dire que nous avons un avantage capital : l'effet de surprise. Tous ont bossé sur ce qu'ils allaient dire, prévu comment ils allaient répondre aux différents candidats, mais nous, on ne figure pas dans leurs calculs. Papa est le candidat surprise. Ils seront complètement pris de court quand il va entrer en lice.

Wilf plissa les yeux, et, agitant le doigt à l'attention de Russell :

— Tu vois, ce que tu prends pour ses faiblesses, en fait, c'est ses plus gros atouts.

— Exactement ! s'écria Dylan en lui lançant un clin d'œil.

Russell leva les yeux au ciel, en se trémoussant pour laisser échapper un pet.

— Trois jours, quand même… Ça fait pas lourd, fit Gwynned. Nom d'un chien, c'est toi, ça ?

Russell lui répondit par un sourire mauvais.

— Ça suffit, on n'ira nulle part si on laisse à mon père trop de temps pour réfléchir. Faut pas le lâcher. Voilà pourquoi il faut que vous demandiez à tous les gars du pub et de l'usine d'aller le voir pour lui dire à quel point c'est important pour eux qu'il se présente, parce qu'ils veulent un vrai candidat, dit-il en tapant du poing sur l'accoudoir du fauteuil. Faut créer un mouvement, pour ne pas qu'il refuse en disant que c'est une idée tordue.

— Mais c'est une idée tordue !

— On n'a pas le temps pour la pensée négative. Il faut absolument que nous, on y croie si on veut persuader les autres qu'il peut le faire.

Russell sirotait son thé sans perdre des yeux le jeune homme.

— J'espère que tu sais ce que tu fais, fiston.

« Fiston », une fois de plus.

Gwynned s'étira, se redressa puis posa sa tasse.

— Attends, tu dis qu'il faut déposer les candidatures avant vendredi.

— C'est ça.

— À combien se monte le dépôt de garantie aujourd'hui ?

— 500 livres.

— Où est-ce qu'on va trouver tout cet argent ? reprit-il en faisant la grimace.

— J'y travaille, répondit Dylan en contemplant distraitement le plafond, couvant sa tasse dans ses mains.

Le lendemain, comme tous les matins, dès 8 heures, Megan apporta à Aidan son thé et son sandwich au bacon.

— Voilà ton petit déjeuner… et bonne chance pour les élections.

Il eut un mouvement de recul en entendant ce ton joyeux.

— J'ai pas encore décidé si j'irais.

— Eh bien ! tu ferais mieux de te bouger, répliqua-t-elle en fronçant les sourcils, parce que dehors, la moitié des gens a déjà décidé de voter pour toi. Allez, faut que j'y aille, salut.

— Épatant… Merci, les copains.

Dix minutes plus tard arriva le facteur.

— Pas de courrier aujourd'hui… Je voulais juste vous dire que je voterai pour vous.

— Mais j'ai pas encore décidé si…

— Attendez que je raconte ça aux gars du tri.

Il lui fit un clin d'œil, serra le poing et s'en alla.

— Le pouvoir au peuple !

À la mi-journée, Frank lui téléphona.

— Allô, je voudrais parler à l'honorable représentant du peuple de Crindau.

— Arrête ça, bordel.

— Quel langage, voyons ! Va falloir travailler là-dessus pour la campagne.

— Oh, tu fais chier !

Il raccrocha, bouillant de rage. Il tint une demi-heure avant de rappeler :

— Frank, y a quoi pour déjeuner aujourd'hui ?

Le soir, en sortant de l'usine, un flot de collègues vint rendre visite à Aidan, le pressant de se présenter.

— Je te le dis, si tu es candidat, tous ceux que je connais voteront pour toi.

— Merci, mon vieux, ça me touche.

C'était sûrement un coup monté. Dylan et les autres les avaient persuadés d'aller le voir pour le convaincre que c'était une excellente idée. Aucun d'eux ne serait venu, autrement. Ils croyaient sans doute qu'il était né de la dernière pluie. Pourtant, il se sentait un peu mieux à présent. Ce n'était peut-être qu'un ramassis de calembredaines, mais tout valait mieux que de broyer du noir comme il le faisait depuis quelques jours. On leur avait bourré le mou avec ça, mais au moins, ils avaient fait l'effort de venir le voir après une longue journée de travail. Ça montrait combien ils l'estimaient. Aidan ressentit alors son premier pincement d'espoir, et cela l'effraya. Et s'il commençait à croire qu'il était vraiment capable de gagner, se présentait et se prenait une déculottée ? Il ferait l'objet de moqueries pendant des années. Ou bien de leur pitié. *Quel cornichon, il croyait vraiment que les gens allaient voter pour lui ; il a eu le choc de sa vie, et il n'a jamais plus été le même après ça.* Il n'oserait plus se montrer en public.

Il avait besoin d'en parler à quelqu'un de confiance. Quelqu'un qui ne lui dirait pas ce qu'il souhaitait entendre, quelqu'un d'assez fort pour exprimer le fond de sa pensée. Qui serait capable de prendre du recul pour considérer la situation avec calme et circonspection. Il attrapa son portable et composa le numéro :

— Shauna, c'est papa. Tu peux me rappeler quand tu auras ce message, s'il te plaît, ma chérie, j'ai besoin de tes conseils sur un sujet important.

8

Shauna prit connaissance du message d'Aidan alors qu'elle se rendait justement auprès de Dylan. Ils souhaitaient tous deux la voir : il devait se passer quelque chose, aucun doute. Au moins pourrait-elle faire d'une pierre deux coups. En se garant devant la maison, elle aperçut deux types qui ouvraient le portillon en criant : « Ouaaaaais ! Aidan va gagner ! », le poing en l'air. Crindau était vraiment une ville étrange.

Elle entra et trouva Dylan dans le salon, vautré sur un fauteuil, regardant les *Simpsons*. D'un bond, il fut debout.

— Salut, sœurette, tu veux boire quelque chose ?

— Je n'aurais rien contre un thé.

— Pas de problème.

Il affichait une bonne humeur suspecte. Elle était à peine assise qu'il passa la tête dans l'embrasure de la porte pour lui dire :

— J'ai pris de l'Earl Grey exprès pour toi, je sais que tu aimes ça.

Et une attention tout aussi suspecte. En sifflotant un air joyeux, il revint avec un plateau qu'il déposa en désignant de la tête un paquet de gaufrettes, près de la théière.

— Exact, fit-elle sans enthousiasme, ce sont mes préférées. C'est très gentil, Dylan. Dis-moi, pourquoi ai-je le sentiment d'être à un premier rendez-vous ?

— Qu'est-ce que tu veux dire ?

— Tu mets le paquet pour m'impressionner… Allons, qu'est-ce que tu veux ?

— Je…

Son regard le mettait au défi de lui raconter des conneries.

— D'abord, tu m'appelles pour me dire que tu veux me parler d'un truc sérieux en rapport avec papa, ensuite c'est lui qui me téléphone en déclarant qu'il a besoin de mes conseils sur un sujet très important.

— Il a dit ça… Il a besoin de tes conseils ?

— Et alors, il n'était pas censé le faire ?

Évitant son regard, Dylan retira le thé trop tôt et ouvrit le paquet de biscuits.

— Enfin j'arrive ici, et tu me traites comme une reine. Alors, je ne voudrais pas paraître tordue, mais il faut bien avouer que tu n'es pas toujours aussi attentionné. Allez, crache le morceau.

Elle retira une gaufrette du paquet qu'il venait d'ouvrir, en grignota un bout et se renfonça dans son fauteuil, sans le perdre des yeux.

Il lui exposa alors l'idée de la campagne électorale. C'était un discours très différent de celui qu'il avait tenu à Russell, Gwynned et Wilf. Il essaya de ne pas se laisser emporter, et prit soin de montrer qu'il était parfaitement conscient des montagnes de difficultés qu'il faudrait affronter si Aidan voulait avoir une chance de gagner. Puis il lui rappela que personne ne donnait Martin Bell vainqueur quand il s'était porté candidat contre Neil Hamilton en tant qu'indépendant, et qu'Aidan avait déjà reçu beaucoup de publicité et de témoignages de sympathie. C'était, pensait-il, une extraordinaire occasion, à laquelle il fallait combiner une vision vaste, une attention minutieuse aux détails, ainsi qu'une estimation très importante de l'opposition. Quand il eut fini, Shauna regarda longuement par la fenêtre, perdue dans ses pensées, faisant tourner d'un geste lent la bague de son majeur à l'aide de son pouce. Enfin, elle dit :

— Et s'il perd les élections, c'est fini, il renonce ? Il n'y aura plus rien à faire, son mouvement de protestation s'arrêtera ?

— Mais il peut gagner !

— C'est possible, tout est possible…

Elle ne semblait guère optimiste.

— Enfin, de cette façon, il y a une date butoir, un processus discernable, un objectif qu'on peut atteindre, et non plus ce… fit-elle en levant les mains en l'air : « Je resterai là tant qu'ils n'ont pas changé d'avis. » Et puis, peut-être rassemblerait-il suffisamment de suffrages pour que le nouvel élu reprenne la lutte de manière un peu plus sérieuse. Alors il sortirait de là avec sa dignité intacte, en ayant réussi quelque chose.

— Il pourrait faire plus, il pourrait gagner.

— Oui, mais tu pensais aussi que Sunny Jim aurait plié maintenant, alors pardonne-moi de ne pas partager ton optimisme.

— Tu vas pas ressortir ça à chaque fois, quand même ?

— Oh ! j'ai eu l'audace de mentionner le fait sans importance que tu avais encouragé papa à croire à cette idée ridicule qu'en s'enterrant vivant, il pourrait forcer Sunny Jim à ne pas fermer l'usine. Quelle réussite ! Il a commencé à s'effondrer quand il a compris que ça n'arriverait pas.

— Tu crois pas que je m'en veux terriblement ? Tu crois pas que si je fais ça, c'est en partie pour me rattraper, pour redresser la situation, cette fois ?

— Tu ne crois pas que ta volonté désespérée de te racheter obscurcit ton jugement ?

Il s'était levé, pointant sur elle un doigt accusateur.

— Tu imagines peut-être que tu es la seule à comprendre vraiment ce qui se passe ?

— En effet, c'est souvent ce que je me dis. Et tu sais pourquoi ? Parce qu'à maintes reprises il s'est trouvé que j'avais raison. Tu peux piquer tes crises artistiques, te lancer dans tes plans pour gagner beaucoup d'argent très vite, puisque tu es sûr que si tout le reste flanche, tu pourras toujours revenir vers moi. Combien de fois est-ce arrivé ces dernières années ?

Elle le toisait. Dylan se fit tout petit. Merde, et en plus elle attendait une réponse.

— Quelques fois. Mais Shauna, faut me croire, je peux le faire, je peux vraiment faire élire papa.

— Et comment t'y prendras-tu quand tu seras en tournée ?

— Oh, ça ! J'ai laissé tomber. Le théâtre communautaire, c'est de la connerie en barre. Je tiens ma chance. Tu sais, je crois que c'est ce que j'attendais depuis des années.

— C'est pas vrai ! Tu as eu ta carte professionnelle il y a quelques mois à peine, et tu quittes une pièce en plein milieu de la tournée ? Ta réputation est fichue. Comment espères-tu trouver un autre rôle, après ça ?

— J'ai plus envie de faire du théâtre.

— La Terre appelle Dylan, est-ce que vous m'entendez ? Et comment vas-tu manger ?

— Mon agent m'a mis sur le coup pour plusieurs castings, si ça marche, je me foutrai bien du paiement des répétitions. À partir de maintenant, je me concentre sur les films et la télé.

— Et quand est-ce que tu pars à Hollywood, p'tit frère ?

Il grinça des dents. Il détestait qu'elle l'appelle comme ça. Elle recommença à faire lentement tourner sa bague.

— Je sais ce que tu vas me dire à présent. Combien veux-tu cette fois ?

Il plongea les mains dans ses poches en regardant ses pieds.

— Shauna...

— Tu n'as pas besoin d'argent ?

— Si. Mais c'est pas pour moi, c'est pour papa. Pour pouvoir être candidat il faut faire un dépôt de 500 livres.

Elle ne bougeait plus.

— 500 livres ?

— Ouais.

— Dylan, ça fait beaucoup d'argent !

— Je sais pas à qui demander d'autre.

Elle croisa les bras et ferma les yeux pendant quelques secondes.

— J'en ai besoin pour vendredi.

— De mieux en mieux, dit-elle en ricanant.

— C'est juste un dépôt, tu les récupéreras après la victoire.

Elle baissa les yeux, mâchonnant sa lèvre inférieure.

— C'est sa dernière chance, Shauna, et j'ai pas le fric, j'ai pas de boulot en ce moment.

— À qui la faute ? Dylan, ce n'est pas une question d'argent – enfin, si, c'est aussi une question d'argent – mais ce qui me contrarie vraiment, c'est que tu en parles d'abord à papa, et qu'ensuite tu viennes me trouver pour me demander de te dépanner au dernier moment ! Comment veux-tu que je refuse ?

— Tu peux, si tu veux, ça ne dépend que de toi.

Elle eut un rire méprisant.

« C'est sa dernière chance, Shauna. » Bien sûr, il n'y a aucune pression. J'en ai par-dessus la tête de régler tes problèmes. J'ai ma vie à moi, je ne suis pas seulement là pour jouer les mères de substitution auprès de toi, Dylan, tu comprends ?

— Pas la peine de monter sur tes grands chevaux.

— Je m'énerverai si je veux. Je suis dégoûtée quand je m'entends te parler, parfois. J'ai l'impression d'être la sale conne de service. Mais je ne sais pas comment m'y prendre autrement avec toi. Si je ne te balance pas les choses en pleine figure, ça tourne à la rigolade. Il est temps que tu commences à prendre tes responsabilités. Je ne suis pas ta mère, merde alors ! Notre mère est morte !

Ils se dévisagèrent un long moment, ni l'un ni l'autre ne trouvant plus rien à dire après ça. En fin de compte, Shauna se baissa, ouvrit son sac et en sortit son chéquier.

— Je le mets à quel ordre ?

Il lui expliqua. Ils se parlaient d'une voix très douce à présent.

— Papa te sera tellement reconnaissant quand je lui dirai.

Elle leva les yeux, le visage tendu, crispé.

— Je ne veux pas qu'il sache que ça vient de moi.

— Pourquoi ?

— Parce que sinon, il aura l'impression de dépouiller sa famille. Dis-lui qu'il s'agit d'un don anonyme.

— C'est exactement mon approche ! Il faut d'abord donner l'impression d'un soutien massif pour lancer la machine, même si ça oblige à faire quelques entorses à la vérité. Ensuite, le public viendra.

— Non, Dylan, ce n'est pas à ça que je pensais.

— Je ne te suis pas.

— Non, bien sûr. J'éprouve des sentiments très ambivalents à l'égard de toute cette entreprise. Ça pourrait tourner au désastre. Mais si papa le fait quand même, je veux qu'il sente qu'il y a des gens autour de lui, qu'il n'est pas seul ; c'est ainsi qu'il donnera le meilleur de lui-même.

Dylan lui aurait bien demandé de lui expliquer la différence qu'il y avait entre leurs approches, parce que là, ça le dépassait. Mais il préféra s'abstenir.

— Rappelle-toi juste que c'est papa qui devra affronter les conséquences de tes idées de génie si ça ne marche pas, OK ?

— Bien sûr.

Elle lui tendit le chèque, mais ne le lâcha pas quand Dylan le prit.

— Il y a une condition. Qu'il promette que même s'il perd les élections, il remontera à la surface. Compris ?

— Compris. Merci, sœurette, répondit-il en serrant les dents.

Elle lui abandonna le chèque et Dylan alla le cacher sous l'horloge posée sur la cheminée.

— À présent, je vais parler à papa, fit Shauna.

— Je t'accompagne.

— Certainement pas.

Elle sortit en fermant bien la porte derrière elle.

— Bonjour, papa.

— Salut, ma chérie.

À l'entendre, il avait l'air épuisé. Il lui parut vieux, usé. Hanté par des choses qu'il avait découvertes sur lui-même et aurait préféré ne jamais savoir. Pourtant, plus il lui parlait de son éventuelle candidature aux élections, plus il s'animait, sans toutefois cesser de répéter à quel point c'était ridicule.

— C'est peut-être une idée folle, en effet. As-tu envie de le faire ?

— Qu'est-ce que je pourrais tenter d'autre ?

Shauna se demanda si ses yeux exprimaient de l'enthousiasme ou du désespoir.

— Rien.

Cela le fit sourire.

— Shauna, tu peux me parler en toute franchise.

Quand elle sourit à son tour, elle ressemblait tant à sa mère qu'il en eut le souffle coupé.

— Mes patients me disent souvent que leurs plus gros regrets ne portent pas sur les choses qu'ils ont faites, mais sur celles qu'ils n'ont pas faites.

Ces paroles l'inspirèrent autant que la chanson des Smiths. Comment vivre avec le regret de ne pas avoir tenté sa chance ? Il savait qu'il ne pourrait pas. Plus maintenant, pas après être allé aussi loin.

— Shauna, je veux le faire.

Elle lui lança un regard pénétrant qu'il ne sut déchiffrer. D'instinct, il songea qu'elle devait adresser ce genre de regards à ses patients.

— Et voilà ta stratégie de repli : tu remonteras après les élections, quel que soit le résultat.

— Marché conclu.

Ils discutèrent encore pendant quelques minutes, puis elle retourna à sa voiture. Dylan l'attendait, appuyé contre le véhicule, bras croisés, tapotant la chaussée du bout du pied.

— Comment ça s'est passé ?

— Il se lance.

Dylan rejeta la tête en arrière en serrant les poings :

— Yes ! Viens, on va boire un coup, fit-il en lui lançant un sourire éclatant.

Elle savait qu'il avait envie de la serrer dans ses bras, de lui dire combien l'aventure allait être passionnante.

— J'ai mal au crâne.

Son enthousiasme retomba.

— Désolée.

Avec réticence, il s'écarta pour la laisser passer, et elle monta en voiture sans ajouter un mot. Il lui fallut une demi-heure pour rentrer chez elle. Là, elle se prépara un sandwich, se versa un grand verre de vin, se fit couler un bain, puis la porte ouverte, écouta *A Love Supreme* de John Coltrane. Elle adorait sa musique, c'était le meilleur depuis Charlie Parker, capable de produire des sons d'une beauté saisissante. Un esprit intense, ne connaissant pas de répit, lancé dans une quête obsessionnelle de la vérité, quel qu'en soit le prix. À San Francisco, on avait donné son nom à une église où on le vénérait comme un saint. Shauna ne se considérait pas comme croyante, cependant elle comprenait pourquoi les gens le voyaient ainsi. Parfois, sa musique vous aidait à vaincre les ténèbres, vous donnait la force de continuer.

Elle songea à ce que lui avait dit un patient ce jour-là. « L'endroit où on crie », c'était le nom d'un lieu sur le plateau du Golan, où autrefois se situait la ville principale, détruite quand Israël avait arraché ces territoires à la Syrie. Pris de panique, les gens s'étaient enfuis, et quand les frontières avaient été redessinées, des familles entières s'étaient retrouvées coupées en deux. Tous les week-ends, des groupes de gens se rassemblaient sur les flancs opposés de la vallée, à quatre cents mètres environ les uns des autres. Certains ne s'étaient pas touchés depuis 1967. De part et d'autre de la frontière, ils communiquaient en s'époumonant dans des mégaphones. « Comment ça va chez vous ? Est-ce que notre mère va bien ? » Cela avait frappé son patient, et elle-même, comme une parabole de la vie familiale. Des individus, séparés par des différences irréconciliables, mais qui s'avèrent incapables d'abandonner et continuent d'essayer de communiquer, même par des moyens artificiels, en dépit de toutes les difficultés. Retournant sans cesse au même endroit, essayant de tout exprimer à travers des questions polies, un échange superficiel. C'était déprimant. Et pourtant, elle ne pouvait s'empêcher de continuer. Parfois, elle détestait ce besoin désespéré de vouloir toujours tout bien faire.

Le vendredi, après avoir fait enregistrer la candidature d'Aidan, Dylan donna une conférence de presse sur les marches de l'hôtel de ville. Il avait envoyé un communiqué, passé quelques coups de fil, et un troupeau de journalistes était présent, ainsi qu'une équipe de la chaîne du câble HTV. Il lança sans attendre un appel aux donations.

— Mon père est le candidat du peuple et il a besoin de l'aide du peuple pour gagner. Nous n'avons pas d'argent pour lancer la campagne, pas un sou. Aussi, je vous le demande à vous, les électeurs, donnez-nous ce que vous pouvez, même si ce n'est pas grand-chose. Je sais que c'est bientôt Noël, mais il y a un homme dans cette ville qui va passer cette fête seul sous terre, dans un cercueil, au fond de son jardin. Voilà le prix qu'il est prêt à payer pour voir triompher ses convictions. C'est un prix élevé, je pense que vous en conviendrez.

Il s'arrêta un instant, submergé par sa propre éloquence.

— Je vous en prie, n'oubliez pas mon père pour Noël. Donnez-lui les moyens d'avoir sa chance lors de ces élections. Offrez-lui la possibilité de se relever triomphant de son cercueil. Merci.

Une poignée de passants rassemblés là pour l'écouter se mirent à applaudir. La vache, il était bon ! Le metteur en scène de cette pièce atroce se serait tranché les veines s'il avait pu le voir en cet instant, galvanisant les foules.

Une femme d'une cinquantaine d'années posa par terre ses deux gros sacs de courses, ouvrit son porte-monnaie et s'avança pour lui mettre dans la main un billet de 5 livres.

— Voilà pour toi, mon petit, dit-elle en refermant la main sur la sienne. Montre-leur. Je voterai pour ton papa. Il est temps que quelqu'un se batte pour Crindau, ajouta-t-elle en désignant le bâtiment en arrière-plan d'un doigt accusateur. Je suis sûre que ton père s'en tirera mieux que ces espèces de pignoufs, là-bas.

Les badauds et certains reporters éclatèrent de rire. Dylan était ravi. Ce serait un grand moment de télévision, il avait hâte de voir ça.

Le soir, il retrouva Russell, Gwynned et Wilf au Globe. Ils s'asseyaient juste quand Frank alluma la télévision. Au moment même, sur HTV Reports, on diffusait l'appel de Dylan depuis les marches de la mairie. L'intervention de la femme déclencha une vague d'hilarité générale.

— Montre-leur, mon petit.

Gwynned posa devant Dylan une bouteille de Beck, l'air interrogateur.

— Tu crois vraiment que les gens vont donner du pognon ?

Dylan lui remémora la scène qu'il venait de voir.

— Oui, c'est chouette. Écoute, ne le prends pas mal, mais on va avoir besoin de beaucoup plus.

— Je n'ai eu aucun mal à rassembler les 500 livres du dépôt de garantie. J'ai fait jouer mes contacts. J'ai fait passer le message qu'Aidan se présentait, et…, fit-il en claquant des doigts, quelqu'un a débarqué avec l'argent.

Russell lui lança un regard inquisiteur :

— C'est qui ?

— Je n'ai pas la possibilité de vous le révéler.

— Allez, on est dans notre QG ici, renchérit Gwynned.

— Je croyais qu'on était au Globe ?

— C'est une image. On est dans notre sanctuaire, on est l'équipe du candidat. Tu peux nous le dire, à nous !

— Le donneur souhaite rester anonyme, et je dois respecter sa volonté.

— Mais tu te prends pour qui, fiston ? fit Russell en riant.

— Je vais te le dire, je me prends pour le mec qui vient de récolter 500 livres pour la campagne.

— 505, précisa Wilf.

Russell grommela quelque chose dans sa barbe.

— 505, merci Wilf. Et ce n'est qu'un début. Je vais mener cette campagne de manière professionnelle et faire élire mon père. Être pro, ça veut dire que quand on garantit l'anonymat à un donneur, on crache pas le morceau dès qu'on se retrouve au pub.

Il tourna la tête pour échapper au regard furibond de Russell et faire face aux deux autres.

— Demain, je vais voir les bookmakers, pour mettre de l'argent sur mon père ; et je vous conseille d'en faire autant, tant que sa cote est basse.

— Peut-être que je vais me lancer moi aussi dans un petit pari, annonça Wilf.

Un des habitués du Globe fit irruption au beau milieu de la conversation, brandissant un billet de 10 livres sous le nez de Dylan.

— C'est pour toi, mon gars, pour financer la campagne.

— 515 livres ! s'écria Wilf.

Ravi, il lécha son doigt et traça un score imaginaire.

— À la tienne.

Dylan empocha l'argent, tentant désespérément de se souvenir du nom de ce type.

— Je m'apprêtais à acheter un cadeau de Noël pour mon beau-frère. Mais je lui dirai qu'à la place, j'ai donné le pognon pour une bonne cause cette année.

— Quel beau geste, commenta Wilf en levant sa bière en guise de salut. Tu peux être fier de toi, Tony, c'est ça le vrai esprit de Noël.

— Ouais... et en plus, je le supporte pas, ce con-là !

Ils éclatèrent de rire. Russell tapa sur la table.

— Et vous aurez un bus de campagne ? demanda Tony.

Ils le regardèrent sans comprendre.

— Il vous en faut un, c'est trop bien, ce truc-là, les gars. J'ai vu ça à la télé, le bus de campagne des démocrates libéraux, aux dernières élections. Y avait tous les trucs modernes : ordinateur, télé, thé et café, un bar, tout. On pouvait même y passer ses vacances. Ce serait marrant, pas vrai, de se trimballer dans les rues de Crindau dans ce sacré bus, avec les vitres baissées pour pouvoir crier : « Votez pour Aidan ! » dans un mégaphone.

— C'est sûr, fit Dylan, ce serait cool. Tu veux te joindre à nous ?

— P'têt ben. Faut que je voie si j'ai du temps en janvier.

Il fit un clin d'œil à Russell qui le lui renvoya.

Dylan souriait de satisfaction. S'ils voyaient ça comme une partie de rigolade, il serait plus facile de leur faire effectuer toutes sortes de choses. Au fond, c'étaient de grands enfants arriérés qui avaient gardé une mentalité de cour d'école. Là, comprit-il, était la clé pour obtenir le meilleur d'eux-mêmes : montrer que tout ça n'était pas du travail, sans leur laisser le temps de s'arrêter pour réfléchir à l'inégalité des chances des candidats. Ces mecs étaient des novices, il était le seul à posséder une expérience en matière de campagne électorale. Certes, il ne s'agissait pas de politique : il avait été élu secrétaire du bureau des élèves à la fac, en fait il avait pris le poste d'assaut. Il fallait être une grande gueule, promettre de faire venir les meilleurs groupes et de fournir de l'alcool à pas cher. Mais au fond, les principes étaient les mêmes. Trouver un message fort, qui plaise aux gens. Faire les choses avec style, parce que l'enveloppe était au moins aussi importante que le contenu du message. De toute façon, il ne s'attendait pas à ce qu'ils comprennent. Il avait besoin de leur aide, mais il y aurait un seul chef.

Tout se passait trop vite. Quelques jours plus tôt, Aidan n'avait pas la moindre idée de ce qu'il allait faire ensuite. À présent, il se présentait aux élections. Il lui fallait encore lutter pour s'en convaincre. Sur Radio Cymru, ce soir-là, Rob Fleming lança l'émission réservée aux auditeurs en passant *Power to the People*[1] de John Lennon.

— Eh bien ! il y a à présent un homme enterré dans un cercueil qui se présente aux élections, ici, à Crindau. Qu'est-ce que ce sera la prochaine fois ? Appelez-nous pour nous faire part de votre opinion au 01...

Oui, qu'est-ce que ce serait la prochaine fois ? Ça ne lui paraissait pas réel.

Pouvait-il vraiment gagner ? Était-ce possible qu'un type comme lui devienne membre du Parlement ? Quelle blague ! La farce continuait.

Approchez ! Approchez ! Venez voir le clown qui voulait être roi !

Mais si tout le monde pensait comme ça et croyait n'avoir aucun droit d'essayer de faire bouger les choses, où en serait-on aujourd'hui ? Il n'y aurait ni congés payés, ni arrêts maladie, ni bibliothèques publiques, ni sécurité sociale, et les femmes n'auraient pas le droit de vote. À une époque, tous ces trucs-là

1. « Le pouvoir au peuple. » *(N.d.T.)*

semblaient trop extravagants pour exister un jour. Jusqu'à ce que quelqu'un qu'on devait certainement traiter de fou dise : « Pourquoi pas ? Et si on essayait ? »

Aidan tentait de s'imaginer à Westminster. Entouré d'hommes prétentieux en costume gris, à l'œil terne. Comment se comporteraient-ils avec lui ?

S'il vous plaît, pourriez-vous me passer le dossier XY842 ?

Allez vous le chercher vous-même, je suis l'élu de Crindau Ouest.

Il détesterait l'endroit. Il serait comme un poisson hors de l'eau.

On te demande pas d'aimer ça : si tu vas là-bas, c'est pour sauver des emplois.

Il était trop tard pour changer d'avis à présent. Trop de gens avaient mis tous leurs espoirs en lui. Le sort en était jeté.

Dès le week-end, certains journaux nationaux s'emparèrent de l'histoire. C'était le bon moment, on était la semaine précédant Noël, où les infos tombaient au ralenti. Les journalistes adoraient cet angle : l'homme qui allait passer les fêtes enterré dans un cercueil au fond de son jardin. Les gens avaient envie d'entendre des histoires qui leur réchauffent le cœur : un type seul qui se battait contre une grande entreprise ; le fils loyal qui menait la campagne électorale de son père ; une famille qui se tenait les coudes, le véritable esprit de Noël et ce genre de conneries.

Aidan était submergé par les demandes d'interviews et ravi d'être aussi occupé. Pourtant, de temps à autre, l'absurdité de la situation lui sautait aux yeux. Il passait la journée allongé dans un cercueil. Et que faisait-il ? Il racontait aux médias ce que c'était de passer sa journée allongé dans un cercueil.

En fait, quel que soit le type de journal – local, national, tabloïd, sérieux – de magazine, de radio, tous posaient les mêmes questions. *Comment vous occupez-vous ? Vous ne vous ennuyez pas ? N'est-ce pas oppressant d'être enfermé comme ça ? Vous sentez-vous seul ?*

Et leur préférée, il le savait bien, toujours accompagnée d'un petit sourire : *Comment faites-vous pour aller aux toilettes* ?

Dylan trouvait tout ça fantastique.

— Je vais vraiment te faire bosser dur, 'Pa. Je parle de dix ou vingt interviews par jour. Est-ce que tu es prêt à ça ?

Pour Aidan, travailler signifiait fabriquer quelque chose de ses mains, ou livrer un objet conçu par d'autres personnes ; bref, du concret. Ce qu'il faisait là, ce n'était pas du travail.

Ses enfants vivaient dans un univers différent. Sa fille gagnait sa vie en discutant avec des étrangers de leurs problèmes. Son fils ne gagnait pas sa vie, mais visiblement tout ce qu'il souhaitait faire, c'était parler toute la journée lui aussi. Aidan se demandait à quoi ressemblerait l'avenir quand tout le monde parlerait, ferait des discours, des présentations, gérerait des entreprises de relations publiques, écrirait des communiqués de presse et qu'il n'y aurait plus personne pour fabriquer quoi que ce soit. Vers qui se tourneraient-ils quand ils auraient besoin de quelque chose ? Ils paieraient au lance-pierres des Indiens pour le fabriquer à leur place. À présent, Aidan était entré dans cet univers. Il l'avait rejoint afin de préserver des emplois qui nécessitaient un travail physique. Et ça, c'était encore plus bizarre que de s'enterrer vivant au fond de son jardin.

Les médias demandèrent à Dylan comment il allait trouver l'argent.

— Un type se fait payer pour marcher à quatre pattes pendant une semaine, un autre se fait entièrement raser, et un troisième va passer un Noël sobre et nous reverser l'argent qu'il aurait dépensé en alcool.

Rien de tout ça n'était vrai, il venait de l'inventer, mais ça faisait vendre et amorcerait la pompe, encourageant les sympathisants à se lancer dans des projets extravagants. Ainsi, dès le lundi, Tony avait trouvé des gens prêts à le payer pour qu'il ne jure pas contre son beau-frère pendant les vacances, et un autre habitué du Globe devait embrasser Frank sur la bouche au réveillon de Noël.

— Aucune chance !

— Allez, Frank, sois pas rabat-joie, c'est pour la bonne cause.

— C'est un pervers.

— Il est pas mal quand même. On sait jamais, ça pourrait être le début d'une belle histoire !

— Barre-toi et remets plus jamais les pieds ici.

À partir du mercredi, Ivor se mit à apporter à Aidan plus d'une centaine de lettres par jour, dont la plupart contenaient un chèque ou un billet.

— Nom d'un chien, si ça continue, je vais avoir le dos en compote.

Pour Aidan, attirer ainsi l'attention des gens avec un acte uniquement dicté par le désespoir tenait du miracle. Très vite, il apprit à repérer les courriers des retraités à leur écriture de pattes de mouche. Chaque fois, son cœur se serrait.

Cher Mr Walsh,

Je vous écris pour vous dire combien je vous admire. Il faut du courage pour entreprendre ce que vous faites, et j'espère vraiment que vous réussirez à sauver votre emploi et ceux de vos collègues. Il est grand temps que quelqu'un prenne le parti de Monsieur et Madame Tout-le-Monde, si on peut dire. À mon époque, quand on avait trouvé un boulot, on était assuré de le garder toute sa vie. Mais on dirait bien qu'il n'y a plus aucune stabilité de nos jours. J'ai occupé le même poste pendant quarante ans, je conduisais un train (j'en pleurerais quand je vois ce que Thatcher a fait aux chemins de fer. Voilà une femme qui détestait les transports publics). Je monte toujours le son quand vous passez à la télévision ou à la radio : c'est un événement chez nous ! Vous donnez l'impression d'être quelqu'un d'aimable et de sincère, pas du tout comme les politiciens habituels, et je vous dis trois fois bravo ! Vous avez certainement réussi à attirer l'attention de ceux qui tirent les ficelles !

Je suis désolé de ne pas pouvoir vous envoyer plus, mais je joins quand même ce chèque de 17,50 livres, et j'en profite pour vous souhaiter bonne chance et vous dire que ma femme Doreen et moi, et tous nos amis de Morecambe, nous vous soutenons – nous regrettons seulement de ne pas être inscrits sur les listes électorales de Crindau !

Mes respects,

George Wilson

P-S : Ma femme et moi avons passé nos vacances d'été au pays de Galles en 1979, nous avons trouvé les gens très sympathiques et passé deux semaines très agréables, bien qu'il ait plu tous les jours !

Aidan se demanda à quoi George et Doreen avaient dû renoncer pour lui envoyer cet argent. Il les imaginait dans leur petite maison, contemplant le rivage gris à travers la fenêtre battue par la pluie, en s'efforçant de comprendre à quel point le monde changeait. Un monde peuplé d'êtres fragiles, gentils, effrayés, à qui personne ne rendait jamais visite ni n'avait le temps de parler. C'étaient ces gens-là qui donnaient, ceux qui n'avaient pas d'argent. Il reçut des centaines de lettres comme celle-là. Celles des personnes qui avaient vécu un deuil étaient les plus touchantes.

Mes sentiments vous accompagnent. J'ai perdu mon mari il y a dix ans. Il m'arrive encore de penser : « Il faut que j'en parle à Ted », et puis je me rappelle qu'il n'est plus là.

Il se promit de répondre à tous. Au moins un recto verso chaque fois. Il en parla à Shauna quand elle lui rendit visite ce soir-là.

— Tu es devenu un symbole.

— Ah bon ?

Cette idée le mettait mal à l'aise. Il avait déjà assez de mal à être lui-même, sans parler d'incarner un symbole !

— J'ai l'impression d'être un escroc en prenant l'argent de ces pauvres gens. J'ai peur qu'ils n'en aient pas les moyens, surtout les retraités.

— Tu as tort, papa. Ils le font parce qu'ils le veulent vraiment, ça leur fait du bien.

— Tu crois ?

— Absolument, ils ont le sentiment de pouvoir faire changer les choses. Certains n'ont pas ressenti ça depuis des années. N'as-tu pas bonne conscience quand tu donnes pour les malades du sida, les enfants dans le besoin, et j'en passe ?

— Si.

— Tu ne voudrais pas les en priver, n'est-ce pas ?

— Bien sûr que non…

Elle avait mis en plein dans le mille. Il se sentait vraiment mieux quand il aidait quelqu'un. Il comprenait pourquoi les gens se dévouaient pour les grandes causes. Bien sûr, ils cherchaient à porter secours à ceux qui avaient été moins favorisés qu'eux, mais cela donnait aussi du sens à leur vie à eux.

Petit à petit, il commença à comprendre que toute cette aventure donnait aussi du sens à son existence à lui. Dieu fasse qu'il soit à la hauteur des espérances des gens.

Dylan jeta l'argent liquide, les chèques et les mandats postaux reçus des sympathisants dans un sac en plastique et partit ouvrir un compte à la banque. Au bout de quelques jours, ils avaient près de 1 000 livres, et il restait encore deux semaines et demie avant Noël. C'était une vraie bombe !

Un matin, on frappa à la porte. Dylan ouvrit et se retrouva face à un homme d'un certain âge, vêtu avec élégance, qui contemplait la bannière accrochée à la façade. Il inspecta Dylan des pieds à la tête d'un air critique, comme s'il hésitait à le réprimander pour sa mise peu soigneuse, puis fronça les sourcils.

— Vous êtes le fils, n'est-ce pas ?

Il avait un accent distingué.

— Oui.

— Je suis venu jusqu'ici en voiture depuis Hereford. J'ai pris la mauvaise sortie en quittant la M4, et je suis arrivé dans un lieu horrible appelé Brynglas.

C'était pourtant considéré comme un beau quartier localement.

Il regarda sa montre.

— À présent, je risque d'être en retard à ma réunion à Cardiff.

Dylan se demandait quand il en viendrait au fait, car il attendait un appel de Radio Bristol. L'homme prit un air renfrogné, plongea la main dans son manteau et en retira une liasse de billets qu'il mit dans celle de Dylan.

— Voilà ma contribution.

Pour une fois, le jeune homme ne savait que répondre. Il considéra l'argent, bouche bée.

— À présent, vous allez donner une bonne correction aux gauchistes.

Quels gauchistes ? Dylan n'était pas au courant de la présence d'un candidat d'extrême gauche aux élections. Il y avait bien des années qu'il n'avait pas entendu utiliser ce terme. En fait, il n'aurait guère été surpris si Bill Oddie avait lancé une nouvelle série sur la BBC promettant des images inédites sur cette espèce en voie d'extinction. Puis il eut une illumination : il parlait du New Labour, le parti de Tony Blair ! Dylan dut faire un effort héroïque pour ne pas pouffer de rire. Quel vieux fossile ridicule !

— Les gauchistes, oui, mauvaise graine. On fera de notre mieux. Merci, monsieur, nous apprécions votre geste.

L'homme lui fit un signe de tête courtois. Dylan mourait d'envie de l'entendre ajouter : « Du cœur au ventre, par saint Georges ! », c'eût été la cerise sur le gâteau. Mais à la place, il lui montra la banderole :

— Il faut un point d'exclamation à la fin d'une phrase à l'impératif, mon jeune ami.

— Vous avez raison, monsieur. C'est mon père qui a fabriqué cette banderole, et il n'est pas très…

— S'il y a bien une chose qui m'insupporte, ce sont les erreurs de ponctuation.

Dylan caressait doucement la liasse de billets entre ses doigts, savourant cette sensation de plénitude.

— J'y veillerai.

L'homme sembla satisfait. Il hocha la tête d'un mouvement sec, remonta dans sa Rover et partit. Dylan l'observa qui s'éloignait, espérant bien qu'il se perde de nouveau et soit contraint de faire un détour par les quartiers les plus déshérités de Crindau, où il tomberait en panne d'essence. Il referma la porte et, debout dans l'entrée, compta les billets.

— 200 livres. Trop cool. Merci mon pote.

Il ne parlerait pas à son père de ce don car celui-ci ne pourrait accepter de l'argent d'un tory. Et ce qu'il ignorait ne pouvait pas lui faire de mal.

Dès le milieu de la semaine, Ivor ne pouvait plus se charger des deux sacs de courrier qu'Aidan recevait tous les jours, et une camionnette vint les lui livrer. Les lettres provenaient de tout le pays et même de l'étranger. Des cartes de vœux arrivaient d'Europe, d'Australie et d'Amérique du Nord. Ivor se débrouillait pour mettre de côté les plus exotiques, pour les apporter lui-même à Aidan. Un matin, il lui en tendit une venant du Canada avec un grand sourire :

— Et voilà ! Que pensez-vous du service ?

À l'homme qui s'est enterré vivant dans son jardin pour garder son emploi
Pays de Galles
Angleterre
Royaume-Uni

— Excellent boulot, Ivor, fit Aidan en levant le pouce.

Mais le meilleur – mieux que les cartes de vœux et les dons – c'était les propositions des femmes. Certaines envoyaient une photo. Parfois, elles ne laissaient rien à l'imagination. Celle de Rotherham était sa préférée. Cette image lui coupait le souffle, et faisait dresser sa bite au ciel. La femme y apparaissait complètement nue, étendue sur son lit, mains derrière la tête, regardant droit vers l'objectif avec crânerie. Pas étonnant, elle avait un corps de rêve. Au dos, elle avait écrit : « Je t'attends. » C'était la banalité du décor qui la rendait si excitante. Le radio-réveil sur la table de chevet, le tube de crème posé à côté, les taies d'oreillers et les draps, réplique presque exacte de ceux de Wilf et Megan. C'était si réaliste, si éloigné des photos des magazines pornos faites en studio. Rotherham était à deux, trois heures de route ? Il s'imaginait aller là-bas, sonner à sa porte. Elle ouvrirait et resterait bouche bée. Il essaierait de dire quelque chose, mais elle lui sourirait et poserait son doigt sur sa bouche pour qu'il se taise. Ils n'auraient pas besoin de mots. Ils s'embrasseraient avec passion, s'arracheraient leurs vêtements. Il refermerait la porte derrière lui. Puis ils monteraient tout droit dans sa chambre. Il lui ôterait sa robe d'un seul coup en la jetant sur le lit.

« Je t'attends. » Cette pensée le rendait fou. Il y avait des années qu'il n'avait pas fait l'amour. Il passait des heures à imaginer chaque détail. À la fin, n'en pouvant plus, il remit la photo dans l'enveloppe et la projeta tout au fond du cercueil. Il avait des centaines de lettres à écrire, il perdait du temps. Et puis tout ça n'était sûrement qu'une blague, pourtant il avait retenu son numéro de téléphone.

Il se sentait trop gêné pour en parler à ses amis. Comme il ne voulait pas qu'ils le prennent pour un vantard, à la place, il leur parla d'Angelica, cette femme du Texas qui voulait l'épouser. Il leur montra les deux photos accompagnant sa lettre. La première, prise par un photographe, la représentait souriant timidement, une main sur la joue, vêtue d'une robe rose. Sur la seconde, elle était en short et T-shirt, serrant dans ses bras Mickey Mouse, à Disneyland, rayonnante.

Pourquoi leur parler de tout ça ? Parce qu'il n'arrivait pas à y croire lui-même, et leur réaction ancrerait davantage les choses dans la réalité.

— Vous en pensez quoi ?

Russell regarda la deuxième :

— Un petit régime lui ferait pas de mal.

— Qu'est-ce qu'elle dit dans sa lettre ? demanda Gwynned.

Cher Adrian,

Ça commençait bien !

Ce que vous faites me bouleverse au plus profond de moi. J'espère de tout mon cœur que vous retrouverez votre emploi. Un homme sans travail, c'est comme un chien qui a perdu son os, comme disait toujours mon père !

Je me sens proche de vous, car j'ai connu des tragédies personnelles moi aussi au cours de ma vie. Mon mari m'a quittée, et m'a laissée élever seule notre fils et notre fille. Je n'ai pas eu de chance en amour depuis, et des fois je pense que je ne trouverai jamais le Prince charmant ! Mais quand j'ai lu cet article sur vous dans le journal, et que j'ai vu votre photo (est-ce qu'on vous a déjà dit que vous ressemblez beaucoup à Anthony Hopkins ?), j'ai su que vous étiez un homme bon.

Pour une femme de quarante-huit ans, je suis très jeune d'esprit, j'adore aller manger dehors, regarder des films à l'eau de rose qui me font pleurer, et me promener main dans la main au bord d'une plage déserte dans le soleil couchant. La foi m'apporte un grand réconfort, et je crois que Notre-Seigneur Jésus-Christ nous guide à chaque pas. Je travaille comme capitaine de caisse : cela consiste à se tenir près des caisses, dans un supermarché, et à montrer aux gens qui arrivent avec leur Caddie où est la file la plus courte. Je porte une main géante avec un doigt pointé, les enfants adorent ça. Je ne suis pas très bien payée, mais j'éprouve une grande satisfaction à aider les autres. Mon fils Dean est directeur adjoint dans un restaurant McDonald's à emporter de Tallahassee, et ma fille Beth étudie pour devenir assistante dentaire à Houston. Je crois que Notre-Seigneur veille aussi sur vous, Adrian, et que vous n'avez rien à craindre. Je sais que nous ne nous sommes pas encore rencontrés, mais je sens vraiment…

En toute honnêteté, elle lui fichait une trouille bleue.

— Elle dit que je ressemble à Anthony Hopkins.

— Nom de Dieu, brailla Russell, elle a aussi rudement besoin de lunettes. Ah ça, pour une belle prise, c'est une belle prise !

Gwynned souriait, un peu coupable et même Wilf semblait amusé. Ils se foutaient de lui à présent.

— Nom d'un chien, reprit Russell, qu'est-ce qu'ils ont, ces Yankees ?

Aidan se sentait minable, méchant. Il ne leur avait pas montré la lettre pour qu'ils la tournent en ridicule, c'était juste pour rigoler un peu. Il avait honte.

— Quand tu lui répondras, n'oublie pas de signer Anthony Hopkins.

Aidan savait très bien ce qui se passait. Ils étaient jaloux. Il n'était pas censé apprécier sa célébrité nouvelle. Et pourquoi pas ? Deux semaines plus tôt, il était effondré. À présent, les femmes se jetaient dans ses bras. Qui aurait pu rester indifférent ? Ses amis auraient préféré qu'il reste ce bon vieil Aidan. Ils n'avaient pas encore compris ; après ça, il ne serait jamais plus le même.

Le samedi soir, deux jeunes femmes arrivèrent en titubant près du périscope, riant comme des folles. Aidan leva les yeux et découvrit deux visages rouges qui l'observaient. Elles n'avaient guère plus d'une vingtaine d'années, et étaient bien habillées.

Elles lui firent signe. Il sourit et répondit. Plus rien ne l'étonnait. Pourquoi deux jeunes femmes saoules ne viendraient-elles pas lui rendre visite à minuit ? La campagne ne commençait qu'après Noël, jusque-là, il n'avait rien d'autre à faire qu'attendre pour voir ce qui allait se passer. Elles s'esclaffèrent. S'arrêtèrent. Se regardèrent, pouffèrent. La blonde se pencha un peu plus.

— Comment ça va, en bas ?
— Pas mal.
— Je parie que tu te sens seul.
— Pas vraiment, fit-il en haussant les épaules. J'ai beaucoup de visites.
— Même des visites comme nous ? répondit-elle en lui tendant ses lèvres.
— Non, répondit il avec un grand sourire.
Elles se regardèrent, puis éclatèrent à nouveau de rire. Aidan s'amusait. Jamais ce genre de filles ne lui aurait adressé la parole auparavant. Même ivres.
Sa copine passa son bras autour de ses épaules :
— Putain, Tina, je suis trop géniale.
Et Tina pouffa de nouveau. Aidan, parfaitement sobre, commençait à se lasser.
— Ça fait combien de temps que t'es là ? s'enquit Tina en repoussant sa copine qui menaçait de s'écrouler sur elle.
— Quatre semaines.
— Putain, je suis sûre que t'en crèves d'envie.
L'autre gloussa et retomba sur elle :
— Espèce de salope !
— C'est bon, les filles, ça suffit maintenant, déclara Aidan.
— J'aimerais pas faire ceinture pendant quatre semaines, je m'arracherais les cheveux, moi.
— T'es qu'une salope !
— Putain, combien je m'en suis fait ?
— Je parie que t'as le feu au cul.
— Et moi je pense que vous devriez rentrer vous coucher.
— Attends, vise un peu.

Tina ouvrit son manteau, le jeta par terre, puis commença à déboutonner son chemisier. Aidan sentit sa queue se réveiller.

— Mais bordel, Tina, qu'est-ce que tu fais ?

— Je vais laisser ce pauvre vieux se rincer l'œil.

— Quoi ?

— Ben ouais, pour lui redonner le moral. Il est là en bas tout seul depuis quatre semaines. Regarde dans quel état il est. Quatre semaines ! Je suis sûre qu'il a pas baisé depuis des années, pas vrai, mon chou ?

— Eh !

— Je vais lui redonner le sourire. Saloperies de boutons, fit-elle en se débattant toujours avec son chemisier.

— Moi aussi, renchérit sa copine rayonnante.

Nom de Dieu…

Par la fenêtre de sa chambre, Joy les observait.

— Doux Jésus. Ken, réveille-toi. Viens voir ça.

Il arriva à la fenêtre en se traînant.

— Juste ciel !

— Nous vivons près de l'antre du vice.

— Inconvenant, tout à fait inconvenant.

— Tout de même, il y a des limites. Engager des strip-teaseuses ! Qu'est-ce que ce sera la prochaine fois ?

— Elle… Elle… enlève son… whoua ! fit Ken bouche bée.

Il se cogna le front contre la vitre. Joy le repoussa.

— Pour l'amour du ciel !

Aidan détestait. Aidan adorait.

— Je vous en prie, ne faites pas ça.

— Mais… t'es gay ?

— NON ! se récria-t-il machinalement.

Tina était enfin venue à bout de son deuxième bouton et allait s'attaquer au suivant. Il aperçut son soutien-gorge. Sa pine était prête à bondir de son slip. L'autre fille se débarrassait de son manteau à présent. Elle portait un haut orange vif, sans boutons. Elle le souleva, dénudant son ventre. À présent, Aidan bandait comme un âne.

— Mmmmmmh, ouais, chéri.

Tina leva les yeux, vit ce qu'elle faisait, et l'imita.

— C'est bon, chéri.

Aidan ne voulait pas regarder, son cerveau savait qu'elles se fichaient de lui… Mais pas sa queue qui était comme une fusée prête à décoller pour aller se planter entre leurs cuisses. Tina acheva de déboutonner son chemisier qu'elle sortit de sa jupe, puis défit les poignets.

— J'aimerais que tu sois tout près de moi, chéri.

Sa copine passa par-dessus la tête son haut qui se prit dans ses boucles d'oreilles. À présent, Aidan contemplait deux soutiens-gorge, un blanc et un noir. *Oh mon Dieu !* Tina avait passé les mains dans le dos et se dandinait de manière suggestive, les lèvres entrouvertes. Aidan essayait de ne rien montrer, arborant une expression indifférente. Robert Stack dans *Les Incorruptibles*. Il tournait la tête d'un côté, puis de l'autre, prenait de profondes inspirations, étirait les orteils pour se détendre un peu. Bon sang, qu'est-ce qu'il avait envie de se les faire !

— CHÉRI, CHÉRI, CHÉRI OUAIS !

— Tina ! Attends, je suis coincée !

Mais elle n'écoutait plus, emportée par son élan.

— Attention, coucou les voilà !

Elle dégrafa son soutien-gorge, offrant à Aidan une vue imprenable. Nom d'un chien, elle devait se les geler. Sa bite devenait folle. Lorsqu'il bougeait et qu'elle frottait contre son pantalon, c'est à peine s'il parvenait à retenir un gémissement. Tina se pencha, caressant ses lèvres avec sa langue, prit ses seins dans ses mains et se mit à les malaxer.

— Mmmmmh.

Elle sourit, se mordit la lèvre inférieure. Elle se foutait de lui. *La petite garce ! Tourne la tête*. Il le fit. Il les entendit rire, regarda de nouveau, vit la blonde rire de lui.

— Allez, vas-y, mate !

Il se mit les mains sur les yeux. Ce n'était pas bien. Ce n'était pas ce qu'il voulait. Il n'avait rien demandé. Les salopes !

— Allez-vous-en. Allez-vous-en !

Leurs éclats de rire résonnèrent dans la nuit.

Le courrier ne cessait d'affluer. Il était à présent livré à la maison, où Dylan le réceptionnait. Il ouvrait les enveloppes, mettait de côté les chèques, le liquide et les mandats postaux, prêts à être déposés à la banque. Il portait les lettres par paquets de cinquante à Aidan, qui l'appelait pour le prévenir dès qu'il avait fini d'éplucher une pile.

Toutes n'étaient pas sympathiques. Certaines étaient même agressives :

Pauvre connard de coco qui se berce d'illusions,

Pour qui tu te prends à demander un boulot à vie ? Ouvre les yeux : l'État-nounou, c'est fini pour de bon. Pourquoi est-ce qu'on devrait vous aider, toi et tes semblables ? Est-ce que c'est ma faute si tu n'as pas assez travaillé à l'école pour décrocher les diplômes qui t'auraient permis de trouver une meilleure place que dans un entrepôt ? JE NE CROIS PAS *! Le gouvernement a déjà filé à cette compagnie des millions pour qu'elle installe une usine dans ce coin paumé du pays, je parle du pays de Galles, Cymru, comme vous voudriez qu'on l'appelle, bande de fanatiques ridicules. C'est la seule raison pour laquelle tu as décroché un emploi : grâce à nos impôts, qu'on a balancés à tes employeurs. Sinon, tu toucherais encore des allocs pour rester vautré chez toi toute la journée, à te bourrer de bière et de chips en regardant la télé par satellite et en te grattant le scrotum. Et maintenant, voilà que tu demandes encore un traitement de faveur pour que tes généreux employeurs restent ici, alors qu'il est clair que pour leurs affaires, c'est mieux de déménager leurs sites de production là où le coût de la main-d'œuvre sera inférieur (qui pourrait douter que des Indiens travailleurs, obéissants et pleins de gratitude soient plus efficaces qu'un tas de Gallois geignards et consanguins, à l'haleine empestant la bière ?). Qu'est-ce qui te fait croire que tu t'y connais mieux que les dirigeants de cette compagnie ? Ce sont des hommes d'affaires très* *intelligents, alors que toi, tu n'es qu'un pauvre prolo ignorant, qui vit dans le passé. As-tu donc le crâne trop épais pour comprendre que ces questions financières importantes et très compliquées dépassent largement tes capacités de bouseux ? Laisse ça aux experts. Je te conseille de renoncer à ce mouvement de protestation ridicule et de retourner faire ce que tu pratiques le mieux : copuler avec les moutons.*

Sincèrement,

Un contribuable travailleur

P-S : Si ta misérable ville devient réellement non viable sur le plan économique après la perte de ces emplois, puis-je suggérer une solution sensée ? Pourquoi ne pas inonder les lieux pour en faire un étang ? Est-ce que ce n'est pas ça qu'on fait chaque fois qu'une ville du pays de Galles dépasse la date de péremption ?

C'était à la fois nouveau et dérangeant de savoir que de parfaits inconnus le détestaient. Aidan essaya d'en rire. Mais le doute persistait. Peut-être parce qu'en dépit de toutes les insultes et railleries, le type n'avait pas tort sur tous les points ? Si le gouvernement les aidait en versant des subventions à la ville, cela ne signifiait-il pas qu'une autre ville déshéritée devrait s'en passer ? Qu'en était-il de l'usine Sunny Jim de Teesside ? Il se demandait ce qu'ils pensaient de la situation à Crindau. En fait, il le savait, car l'autre jour, il avait lu dans le journal un article là-dessus intitulé « La Ville oubliée ». Un ouvrier déclarait :

« Jamais on ne parle de nous dans les médias. Tout ce qu'on entend, c'est à propos de cette ville au pays de Galles où ce guignol s'est enterré vivant. On est dans le même bateau, mais on dirait bien que tout le monde s'en fout. Visiblement, il faut qu'on trouve un truc pour que les journaux s'intéressent à nous et parlent de nos problèmes. Peut-être qu'un d'entre nous devrait grimper dans un arbre et refuser de redescendre tant qu'on n'aura pas décidé de laisser l'usine ouverte. »

Aidan s'était senti rongé par la culpabilité après avoir lu ça. Il comprenait l'attitude du type. Il aurait ressenti la même chose. Mais il ne pouvait pas lutter pour eux aussi. De même qu'il n'aimait guère songer à la façon dont on considérerait son action en Inde. « Allez-vous refuser à ces gens la chance de connaître un avenir où ils ne souffriraient plus ni de la faim ni des maladies ? » Mais on risquait de devenir dingue à force de s'inquiéter pour des trucs pareils. Si on pouvait mesurer les conséquences de ses actes à l'avance, la vie serait tellement plus simple !

Il parla de la lettre à Dylan. Celui-ci haussa les épaules :

— C'est un mec qui a pété les plombs, oublie ça.

Il en parla à Shauna, qui venait le voir tous les soirs.

— Tu sais quels sont les trois pays d'Europe où les gens sont le plus heureux ? répondit-elle.

— Quel rapport ?

Elle agita gravement l'index :

— La Suède, la Hollande et l'Islande. Tous des pays où l'aide sociale est prépondérante. Les gens se sentent plus en sécurité, valorisés, mieux traités. Ils ont une dignité, leur vie a un sens. On ne peut ni être confiant ni se sentir rassuré quand on ne cesse de s'inquiéter pour l'avenir.

Elle possédait une telle intelligence. Il songeait souvent que c'était elle qui aurait dû se présenter aux élections, pas lui.

— En fin de compte, continua-t-elle, un gouvernement économise même de l'argent lorsqu'il investit dans la création d'emplois. Le chômage génère toujours une augmentation du crime, de l'alcoolisme, de la toxicomanie, des divorces et du nombre de délinquants. Ensuite, il faut augmenter les budgets des forces de police, des agents de contrôle des libertés surveillées, et de la sécurité sociale. Mon Dieu ! songe seulement aux millions qu'on dépense en antidépresseurs. Au final, cela coûte dix fois plus qu'une action visant à protéger le bassin de l'emploi d'une région. Laisser une ville péricliter n'a aucun sens économique.

— Alors, je pourrais faire économiser une fortune au gouvernement si je gagne.

— Tout à fait.

Elle sourit. Il la trouva très belle.

— Shauna.

— Oui ?

— Tu devrais sourire plus souvent.

Le sourire disparut sur-le-champ.

— Je le ferais si j'en avais plus souvent l'occasion.

Dylan épingla au mur certaines lettres exprimant un soutien à Aidan. Sur une carte de vœux, son visage remplaçait celui du Père Noël, et le mot

EMPLOIS était écrit sur la hotte. Un enfant avait dessiné un bonhomme bâton allongé sous terre, surmonté du slogan « Sauvez notre ville » écrit au feutre. Il y avait aussi des poèmes :

Aidan est au fond du trou, tout comme nous
Si nos emplois s'en vont, voyez-vous.
Tendez la main pour le sortir de là,
À sa victoire, nous sauterons de joie !

L'élu du peuple, il sera !
Servant nos intérêts à vous et moi.
Et Sunny Jim l'écoutera
Quant à Downing Street il nous défendra !

— Ah ! la terre des Bardes... soupira Dylan en l'accrochant au mur.

Quand les journalistes venaient, il leur montrait les piles d'enveloppes, de cartes, de poèmes, de lettres.

Les visiteurs regardaient autour d'eux, impressionnés, et prenaient des notes. Il s'était fait faire des cartes de visite qu'il leur distribuait quand ils repartaient. Des contacts utiles une fois les élections passées lorsqu'il lui faudrait décider quoi faire ensuite. Il s'imaginait chargé d'écrire un éditorial, ou peut-être animant sa propre émission de radio : à moins qu'il ne retourne sur la scène publique, ou donne des séminaires de formation – « Vous aussi, vous pouvez déplacer des montagnes – l'art de l'impossible », par Dylan Walsh. Il fallait penser à l'avenir. Il avait renoncé à sa carrière de comédien pour aider son père à s'en sortir, trimait quatorze ou quinze heures par jour. Il aurait été fou de ne pas chercher à se caser.

Pour changer, Russell, Gwynned, Wilf et Dylan étaient au Globe. Il était 20 h 30, et il y avait de plus en plus d'animation. Écrasés, bousculés, des sacs en plastique remplis de cadeaux de Noël déversaient leur contenu sur le sol crasseux. Au bar, Strange Eddie, un carnet de notes et un stylo à la main, souriait aux gens qui faisaient la queue devant lui, le payant pour qu'il embrasse Frank, qui feignait de ne pas le voir. Pour la troisième fois de suite, le juke-box passa *Fairytale of New York*, tout le monde chantant en chœur. Beaucoup étaient déjà bien éméchés, et Dylan s'aperçut que certains n'allaient pas tarder à verser une larme. Ce pub était incroyablement déprimant.

— Ça c'est mieux, fit Russell en désignant de la tête le juke-box. Si j'entends encore une fois ce putain de morceau de Slade, je vais devenir fou à lier. Je vais vous dire, si je tombais sur ce Noddy Holder et que j'avais un flingue sur moi...

— Et si tu le rencontrais en même temps que Cliff Richards et que t'avais qu'une balle ? fit Gwynned.

— Moi, ce que j'aime le plus à Noël, fit Wilf qui n'écoutait pas et rêvassait, c'est les grues.

— Les grues !

— Ouais, comme ils les décorent avec des lampions et des banderoles où c'est marqué Joyeux Noël. Je trouve ça si joli.

— Tu as raison, répondit Gwynned, c'est vraiment joli.

— C'est ton truc préféré à toi aussi, à Noël ?

— Non. Moi c'est quand ils repassent *Bambi* à la télé. Je m'en lasse jamais.

Dylan lança en l'air son sous-bock et le rattrapa, puis il se sentit ridicule de prendre autant de plaisir à faire un truc pareil. Tu parles d'une manière de passer son vendredi soir en picolant avec les potes de son vieux dans ce pub de nases... *Mais où j'habite ?*

— Attendez, lâcha Russell, j'ai pas dit ce que c'était mon truc préféré à Noël, moi.

— Vas-y.

— C'est les petits mômes qui jouent leur pièce de Noël à l'école.

Ils ne s'attendaient pas à ça. Dylan sentit son moral sombrer. À cette époque de l'année, le sentimentalisme était de rigueur.

— Moi, j'étais toujours au turbin, mais une fois, j'étais malade, alors je me suis traîné hors de mon plumard, et j'y suis allé. Theresa jouait Marie, et Jason un ange.

Il s'arrêta pour boire une gorgée.

— Aujourd'hui, les choses sont différentes. On voit des pères emmener leurs gamins à l'école, ou aller les chercher. Mais à l'époque, faut bien le dire, les gars s'occupaient pas trop de leurs enfants.

— Pas le temps, hein ?

— Mais y avait pas que ça, pas vrai ? T'avais pas envie d'être vu en train de faire des chichis et de te tracasser pour tes gosses, c'était bon pour les gonzesses… T'avais pas envie que les autres se foutent de toi.

— Moi, je me tracassais pour mes gosses, dit Wilf.

— Ouais, mais toi, c'est différent.

— Comment ça ?

— T'as l'habitude que les gens se foutent de toi.

Gwynned ricana.

Wilf essaya de feindre l'indifférence :

— Et toi, Dylan ? Qu'est-ce que tu préfères à Noël ?

— J'adorais aider ma mère à décorer le sapin. Elle confectionnait des anges, des rennes, des étoiles et toutes sortes de trucs en papier mâché, et ensuite, elle les peignait. C'était génial.

— Elle était très douée, ta mère, fit Gwynned en posant doucement la main sur l'épaule du jeune homme.

— Ouais, ouais, elle l'était…

Il fallait qu'il sorte, ça lui prenait vraiment trop la tête. Il vida son verre et se dirigea vers la porte. Le Globe se trouvait aux abords d'un parc, et Dylan aperçut une voiture, abandonnée depuis deux semaines, qui flambait. Il traversa l'étendue d'herbe pour rentrer chez son père. Le froid était vif, le sol gelé, dur comme la pierre, et le vent cinglant traversait son blouson. Les réverbères illuminaient d'une lueur jaunâtre les balançoires, la cage à poules rouillée et la fontaine qui n'avait jamais fonctionné. Au cours de la semaine qui avait suivi la mort de sa mère, deux garçons qui habitaient un peu plus loin dans la rue étaient venus le chercher pour jouer. Il les connaissait à peine, ils avaient l'air emprunté d'enfants à qui on a fait la leçon avant de les envoyer faire leur B.A. Ils s'étaient traînés en silence, ne sachant quoi se dire, et étaient allés faire de la balançoire. Dylan ne supportait pas la façon artificielle dont ils le traitaient, terrifiés à l'idée de faire une gaffe, comme s'il était en sucre. Alors, il s'était balancé de plus en plus haut, debout sur la planche, s'accrochant aux chaînes avec fureur, jusqu'à ce que l'air résonne à ses oreilles comme une mer en colère. Plus il montait vers l'azur, plus il avait le sentiment de prendre ses distances avec tout ce qui s'était passé durant les dernières semaines. Jusqu'à ce qu'il perde l'équilibre, fasse un vol plané et s'écrase au sol en se cassant un bras. Tout ce dont il se souvenait ensuite, c'était son père se ruant hors de la maison en hurlant comme un fou : « Qu'est-ce que vous avez fait à mon fils ? Qu'est-ce que vous avez fait à mon fils ? »

La douleur, quand Aidan l'avait serré contre lui, coinçant son bras cassé contre sa poitrine, avait été si violente que Dylan avait cru en mourir. Les larmes tièdes de son père lui coulaient dans le cou, tandis qu'il lui répétait : « Dylan, Dylan, mon fils, dis-moi quelque chose, pour l'amour du Ciel, dis quelque chose, je t'en supplie. »

Après ça, il avait détesté le parc et n'était jamais retourné y jouer.

Dans son dos, la musique du Globe faisait un fond sonore étouffé, mélancolique. Dylan se retourna. Le pub ressemblait à un vieux rafiot ayant rompu ses amarres et partant à la dérive, tandis que les passagers et l'équipage continuaient de faire la fête, bienheureux, inconscients du danger.

— Et y a pas de canot de sauvetage à bord, murmura-t-il au vent.

Il poussa le portillon. Une rangée de lumières bleues balisait le chemin, telles des sentinelles, jusqu'au cercueil. Un flot de lumière se déversait sur le mur de la maison. Des guirlandes de lampions clignotaient sur les poteaux de l'abri. Russell et les gars avaient fait du bon travail. L'effet était assez théâtral et Dylan eut envie de prendre une photo. Arrivé sous la bâche, il alluma une cigarette.

— Qui est là ?

— C'est moi, 'Pa.

— Coucou, viens là que je te voie un peu.

Dylan regarda au fond et fit un signe à son père.

— Comment ça se passe, au Globe ?

— Y a de l'animation. Tes copains sont en forme… Wilf est déjà raide.

— Russell n'est pas trop dur avec lui ? demanda-t-il d'un air inquiet.

— Pas spécialement, répondit son fils en soufflant la fumée par le nez.

Un instant de silence suivit.

— Tu te souviens du temps que maman passait à préparer les décorations pour le sapin ? Elle faisait des trucs hyper bien. C'est dommage qu'on n'ait pas continué après sa mort.

Il prit une bouffée, puis remonta son col en le serrant bien autour de son cou.

— Tu sais, fit Aidan, des fois, j'ai l'impression que je fais tout ça parce que... c'est comme si j'avais pas pu sauver ta mère, alors j'essaie de sauver autre chose. Est-ce que tu comprends ?

Dylan le regarda longuement. Il se demanda s'il en allait toujours ainsi entre père et fils. On avait très envie que son père dise ou fasse quelque chose d'inhabituel, pour une fois. Qu'il se comporte de manière différente. Et quand ça arrivait enfin, on se demandait si on savait vraiment qui il était. Il se détourna.

— Écoute, papa, Noël, c'est seulement dans dix jours, et l'argent continue de couler à flots. On a besoin d'une autre ligne de téléphone, d'ordinateurs, d'un accès à Internet, d'une photocopieuse et d'un fax. Il faut qu'on tire des tracts, des affiches... Mais il faut être sûr que chaque penny sera rentabilisé le mieux possible.

Aidan était mortifié que Dylan n'ait pas écouté un seul mot de ce qu'il avait dit sur ses sentiments. Mais il ne voulait pas le lui montrer, et lui répondit sur un ton enjoué :

— Je connais l'homme de la situation !

— Ah bon ? Qui ça ?

— Pancho.

Le lendemain matin, Aidan appela Pancho.

— Eh, *amigo*, tu me fais un grand honneur. C'est pas tous les jours que je reçois un coup de fil de l'homme le plus célèbre de Crindau.

— Arrête ton char.

— Alors, qu'est-ce que je peux faire pour toi ?

Aidan lui récita la liste de Dylan.

— *Si, si*, j'ai certains de ces articles en stock, mais les autres, il faut que je les trouve. Noël est une grosse période pour moi. Les produits me filent entre les mains.

— Tu peux me les avoir pour quand ?

— Pour toi, le prochain député de Crindau, je vais tout mettre en œuvre, fit-il en éclatant de rire. Eh, le pouvoir au peuple !

C'était la fin de l'après-midi, la lumière commençait à décliner. Aidan venait de donner une interview au magazine *Observer*, qui faisait une série d'articles sur des personnes qui allaient passer un Noël insolite.

Son portable sonna une nouvelle fois.

— Allô.

— J'ai baisé ta femme.

Aidan sentit ces paroles lui plomber l'estomac. Comme si on lui avait fait ingurgiter de force quelque chose de brutal, de répugnant.

— C'était y a des années. Un après-midi. T'étais au boulot.

L'homme avait une voix rauque, râpeuse comme du papier de verre. Aidan imagina qu'elle lui arrachait la gorge lorsqu'il parlait.

— Qui est à l'appareil ?

Dès qu'il eut prononcé ces mots, il sut que c'était la mauvaise réponse.

— Lover Boy, c'est comme ça qu'elle m'appelait toujours. Elle en redemandait tout le temps. Tu aurais dû l'entendre : « Prends-moi, mets-la-moi profond ! » On a fait ça dans ton lit. Dans l'escalier.

Dans la chambre de tes gosses, j'ai déchargé sur leurs draps. Je la lui ai mise dans le cul. Elle m'a sucé. Elle en avait jamais assez.

— Ta gueule ! glapit Aidan en coupant la communication.

Il lâcha le téléphone, et prit son visage dans ses mains.

— Salaud !

Son cœur battait à tout rompre, comme s'il voulait sortir de sa poitrine. Il eut soudain la nausée.

— Espèce d'ordure !

Il aurait voulu lui coller son poing dans la figure. Mais l'autre n'était pas là, alors, il frappa le cercueil. Puis il regarda sa main. Ses articulations étaient éraflées à cause du choc sur le couvercle, et le sang perlait déjà à travers la peau, comme de l'encre sur du buvard. Il remercia la douleur, car elle était plus facile à affronter que la tornade qui vociférait dans sa tête et lui labourait les entrailles. Mais ce n'était pas encore assez, aussi il cogna de nouveau le cercueil, plus fort.

Il hurla. Des lambeaux de peau se détachèrent. La souffrance le submergea, lui faisant tout oublier. Pour quelques instants.

Comment pouvait-on asséner des choses pareilles ? Ce n'était pas vrai. Voilà ce qu'il devait se dire pour désamorcer ces paroles. Ce n'était pas vrai. *Comment tu peux en être sûr ?* Oh ! non, les voix étaient de retour. « *Prends-moi, mets-la-moi profond !* »

C'était dans sa tête à présent. Cette possibilité ignoble. Quelque chose de vil, de pervers, qui n'y était pas auparavant. Ça aurait pu arriver, bien sûr. Les gens avaient des aventures. Parfois, ils emportaient leur secret dans la tombe.

Non. S'il commençait à penser comme ça, ce salopard avait gagné. C'était ça qu'il cherchait : à semer le doute dans son esprit. À le torturer. Eh bien ! ça ne marcherait pas. Il voyait clair dans son jeu. Ses mains tremblaient. Il prit son portable et appela le Globe.

— Frank ?

— Oui, monseigneur, que puis-je faire pour vous ? Avez-vous besoin que nous venions chercher vos excréments ? Ou souhaitez-vous que je vous récite notre menu détaillé ?

— Il faut que je boive quelque chose... Tu peux m'apporter un double cognac ?

Il y eut un instant de silence, et le barman se mit au diapason. Quand il répondit, sa voix avait perdu sa jovialité.

— Bien sûr, mon vieux, je te l'apporte moi-même.

— Merci.

Il raccrocha.

Frank lui apporta une flasque pleine. En descendant le panier, il regarda longuement Aidan, appréciant la situation.

— Ça va pas ?

— Si, si, pas de problème.

— Bon, je la mets sur ton ardoise.

Le barman n'insista pas, il n'était pas du genre à donner des conseils. Si un gars n'avait pas envie de parler mais seulement de boire, c'était son affaire.

Aidan ouvrit la bouteille et but une longue gorgée. Il se mit à tousser. Il avait la respiration coupée, les larmes aux yeux.

— Nom de Dieu !

Son portable se remit à sonner. Il le regarda, posé à côté de lui, l'écran s'allumant d'un vert criard, arrogant : *Réponds ! Mais réponds !* Et si c'était de nouveau le pervers ? C'est comme ça qu'ils s'y prenaient, en revenant à la charge. Il s'en saisit et l'éteignit. Hélas, il ne pouvait faire de même avec son esprit.

Il avait besoin d'en parler à quelqu'un. Mais à qui ? Pas à Dylan, ça l'aurait rendu malade. D'abord, la découverte de sa mère, étendue morte par terre, ensuite des obscénités sur son compte… Non, il fallait le protéger.

Il ne pouvait pas non plus en parler à Shauna. Une fille ne devait pas entendre ce genre de choses à propos de sa mère.

Il n'avait pas envie de se confier aux copains, il savait trop bien comment ils réagiraient. *Quelle espèce de vicelard, dis-lui d'aller se faire foutre*. Ils emploieraient des mots durs, se montreraient dégoûtés. Mais au fond d'eux-mêmes, ils seraient gênés. Désolés pour lui. Il ne voulait pas de leur pitié. Il ne pourrait le supporter.

Et puis il y avait autre chose. Ils penseraient que ce n'était pas un hasard. Ils ne le feraient pas exprès, mais ne pourraient s'empêcher d'y songer. Il le savait, car ç'aurait été pareil pour lui. Quand on recevait ce type d'appel, on se demandait : « Pourquoi moi ? » On s'imaginait qu'il devait y avoir quelque chose en soi qui attirait ces dingues, une faiblesse, un truc honteux, sale, répugnant, que les autres parvenaient à cacher. Ils savaient, eux.

Non, il n'en parlerait pas aux copains. Il ne dirait rien à personne. Il cacherait cette histoire dans un recoin, tout au fond de son esprit. Il n'allait pas se laisser emmerder avec ça. *Dis-le : « Je m'en fous. C'est rien qu'un détraqué. »* Voilà.

Un peu plus tard, Shauna passa le voir. Elle regarda dans le périscope et lui demanda :

— Que s'est-il passé ?

— Rien, je suis juste un peu fatigué.

— Allons, papa. Tu es vraiment contrarié, n'est-ce pas ?

— Je préfère pas en parler, ma chérie.

Mais elle n'allait pas le laisser s'en tirer comme ça.

Il ferma les yeux et croisa les bras sur sa poitrine.

— J'ai reçu un coup de téléphone obscène.

Elle ne semblait pas choquée, ni mal à l'aise, ni même dégoûtée.

— Papa, cela arrive quand on parle de quelqu'un dans les journaux. Ça attire les pervers.

— C'était à propos de ta mère. Il a dit des choses horribles, vraiment dégradantes... Je peux pas te répéter.

— Je suis désolée, ça a dû être terrible.

— Oh oui !

— Qu'est-ce que tu vas faire quand il rappellera ?

Il lui lança un regard affolé. Sa fille, cette belle jeune femme, qui connaissait si bien le fonctionnement des esprits tordus.

— Je vais t'apporter un sifflet.

— Quoi ?

— Tu le mettras autour de ton cou. Comme ça, quand il retéléphonera, tu lui en mets plein les oreilles. Ça devrait le calmer.

Quel salopard de fêlé pour appeler comme ça, juste avant Noël ! Le dernier Noël qu'il avait passé avec Eileen avait été un cauchemar. Si seulement il avait pu tout recommencer ! Il était arrivé bien trop tard, des heures après le boulot. Les enfants étaient déjà couchés, et Eileen, devant la télé, furieuse.

— Ton dîner est dans le four.

Il avait pris une bière et s'était installé seul dans la cuisine. Elle l'avait rejoint et s'était plantée devant la table.

— Aidan, parle-moi.

Il ne savait pas quoi lui dire. Ça n'allait plus entre eux, et il ne comprenait pas pourquoi. Il n'était plus son mari. Juste un type qui habitait la même maison qu'elle et les gamins, une machine à bosser. S'il ne multipliait pas les heures sup, ils ne pouvaient pas s'en sortir. Il n'avait pas le choix. C'était comme ça. Il faisait de son mieux pour faire vivre sa famille. Et si ça ne lui plaisait pas, à la famille, tant pis pour elle.

— Je sais que tu es fatigué, Dieu sait que je le suis moi aussi. Tu n'as vraiment rien à me dire ?

Non. Elle se mit en colère. Lui jeta à la figure ce que seule une personne qui vous a aimé un jour peut dire. Il ne protesta pas. Il la joua à la Mohammed Ali. La tactique employée contre George Foreman au stade « Rumble in the Jungle ». Ali, dans les cordes, encaissant les coups de son adversaire. Lui aussi avait encaissé les coups d'Eileen, attendant qu'elle s'épuise. Il voulait qu'elle arrête. Il avait envie d'une autre bière. Si seulement tout avait pu être comme au début, avant la naissance des enfants, avant cette foutue hypothèque, ces disputes orageuses et ces silences insoutenables. Si l'on ne pouvait revenir en arrière, alors, il préférait ne pas y penser.

Elle cessa de crier. Elle avait l'air épuisée, prête à fondre en larmes.

— Aidan ?

— Quoi ?

— Est-ce qu'on peut en parler ?

— De quoi ?

Elle croisa les bras. Quand elle rouvrit la bouche, sa voix était calme, contrôlée :

— Du fait qu'on ne se parle plus.

S'il avait pu partager ce qu'il ressentait, il l'aurait fait. En tout cas, c'est ce qu'il croyait. Mais à l'époque, les gars ne parlaient pas. Aucun de ceux qu'il connaissait. Ils n'exprimaient pas leurs sentiments. Pas plus qu'ils ne portaient de boucles d'oreilles, n'utilisaient d'après-shampooing, ou ne buvaient de bière en bouteille coûteuse, venant du continent. Ils ne portaient pas non plus de caleçon, ne se teignaient pas les cheveux ni n'arrêtaient de travailler à cause du stress. Ils prenaient sur eux.

— J'ai l'impression de parler à un mur.

P'têt ben. Mais tout le monde avait un mur autour de soi, et il aurait été bien bête de ne pas en bâtir un lui aussi.

— Aidan.

— Arrête, s'il te plaît.

C'est ce qu'elle fit. Au début, il fut soulagé. Puis le vide commença à l'envahir, comme l'humidité quand on a été trempé par une averse et qu'on rentre chez soi à pied, dans ses vêtements gorgés d'eau. Une humidité écœurante qui ne disparut jamais complètement.

— Laisse-moi, tu veux bien ?

C'est ce qu'elle fit aussi. Trois mois plus tard, elle était morte.

Le samedi matin, Pancho arriva au volant de son camion. Tandis que Russell, Gwynned, Wilf et Dylan déchargeaient la marchandise, il fuma son cigare, assis à la place du conducteur. Une camionnette de la poste se gara près de lui, et Pancho vit l'employé sortir un gros sac pour aller le déposer devant la porte de la maison d'Aidan.

— C'est le courrier !

Dylan vint récupérer le sac et le traîna à l'intérieur.

Pancho sortit et s'approcha en demandant :

— C'est pour Aidan, tout ça ?

Dylan acquiesça en souriant, satisfait, puis ajouta :

— Parfois, on en a deux.

Pancho émit un sifflement admiratif. Ça devenait bigrement intéressant. Il alla ensuite dans le jardin pour discuter un peu avec Aidan. Une équipe de la télévision britannique filmait une journaliste française qui parlait à une sorte de périscope sortant de terre.

— Diriez-vous que vous êtes la voix de l'homme du peuple que les gouvernements et les milieux d'affaires préféreraient ne pas entendre ?

Elle était plutôt mignonne, la Française. Une peau d'un blanc laiteux, des traits fins et des cheveux d'un noir de jais coupés très court, à la garçonne. On aurait dit qu'elle sortait tout droit d'un film des années soixante, une bombe sexuelle montant les uns contre les autres trois ou quatre types au cours d'un long et chaud été à Paris. Sous-titres et musique jazzy, bien sûr.

Il y avait aussi là un type ordinaire, qui attendait en lisant la page consacrée aux courses dans le *Mirror*.

— T'attends pour voir Aidan ?

Le gars leva la tête :

— Ouais, on a fait une collecte hier soir au pub, et je suis passé déposer la cagnotte.

Pancho écouta, puis, désignant le journal :

— Neddy Seagoon : trois contre un, à deux heures et demie à Doncaster. C'est du sûr, fit-il en lui lançant un clin d'œil.

La journaliste française questionnait à présent Aidan sur la manière dont il gérait ses besoins naturels. Pancho demanda au type depuis combien de temps il attendait.

— Environ dix minutes, fit-il en regardant sa montre.

Halte-là ! Pancho ne faisait pas la queue pour voir ses clients. Il ouvrit le portillon et s'engagea dans le parc. Une autre équipe de télévision traînait par là, interviewant les passants. Les voisins venaient leur offrir une tasse de thé et des biscuits. Un groupe d'ados avait investi la cage à poules, où ils fumaient en essayant d'attirer l'attention. D'autres gens montraient du doigt la maison d'Aidan, comme s'il s'agissait d'une attraction pour touristes. Sur le côté, un type prenait des photos de la scène. Wilf rappliqua en courant.

— Te voilà... On a fini de décharger. Tu viens chercher ton fric ?

Pour une fois, Pancho ne dressa pas l'oreille en entendant ce mot. Il avait l'air pétrifié.

— *Dios mio*... Il se passe vraiment quelque chose ici.

— C'est formidable, hein ?

Pancho plissa les yeux et tapota gentiment la poitrine de Wilf du bout de son index.

— Non, *amigo*, je suis obligé de te contredire. C'est pas formidable, c'est un véritable scandale !

— Qu'est-ce que tu veux dire ? fit Wilf interloqué.

— Cet endroit est pitoyable, rien n'est aménagé pour le public. Vous êtes des amateurs.

— Mais ils viennent pour voir Aidan ?

— *Si, si*... et qu'est-ce qu'ils font en attendant leur tour ?

Wilf regarda autour de lui, cherchant une réponse.

Pancho se fendit d'un large sourire, et pointant un doigt plein d'enthousiasme vers lui, comme s'il avait trouvé la réponse parfaite à un problème épineux :

— Quand tu vas assister à un grand match, voir un concert ou un film, qu'est-ce que tu fais en premier ?

Wilf le dévisagea d'un air ahuri. Pancho se dit qu'il valait mieux hâter le processus en répondant lui-même, sachant qu'il n'avait pas l'intention d'y passer la matinée :

— Tu achètes un truc à boire et à bouffer. Tu te fais plaisir après une longue journée de travail. T'as aussi besoin de quelque chose pour occuper les petits, pour qu'ils se tiennent tranquilles.

Il siffla entre ses dents et reprit :

— Je suis désolé pour tous ces gens. Ils méritent mieux que ça. Ils réclament un accueil digne de ce nom.

Wilf jeta un nouveau coup d'œil autour de lui, abasourdi :

— Ah bon ?

Pancho lui adressa un regard plein de pitié en posant la main sur son épaule :

— *Muchacho*, peut-être qu'ils ne disent rien, mais à l'intérieur, tu peux me croire, ils hurlent. Je les entends. Ils ont besoin d'aide. Je tombe vraiment à pic, acheva-t-il, les yeux étincelants.

À minuit quarante-cinq, le portable d'Aidan retentit. L'heure des pervers. Il sentit une poussée d'adrénaline. D'une main, il saisit le téléphone, et de l'autre le sifflet attaché autour de son cou.

— Allô.

— Ta femme m'a sucé…

Il plaça le sifflet entre ses lèvres, inspira.

— J'ai déchargé…

Il gonfla ses poumons et souffla à s'en déchirer les tympans. Il eut l'impression que son crâne allait éclater. Puis il cracha l'engin, et brailla :

— Alors ça t'a plu, espèce de salopard !

Mais il n'y avait déjà plus personne en ligne.

Deux jours plus tard, un gros camion de ravitaillement rouge apparut à la lisière du parc. Sur le côté, en lettres blanches, était écrit : *LA CANTINA DU CHE*. À l'intérieur, deux jolies blondes au décolleté plongeant vendaient hamburgers, frites, hot dogs, pâtisseries, tourtes, thé, café (50 pence pour un pousse-café), chocolat et sodas. Les affaires marchaient bien.

Pancho passa après le coup de feu de midi pour encaisser et s'assurer qu'elles avaient assez de monnaie.

— Comment ça va, *señoritas* ? demanda-t-il en comptant les billets.

C'était toujours Sian, la plus grande, qui répondait.

— Au début, ça bougeait pas beaucoup, et puis on a eu une équipe de télé et un car de touristes japonais, et après, ça a mieux marché.

— *Si, si*, c'est toujours comme ça, la foule attire la foule. Qu'est-ce qui s'est le mieux vendu ?

— Les hamburgers et les hot dogs.

Il hocha la tête, empocha les billets, puis nota des chiffres dans un carnet.

— Personne n'a posé de questions embarrassantes ?

— Non.

— Vous savez quoi faire si les flics ou des gens de la municipalité se pointent ?

— Jouer les connes et déguerpir en vitesse.

— *Bueno*. Tu iras loin, toi. Je reviens tout à l'heure, j'ai pas encore déjeuné.

— Hé, tu veux pas un de ces trucs-là ? dit-elle en lui tendant un hamburger.

Pancho fit la grimace.

— Tu rigoles ? Ça a vraiment l'air dégueulasse.

Aidan espérait qu'il n'avait pas trop attendu. Il voulait le faire depuis longtemps. À 15 heures, la veille de Noël, y aurait-il encore quelqu'un dans les bureaux de Sunny Jim ? Quand la standardiste finit par répondre, Aidan eut l'impression qu'elle s'était déjà envoyé quelques verres, et que ce n'était pas terminé.

— Je vous la passe tout de suite. Joyeux Noël !

— Joyeux Noël à vous aussi !

Il ressentait comme un vide au creux de l'estomac. Ses mains étaient moites. Il avait l'impression d'avoir douze ans.

— Service des ressources humaines, Safina Ahmed, bonjour.

— Salut Safina, c'est moi...

— Aidan !

— Tu te souviens de moi ?

— Comment pourrais-je t'oublier ? dit-elle en riant. Tu passes chaque jour dans le journal et à la radio. Ici, on parle tout le temps de toi.

L'idée lui plut qu'elle ne puisse éviter de penser à lui.

— Je commençais à me demander s'il restait encore quelqu'un ici, la standardiste a mis une heure à répondre.

— Non, il n'y a plus grand monde. À midi, Angie est allée au pub, et on ne l'a pas revue. J'étais juste en train de finir de la paperasse... qu'Angie aurait dû régler, pour être honnête.

Aidan se demanda si quelqu'un lui avait seulement souhaité un joyeux Noël.

— Je voulais te dire à quel point j'étais désolé qu'ils t'aient forcée à m'apporter cette lettre.

— Je suis contente que tu me téléphones. Je m'en voulais terriblement.

— Faut pas, tu n'avais pas le choix. Il y a un moment que je voulais te le dire, mais j'ai pas cessé de remettre à plus tard…

— En fin de compte tu m'as appelée, et ça me fait vraiment plaisir.

Cette chaleur dans sa voix coupa le souffle à Aidan. Il ferma les yeux pour mieux l'imaginer à l'autre bout de la ligne. Sa bouche. Les yeux dans les yeux. Lèvres contre lèvres. Soudain, il s'aperçut qu'il se moquait éperdument de toutes ces femmes qui s'offraient à lui dans leurs lettres. Tout ça n'était pas réel. Safina, en revanche, l'était.

— Alors… tu as hâte d'être au réveillon ?

Elle répondit que oui. Sans grand enthousiasme, cependant. Il lui demanda ce qu'elle comptait faire.

— Comme l'an dernier, je vais chez ma sœur à Bristol. J'aime bien y aller, surtout pour voir mes nièces et mes neveux, mais bon la famille, c'est parfois un peu…

— Un peu « trop ».

— C'est ça.

Il entendit qu'elle souriait.

— J'aime bien rentrer chez moi. Je suis devenue très attachée à mon indépendance.

Pas trop quand même, espérait-il.

— Et toi, tu te sens seul ?

— Moi ? Pas du tout.

Il ne voulait pas qu'elle le prenne pour une mauviette, incapable de gérer la situation.

— Les gens n'arrêtent pas d'appeler pour me proposer des interviews et j'ai tout le temps de la visite. Pour être honnête, je n'ai pas une minute à moi.

Il n'allait pas lui raconter comment il se sentait, la nuit, quand tout le monde était parti.

— En fait, c'est assez festif ici. J'ai un mini-sapin de Noël en plastique, des guirlandes, et tu ne peux pas imaginer le nombre de cartes de vœux que j'ai reçues !

— Je sais, j'ai lu ça dans le journal. Tu as de la chance.

Il n'avait beau parler qu'à Safina, il voulait que tout le monde pense que c'était du gâteau, qu'il était capable de tenir des mois, et que Sunny Jim ne réussirait jamais à le briser.

— Je suis très content de passer Noël tout seul, en fait. J'ai des souvenirs de Noël déprimants. On passe des mois à préparer la fête, et quand arrive le jour J, tout ce qu'on fait, c'est bâfrer en regardant des conneries à la télé et en s'énervant après tout le monde. Cette année, je vais déguster mon dîner de réveillon, ensuite je lirai un bouquin, ou je méditerai. Je pense beaucoup ces temps-ci, tu sais.

Les femmes aimaient les hommes réfléchis. Et à présent, il réfléchissait beaucoup plus, en effet.

— Non, tout ce cirque commercial, ça va pas me manquer. Noël, ça devrait être une période de méditation, tu ne crois pas ?

Peut-être qu'il en faisait un peu trop ? Il ne voulait pas paraître trop sérieux quand même. Suffisant ne rimait pas avec séduisant.

— Oui, tu as raison.

On devrait songer un peu aux gens qui sont à la rue ou à l'hôpital, ou qui passent Noël en prison juste parce qu'ils s'opposent à leur gouvernement.

— C'est une attitude généreuse.

— Merci... Tu sais, j'aime beaucoup parler avec toi.

Le courant passait bien entre eux. Il le sentait. Et pour la première fois, il s'autorisa à songer que, peut-être, il atteindrait les deux buts qui lui tenaient tant à cœur : maintenir l'usine ouverte, et se sentir homme de nouveau.

9

Le jour de Noël, Aidan se réveilla allongé sur le côté, le nez contre la paroi du cercueil, écoutant un *Alléluia* à la radio. Il éprouvait une furieuse envie de pisser. Il tenta d'ouvrir les yeux, mais ses paupières étaient comme collées à la Superglue. Il détestait ça. Chaque matin, quand il commençait à remuer, il avait l'impression de devoir hisser un poids énorme jusqu'au sommet de l'Himalaya. Chacun de ses tendons, muscles, articulations hurlait son refus de se soumettre. Tous les jours, il demandait avec une grande politesse à son corps de bien vouloir se mettre en mouvement, et celui-ci lui répondait : « Si c'est comme ça que tu me traites, je me mets en grève. Va te faire foutre ! » Il fallait de longues et âpres négociations pour le persuader de bouger d'un centimètre. Parfois, sa résistance était si forte qu'Aidan craignait de rester paralyser. Son bras et sa jambe droite semblaient soudés au cercueil. Il voulut relever la tête. Mais elle ne voulait pas coopérer.

« Tu fais chier, je bougerais pas. »

Très bien, songea Aidan, *laissons-la où elle est pour l'instant*. Il repensa sa stratégie. À la place, il essaya d'étendre avec lenteur son bras gauche. Ses bras se montraient en effet plus raisonnables. Avec eux, on pouvait parler. Voilà, c'était déjà ça. Il l'étira à l'horizontale, membre robotisé, en extension, jusqu'à ce que ses doigts touchent l'autre paroi. Poussant autant qu'il le pouvait sur son bras, il se replaça peu à peu sur le dos.

Il resta ainsi couché un moment, respirant fort, avec l'impression d'avoir échappé à un accident de voiture, comme si on l'avait tiré sur le bas-côté, puis oublié. Quand il se sentit mieux, il ouvrit les yeux et regarda en l'air. Il sourit. Des flocons de neige valsaient, virevoltaient dans l'obscurité, au-dessus de lui.

Aidan adorait la neige. Déjà, il savait qu'elle ne tiendrait pas. Dans une heure ou deux, il n'y aurait plus rien. Mais s'il n'avait pas été dans son cercueil, il aurait manqué ça.

Ce jour de Noël serait différent de tous les autres. Il aurait du sens. Il allait faire le point. Ce serait un temps de réflexion et de méditation. Pas une goutte d'alcool ne franchirait ses lèvres.

À présent, il était prêt à entamer les négociations avec ses jambes.

À 8 heures, Wilf et Megan arrivèrent, coiffés de chapeaux de Père Noël.

— Joyeux Noël !

Ils lui descendirent son petit déjeuner composé d'un sandwich au bacon et d'une part de tourte à la viande, à la crème de cognac. Aidan faillit s'étouffer en goûtant le café.

— On a mis un coup de whisky dedans, fit Wilf en lui lançant un clin d'œil.

— T'as plutôt renversé la bouteille, oui !

— Allez, vas-y, bois !

Megan entonna une chanson guillerette.

Et puis après, songea Aidan, *pourquoi pas ?* Il en but un peu. Ils insistèrent pour qu'il ouvre ses cadeaux : une boîte de mignonnettes et *Le Petit Livre des pensées profondes*.

L'amour est comme un papillon : si tu le serres trop fort, tu peux l'écraser. Si tu ne le retiens pas assez, il risque de t'échapper.

Aidan termina le café en chantonnant. Le Globe ouvrait à 10 heures. Dix minutes avant, Frank lui apporta une canette de bière.

— Non merci, mon vieux, c'est un peu tôt pour moi.

— On me la fait pas. Avale-moi ça tout de suite.

La chaleur du whisky commençait à s'atténuer, et il se sentait un peu mou. Une blonde ne lui ferait pas de mal. Il lui restait encore toute la journée pour méditer. Hélas, il était sans arrêt interrompu. Oh ! il ne s'en plaignait pas, mais les gens ne cessaient de lui apporter des cadeaux. Puis ce fut au tour des équipes de télé qui se mirent à interviewer ses visiteurs :

— Pourquoi êtes-vous venu là aujourd'hui ?

— Je voulais pas qu'il croie qu'on l'avait oublié le jour de Noël. Je trouve que c'est vachement bien, ce qu'il fait.

— Et que lui avez-vous apporté ?

— De l'après-rasage et une boîte de petites bouteilles.

Les caméras filmaient à travers le périscope. Aidan levait le pouce, enfilait un chapeau de fête et montrait ses cadeaux en souriant tel un gagnant de la loterie nationale. Le célèbre présentateur Julian Fanshawe arriva. Son émission tardive sur Radio 4, *Musings*, jouissait d'un public restreint mais fidèle. Il souhaitait interviewer Aidan pour une émission future.

Grand, mince, l'air austère et un peu dégarni, il approchait de la soixantaine. Aidan l'estampilla tout de suite comme un intellectuel. Il s'était souvent demandé ce que ça lui ferait d'en rencontrer un. Il repoussa la bière hors de sa vue et ôta le chapeau fantaisie. Il s'étonna de pouvoir parler aussi facilement avec Fanshawe. Malgré son langage bourgeois, il avait en effet des manières simples, amicales, et hochait la tête de façon encourageante chaque fois qu'Aidan ouvrait la bouche. Si seulement Safina avait pu le voir en cet instant !

— Vous savez, Julian, c'est étrange, mais depuis que je suis enterré ici, j'ai plus que jamais l'impression de faire partie de la communauté. Il y a quelques semaines, j'étais comme invisible ; personne en dehors de ma famille et de mes amis n'avait entendu parler de moi, et maintenant…

— C'est un paradoxe intéressant, fit Julian en souriant comme s'il s'agissait d'une plaisanterie sibylline. Cela me rappelle Berkeley.

— Qui ça ?

— Un philosophe irlandais du XVIIe siècle.

— Ah oui !

— Sa phrase la plus célèbre est : « *Esse est percipi.* »

Aidan ramait à présent. Julian arborait une expression lointaine, comme s'il était en train de résoudre une équation compliquée. Aidan comprenait que les intellectuels soient différents des gens normaux, cependant, il se sentait un peu frustré.

— Et alors, ça veut dire quoi ?

— En latin, cela signifie : « Être, c'est être perçu. »

— Et ça mène où ?

— Eh bien ! je suppose qu'on peut dire en gros que selon Berkeley, les choses n'existent que quand on fait attention à elles.

— Je comprends pas.

— L'exemple le plus célèbre est certainement celui de l'arbre qui tombe dans la forêt. Si cela se produit à des kilomètres de la première personne et que nul ne le voie ni l'entende tomber, comment être sûr que cela s'est vraiment produit ?

Pour Aidan, c'était le genre de questions que seul se posait quelqu'un qui avait trop de temps pour penser.

— Il y a quelques semaines, vous étiez tel cet arbre qui s'abat au cœur de la forêt. Quand vous criiez de désespoir parce qu'on allait vous retirer votre emploi, nul ne vous entendait. Aussi personne n'était-il au courant, ni ne s'en souciait. Votre problème n'existait pas pour la plupart des gens. À présent, vous êtes parvenu à exister pour les autres et vous êtes entré dans la vie de beaucoup de gens. Et c'est la perception qu'ils ont de vous qui rend votre vie plus réelle et lui donne du sens. *Esse est percipi*.

Enfin, Aidan comprit. Avant, il était comme un somnambule ; à présent sa vie était bel et bien plus réelle, et elle avait du sens.

Russell, Gwynned et Wilf arrivèrent aux alentours de midi, vêtus de chemises de nuit rayées à l'ancienne par-dessus leurs vêtements, un torchon sur la tête, un bâton dans une main et une chope en plastique dans l'autre. Quand ils apparurent dans le périscope, Aidan sourit :

— Ah ! voilà les guignols de service !

Ils étaient au Globe depuis 10 heures. Ils avaient l'air dans les nuages, l'œil chassieux. Ils firent descendre leurs cadeaux : de l'après-rasage et une boîte de mignonnettes de la part de Russell ; un livre sur les Beatles et plusieurs compilations des cassettes de Gwynned.

À l'heure du déjeuner, la file de personnes qui attendaient pour voir Aidan s'étendait jusque dans le parc. Wilf alla à la rencontre d'une équipe de télévision. Il voulait accueillir ces visiteurs, leur souhaiter la bienvenue à Crindau. Un grand type, l'air sévère, tenait une perche.

— D'où est-ce que vous venez, mon vieux ?

— De Slovénie.

Il observa Wilf des pieds à la tête.

— S'agit-il d'une tradition britannique ?

— On peut dire ça, ouais. Alors la Slovénie, c'est comment ?

L'homme examina de plus près le costume de Wilf :

— Pire que vous imaginez.

— Ah !

— Mais ce reportage va nous être utile.

— Comment ça ?

— Nous allons montrer aux gens que la vie en Occident n'est pas aussi facile qu'ils croient. La situation va si mal au Royaume-Uni qu'un homme est obligé de s'enterrer vivant pour sauver son emploi. Ça leur fera comprendre qu'ils ont de la chance. Et peut-être que ça les convaincra de rester chez eux pour bâtir leur pays.

Wilf sourit et lui donna une poignée de main vigoureuse :

— Content de pouvoir vous aider.

Pendant ce temps, Shauna et Dylan étaient au salon.

— Merci, Shauna, tu m'as sauvé la vie.

Elle venait de déposer un paquet sur la table. Son frère avait oublié d'acheter un cadeau de Noël pour son père, de manière assez prévisible. S'y attendant, elle avait apporté deux livres déjà emballés.

— C'est quoi ?

— Elmore Leonard. Papa l'aime bien. Ces deux-là, il ne les a pas lus.

Dylan la crut sur parole. Shauna lui tendit une carte et un stylo.

— Voilà. Tu as besoin d'aide pour écrire un petit mot, ou tu t'en tireras tout seul ?

— Ouais, ouais, ça va le faire.

*
* *

Une petite fille observait Aidan à travers le périscope. Cheveux roux nattés, grands yeux de poupée, elle était grimpée sur une chaise de jardin en plastique ; derrière elle, sa mère la tenait par les épaules.

— Est-ce que t'es mort ?
— Non, mais j'ai eu une nuit difficile.
— Mais t'es enterré.
— C'est vrai.
Elle tourna un peu la tête afin d'avoir une meilleure vue.
— Tu es vraiment dans un cercueil ?
— Oui. Mais c'est confortable, et je vais remonter à la surface.
— Comme Jésus. Il est revenu de chez les morts, et tout est rentré dans l'ordre.
— Millie, laisse-moi parler avec le monsieur une minute.
La mère fit descendre la fillette déçue, et son visage apparut en haut du périscope.
— Il faut lui pardonner, elle est un peu perdue. Nous sommes allées à la messe la semaine dernière, et le prêtre a comparé votre action à la résurrection de Jésus, vous voyez ?
— Quoi ?
— Oui, au sens où il avait été mis au tombeau et était revenu d'entre les morts... et il a ajouté que quand vous sortiriez de votre cercueil, peut-être que vous apporteriez du changement dans cette ville, poursuivit-elle en lui adressant un sourire d'excuses. Depuis, la petite n'a pas cessé de nous demander d'aller vous voir... À cinq ans, on ne comprend pas très bien les métaphores.
— J'imagine.
— Et puis elle a du mal à l'école, fit-elle en baissant la voix. On pense qu'il y a des gamins qui la maltraitent, il y a sûrement un rapport avec ça...
— Maman !

Millie était remontée sur la chaise et se frayait un chemin pour voir Aidan. Sa mère se retira. La fillette regarda intensément Aidan.

— Tu lui ressembles.

— À qui ?

— À Jésus. Sauf que dans mon livre, il a une barbe et des cheveux longs. Et il était beaucoup plus jeune que toi. Et il portait une grande robe, c'était comme une chemise de nuit.

— Mmmh.

Puis, avec une expression féroce :

— Quand tu remonteras, tu pourras te venger de tous ceux qui croient pas, et des méchants, et de ceux qui font du mal. Enfin, tu pourras pardonner à quelques-uns, mais j'ai une liste de gens qui méritent pas qu'on leur pardonne. Si je te dis qui c'est, tu pourras les transformer en poussière ?

— Écoute, Millie, je suis désolé de te décevoir, mais je ne suis pas Jésus. Je m'appelle Aidan, et j'essaie seulement de sauver le travail des gens.

La petite prit un air indigné. Sa mère fit la grimace :

— Millie, parle-lui de la vache.

L'enfant se radoucit :

— On a récolté de l'argent pour que l'école achète une vache pour un village en Ouganda. Comme ça, ils auront du lait et du fromage comme nous.

— C'est bien. Tu sais où c'est l'Ouganda ?

— Près d'Aberystwyth. La vache, elle s'appelle Daisy. Et toi, tu es Jésus, j'en suis sûre.

Aidan lui renvoya un sourire qu'il espérait à la fois bienveillant, sage et complice.

Quand ils sortirent dans le jardin, Shauna s'écria :

— Regarde-moi ça ! Il va falloir qu'on fasse la queue pour voir notre propre père.

Près d'elle, Dylan répondit :

— Alors, tu me crois quand je te dis que ça va marcher ?

Les visiteurs ne cessaient d'affluer. Un minibus se gara devant la maison d'Aidan. « Ensemble vocal masculin de Llandevenny » apparaissait en grosses lettres sur le côté. Seize hommes en sortirent, habillés de vestons d'un rouge éclatant, de nœuds papillons noirs, de chemises blanches et de pantalons noirs. Ils avaient tous au moins cinquante ans, la plupart étaient dégarnis ou grisonnants, et plusieurs marchaient avec raideur. On aurait dit les derniers survivants d'une bataille d'autrefois, habillés pour une ultime et poignante réunion. Pourtant, malgré l'incongruité du lieu, ils dégageaient une merveilleuse dignité. Les gens sourirent en les voyant pénétrer dans le jardin d'Aidan. Leur chef remonta la file des visiteurs et demanda poliment s'il pouvait dire un mot à Aidan en vitesse.

— J'en ai pour une minute, je vous le promets. Épatant, merci bien, madame.

Il baissa les yeux vers Aidan :

— Joyeux Noël, Mr Walsh. Je m'appelle Emyr Hughes, et je dirige l'ensemble vocal masculin de Llandevenny. Nous sommes venus saluer votre action en chantant pour vous en ce matin de Noël un peu couvert, pour témoigner de notre soutien et de notre solidarité.

Aidan l'écoutait parler. Sa voix profonde de baryton, la prononciation impeccable de chaque syllabe avec ce bel accent gallois, sa sincérité, et enfin la fierté qu'il tirait de son action, tout cela le ravissait.

— Et nous aimerions aussi vous offrir ce modeste cadeau.

Il déposa une lampe de mineur dans le panier et la fit descendre. *Nom de Dieu*, songea Aidan en attrapant le bel objet de cuivre, relique d'une ère confinant à présent au mythe, *je mérite pas ça*.

— Merci.

— Nous allons donc enchaîner. Nous devons nous produire au Cadogan Hall à Caerphilly, à 14 heures, mais il a été unanimement décidé que nous passerions d'abord vous voir.

Sous la houlette d'Emyr, ils se rangèrent en ligne près du périscope avec une précision militaire.

— Allez les gars, serrez-vous un peu, ne soyez pas timides.

Son visage était crispé par la concentration. Des mots se formèrent en silence sur ses lèvres, puis il fit un élégant geste de la main, et ils entonnèrent *Cwm Rhondda*. Aidan, qui était déjà bien éméché, sentit tout de suite ses yeux s'emplir de larmes. Le pouvoir de ces voix était étonnant. Quand ils entamèrent le refrain, il sentit son estomac se nouer, comme au décollage d'un avion. Leur chant était beau et triste ; il élevait l'âme. Adolescent, il jugeait ce genre de chœurs complètement ringards. Un tas de gars aux cheveux coupés court, en pantalon noir et blazer rouge très classique, le torse bombé, chantant des cantiques. Aidan, lui, préférait les Who, Led Zeppelin,

Deep Purple, Jimi Hendrix. Pourtant, à présent qu'ils étaient là, dans son jardin, en ce matin de Noël, chantant avec une telle conviction, il avait l'impression d'être passé à côté d'une chose très précieuse. Il ne savait pas très bien quoi, mais cette absence le diminuait, il en était certain. Il pensait que ce genre de musique existerait toujours, quoi qu'il arrive. Pourtant, elle perdait de son importance, comme les villes d'où venaient ces hommes. Il admirait leur manière de lutter pour préserver leurs traditions, quand tout allait à vau-l'eau autour d'eux, là-bas dans les vallées. Mon Dieu, il allait se mettre à chialer, s'il ne se retenait pas.

Ils chantèrent *My Little Welsh Home, Land of My Fathers, We'll Keep a Welcome, Men of Harlech'*, et *AR Hyd Y Nos.*

— Que vous connaissez peut-être mieux sous le titre *All Through the Night.*

Aidan avait toujours détesté ce morceau. Il essuyait les larmes qui coulaient sur ses joues à présent, en se jurant qu'il apprendrait le gallois dès sa sortie du cercueil. C'était une véritable honte de ne même pas connaître sa langue. Il se joindrait à un chœur à son tour, afin d'embrasser pleinement son héritage culturel.

Les équipes de télévision, quant à elles, étaient enthousiastes, et se battaient pour avoir la meilleure place. C'était une info pour la une ; le pays de Galles résumé en une image.

Pendant ce temps, assis sur le rebord de la cage à poules dans le parc, Julian Fanshawe parlait dans son micro :

— Que signifie le fait de s'enterrer ? Aidan Walsh s'est littéralement enterré, dans l'espoir qu'en simulant sa mort, il sauverait son emploi et ceux des autres, préservant à long terme le bien-être de sa communauté. Cela ne rappelle-t-il pas *The Golden Bough*, où une créature humaine ou animale est sacrifiée aux dieux afin de garantir la prospérité future ? N'est-il pas curieux que nous ayons accompli un cycle complet et revenions aux traditions anciennes de nos ancêtres à la fin de l'ère industrielle ?

Julian fit la moue, puis leva les yeux vers le ciel menaçant.

— Mais n'est-il pas vrai qu'il nous arrive régulièrement de nous enterrer d'autres manières ? Nous sommes noyés dans les soucis ou le travail. Nous nous ennuyons à mourir. Nous déclarons gaiement être morts de rire, parant ainsi la mort de qualités enviables.

Julian se tut et fronça les sourcils.

— C'est extraordinaire. J'ai l'impression d'entendre un chœur. Si je n'en venais pas à l'instant, je jurerais que les voix proviennent du jardin d'Aidan. C'est amusant comme nous pouvons nous abuser nous-mêmes.

Les trois compères appréciaient les chanteurs.

— Ils sont formidables, hein ?

— Ouais, pour sûr, rudement bons.

— C'est bien d'être gallois, pas vrai ?

— Tu parles que oui !

Un peu éméchés, ils commencèrent à osciller au rythme de la musique.

— C'est foutrement mieux qu'être anglais en tout cas.

— Ouais, bigrement mieux. Les Anglais, ils ont rien de tout ça.

Russell hocha la tête.

— Ils tueraient pour avoir ce genre de trucs, mon vieux. C'est vrai, ils ont quoi, les Anglais ?

Gwynned réfléchit sérieusement à la question. Il essaya de remettre en place son couvre-chef, mais le fit pencher de l'autre côté. Alors, il décida d'en rester là.

— *Swing Low Sweet Chariot*, finit-il par répondre.

— Ça fiche le bourdon, ce machin-là, fit Russell. Tu ferais plaisir à ceux qui se foutent d'eux. C'est même pas une chanson anglaise ; ça vient de Jamaïque ou je ne sais d'où. C'est typique des Anglais, ça, il faut toujours qu'ils piquent des trucs aux autres, et après ils prétendent que c'est à eux.

— Comme nous avec le rugby, tu veux dire ?

— Fais pas le malin, on n'aime pas les gars qui jouent au plus fin. Y a rien qui soit vraiment à eux tu sais, à part cet hymne qu'ils chantent au début des matchs de foot…

Il entonna le début quand Wilf lui décocha un coup de coude.

— Hé, arrête ! Les gens nous regardent.

— Non, j'aimerais pas être anglais. Être gallois, c'est aussi bien qu'être écossais. Et presque aussi bien qu'irlandais !

— Pour sûr.

— C'est vrai, au moins, ça veut dire quelque chose.

— Ah bon ? Quoi ? s'enquit Wilf.

— Hein ?

— Ça veut dire quoi ? répéta-t-il en regardant Russell l'air sincèrement perplexe. Je veux dire, comment t'expliquerais ça ? Qu'est-ce qui nous rend si différents ?

Russell fronça les sourcils, puis s'aperçut qu'il ne plaisantait pas.

— Ça s'explique pas, mon vieux. Tu le sens, là, dit-il en se frappant la poitrine.

Cette réponse sembla à la fois profonde et poétique à Wilf. Il décida d'y réfléchir. Mais le portillon était ouvert, et quelque chose attira son attention.

— Qu'est-ce qu'il fout ce gars, là-bas ? Il est assis, et il parle tout seul.

— Phénomène étrange, continua Julian, Aidan Walsh a créé un espace très insolite où il n'est plus ni vivant ni mort, mais entre les deux. Il est enterré dans un cercueil, et pourtant il continue de nous parler. En vérité, des quantités de gens se rendent auprès de lui, à la manière dont on visitait autrefois les oracles. Je les ai vus, ces nouveaux fidèles, en ce froid matin de Noël, faisant la queue pour parler à cet homme qui n'est ni vivant ni mort, portés par un désir d'une intensité presque insupportable. Aidan Walsh a un pied dans la tombe et un autre dans le monde des vivants. Qu'est-ce qui peut donc ainsi les fasciner ? Il détient la promesse d'une renaissance, d'une résurrection, d'un nouveau départ. La seconde chance que nous souhaitons tous. La preuve que nous ne sommes pas obligés d'accepter notre sort, même quand il est dicté par les forces du marché, aussi puissantes aujourd'hui que les dieux des anciens. La preuve que nous pouvons en vérité choisir notre destinée. Et que peut-être, après tout, seul un fil de la Vierge sépare ce monde de l'autre. Ce fil peut se rompre à tout moment. Ce qui pourrait expliquer pourquoi les gens éprouvent une telle fascination pour cette forme de protestation inhabituelle. C'était Julian Fanshawe, qui vous parlait depuis la Galles du Sud, le jour de Noël.

Il ferma son micro en voyant s'approcher un homme déguisé en Arabe de carnaval, titubant un peu.

— Vous vous sentez bien ?

— Ça ne s'explique pas, fit Wilf en se frappant la poitrine et chancelant sous le coup. Ça se ressent, là.

Puis il fondit en larmes. Cet endroit était vraiment extraordinaire.

Aidan écouta les bips sur Crindau FM signalant qu'il était minuit, et pour la première fois depuis bien longtemps, il ne poussa pas un gros soupir de soulagement à l'idée que Noël était passé. Quelle journée ! Il était ivre, épuisé, mais il avait engrangé assez de bons souvenirs pour tenir pendant des semaines. Pourtant, ce que lui avait dit Julian le mettait mal à l'aise, et il se sentait un peu perdu. À présent qu'il était enfin seul, il pouvait y réfléchir. Il avait mémorisé la phrase en latin, et se la récitait tout bas : *esse est percipi*. Il y trouvait quelque chose de très rassurant. Peut-être était-ce le latin qui lui faisait cet effet. Il se souvenait combien le rassérénaient autrefois les phrases en latin prononcées par le prêtre, se mêlant à la douce odeur de l'encens et au son de la cloche que faisait retentir l'enfant de chœur. *Esse est percipi*. Il se répéta ces mots encore et encore, jusqu'à ce que ses paupières commencent à être lourdes et que sa tête dodeline.

Le lendemain soir, Aidan écouta *Toute la nuit en compagnie de Myfanwy Bassey* sur Crindau FM. Jamais il ne ratait l'émission. Cette femme avait la voix la plus sensuelle de la ville. Elle venait de passer *Midnight at the Oasis*, de Maria Muldaur, et Aidan songea que ça ne le dérangerait pas du tout d'attacher son chameau près du sien.

— Quelle chanson sexy, fit Myfanwy la voix étranglée par l'émotion.

Aidan l'imagina penchée sur son micro, portant un vêtement vaporeux et très ouvert. Il se demanda quels lieux elle fréquentait quand elle ne travaillait pas. Il l'imaginait bien dans un club de jazz enfumé, le sourire énigmatique, même s'il ne connaissait aucun club de jazz à Crindau. Son portable se mit à sonner. Il attrapa sa lampe torche : deux heures moins vingt du matin. Peut-être était-ce un journaliste appelant de l'étranger, avec quelques heures de décalage. Il répondit :

— Allô.

— Je sais où tu es.

C'était un inconnu. Sa voix lui déplut.

— Qui est à l'appareil ?

— Numéro 27, on peut pas le louper, c'est allumé comme une piste d'atterrissage, derrière, et y a une grande pancarte, devant.

Le type parlait à voix basse, avec lenteur.

— Excellente idée d'informer tout le monde de là où tu es.

Il se tut, et Aidan l'entendit mettre le pied dans une flaque d'eau. Il était dehors, il marchait. S'approchait. Un frisson parcourut Aidan.

— Je pense que je vais passer par-derrière quand même, tu sais, par le parc, près du Globe, avec les balançoires et la fontaine. Y a aucune chance qu'on me voie si je prends par là.

— D'accord mon vieux, répondit Aidan en essayant de garder son calme. Qu'est-ce qu'y a ? Parce que je suis prêt à raccrocher.

— Y a un gros problème d'incendies, à Crindau. Tu as dû lire ça dans les journaux.

Il fit une pause, laissant l'information planer dans l'atmosphère. À présent, Aidan avait peur. Il ne voulait plus rien dire, de crainte que l'autre le sente. Il attendit. Mais l'homme resta silencieux.

— Qu'est-ce que tu veux ?

— Le Crown, ce pub sur Coomassie Street qui a brûlé le mois dernier, c'était moi.

L'esprit d'Aidan était en ébullition, il cherchait avec frénésie une porte de secours.

— Le vieil entrepôt sur Newton Lane, c'était moi aussi. Ce truc était affreux. J'ai rendu un service à la communauté en l'en débarrassant. Et toi, tu es toujours en train de l'ouvrir. Ça commence vraiment à m'énerver. Je crois que te la boucler, ça aussi, ça ferait du bien à tout le monde.

Aidan sentit sa gorge se serrer. On avait du mal à imaginer que ce type puisse élever la voix. On devait le croiser dans la rue sans faire attention. Rien chez lui ne sortait de l'ordinaire, en apparence. Il était propre sur lui, soigné. Il devait vivre seul. Plus tard, les voisins déclareraient : « Je ne lui ai jamais parlé. Il était du genre solitaire. » Personne ne comprendrait ce qui l'avait poussé à faire ça.

— Tu fais une proie facile, tu sais. Tout ce qu'il faut, c'est un petit bidon d'essence, et ensuite, une allumette dans ton cercueil.

Aidan sentit ses entrailles se liquéfier.

— Et wouf ! Ça fera un bel incendie.

— NON !

Le type se mit à rire. Aidan venait de sceller son sort.

— J'arrive.

— ATTENDEZ !

Il avait raccroché.

Pendant quelques secondes, Aidan resta paralysé par la peur. Puis il fut pris de violents tremblements. D'où appelait-il ? De l'autre bout de la ville ? De la rue ? Combien de temps lui restait-il ? Il avait besoin d'aide. Tout de suite. Il avait le téléphone en main. Il appela la maison. Enfin, il essaya.

— Nom de Dieu !

Ses doigts n'obéissaient plus. Ils frappaient de manière erratique les touches, de plus en plus petites.

— Merde, merde, merde !

Il ferma les yeux très fort, se cogna la tête contre la paroi. *Allez*. Il inspira profondément. Remplit d'air ses poumons. Refit le numéro. Sans hâte cette fois. Il entendit les premières sonneries.

— Allez, bordel, réponds !

Dylan n'était peut-être pas encore au lit. Il aimait bien boire un coup en regardant la télé. Mon Dieu, s'il avait mis le son à fond, il n'entendrait pas le téléphone. Cela sonnait, sonnait. Aidan sentait la sueur couler sur son front. Dans son dos. Il avait très mal quand il respirait. Il avait eu une pleurésie un jour, et c'était exactement la même douleur. Chaque inspiration lui déchirait les poumons comme une lame de rasoir.

Ça sonnait toujours. Dylan s'était couché. Il dormait dans le fauteuil, avec son baladeur sur les oreilles. Aidan se mit à hurler :

— DYLAN ! DYLAN ! RÉVEILLE-TOI !

Un sanglot lui étrangla la gorge. *Non, arrête*. Ses cris décuplaient sa panique. La situation était désespérée.

Russell.

Il compta dix sonneries, quinze. Lui, il ne le laisserait pas tomber. Il ne répondrait pas tout de suite, bien sûr, pas à 2 heures du matin. Il fallait lui laisser du temps. Vingt coups, vingt-cinq.

— DÉCROCHE CE PUTAIN DE TÉLÉPHONE !

Il se mit à frapper le couvercle du cercueil. Rythmant ses hurlements :

— RÉPONDS, RÉPONDS, RÉPONDS, RÉPONDS…

Son visage se crispa. Il s'arracha les cheveux. Il allait mourir. D'une mort horrible. Brûlé vif, piégé dans une boîte, sous terre, hurlant dans le noir. Combien de temps s'écoulerait-il avant que quelqu'un remarque ses cris ? Il serait trop tard, c'est sûr.

— Qui c'est ?

Aidan sentit ses os fondre en entendant la voix de Russell. Il ne réussit à émettre qu'un halètement torturé. Les larmes et la morve lui coulaient dans la bouche, traçant leur amer chemin dans sa gorge.

— Putain, c'est qui ?

Aidan poussa un gémissement.

— Très bien, je vais raccrocher.

— NON !

— Aidan ?

— Oui.

— Tu sais quelle heure il est ?

— Un gars vient de m'appeler, il dit qu'il arrive avec un bidon d'essence, il va me faire cramer. Putain, je t'en supplie mon vieux, aide-moi…

— Mais bordel…

— Aide-moi !

— J'arrive. Appelle les flics !

Aidan sentit ses jambes prises de tremblements incontrôlables. Le bruit de sa respiration lui déchirait les tympans. Il avait l'impression d'être un gros chien vieillissant, agonisant au bord d'une route. Enfin, il réussit à maîtriser ses doigts et composa le numéro de la police. L'opérateur lui demanda quel service il désirait :

— Quelqu'un veut me tuer.

On le mit en relation. Il les supplia de faire vite car le type allait arriver.

— Quelle est votre adresse, monsieur ?

Aidan leur rappela qu'il n'était pas dans la maison, mais dans un cercueil, enterré au fond de son jardin.

— Pardon ?

— Je suis dans un cercueil…

— Ah ! c'est vous…

— Oui, c'est moi. Pour l'amour du ciel, faites vite.

Il essaya d'appeler chez lui une nouvelle fois. Il laissa sonner, sonner, hurlant dans les ténèbres :

— DYLAN ! DYLAN !

Il y eut un bruit venant du parc.

— QUI EST LÀ ?

Pas de réponse. Où étaient-ils à présent tous ces gens qui venaient lui raconter leurs problèmes ? Où étaient-ils maintenant qu'il avait besoin d'eux ?

— RÉVEILLEZ-VOUS ! QUELQU'UN VEUT ME TUER ! À L'AIDE ! À L'AIDE !

S'il continuait ainsi à brailler, on finirait bien par l'entendre. Il retira son T-shirt et renversa dessus sa bouteille d'eau. Puis il le prit, dégoulinant, dans sa main tremblante. Si le type versait de l'essence, il se protégerait à l'aide de ce tissu. Ainsi trempé, ce serait plus difficile de le faire flamber. Il essaierait d'attraper l'allumette, pour l'éteindre. Mais non, ça ne marcherait jamais. Qu'y avait-il d'autre ? Où était Russell ? Où étaient les flics ?

J'arrive. Peut-être était-il déjà là, tapi dans l'ombre, se jouant de lui, attendant le moment où les premières sirènes au loin annonceraient l'arrivée des secours. Alors, il passerait à l'action, verserait l'essence, jetterait l'allumette et s'enfuirait.

Aidan avait mal à la gorge à force de s'époumoner. Mais que foutaient-ils donc tous ? Il faisait assez de ramdam pour réveiller les morts. Non, sa voix ne portait pas. Il était six pieds sous terre. Il fallait se pencher sur le périscope pour l'entendre.

Une voiture. *Allez, allez*. Quelqu'un qui conduisait comme un dingue. Le moteur vrombissant. Le crissement des pneus, puis un grand fracas, comme s'il avait heurté quelque chose, peut-être le muret devant la maison. Aidan mit ses mains en porte-voix et hurla :

— RUSSELL !

Il perçut un grognement quand son ami bondit par-dessus le muret. Puis le bruit lourd de ses pas, se précipitant vers le périscope. Le visage de Russell apparut, rouge, les yeux fous. Encore dans son pyjama rayé. Blanc et bleu.

— Ça va ?

— Ça va.

— Dieu soit loué !

Il avait à la main un couteau de boucher.

— S'il s'amène, je le crève.

Aidan ne pouvait plus parler. Il avait envie de vomir. Tout son corps était secoué de tremblements, et ses dents claquaient. Il ne voulait pas pleurer. Pas devant Russell. Quand même, après s'être retenu pendant toutes ces années. Il ne voulait pas que tout le monde en parle au Globe. Il fondit en larmes.

— Ça va, mon vieux. C'est fini, tu es en sécurité, maintenant. Personne ne s'en prendra à toi, faudra d'abord qu'ils me passent sur le corps. Je zigouillerai le premier salopard qui essayera de te faire du mal. Je le truciderai d'abord et je poserai les questions après, je te le jure.

Aidan essaya en vain de dire quelque chose, mais il n'émit qu'un étrange gargouillis. Quand il l'aperçut ainsi, bouche ouverte, en train de s'agiter comme un poisson hors de l'eau et les yeux ruisselants, Russell se détourna. Il ne voulait pas voir ça. La sirène de la police résonna soudain.

— Il était temps, qu'est-ce qu'ils foutaient ?

Aidan comprit alors que le monologue de son ami servait à couvrir ses sanglots. Et s'il n'avait pas répondu au téléphone ? Et si sa voiture avait refusé de démarrer ? Il préférait ne pas y penser.

Les forces de l'ordre arrêtèrent un homme une demi-heure plus tard. On trouva sur lui de l'essence, des coupures de presse sur les incendies qui avaient ravagé la ville, et tout un carnet rempli d'articles sur Aidan et sa maison. Par mesure de sécurité, deux flics restèrent en faction dans le jardin jusqu'au matin.

Épouvanté, Dylan n'en revenait pas. Shauna prit les choses en main.

— Nous allons engager un garde pour te protéger.

Ils avaient ramassé assez d'argent pour cela. Elle embaucha un homme pour veiller sur son père de 8 heures du soir à 8 heures du matin. C'était une armoire à glace à l'air féroce qui avait fait l'armée. Du genre qu'on évite de provoquer.

— Et puis, ils ont arrêté l'autre, rappelait-elle à Aidan.

Mais ce dernier était profondément choqué. Si Russell était arrivé cinq minutes plus tard, qui sait ce qui se serait passé ?

— C'est qui ce type ? Qu'est-ce qu'il a contre moi ?

Des lettres de cinglés, c'était une chose, mais ça !

— C'est certainement un psychotique, papa.

Cela ne l'aidait guère.

— Essaie de ne pas te poser ce genre de questions. Souviens-toi juste qu'il a des problèmes mentaux. Tu es en sécurité à présent. Cela aurait pu se produire n'importe où. Tout le monde est horrifié.

C'était vrai. L'agression déclencha une vague de publicité et de sympathie massive. À présent, un policier demeurait en faction toute la journée, puis le garde prenait la relève pour la nuit. En dehors de ce fou, personne ne souhaitait de mal à l'homme le plus célèbre de Crindau.

Étendu dans son cercueil, Aidan méditait les événements terribles qui s'étaient produits la nuit précédente. Il s'était toujours imaginé qu'il aurait le temps de mettre ses affaires en ordre avant de s'en aller. Faire la paix avec le monde. Mais à présent, cette réconfortante certitude était sérieusement ébranlée. Il aurait pu tirer sa révérence de manière très soudaine, sans crier gare. Sans avoir rien fait de valable, ni même dit au revoir à ceux qu'il aimait. Ça faisait réfléchir. Il était temps qu'il se pose quelques questions sur lui-même. C'est alors que son attention fut attirée par quelque chose dans la section des brèves.

Trois simples mots

Des psychologues ont découvert que le fait de dire simplement « Je t'aime » à quelqu'un réduit son stress et le vôtre de 60 %. L'un des chercheurs déclare : « Depuis des siècles les poètes savent que la vie ne vaut rien sans amour. À présent, c'est scientifiquement prouvé. »

Il sentit les larmes venir. C'était d'une telle facilité. Pourquoi attendre ? Il prit son portable et appela sa fille. Il tomba sur la boîte vocale.

— Shauna, c'est papa. Écoute, je voulais juste te dire que je t'aime.

Il s'arrêta. C'était si bon qu'il décida de recommencer.

— C'est vrai, Shauna, je t'aime. Je suis désolé de ne pas te l'avoir dit depuis si longtemps. Je t'aime vraiment.

Ça marchait. C'était fantastique. Tout de suite après, il téléphona à son fils.

— Dylan Walsh, directeur de campagne, je peux vous aider ?

— Je t'aime.

— Quoi ?

— Je sais qu'on est en pleine campagne, et que tu es très occupé, mais je voulais te dire à quel point tu comptes pour moi.

— Euh, bien sûr…

— Voilà… Je t'aime. À tout à l'heure, fiston.

Il était sur un petit nuage. Il y avait des années qu'il aurait dû faire ça.

Ce soir-là, Russell passa le voir. Son meilleur ami, l'homme qui lui avait sauvé la vie.

— Salut, y a quelqu'un ?

— Je t'aime.

Russell blêmit :

— Mais qu'est-ce qui te prend ?

— Je te dis juste ce que je ressens.

Russell fronça les sourcils.

— Euh, tu te sens bien ?

— Bien sûr. Je me sens beaucoup mieux, maintenant.

— Pas moi.

— Je te demande pas de dire que toi aussi tu m'aimes ni rien. Je veux juste que tu le saches…

— T'as l'air bizarre. Tu dis des trucs bizarres.

— Et pourquoi ce serait bizarre de dire ce qu'on ressent à ses amis ?

Russell le dévisagea longuement sans rien dire, puis il secoua la tête de dégoût et partit. Il était tout seul depuis trop longtemps. Mieux valait avertir les autres de ses derniers égarements.

Je t'aime.

En y repensant, il frissonna. Il avait besoin d'une bière – et vite.

10

La campagne était lancée. Dylan avait inscrit sur la porte du salon :

QG DE CAMPAGNE : MERCI DE FRAPPER
AVANT D'ENTRER

Le mobilier avait été remisé dans le couloir, poussé contre le mur. Quand ils avaient retourné le canapé, une pluie de pièces, de miettes de gâteaux, de boutons et de bonbons moisis s'était abattue. À présent, une douzaine de volontaires assis devant des tréteaux mettaient des dépliants sous enveloppe. Sur la première page, on lisait ce slogan : TIREZ-LE DE LÀ : VOTEZ POUR LUI ! Dessous, on voyait une photo d'Aidan dans son cercueil.

Sauvez nos emplois. Sauvez notre ville.
Votez pour le candidat local.
« Un homme remarquable,
je pense que vous en conviendrez. »
— Huw Humphreys, ITV Wales.

— C'est marrant, hein, de voir partout la photo d'Aidan ? fit Wilf.

— Pour être honnête, au bout de quelques centaines, on finit par se lasser, répliqua Russell avec aigreur.

Dylan avait aussi inscrit sur la porte de l'autre pièce :

DYLAN WALSH : DIRECTEUR DE CAMPAGNE

Russell trouvait ça lamentable.

— Il a son bureau à lui, alors que nous, on est serrés comme des sardines, ici.

Le bureau de Dylan était par ailleurs équipé d'un ordinateur, d'un fax, d'un téléphone, d'un scanner, d'une photocopieuse, d'une cafetière, d'une radio et d'une télévision.

Toute la matinée, le téléphone n'avait cessé de retentir dans le couloir. Cette fois, Gwynned se leva pour répondre.

— Je suis désolé, le directeur de campagne n'est pas là actuellement. Je peux prendre un message ? Non, je ne sais pas où il est. Mais je lui demanderai de vous rappeler dès qu'il rentrera.

Il griffonna quelques lignes sur un bloc-notes posé près du téléphone, puis retourna dans le salon.

— Encore un appel pour notre Peter Mandelson local ?

Gwynned hocha la tête. Quelques minutes plus tard, ils entendirent s'ouvrir la porte d'entrée. Dylan bondit à l'intérieur, caméra en main :

— Et nous voilà au cœur de notre QG de campagne, déclara-t-il en se faufilant entre les tréteaux. Et voici notre équipe, les héros anonymes qui passent ici des heures à mettre des papiers sous enveloppe, répondre au téléphone, arpenter les rues. Je ne sais pas ce que je ferais sans eux. Je vous présente Wilf, dit-il en se plantant devant lui. Dis bonjour, Wilf.

— Salut, fit-il avec un sourire timide.

— Et voici Gwynned.

Celui-ci lança un clin d'œil à la caméra puis fit le V de la victoire.

— Où t'as eu ce machin-là ?

— Aux studios de la BBC à Cardiff, j'y ai passé la matinée à leur présenter mon concept. Ils ont adoré l'idée d'un journal vidéo de la campagne : ça devrait sortir l'été prochain. En *primetime* sur BBC1, j'espère.

Puis à droite de Gwynned :

— Et là, c'est Russell.

— Et si tu nous donnais un coup de main, répondit il d'un air revêche.

— Ah ah ! Russell est un sacré personnage, pas vrai, Russell ?

Dylan poursuivit sans s'arrêter :

— Et ici, nous avons Helen. Comment ça va, Helen ?

Institutrice à la retraite, elle esquissa un sourire timide et marmonna des paroles inaudibles.

— Pourquoi est-ce que tu te rends pas utile en remplissant quelques enveloppes ? s'écria Russell.

Dylan fit la grimace ; il couperait ça au montage.

— Faut que je fasse un micro-trottoir dans le centre, je reviendrai plus tard.

— C'est quoi, un micro-trottoir ? demanda Wilf.

— Je vais interroger des gens au hasard sur la campagne d'Aidan, pour savoir s'ils voteront pour lui.

— Attends un peu, reprit Russell. Je vais m'occuper de ça pendant qu'à ton tour tu nous garnis quelques enveloppes.

— Très drôle.

— Mais, c'est sérieux.

— C'est pas si simple. Faut savoir comment ça marche.

— Je suis sûr que je peux apprendre en cinq minutes. J'ai déjà utilisé une caméra vidéo. Allez, laisse-moi jeter un coup d'œil.

— Attends, c'est dur de réaliser une bonne interview, j'ai une formation de journaliste, moi, je l'ai déjà fait… pas toi.

Russell lui lança un regard noir.

— D'accord, alors je vais te filmer en train de remplir des enveloppes.

Ce sale con avait gâché la séquence. Il la referait plus tard, en son absence.

— Il y a beaucoup de gens qui attendent que tu les rappelles, Dylan, coupa Gwynned.

Juste quand il venait de trouver son rythme. Il s'aperçut que tout le monde avait les yeux rivés sur lui et baissa la caméra.

— Ouais, t'as raison de m'y faire penser.

Il alla consulter le registre des appels.

La plupart des personnes à contacter étaient des sympathisants prêts à offrir leurs services. L'une d'entre eux, une femme d'une cinquantaine d'années, voulut donner à Dylan une leçon de politique :

— Êtes-vous vraiment bien préparés ? Ça ne va pas être de tout repos.

Il n'appréciait guère la façon dont elle lui parlait.

— Où vous voulez en venir ?

— Vous gênez le parti. La circonscription de Crindau Ouest est considérée comme acquise, vous le savez.

— Nous en sommes tout à fait conscients, merci.

— Écoutez, ne le prenez pas mal, je veux juste vous aider.

— Quel genre d'aide ?

— Vous donner des conseils.

Assis à son bureau devant son ordinateur, Dylan s'aperçut qu'il avait reçu un nouveau courriel.

— Très bien, merci beaucoup mais…

— Croyez-moi, vous allez en avoir besoin. Je suis membre du Labour Party depuis vingt ans. Je connaissais bien Dai Rogers, j'ai participé à toutes ses campagnes. Je sais comment fonctionne la machine du parti. Et vous, quelle expérience avez-vous ?

Dylan n'aimait pas ça. Ne faisait-il pas un boulot d'enfer depuis le début ?

— Écoutez, votre père est très populaire. Les gens s'identifient à lui, tout le monde par ici craint de se retrouver au chômage et s'inquiète pour l'avenir. Les gens du New Labour savent qu'ils ne peuvent pas l'attaquer sur ces positions, car elles sont trop proches de celles des électeurs, alors ils vont essayer de l'avoir sur son manque d'expérience, afin de créer le doute dans l'esprit des gens. Ils feront tout pour le pousser à participer à un débat avec les autres candidats, et vous devrez dire non. S'il affronte Watkins, il va se faire laminer.

— Qu'est-ce qui vous rend si sûre de ça ? Mon père a un don naturel pour parler aux médias.

— Quelle est sa position au sujet du statut Objectif numéro un ?

— Qu'est-ce que c'est que ce truc-là ?

— Est-ce que vous vous intéressez seulement à la politique ?

Il poussa un profond soupir.

— C'est élémentaire, reprit-elle. Si vous n'êtes pas capable de répondre à une question aussi basique, ils n'auront même pas besoin de lancer les Coinceurs.

— Mais c'est quoi, les Coinceurs ?

— Des gens qui cherchent des questions pour coincer des gens tels que votre père. C'est comme ça qu'on les appelle au bureau.

— Les salopards…

Une idée lui vint à l'esprit.

— Mais Watkins, il sait répondre à ces questions ?

— Quand ils l'auront briefé, il saura ; son travail personnel consiste à apprendre toutes ces réponses. Alors, quand votre père aura été pris en flagrant délit d'ignorance, Watkins abattra son atout, en arborant un grand sourire, et les gens penseront…

— Que mon père n'est qu'un pauvre prolo alors que le candidat du Labour est un vrai pro.

— Exactement.

— C'est vraiment dégueulasse.

Il entendit un soupir d'exaspération à l'autre bout de la ligne.

— Je vous ai vu à la télévision, vous avez de l'assurance, du charisme. C'est très bien, mais parfois, trop de confiance en soi risque de nuire.

— Qu'est-ce que vous voulez dire ?

— Les électeurs peuvent très vite changer d'avis, parfois de manière complètement irrationnelle. Un jour, le candidat porte la même chemise que leur patron. Ils détestent leur patron qui fait de leur vie un enfer, alors ils commencent à se dire que si ce type-là gagne, ce sera exactement pareil que s'ils élisaient leur patron. Et ils décident de voter pour un autre candidat. Ou bien ils remarquent le dernier jour de la campagne que le candidat a une calvitie. Ils ont l'impression de ne jamais s'en être aperçu jusque-là, et que par conséquent le type l'a dissimulée. Or, s'il dissimulait ça, qu'a-t-il dissimulé encore ? Et ils décident de voter pour quelqu'un d'autre, et ainsi de suite. Actuellement, votre père est le petit candidat qui a assez de cran pour tenir tête aux gros partis, mais du jour au lendemain, sans raison, les gens pourraient le trouver trop arrogant ou pas assez instruit. Vous seriez stupéfait de constater à quel point les électeurs de la classe ouvrière peuvent être durs envers leurs semblables : « Il nous fera honte, il ne saura pas se tenir au Parlement. » Et ils votent pour celui qui présente bien. Vous comprenez ce que je veux dire ?

— Ouais, je vois.

— Ne confondez pas popularité et intentions de vote, il vous reste un long chemin à parcourir.

— Dites-moi, pourquoi vous faites ça ?

— C'est à cause de Dai. Laissez-moi vous dire une chose : en général, quand vous rencontrez une personne publique, vous perdez très vite vos illusions. Pas avec Dai.

Elle se tut. Sa voix tremblait un peu.

— Plus je le connaissais, plus je l'admirais, c'était un homme si gentil. Oh, bien sûr, il avait mauvais caractère et buvait un peu, ce que les gens disent sur lui est vrai : ce n'était pas un saint. Mais si vous aviez le moindre problème, quelle qu'en soit la gravité, même s'il était très occupé, Dai prenait le temps d'en parler avec vous. Il ne laissait jamais tomber les gens. L'équipe qui est en charge, à présent, ne pouvait pas le supporter. Dai n'était pas dans le moule. Pas assez lisse. Le parti n'aime pas ceux qui pensent par eux-mêmes.

Dylan eut pitié d'elle parce qu'elle semblait si amère, si déçue. Il n'était pas assez bête pour avoir foi dans un parti. Pour lui, cela témoignait d'un terrible manque d'imagination.

— Il n'y a qu'à voir comment se déroule le processus du choix des candidats. C'est toujours pareil, celui qui a un minimum de personnalité est évincé.

— Et ce Watkins, comment il est ?

— Ce n'est probablement pas un mauvais homme. Il suit avec docilité la ligne du parti. Mais il ne montrera jamais la franchise de Dai, dit-elle en riant. Un journaliste s'est rendu au club du Labour, un jour. Il a dit à Dai : « Vous savez, c'est la première fois que je vais dans un club du Labour où il n'y a pas de photo de Tony Blair accrochée au mur. » Dai lui a répondu : « Il a fallu l'enlever parce qu'elle était trop près de la cible des fléchettes. » Le journaliste a repris : « Pourquoi ne l'avez-vous pas tout simplement déplacée ? » Et Dai a conclu : « Où qu'on l'accroche, elle était toujours trop près. »

Elle éclata de rire, et Dylan aussi. Quand elle reprit la parole, elle semblait terriblement triste et lasse.

— Votre père aurait plu à Dai. Il aurait admiré son courage. J'aimerais qu'il puisse perpétuer la tradition du député haut en couleur de Crindau Ouest, pour qui un non n'est pas une réponse. Bonne chance.

Dylan raccrocha, et son regard se perdit sur l'écran de l'ordinateur. Cette conversation l'avait mis mal à l'aise. Quand on y réfléchissait, que savait-il vraiment de la politique ? Peut-être devrait-il se documenter ? Il faudrait commencer par chercher ce qu'était le statut Objectif numéro un. Mais cette idée le déprimait. Creuser les choses n'était pas son fort. Les livres de sciences politiques étaient si ennuyeux. Il perdait le fil dès le premier paragraphe. Puis le téléphone sonna de nouveau, et il passa à autre chose, repoussant bien vite au fond de son cerveau toutes ces pensées dérangeantes pour redevenir un jeune directeur de campagne dynamique.

— Bonjour, Dylan Walsh, QG de campagne, puis-je vous aider ?

Pendant ce temps, Aidan lui aussi évaluait son rival en examinant avec soin une photo publiée dans l'*Argus*, le montrant à la sortie de la messe en compagnie de son épouse et de son jeune fils. Watkins avait l'air confiant, compétent, impeccable. Pas le genre qu'on croisait au Globe. Et Aidan essayait de se figurer quel adversaire il serait. Son visage sans caractère ne révélait rien, alors il lut l'article, en quête d'indices : « Mr Watkins dit qu'il "garde sa bible près de son lit" et il aimerait que les églises "jouent un rôle plus important dans la vie du pays". »

Cela déplut à Aidan. Il n'avait rien contre les gens qui croyaient. Mais le mélange politique/religion le mettait mal à l'aise. Croire en Dieu, quel que soit le Dieu, ne vous donnait pas le droit de vous sentir supérieur aux non-croyants. Pourtant, en observant de près Watkins, c'est l'impression qu'il en retirait.

Il avait souvent dit à ses amis qu'il avait abandonné Dieu après la mort d'Eileen. Ce n'était pas tout à fait exact. C'étaient des paroles prononcées sous l'emprise de la colère. Il avait juste besoin de prendre ses distances. Pour ne plus chercher à comprendre ses voies impénétrables. Il avait organisé un enterrement chrétien, car c'était ce qu'Eileen aurait voulu, tout comme sa famille. Mais la cérémonie l'avait rendu malade. Le prêtre avait dit que la mort d'Eileen faisait partie des plans de Dieu. Qu'on n'avait pas le droit de remettre en question ses décisions, qu'il fallait les accepter, même quand elles étaient douloureuses. *Ne posez pas de questions embarrassantes*.

Aidan avait douze ans quand, en cours de catéchisme, son professeur, Mr Flaherty, un Irlandais anxieux et irritable, leur avait parlé du libre arbitre. Dieu nous aimait tant, expliquait-il, qu'Il nous avait distingués entre toutes ses créatures en nous faisant don du plus beau des cadeaux, le libre arbitre. Aidan avait levé la main :

— S'Il nous a donné le libre arbitre, monsieur, alors est-ce qu'on est libre de ne pas croire en Lui ?

Certains garçons avaient pouffé, croyant qu'il avait juste trouvé là une tactique intelligente pour enquiquiner Flaherty. Ce dernier pensait de toute évidence la même chose, car il l'avait tancé pour son impertinence. Mais le jeune élève voulait une réponse. Il insista jusqu'à ce que le professeur, sortant de ses gonds, l'envoie chez le directeur, qui le traita de païen et lui administra quelques coups de bâton. Ce fut la dernière fois qu'il posa une question en cours de catéchisme.

Mais malgré tous ses efforts, Aidan ne parvenait pas à comprendre comment l'hémorragie cérébrale de sa femme pouvait faire partie d'un dessein supérieur, d'une destinée plus élevée. Si Dieu trouvait ça juste, alors Il devait être très éloigné des humains, aussi Aidan se demandait si en fin de compte son existence faisait vraiment une différence. Il n'avait pas levé le petit doigt durant l'Holocauste, la famine en Éthiopie et les massacres au Rwanda. À quoi jouait-Il donc, là-haut ?

Aide-toi et le ciel t'aidera.

Comment ?

Tu dois avoir la foi. Si tu ne crois pas en Lui, alors Ses mains sont liées.

Voilà ce qu'avait dit le prêtre à l'enterrement d'Eileen. C'était un type bien, gentil, Aidan s'en rendait compte, mais il ne détenait aucune réponse.

Il fallait croire en quelque chose pour continuer. Si ce n'était pas en la justice dans l'autre monde, alors ce serait la justice ici-bas. Cela avait du sens de se battre pour une vie meilleure pour soi, pour ses enfants, ses amis, ses voisins. Il le fallait. Cette solitude douloureuse avait du sens. La vie qu'il retrouverait bientôt avait elle aussi de la valeur. Les gens qui couraient à leur travail, déposaient leurs enfants à l'école ; les rues pleines de monde, les boutiques débordantes d'activité, les bavardages sans fin à la radio et à la télévision. Toute cette activité frénétique, épuisante, était nécessaire pour que la ville continue de vivre jour après jour. C'était un miracle d'organisation et de volonté. Et ça avait du sens. Aidan n'était pas assez intelligent pour savoir ce que cela signifiait exactement, mais ça valait la peine. Tout cela n'était pas vain. Non, les gens qui avaient une bible à leur chevet n'étaient pas les seuls à vouloir bien faire.

Aidan commençait à croire que lorsqu'il retournerait à la vie normale, il serait un autre homme. Il remettrait davantage les choses en question, donnerait son avis sans se soucier de l'opinion des autres. Il prenait de l'assurance et se sentait prêt à tenter des choses auxquelles il n'aurait même pas songé auparavant. Il découvrait aussi peu à peu le pouvoir de l'imagination. Il savait bien qu'il s'était enfermé dans ce cercueil par sa propre volonté, pourtant, longtemps il avait cru subir un châtiment immérité. Il avait mal au dos ; sa nuque était raide comme une barre de fer ; ses jambes pulsaient, battaient, au point qu'il sentait le sang circuler dans ses veines ; il avait mal à la tête dès qu'il s'éveillait le matin, mais aussi tard le soir ; ses yeux se noyaient dans l'ennui.

Pourtant, il trouvait des parades. Ses paupières se fermaient et il imaginait qu'il faisait l'une de ses promenades favorites. Un matin, il parcourut le sentier côtier du Pembrokeshire. Il sourit en regardant les déferlantes blanches se répandre à travers la baie ; crut défaillir en respirant à pleins poumons l'enivrant parfum des jacinthes qui recouvraient un promontoire. Il longea des talus fraîchement taillés, se repaissant des senteurs de l'herbe coupée. Il erra à travers les ajoncs semés d'éclats d'or, la bruyère et les fleurs sauvages, croisa des papillons virevoltant, aux ailes orange vif, mouchetées de délicats points noirs. Il aperçut un faucon pèlerin, qui fusait dans le ciel d'azur ; un phoque gris prenant le soleil sur un rocher ; un huîtrier volant au ras de la falaise en criaillant. Ses jambes se faisaient lourdes quand il remonta le sentier sablonneux, faisant s'égailler les lapins ; en descendant un chemin bordé de digitales, il huma l'air, tandis que la fraîche brise d'été lui caressait le visage. À la fin de son périple, il éprouvait la fatigue et l'exaltation qu'il aurait ressenties en allant marcher pour de bon.

Comme son ouïe et son odorat, son imagination s'était bien développée depuis qu'il était sous terre. Au début, cela l'effrayait. Il se sentait à sa merci et s'inquiétait de ce qui en sortirait. Puis, peu à peu, il avait compris qu'il pouvait apprendre à la contrôler. Quel gâchis de s'en priver ! C'était comme acheter une coûteuse voiture de sport, s'asseoir à la place du conducteur et rester paralysé par la peur devant ce tableau de bord plein de boutons et d'accessoires de toutes sortes. Ignorant tout de son fonctionnement, l'acquéreur hésiterait même à la toucher. Alors, il resterait assis là, moteur coupé, tournant le volant d'un côté, puis de l'autre.

Y paraît qu'on n'utilise que 10 % de son cerveau. Va savoir ce qui se cache dans les 90 % restants. Peut-être qu'en fait, je suis très intelligent, mais que je n'ai jamais exploité les incroyables ressources de mon esprit. 10 %, quel terrible gâchis ! Si j'étais propriétaire d'un manoir est-ce que je vivrais dans le hall d'entrée ? Oui, plus il y songeait, plus il était déterminé à découvrir ses véritables capacités.

On frappa à la porte. Dylan leva les yeux de l'écran d'ordinateur.

— Ouais ?

— C'est moi, Wilf.

— Entre, Wilf.

Il s'arrêta au milieu de la pièce, l'air satisfait de lui.

— Tu te rappelles, tu as dit que tu étais toujours intéressé par nos idées, qu'on formait une équipe.

— C'est vrai.

— Eh bien, j'ai travaillé sur un nouveau slogan. Tu sais, un truc qu'on pourrait écrire sur les tracts et les affiches.

— Ah bon ?

Dylan feignit d'être content, mais en réalité, il n'attendait qu'une chose, se replonger dans son nouveau communiqué de presse : *David contre Goliath : la bataille de Cridau Ouest*.

— Ouais, je suis resté debout jusqu'à minuit, à jeter des idées sur le papier.

— Et qu'en est-il ressorti ?

— Ben voilà, dit-il en s'arrêtant un instant pour se racler la gorge et ménager le suspense : « Votez pour Aidan : Sauvez nos emplois ! »

— Pas mal, Wilf, répondit-il avec un sourire forcé. Ça me plaît.

— C'est vrai ? Moi aussi, je crois que j'ai le chic pour ça.

— Certainement, fit-il en retournant à son communiqué.

— Bon, écoute le suivant.

Le jeune homme releva la tête. Il ne souriait plus.

— Y en a d'autres ?

— Ouais, comme j'ai dit, j'ai bossé jusqu'à minuit. « Sauvez nos emplois : Votez pour Aidan ! » Qu'est-ce que t'en penses ? C'est plus enlevé, non ?

Assis droit sur sa chaise, Dylan faisait rouler son stylo sur le bureau d'une main nerveuse.

— Dis-moi, pourquoi tu n'écrirais pas tout ça sur une feuille, et tu me le montres ce soir ?

Mais l'autre ne l'écoutait pas.

— « Un vote pour Aidan… c'est un vote pour l'emploi. » Tu vois, en insistant bien, pour que les gens…

— Écoute, Wilf, c'est pas le moment, là.

Il crut que le jeune homme n'avait pas compris. Alors, il répéta, dans l'espoir cette fois de se faire entendre.

— « Un vote pour l'emploi, c'est… »

Dylan bâilla et se frotta les yeux. Comme Wilf ne semblait pas comprendre, il se leva et enfila son blouson.

— Voter pour Aidan, c'est la même chose que voter pour l'emploi, tu vois ?

Le jeune homme lui tapota l'épaule.

— Bon, j'ai un rendez-vous. Tu me mets tout ça noir sur blanc et tu le laisses sur mon bureau, OK ?

Il était presque 11 heures du soir quand elle arriva.

— Salut !

Aidan découvrit une femme corpulente, plus toute jeune, qui le regardait par le périscope.

— Mon mari bosse à Sunny Jim.

— Ah ?

Elle transpirait la tristesse comme un mur suinte l'humidité. Aidan remarqua son air débraillé.

— J'espère vraiment que vous allez les empêcher de fermer l'usine.

— Je fais de mon mieux.

La journée avait été longue. Il avait donné une trentaine d'interviews, reçu des douzaines de visites.

— Ce sera très dur si l'argent ne rentre plus. J'ai qu'un petit boulot à temps partiel, je travaille dans une cantine scolaire.

Nom d'une pipe, songea Aidan, *elle doit redonner le sourire aux mioches, celle-là !*

— J'imagine que ça gagne pas grand-chose.

— Sûr que non. Mais c'est pas ça qui m'inquiète.

Il se sentit déconcerté.

— C'est l'idée de le voir tout le temps à la maison.

Elle était bourrée, ça ne faisait pas un pli. Elle avait bu chez elle, en solitaire.

— Je me souviens même pas la dernière fois qu'on a eu une conversation ensemble. Il rentre, je lui mets son dîner sur la table, et puis je vais dans l'autre pièce regarder la télé, et lui, il bouffe sans dire un mot.

— Je suis désolé.

— Quand il a fini, il prend une douche, après il va au pub, et il y reste jusqu'à la fermeture. Je m'arrange toujours pour être au lit quand il rentre, et en général, il s'endort dès qu'il a posé la tête sur l'oreiller.

— Ah.

Aidan n'en pouvait plus.

— Je me souviens même pas la dernière fois qu'il m'a touchée. Ou qu'il s'est intéressé à moi, à ce que je disais ou faisais.

Elle se tut un instant, se mordillant les lèvres, le regard perdu au loin.

— Est-ce que vous savez seulement ce que ça fait ?

Il avait la gorge sèche, étranglée.

— Je suis désolé pour vous.

— C'est difficile à croire quand on me regarde maintenant, mais à une époque j'étais très coquette.

Elle lui jeta un regard de connivence.

— Je sais ce que vous pensez : « Elle ? »

— Mais non.

— Mais si.

— J'étais toujours bien coiffée, habillée à la mode. Les autres femmes venaient me demander des conseils…

Elle éclata d'un rire sans joie.

— À présent, elles m'évitent. Qui voudrait être vu avec moi ?

— Allons...

Elle secoua la tête sans espoir. Aidan détestait entendre une femme parler ainsi.

— Cet homme, il m'a détruite. J'étais une jolie fille, j'avais confiance en moi, ça lui a pris des années, mais...

Elle secoua la tête en souriant avec amertume.

— Il y est arrivé, l'œuvre de toute sa vie.

Aidan ne savait quoi lui dire.

— Il faut que vous gagniez. L'usine doit rester ouverte. Parce que sinon, il faudra que je passe encore plus de temps avec lui, et... Mon Dieu, je sais pas ce que je ferai...

— Faut pas parler comme ça.

Une grosse larme roula sur sa joue. Puis elle releva la tête, inspira profondément et réussit à reprendre le contrôle d'elle-même.

— Vous savez, ça vous ronge d'être aussi malheureuse. On regarde les autres couples, et on commence à penser qu'aucun n'est heureux. Parce qu'on peut plus imaginer que des gens soient bien ensemble. Si on voit un homme et une femme qui s'embrassent dans la rue, on pense qu'ils ont perdu la tête, que ça durera pas. En fait, on exulte à l'idée du choc qu'ils vont avoir quand les beaux jours seront passés, et que ça va tourner au vinaigre. C'est affreux !

Aidan était d'accord là-dessus. Mais elle lui faisait peur.

— C'est pour ça que je vous admire autant.

— Moi ?

— Oui… Vous avez perdu votre femme. Une femme que vous aimiez pour de vrai. Ça a dû être très dur.

Si seulement elle avait su combien les derniers mois avaient été difficiles entre eux. *Tu n'as vraiment rien à me dire ?* Mais pour le monde extérieur, ils formaient le couple idéal.

Le regard de sa visiteuse mettait Aidan mal à l'aise.

Il aurait voulu se montrer honnête avec elle, lui dire combien les choses étaient difficiles à la fin. Que l'un de ses pires tourments était de ne pas savoir si la situation aurait pu s'améliorer ou pas. Lui raconter tout cela lui aurait fait du bien à lui, mais elle, cela l'aurait-il aidée ? Dieu sait pourquoi elle avait décidé qu'elle pouvait encore croire au bonheur conjugal d'Aidan, que c'était l'union parfaite, gâchée par une mort prématurée, tragique. D'une manière ou d'une autre, cette pensée la réconfortait. Voulait-il vraiment briser ses illusions ? Lui enlever le dernier petit morceau de ciel bleu qui subsistait en elle ?

— Oui, ça a été dur, répondit-il. Nous étions si heureux quand elle était encore de ce monde.

Elle opina du chef.

— Difficile aussi d'élever les gosses tout seul. Mais vous avez continué à penser aux autres, au lieu de rester à pleurnicher sur votre sort. Vous vous êtes levé au nom de tous les gens qui travaillent à l'usine.

— Mais c'est…

— D'habitude, quand on a souffert, on n'arrive pas à voir au-delà de ses problèmes. Mais vous, vous êtes pas comme ça. Vous savez ce qui m'aide à tenir le coup ?

Aidan fit non de la tête. Il avait du mal à croire qu'elle tenait encore le coup.

— C'est la pensée que vous êtes là en bas, que vous tenez bon, que vous refusez de laisser tomber. Je pense à vous, qui êtes tout seul, sans même pouvoir vous lever pour aller vous balader, ou faire tous ces trucs qui nous semblent tellement normaux, et je me dis : « S'il peut y arriver, moi aussi. »

Il se tortilla, gêné ; il ne savait comment réagir à ces paroles. C'était trop pour lui.

— Y a des années que j'existe plus pour les autres. Je suis devenue invisible. Mon mari me voit plus, mes mômes me voient plus, mes voisins… Y a des fois, même moi, je me demande si je suis vraiment là.

Elle fit une pause et sourit d'une manière qui stupéfia Aidan : son visage exprimait soudain une chaleur, une tendresse si inattendues, qu'il crut voir un instant la femme séduisante qu'elle avait été autrefois.

— Mais vous, vous me voyez, pas vrai ? Vous savez bien que je suis une personne.

Il se souvint alors des paroles de Julian sur Berkeley : « Les choses existent seulement quand quelqu'un les remarque. »

— Mais oui, je vous vois. Je sais que vous êtes une bonne personne au fond de vous-même.

Son sourire grandit ; Aidan ressentit l'envie de la serrer dans ses bras.

— Tenez, c'est pour vous, dit-elle en posant dans le panier une bouteille de Baileys qu'elle fit ensuite descendre. Vous boirez un coup à ma santé. Je penserai à vous. Au revoir.

— Non ! Ne partez pas. Restez prendre un verre avec moi.

Il ne pouvait supporter l'idée de la laisser retourner ainsi dans cette maison vide. Elle le regarda d'un air hésitant.

— Je vous en prie. Ça me ferait plaisir que vous me teniez compagnie, c'est pas drôle de boire tout seul. J'ai quelques gobelets en plastique par ici.

— D'accord, fit-elle en souriant.

Après avoir bu une gorgée, elle lui demanda de lui parler de sa femme. Il lui raconta alors comment ils s'étaient rencontrés, combien son chant l'avait bouleversé, puis leurs premiers rendez-vous, et qu'au début ils riaient tout le temps. La conversation ne prit fin que vers minuit. Quand elle s'en alla, Aidan murmura :

— Non, vous n'êtes pas invisible. Je vous vois, moi.

— Dylan ?

— Ouais ?

Derrière l'écran de l'ordinateur, il leva la tête et vit Gwynned, planté devant lui, l'air embarrassé.

— Tu sais, tu as dit que toutes les contributions étaient les bienvenues, que nous formions une équipe.

Putain, c'est pas vrai, mais qu'est-ce qu'il avait déclenché ? Cette fois, il ne réussit pas à se montrer aussi enthousiaste.

— Tu n'aurais pas eu une nouvelle idée de slogan, par hasard ?

Son ton refroidit un peu Gwynned, qui répondit d'une voix hésitante.

— Ben, si.

Le jeune homme jeta en douce un coup d'œil à sa montre : il était 10 h 55. Une journaliste du *Daily Mirror* devait le rappeler à 11 heures. Pourvu qu'elle soit à l'heure, pour couper court !

— Tu connais la phrase : « La politique, c'est l'art du possible » ?

— Ouais, bien sûr. Pour être honnête, elle est complètement éculée celle-là.

— Eh bien ! hier soir, je regardais les citations politiques sur Google, et j'en ai trouvé une bonne de Vaclav Havel, tu sais, ce Tchèque. J'ai pensé qu'on pourrait s'en servir.

— Tu as Internet chez toi ?

— Ouais, bien sûr. C'est très utile pour faire des recherches.

— Qu'est-ce que tu fais comme recherches ?

— Je suis un cours du soir sur l'histoire du XXe siècle.

Dylan le regarda avec un peu plus d'attention et hocha la tête avec lenteur.

— OK, et qu'est-ce qu'il a dit Vaclav Havel ?

— « La politique peut être aussi l'art de l'impossible. »

Dylan resta interdit, le dévisageant avec une intensité qui le décontenança. Gwynned repoussa ses lunettes un peu plus bas sur son nez, se demandant s'il avait insulté le jeune homme sans s'en rendre compte.

— Ça va ?

Bouche bée, Dylan tapa du poing sur le bureau. Puis il se leva si vite qu'il en renversa sa chaise :

— Putain, c'est génial ! T'ES UNE BÊTE !

Il traversa la pièce en levant la main, et tapa dans celle de Gwynned. Puis il éclata de rire.

— La politique peut être aussi l'art de l'impossible. Trop fort !

Aidan était déterminé à ne pas laisser son esprit se ramollir : il devait être bien affûté s'il voulait avoir une chance de gagner la bataille. Pour la première fois, il parvenait à lire les journaux de bout en bout, et s'obligeait à se tenir au courant des dernières nouvelles. Il voulait être en parfaite adéquation avec le monde du dessus. Ainsi, si on l'interrogeait sur un sujet d'actualité, la profondeur et l'étendue de ses connaissances étonneraient tout le monde. Gwynned lui avait conseillé *The Independent* et *The Guardian*, car c'étaient les quotidiens les plus sérieux. Aussi avait-il demandé à Frank de les lui apporter. Le barman faisait une drôle de tête en les lui descendant :

— J'espère que t'es pas en train de te monter le bourrichon, là en bas.

Aidan renonça à lire le *Guardian* dès le premier jour. Ce fichu journal était vraiment trop grand et c'était un cauchemar que d'en tourner les pages dans le cercueil. Cela le mit de mauvaise humeur et il maudit les feuilles qui se froissaient et se mélangeaient de plus en plus.

— Quel bordel, ce canard !

Il tassa le tout bien au fond du cercueil. Plus tard, une fois calmé, il dut se livrer à toutes sortes de contorsions afin de le récupérer pour le fourrer dans son panier et s'en débarrasser. Après ça, il se limita à l'*Independent*, qui avait à peu près la même taille que le *Daily Mirror*. *Ses* lectures lui ouvraient les yeux. Il se penchait sur des articles consacrés aux problèmes de pays qu'il n'aurait même pas su situer sur une carte quelque temps plus tôt, et envers lesquels il éprouvait une sympathie grandissante.

— Bon sang, la vie est rude en Ouzbékistan... Mais qu'est-ce que fait notre fichu gouvernement à soutenir ces salopards ?

Il devint fan de Robert Fisk, chroniqueur à la dent dure dont les papiers furieux lui rappelaient John Pilger du *Daily Mirror*, dans les années soixante. Il contempla sa photo. Ç'avait l'air d'être une sacrée tête de mule. Un type prêt à administrer une bonne correction à ceux qu'il jugeait responsables de l'état lamentable de ce monde. Aidan n'aurait pas aimé se le mettre à dos. Mais nom de Dieu, ce gars-là savait écrire ! Oui, il lui plaisait bien, ce vieux Fisk. On n'en faisait plus des comme lui.

À présent, il lisait tout, de la première à la dernière page. Après en avoir fini avec les articles, le courrier des lecteurs, les éditoriaux sérieux, il allait consulter les brèves. Certaines étaient de vrais petits bijoux : « Des chercheurs ramassent en moyenne 476 objets manufacturés à l'heure sur l'îlot inhabité de Pitcairn, à 5 000 kilomètres des autres côtes du Pacifique. »

Quel boulot intéressant : Qu'est-ce que ça donnerait sur un CV ? « Juin 2000-juin 2001 : décompte des ordures échouées sur une île déserte, océan Pacifique. »

Il y en avait certaines dont il lui fallait absolument informer les copains : « Le nombre de calories dépensées lors d'un acte sexuel moyen se monte à 200 en couple, et à 60 en solo. »

Ça, ça les ferait rigoler. Il le savait.

Il essayait aussi d'écouter d'autres radios et avait trouvé des émissions intéressantes sur Radio 2 et Radio 4. Quand tard dans la nuit, il ne dormait pas, il se branchait sur BBC International. Il y avait des programmes captivants. Il suivit un reportage intitulé : « Le plus grand désert d'Europe », sur l'Islande. Ce pays ressemblait tant à la lune que les astronautes de la navette Apollo y étaient allés pour s'entraîner. Autrefois, c'était une région couverte d'herbe et de forêts, mais les Vikings avaient tout brûlé, et les vents violents avaient dispersé les sols fertiles, faisant de l'endroit le territoire aride que l'on connaissait de nos jours. Aidan était stupéfait qu'un acte de vandalisme ait pu ainsi avoir des répercussions pendant mille ans. Pourquoi ne savait-il pas cela ? Il ignorait tant de choses. Peut-être cette règle s'appliquait-elle aussi aux individus : une décision brutale, un instant d'égarement dû à la colère pouvait avoir des conséquences désastreuses sur toute une vie. Il avait passé des années à déplacer de lourdes caisses, roupillant bien au chaud dans son ignorance. Il avait beaucoup à rattraper. Il ne voulait pas avoir honte, s'il était élu. Les gens de Crindau n'aimeraient pas être représentés par un âne. Quelques semaines plus tôt, il croyait qu'ils avaient tous perdu l'esprit quand ils lui avaient demandé d'être candidat ; à présent, il était largement en tête dans les sondages, à deux semaines du scrutin. Il fallait qu'il se prépare.

Il avait aussi essayé Radio 3, une fois, mais ils diffusaient un truc qui ressemblait aux cris de douleur d'un animal, rythmé par des cymbales. D'accord, il voulait s'ouvrir l'esprit, mais il y avait quand même des limites.

— Yes !

De joie, Dylan leva le poing en l'air. Il ne voyait pas comment la situation aurait pu leur être plus favorable, et pourtant, un miracle venait de se produire. Il bondit de son siège et se mit à danser autour de son bureau, exécutant sa meilleure imitation de James Brown.

— C'est bon… Du calme !

Il s'arrêta pour relire la première page de l'*Argus*, lentement cette fois, savourant chaque mot. Enfin, il éclata de rire.

— T'es mort, Watkins !

Il allait se précipiter pour annoncer la nouvelle à son père, mais non, d'abord, le journal vidéo. Il grimpa au premier étage à toute vitesse, alluma le caméscope et s'assit, un grand sourire aux lèvres.

— Voici la première page de l'*Argus* d'aujourd'hui, dit-il en la présentant comme un trophée à la caméra :

Le candidat du Labour raille Crindau

— Est-ce que ça met pas du baume au cœur ?

Il sourit de nouveau puis entreprit de lire l'article à haute voix.

— « Aujourd'hui, Nigel Watkins, le candidat du Labour Party pour la circonscription de Crindau Ouest, a tenté de limiter les dommages causés par sa déclaration non officielle de la veille, dans un hôtel de Cardiff. » Dans le langage des journalistes, ça veut dire qu'il a raconté des conneries parce qu'il était complètement fait. « On a entendu Mr Watkins tenir des propos désobligeants à l'égard du candidat indépendant local, Mr Walsh. "Tout le monde dit que le candidat local est le favori : ça n'est pas étonnant. Les électeurs sont sûrement intimidés par tout individu venant d'ailleurs que de Crindau, surtout s'il est d'intelligence moyenne. C'est le genre d'endroit où on vous considère comme un intellectuel quand vous êtes capable de lire le *Sun* en moins d'une journée *in extenso*." Ensuite, il a traité Crindau "d'affreux trou perdu". »

Dylan releva la tête pour fixer la caméra avec un grand sourire :

— Cette fois, il est foutu. « Ce matin, Mr Watkins a affirmé avec insistance qu'il avait été cité hors contexte, et qu'à ce moment-là, il subissait de fortes pressions. Il a présenté ses excuses à ceux qui auraient pu se sentir offensés par cette malheureuse méprise. Il prétend avoir dit en réalité que certains considéraient Crindau comme un affreux trou perdu, mais que lui trouvait que c'était une ville agréable. »

Le jeune homme eut un ricanement de dérision.

— Putain, mais quel gros nul ! Trop tard, mon pote. Tu appartiens au passé maintenant, dit-il en riant de plus belle. Ah ! la vache, c'est trop bon. L'article est signé Nick Williams, fit-il en vérifiant sur la page. Bon boulot, Nick. Le petit gars de chez nous s'en est bien tiré.

Il replia avec soin le journal et le laissa choir. Il serra le poing.

— Jamais ils ne s'en remettront.

Il s'agenouilla, joignit les mains comme s'il priait, puis leva les yeux au ciel.

— Merci mon Dieu. Merci du fond du cœur.

— Comment ose-t-il !

Dylan fut stupéfait par la colère de son père. Tout à son excitation, il avait oublié les railleries de Watkins à son encontre.

— C'est une ville bien, ici. Il m'a insulté, et tous les gens d'ici avec. Mais pour qui il se prend ?

— C'est dégueulasse, hein ? J'étais trop dégoûté quand j'ai lu ça.

La véritable indignation, c'était sans prix. Elle hisserait son père vers de nouveaux sommets. Le jeune homme voyait déjà les gros titres : « À présent, ils en font une affaire personnelle. » Ils filaient plein gaz.

Au Globe, on avait arraché la photo de Watkins du journal pour l'afficher au centre de la cible des fléchettes. Debout au bar, Russell pérorait, une bière à la main.

— Quelle arrogance il a, ce salopard. Si Crindau est un trou affreux, pourquoi est-ce qu'il est venu s'y faire élire, alors ?

— Y a des gens très intelligents ici, ajouta Wilf. Y a quelques années, une équipe de Crindau a gagné au jeu *Blockbuster* quatre soirs de suite.

— Ben tiens, fit Tony en ouvrant un paquet de chips. Je parie qu'ils ont jamais eu une aussi bonne équipe à Cardiff.

Le lendemain matin, Dylan écoutait son père qui donnait une interview à l'*Argus*.

— D'après moi, ça prouve que sous ses dehors calmes et professionnels, il méprise les gens ordinaires. Pour Mr Watkins, gagner cette élection consiste à grimper le premier échelon d'une carrière politique prometteuse. Cet endroit n'est rien pour lui. Il serait tout aussi heureux de se présenter à Rotherham, Dundee ou Ipswich. Mais Crindau, c'est chez moi, et je m'intéresse de très près à tout ce qui arrive à cette ville.

Nick écrivait à toute vitesse sur son bloc, sûr de tenir la une du jour. Dylan était ravi, car d'après lui, Aidan avait trouvé le ton juste. En l'écoutant, il eut aussi une révélation étonnante : *mon vieux est vraiment un mec bien et superclean*.

Il se sentait fier de lui. Et il était content d'éprouver cela. Malgré tout, un malaise l'envahissait. Il avait l'impression d'être là, dans le jardin, à écouter parler son père, tout en étant à des années-lumière, comme s'il se retournait sur le passé pour pleurer la perte de ce moment évanoui. Pourquoi ne pouvait-il se contenter de vivre l'instant présent ? Pourquoi était-il incapable de se détendre, alors que tout allait si bien ? Il exécrait ces moments de doute et de dissolution, et il fit ce qu'il faisait toujours alors, investir toute son énergie dans un projet concret, en redoublant d'efforts pour donner au monde la forme qu'il désirait.

Watkins était sur la défensive, et il fallait prolonger cet état. Dylan envoya les militants à travers les rues serrer des mains, distribuer des tracts, coller des affiches et discuter avec les électeurs. *Vous pouvez faire confiance à Aidan, il est né et a grandi à Crindau, il ne vous prendra pas de haut comme Watkins.*

Ce soir-là, il enregistra son journal de campagne pendant que dans le jardin, un groupe de sympathisants chantaient *Power to the People*. Il était presque minuit. Ils étaient tous complètement saouls. Cela faisait déjà plus d'une heure qu'ils étaient là et ne manifestaient aucun signe de fatigue. Dylan s'était laissé happer par ce tourbillon festif et parlait à la caméra, une bouteille de vin presque vide à la main.

— Vous entendez ça ? Crindau tremble sur ses fondations. J'ai l'impression que toute ma vie a tendu vers cette minute. J'ai enfin découvert ma voie. On commence par penser qu'on peut changer les choses, qu'on peut tout faire.

Il s'arrêta pour essayer de rassembler ses pensées, car ce n'était plus très clair dans sa tête.

— Les autres candidats ont peut-être derrière eux la machine du parti, de gros budgets, une immense expérience et des manifestes sophistiqués, mais jamais ils n'auront mon imagination. Jamais ils ne seront capables de sortir du moule ! Les idées me viennent comme ça ; c'est comme quand Mozart se réveillait avec une symphonie tout entière dans la tête, sans savoir comment elle était arrivée là.

Il passa la main dans ses cheveux, l'œil vague.

— Des fois, par le passé, j'aurais bien voulu que mon cerveau me foute la paix, qu'il la ferme un peu. Quelle torture d'avoir autant d'idées ! Bien plus que je pouvais en gérer. Un truc me traversait l'esprit et je me disais : « C'est génial ! » Mais avant même que j'aie eu le temps de le mettre en application, j'en avais une autre, et puis une autre, et encore une autre. J'arrivais pas à tenir le rythme.

— Power to the People !

Dylan inclina la tête en direction de la fenêtre et sourit :

— Vous entendez ça ? Ils y sont encore.

Ses traits se détendirent, et un sourire illumina son visage.

— Putain, c'est la débandade, là-bas ! Enfin, il se passe quelque chose de bien dans cette pauvre ville pourrie.

Allongé dans le cercueil, Aidan songeait à ses amis. Il était certain qu'ils auraient été surpris, voire choqués, de savoir ce qui le tourmentait ainsi, en pleine nuit. Il se dit aussi que de leur côté, toutes sortes de pensées dont il n'avait pas idée devaient également leur traverser l'esprit. Derrière le badinage, les plaisanteries, les piques, les rires, se dissimulaient l'inquiétude et la fatigue. Ils étaient tels des comédiens connaissant leur texte et leur rôle à la perfection, mais qui doutaient des motivations de leur personnage. Aidan les observait, fasciné et parfois horrifié. *J'étais comme eux il n'y a pas si longtemps*, pensait-il. Mais plus maintenant.

Il sentait qu'il avait fait une découverte cruciale dans son cercueil, même s'il avait du mal à la définir. Et il savait qu'en remontant, il ne serait plus le même homme, ce qui lui causait du souci. Il ne connaissait pas les nouvelles règles.

Peut-être qu'au même moment, l'un de ses amis était allongé, en éveil, s'inquiétant pour lui. Il espérait que non. Qu'ils dormaient tous du sommeil du juste. Il espérait aussi que leur amitié survivrait à tout ça.

Ces tristes pensées se faisaient de plus en plus fréquentes désormais. Elles lui venaient tard le soir, quand tous ses visiteurs étaient repartis et que le sommeil se refusait à lui. Il aurait aimé en parler à quelqu'un. À un type dans le genre de Julian. Qui l'écouterait avec attention, en souriant, comme s'il s'agissait d'une plaisanterie entre eux, puis rattacherait ce qu'Aidan disait aux propos d'un philosophe hollandais du XVIe siècle, ou à un vers de poésie chinoise, et Aidan ne se sentirait plus aussi perdu, aussi seul. Jamais il ne pourrait se confier à quelqu'un comme Russell.

Tu as déjà eu l'impression d'être invisible ?

Qu'est-ce que c'est que ces conneries ?

Non, il les garderait pour lui, ces pensées qui lui tournaient dans la tête, il n'aurait pas été prudent de les partager. La nuit précédente, il avait eu une vision très réaliste de lui-même, celle d'un enfant collant des coupures de journaux dans son cahier. Il éprouvait un bonheur sans nom à découper une photo de son héros, Jimmy Greaves, dribblant autour d'Alex Stepney, le goal de United, à White Hart Lane. Cette image de lui-même était si claire, qu'il aurait pu toucher son jeune double. Mais bien sûr, ce n'était pas possible. C'était son esprit qui lui jouait un tour, le genre d'hallucination qui se produisait quand on était dans sa position, seul, sous terre. Pourtant, illusion ou pas, le chagrin qu'il avait ressenti quand l'image s'était dissipée était bien réel. Comme au souvenir d'un fils mort. Il regretta de ne pouvoir revenir en arrière pour l'aider. Est-ce que ce genre de choses arrivait à tout le monde à Crindau ?

11

Frank vint récupérer le bassin hygiénique d'Aidan après son dîner. Tout en faisant remonter le récipient, il l'interrogea :

— C'est vrai qu'ils prennent des paris sur moi, au pub ?

Le barman attrapa délicatement la chose, qu'il déposa par terre. À la place, il renvoya à Aidan son dessert.

— Ouais, c'est du deux contre un que tu vas les empêcher de fermer l'usine.

Il sourit. Frank aurait dû être acteur. On avait l'impression qu'il n'avait pas entendu la question, or au moment où on allait laisser tomber, il répondait, sans même regarder son interlocuteur.

— C'est chouette.

Le barman soupira et se baissa pour ramasser le bassin hygiénique.

— C'est drôle ce qu'on en arrive à faire pour ses vieux clients, tu trouves pas ?

— T'es épatant, Frank.

— Ta photo est aussi dans la vitrine du bookmaker.

— Ah ?

— Ouais, à Chepstow, ta cote est à 3,15. Allez, régale-toi bien !

Wilf était moulu. Il était presque 10 heures, et cela faisait quatre heures qu'il arpentait Crindau, frappant aux portes pour distribuer des tracts, demandant aux gens s'ils voteraient pour Aidan. Il était content de voir autant d'affiches de soutien derrière les vitres. « Tirez-le de là : votez pour lui ! » « La politique peut être aussi l'art de l'impossible. »

Ça ne le dérangeait pas que Dylan ait préféré le slogan de Gwynned au sien. Pas vraiment. Mon Dieu, mais qu'est-ce qu'il était fatigué ! Ce n'était pas drôle de traîner ainsi dans les rues après une longue journée de travail.

Dylan avait présenté la campagne comme une partie de plaisir. Mais ce n'était pas tout à fait exact. C'était même parfois très ennuyeux. Ouvrir le courrier, plier des brochures, mettre sous enveloppe, distribuer des tracts, faire des photocopies… Il ne lui en voulait pas pourtant. En fait, il se sentait même coupable d'admettre que tout cela ne l'amusait pas vraiment. Après tout, si le militantisme avait été aussi distrayant, tout le monde se serait lancé ! *Tu viens boire un coup avec nous ? Y a une soirée karaoké. Nan, j'en ai ma claque du karaoké, je vais faire du porte-à-porte, je me présente aux élections.*

La tâche qu'ils accomplissaient là était en effet capitale, parce que tout le monde à Crindau allait en bénéficier. De quel droit en aurait-il retiré du plaisir ? Enfin, c'était parfois dur de continuer. Le jour même, à la pause de midi, il s'était assoupi ; à la pause de l'après-midi, il somnolait. Megan devait le secouer et lui crier dessus le matin pour qu'il parvienne à se lever. Pourtant, au bout du compte, ça valait le coup. Il était vital de ne pas perdre des yeux l'objectif final, de se souvenir pourquoi ils faisaient tout ça. Et c'est bien pour cette raison qu'il n'était pas allé au Globe boire quelques bières avec Russell, Gwynned et les autres, ce soir-là. Ce dont il avait vraiment envie, avant de rentrer chez lui et de s'écrouler sur son lit, c'était de bavarder avec Aidan. Cela faisait un moment qu'il n'avait pas pu le voir, avec les médias qui grouillaient comme des mouches autour de lui. Ce n'était plus pareil, sans lui. Russell commençait à lui taper sur le système avec ses vannes incessantes. Wilf savait bien qu'il ne le pensait pas vraiment, mais ça lui faisait mal quand même. D'habitude, c'était toujours Aidan qui prenait son parti quand Russell s'acharnait contre lui. « Allez, mon vieux, laisse tomber. Fiche-lui la paix, d'accord ? »

C'était justement une des raisons pour lesquelles il ferait un aussi bon député, selon lui : il défendait les autres. Aidan était quelqu'un de particulier. Wilf savait qu'il n'allait plus à la messe, mais cela ne signifiait pas qu'au fond de lui, il ne croyait plus, il s'était seulement éloigné de la foi. Wilf était certain que Dieu le guidait vers la victoire. Il avait envie de dire à son ami combien de gens avaient souri quand il leur avait tendu le tract, ce soir.

— Ah ! le gars dans le cercueil. Pour sûr que je vais voter pour lui.

À force, il avait compris ce qu'Aidan apportait à Crindau : l'espoir. Ce genre d'instant, quand le visage d'une personne s'illumine de joie, voilà ce qui conférait à leur action toute sa valeur. Après avoir dit et répété pendant des années : « Peu importe pour qui on vote, ils sont tous aussi nuls les uns que les autres », les gens avaient enfin trouvé un candidat en qui ils pouvaient croire.

Son moral retomba quand il arriva chez son ami. Trois personnes faisaient encore la queue pour lui parler, même à cette heure tardive. Wilf s'assit sur une chaise, sous la bâche, et attendit. Attendit. Il était debout depuis 6 heures du matin, et bientôt, il s'endormit. Il se réveilla en sursaut, car il glissait de la chaise. À présent seul, il regarda sa montre : 22 h 30 passées, il ne s'était assoupi que quelques minutes, pourtant il avait l'impression d'avoir dormi profondément. Il se massa le visage et les yeux, puis fut pris de vertige. Il laissa passer un moment, puis se leva et se dirigea vers le périscope. Il regarda en bas et vit Aidan qui se frottait les yeux d'une main, le portable vissé dans l'autre.

— Oui, c'est vrai, je suis premier dans les sondages à une semaine du scrutin, ça a l'air bien parti, mais il ne faut pas vendre la peau de l'ours avant de l'avoir tué. Vous savez ce qu'on dit, une semaine, c'est très long en politique. Hein ? Oui, si je suis élu, j'exigerai d'être tout de suite reçu par la direction de Sunny Jim, absolument !

Voilà comment se passeraient les choses quand Aidan serait élu. Peu importe qu'on le connaisse depuis longtemps et qu'on soit un ami proche, il faudrait attendre son tour. Il resterait probablement à Londres dans la semaine et rentrerait à Crindau le week-end. Alors, il serait accaparé pendant des heures, entre la permanence, les réunions et Dieu sait quoi. Il n'irait sûrement plus au Globe, parce que là-bas, il serait sans cesse sollicité.

Wilf se demanda quand il pourrait le voir. Il craignait que leur ami s'éloigne d'eux, qu'il devienne un étranger dont on suit l'évolution à travers les journaux et la télé. Puis il eut honte. *Allez, mon vieux, ne sois pas si égoïste. Il fait ça pour nous tous.*

Il patienta encore cinq minutes, mais voyant que la conversation ne semblait pas vouloir s'interrompre, il décida de rentrer chez lui, puisque Aidan ne l'avait pas vu. La journée du lendemain serait longue.

— Et parmi toutes ces chansons, laquelle est vraiment votre préférée ? Celle dont vous ne pouvez pas vous passer pour vivre ?

Aidan était en direct sur Crindau FM dans *Un dimanche après-midi entre nous*. On diffusait ses titres favoris, et il commentait. À présent, il passait sur cette radio presque tous les jours, et cela lui plaisait beaucoup.

— Il y en a une que j'aime par-dessus tout. C'est *Days*, des Kinks.

— Ah ? Et pourquoi ?

Il hésita. Il connaissait très bien la réponse, mais il n'en avait jamais dit mot auparavant. La chance s'offrait à lui de laisser s'exprimer le nouvel Aidan, qui évoquait ce qui comptait pour lui. Peut-être cela aiderait-il d'autres personnes de savoir combien ce morceau l'avait aidé.

— Je ne cessais de passer *Days* après la mort de ma femme. Dès que la chanson était finie, je remettais le bras du pick-up dessus pour la réécouter, et ainsi de suite, et je pleurais.

Il se tut, stupéfait par sa capacité grandissante à parler de lui-même à la radio, sentant aussi l'embarras de l'animateur qui présentait une émission de divertissement pour le dimanche après-midi.

— En écoutant cette chanson, j'ai su que Ray Davis, lui aussi, avait perdu quelqu'un de très cher. Je n'ai pas été surpris quand par la suite j'ai appris qu'il l'avait écrite après s'être séparé de sa femme. Mon Dieu, tout ça est assez déprimant, non ?

— Le mot triste serait peut-être plus approprié.

— Oui, c'est mieux. Mais vous savez, à force de la passer, au fil des années, son sens a changé pour moi. À présent, j'y vois autre chose, une sorte de célébration de la personne qui est partie, du souvenir de toutes les bonnes choses qu'on a partagées, mais aussi de la douleur quand tout s'est terminé. Je crois que c'est crucial de ne pas l'oublier, vous ne pensez pas ? D'après moi, tout ce qui nous est arrivé, de bon ou de mauvais, qu'on en soit responsable, que ce soit le hasard ou la faute d'un autre, à la fin, ça nous appartient. Et on ne trouve jamais la paix tant qu'on n'a pas accepté de reconnaître comme nôtres toutes les bonnes et les mauvaises choses qui se sont produites au cours de notre vie.

— Et vous avez compris tout ça dans une chanson de trois minutes ?

— Eh bien, je crois que tout ça s'y trouve vraiment. C'est l'une des plus belles chansons jamais écrites.

— Merci beaucoup pour cette demi-heure captivante en votre compagnie, Aidan Walsh.

— C'est à moi de vous remercier, je me suis beaucoup amusé.

C'était vrai. En réalité, il se sentait bien plus à l'aise à la radio qu'à faire campagne pour les élections. D'ailleurs, il avait toujours préféré la radio à la télévision, car on avait l'impression que la personne s'adressait directement à vous. C'était beaucoup plus intime. Voilà ce qu'Aidan s'imaginait quand il était en direct : il se représentait un auditeur tranquille, réfléchi, dans le genre de Gwynned, et c'était à lui qu'il parlait. Ça marchait à tous les coups.

Hélas, une chose le mettait vraiment sur les nerfs : Watkins. Il s'en prenait à Aidan tous les jours sur Crindau FM, ressassant sans cesse le même couplet :

— Pourquoi Mr Walsh refuse-t-il de répondre en direct aux questions des auditeurs comme les autres candidats ? De quoi a-t-il peur, enfin ?

Ce ton patelin, l'insinuation qu'il n'était pas à la hauteur. Chaque fois qu'Aidan en parlait à Dylan, il obtenait la même réponse :

— Laisse tomber, 'Pa, il veut juste t'emmerder.

Mais son père, lui, voulait faire cette émission. Il l'écoutait presque tous les soirs. C'était un auditeur fidèle de Crindau FM. Cette radio l'avait aidé à ne pas devenir dingue au fond de son cercueil. C'était comme une vieille amie. Les gens qui appelaient étaient ses semblables. C'étaient les mêmes qui avaient fait la queue pour lui offrir des cadeaux de Noël, qui venaient tous les jours lui promettre de voter pour lui. Il aurait vraiment aimé discuter avec eux en direct.

Il éprouvait une immense gratitude à l'égard de son fils pour toute l'aide qu'il lui avait apportée. Quand Dylan se montrait un peu autoritaire, qu'il l'énervait parce qu'il parlait trop, Aidan se souvenait qu'il était jeune et qu'il essayait de se faire une place dans ce monde. Il s'était autant investi dans cette aventure que son père. Ce qui lui causait du souci, d'ailleurs. Mais il devait comprendre que c'était son père qui décidait en dernier ressort. Accepter de répondre aux questions des auditeurs semblait une bonne chose à Aidan. Il avait des scrupules à refuser sans cesse, surtout quand l'équipe de Crindau FM s'était montrée si amicale et l'avait invité à participer à toutes les autres émissions. Cette fois, il dirait oui. De quoi aurait-il bien pu avoir peur ?

Quand il en parla à son fils, celui-ci faillit avoir une attaque.

— Putain, tu peux pas faire ça !

Dylan s'aperçut qu'un journaliste, attendant d'interviewer son père, le dévisageait. Il baissa d'un ton et se pencha sur le périscope.

— Je croyais qu'on était d'accord, que tu refuserais de participer à ce genre d'émissions ?

Aidan lui expliqua combien il en avait assez d'entendre Watkins demander de quoi il avait peur. Le jeune homme écarquilla les yeux.

— Mais qu'est-ce que tu en as à foutre de ce qu'il pense, lui ? Tu as douze points d'avance dans les sondages !

— C'est une question de principe.

Il se prit la tête dans les mains. Si son père commençait à parler de principe, c'était mauvais signe. Il fronça le nez ce qui le fit respirer de puissants effluves de hamburger et d'oignons frits émanant de la Cantina du Che.

— J'ai bossé si dur pour te faire gagner ces douze points !

Aidan sentit la moutarde lui monter au nez.

— Quoi ? C'est grâce à toi que je suis en tête, peut-être ?

Oui, pensa Dylan, *c'est grâce à moi. Tout le mérite m'en revient, mais on dirait que tu l'as oublié. Où tu en serais, maintenant, si je ne t'avais pas soufflé exactement quoi dire et quoi faire ? Je t'ai pris par la main.*

*
* *

Aidan se dit qu'il était temps de passer à l'action pour faire avancer un peu les choses avec Safina.

— Peut-être que quand tout ça sera fini, je pourrais t'emmener boire un verre de vin quelque part.

— Ah oui ? Et où tu m'emmènerais ?

Elle lui avait répondu de manière spontanée, sans la moindre hésitation.

— Quel genre d'endroit tu aimes ?

— Essaie de deviner.

Il sourit. Elle le taquinait, c'était bon signe.

— Laisse-moi réfléchir… Un endroit tranquille, avec de la musique pas trop forte, pour qu'on puisse s'entendre parler. Pas dans le centre-ville, un lieu plus en dehors des sentiers battus, loin de la foule.

— C'est un bon début. Continue.

Comme s'ils jouaient à un jeu. C'en était un, et pourtant c'était on ne peut plus sérieux.

— Y a un endroit sympa à St Brides, l'Argel, tu connais ?

— Non, je n'en ai jamais entendu parler.

— Comme la plupart des gens. C'est au bout d'une petite route étroite, juste après la rivière Severn. Ils ont encore un poêle à charbon dans la salle, avec le seau posé à côté, et puis tous ces médaillons de bronze. Et sur les tables, il y a des lampes anciennes. Il n'y a pas de juke-box, le couple qui tient ça passe ses propres disques. Ils ont un pick-up derrière le bar et une pile d'albums à côté. Ils mettent ce qui leur plaît, mais toujours très doucement, comme une musique d'ambiance.

— Quel genre de musique ?

— Pas ce qu'on entend d'habitude dans un pub ni le genre que j'écoute à la maison, pour être honnête, mais là-bas, c'est bien. Par exemple, parfois, ils mettent du classique… Pas des trucs compliqués, mais du genre que tu peux fredonner. Je pourrais pas te dire les noms, à part *Le Beau Danube bleu* ; même moi je connais ça. D'autres fois, c'est du jazz, des ragtime, du Louis Armstrong, Acher Bilk et Dave Brubeck… Comment ça s'appelait son tube ?

— *Take Five* ?

— C'est ça. Quand ça passe à la radio, ça fait un peu réchauffé, mais moi, chaque fois que je l'entends, j'adore. Comme je disais, c'est pas le genre de musique que j'écouterais chez moi, mais… tu sais ce qui me plaît là-dedans ?

— Non ?

— Ça crève les yeux que c'est le style de musique qui leur plaît à eux, qu'ils aiment depuis toujours, et qu'ils mettraient ces disques-là même s'ils étaient tout seuls. Des fois, en les regardant, je les surprends à chantonner ou hocher la tête en cadence pendant qu'ils font le service, et ils sont toujours très contents si tu leur poses des questions sur le morceau qui passe. Ça donne une ambiance particulière, comme si tu rendais visite à quelqu'un, tu vois ce que je veux dire ?

— Oui. C'est difficile de trouver un lieu qui a du caractère, de nos jours.

— Tu l'as dit, tous les bars où tu vas, aujourd'hui, tu as l'impression d'y avoir déjà mis les pieds. Mais pas l'Argel. Mon fils dit que c'est un endroit « space ». Il y a des tables dehors aussi, alors l'été, tu peux t'asseoir au bord de l'eau et regarder les lumières de la nuit, de l'autre côté de la Severn.

— Ça a l'air merveilleux.

— Ça l'est. Le seul problème, c'est que c'est un peu coton pour y aller, il n'y a qu'un bus par heure, et ils s'arrêtent très tôt.

— J'ai une voiture.

— Alors, tu es parée !

— On dirait bien.

Aidan se sourit à lui-même. Tout avait été si facile. Pourquoi avait-il attendu si longtemps ?

Russell sortit fumer sa clope dans le jardin. Il était presque 22 heures, et il venait de passer deux heures et demie à gonfler des ballons portant le message : « Votez pour Aidan. » Il était fatigué ; il en avait marre ; ça commençait vraiment à le faire chier, tout ça. Il jeta un coup d'œil autour de lui. Pour une fois, personne ne faisait la queue pour parler à Aidan. Seul le type de la sécurité fumait, lui aussi, près du portillon. Russell s'approcha du périscope et regarda en bas :

— Salut, y a quelqu'un ?

— Comment ça va, mon vieux ? répondit Aidan en souriant.

— Pour être honnête, je suis claqué, fit-il en soupirant et se massant le front.

— Tu sais, j'apprécie vraiment tout ce...

— Laisse tomber, coupa-t-il avec un mouvement d'humeur.

— Non, mais c'est vrai, mon vieux, je...

— C'est bon, tu ferais la même chose pour moi.

Aidan fronça les sourcils et secoua la tête :

— Non.

Russell était si fatigué qu'il mit un moment avant de comprendre. Puis il éclata de rire, et son ami lui lança un clin d'œil. Une bourrasque fit onduler la bâche en plastique au-dessus de leurs têtes. Des gouttes de pluie commencèrent à tomber.

— Alors, tu répètes ton discours de remerciements ?

Le portable d'Aidan se mit à sonner. On aurait dit qu'il avait reçu une décharge électrique. Il leva la main vers Russell, en lui adressant un sourire d'excuses.

— Désolé mon vieux, faut que je réponde.

Russell ne dit rien. Il tira sur sa cigarette, tout en observant Aidan, qui prit l'appel, puis se mit à échanger des plaisanteries avec un dénommé Ed. Il plaqua ensuite sa main sur le téléphone et se retourna vers son ami :

— C'est le *New York Times* !

— Ah ?

— Ils veulent m'interviewer, poursuivit-il mal à l'aise. Il s'agit d'un portrait d'une demi-page.

— Ils votent pas aux élections anticipées de Crindau, pas vrai ?

— Quoi ?

— Tu peux pas leur dire que tu es occupé et leur demander de rappeler dans vingt minutes ?

Aidan se mit à rire, comme s'il avait dit quelque chose de très drôle.

— Ben voyons ! C'est le *New York Times*, Russell !

Celui-ci ne répliqua pas. Il n'ajouta rien non plus quand son ami reprit sa conversation. Cependant, quand il se retourna :

— Très bien, alors va te faire foutre, Aidan, déclara-t-il en se débarrassant de sa cendre d'une pichenette.

Il retourna à l'intérieur. Gwynned et Wilf étaient seuls à présent dans le salon et continuaient de déballer des cartons de dépliants qu'ils rangeaient ensuite en piles bien ordonnées sur les tréteaux. Wilf bâilla. Gwynned soupira, et son regard se perdit dans l'espace.

— J'ai l'impression d'être Cendrillon.

— Quand est-ce qu'ils sont partis, les autres ? demanda Russell.

— Y a une minute.

— Et Dylan, où il est ?

— Là-haut. Il enregistre son journal de campagne.

— Encore un truc utile, comme d'habitude, railla-t-il.

— Oh merde !

— Qu'est-ce qu'il y a ? fit Wilf.

Gwynned lui tendit un dépliant en pointant le titre :

— Je viens juste de m'en apercevoir. Regarde, tu vois ce que ça dit : « Voici le massage d'Aidan Walsh. »

Il en sortit d'autres de la boîte, gémit et les jeta par terre. Puis il passa en revue les piles posées sur les tables.

— J'y crois pas… tous pareils. Quelle farce !

— Allez hop, c'est l'heure de la fermeture, on va boire un coup.

— Et tout ça ? fit Wilf en désignant les dépliants.

— Ça attendra. Dylan s'en occupera, lâcha Russell.

Les deux autres acquiescèrent, se regardèrent puis allèrent chercher leurs manteaux.

Russell commanda une tournée et ils s'installèrent à une table éloignée, dans un coin tranquille. Ils virent un vieux portant un badge « Tirez-le de là : votez pour lui ! » verser de la bière dans un cendrier vide, qu'il déposa par terre pour son jack russell terrier.

— Qu'est-ce qui se passe ? fit Gwynned.

Russell lui raconta qu'Aidan avait coupé court à leur conversation parce que le *New York Times* l'avait appelé.

— Je vais te dire, il commence à péter plus haut que son cul.

— Faut pas oublier une chose, fit Gwynned en faisant lentement tourner un sous-bock entre ses doigts, c'est pourquoi il fait ça.

— T'as raison, renchérit Wilf. Il essaye de sauver nos boulots.

— Peut-être, au début, mais plus maintenant. Y a longtemps qu'il a perdu ça de vue. À présent, il cherche juste à se caser.

Gwynned décocha à Russell un regard dur :

— Qu'est-ce que tu as contre lui ?

— Est-ce que vous savez seulement combien ça gagne, un député ?

Ils l'ignoraient.

— Eh ben moi, oui. J'ai regardé.

Il fit une pause, but une gorgée de bière, passa la langue sur ses lèvres.

— 52 000 par an.

Il observa la réaction de ses amis.

— Pas mal, hein ? Après ça, il sera tranquille, quoi qu'il arrive à l'usine.

Ses amis le dévisageaient, en s'efforçant de ne pas paraître choqués.

— Il aurait jamais réussi sans nous, et on s'est cassé le cul sans rien demander en échange. J'espère bien qu'il s'en souviendra.

— Allez, mon vieux, fit Gwynned. À t'entendre, on dirait que c'est un profiteur cynique. Tu sais bien qu'Aidan n'est pas comme ça. On le connaît depuis des lustres. C'est pas dans son caractère.

— Je croyais pas non plus que c'était dans son caractère de couper court à une conversation avec un vieux pote quand un journaliste l'appelle, et pourtant, c'est ce qu'il m'a fait ce soir. T'aurais dû le voir quand son portable a sonné, plus rien d'autre existait. Il adore ça. Tu crois vraiment qu'à la fin, ce sera toujours le bon vieil Aidan qu'on connaissait avant ?

Aucun d'eux ne répondit. Alors, il posa de nouveau la question :

— Hein, vous croyez ça, vous ?

— Bonsoir, c'est Rob Fleming pour les questions des auditeurs, et ce soir, nous avons un invité très particulier : Aidan Walsh, l'homme qui s'est enterré vivant au fond de son jardin et espère ainsi forcer Sunny Jim à revenir sur sa décision de fermer l'usine de Crindau. Pendant une heure, Aidan va répondre à vos questions, alors n'hésitez pas à appeler. D'après les derniers sondages, il mène par douze points d'écart, ce qui est un résultat très étonnant pour un candidat indépendant, sans expérience politique préalable, dans l'une des circonscriptions du pays les plus attachées au Labour. Mais votre slogan de campagne n'est-il pas : « La politique peut être aussi l'art de l'impossible » ?

— C'est exact, Rob. Et je suis très content de participer à cette émission.

— Moi de même, ainsi que les auditeurs de Crindau, je peux vous le garantir, parce que le standard est saturé. Aussi, sans attendre, prenons un premier appel. Il s'agit de Stephen Protero, de Somerton.

— Bonsoir. J'aimerais poser à Aidan la question suivante : ça fait des semaines que vous êtes dans ce cercueil. Quelle sera la première chose que vous ferez en sortant de là ?

Aidan se mit à rire.

— Jirai tout droit au pub et je m'enverrai une bière bien fraîche.

— Ouais, bonne idée, mon vieux, et je serai là pour vous payer une tournée.

— Merci, Stephen.

Aidan se sentait euphorique ; l'émission allait être une promenade de santé.

— À présent, nous avons en ligne Alan Williams, de Maes-glas.

— Bonsoir, Rob, j'adore votre émission.

— Merci, Alan. Quelle est votre question ?

— J'aimerais demander à Mr Walsh quelle est sa position au sujet de l'autosuffisance.

Il y eut une longue pause. Au bout d'un moment, Rob reprit :

— Avez-vous entendu la question, Mr Walsh ?

— Oui, j'ai bien entendu, merci.

Nouveau silence. Chaque seconde était une inénarrable torture.

— Ah… et désirez-vous y répondre ?

Autre pause.

— L'autosuffisance, eh bien, ça dépend, en fait.

— De quoi ? fit l'auditeur.

— De quel aspect de l'autosuffisance vous parlez.

— Je songeais au concept dans son ensemble, à vrai dire. Après tout, vu le contexte actuel de Crindau, c'est une question très pertinente, vous ne trouvez pas ?
— Oui, on peut dire ça.
— Parfait, et quelle est votre position ?
— Eh bien…
— Vous savez bien de quoi je parle, non ?
— Ouais, bien sûr. C'est difficile de répondre, parce que c'est un sujet vaste, l'autosuffisance, pas vrai ? Un sujet d'une complexité terrible. Alors, c'est pas facile, vous savez, de…
Rob Fleming le coupa de nouveau.
— Pour que nos auditeurs comprennent bien de quoi il s'agit, vous faites référence à une clause du Wales Act de 1998, Mr Williams, c'est exact ?
— Tout à fait. Vous semblez mieux connaître la législation récente que le candidat. C'est la première fois qu'une loi en Grande-Bretagne confère l'obligation légale aux régions de ce pays de développer une économie de subsistance. Je trouve incroyable que le candidat n'ait pas la moindre idée de ce dont je parle.
— Je n'ai pas dit ça.
— Ce n'était pas nécessaire.
Dans la maison, Dylan s'était recroquevillé sur le sol, en position fœtale.
— Putain de bordel de merde !
Il s'étira, se remit lentement debout. Il ne pouvait plus rester ainsi immobile.
— C'est une question majeure pour la région. Avec ou sans l'usine Sunny Jim, la personne qui

gagnera l'élection devra s'atteler au problème, or il est très clair que Mr Walsh n'en est pas capable.

— Si !

Dylan faisait les cent pas, fumant cigarette sur cigarette. Cet interlocuteur connaissait bien son boulot.

— Putain, 'Pa, fais quelque chose !

Pourquoi restait-il ainsi dans les cordes à encaisser les coups ? Si on ne savait pas répondre à la question, on attaquait l'autre sur ses motivations. Il savait cela, quand même !

Aidan fut incapable de répondre aux cinq questions suivantes. Il se débrouillait si mal, que Robert Fleming prit les choses en main.

— Bien, c'est inhabituel dans l'émission des auditeurs, mais nous allons passer un peu de musique. Voici *Electioneering* de Radiohead.

Dylan se vautra sur le canapé, faisant rouler une canette de bière froide sur son front. On disait qu'en politique, une semaine pouvait être très longue, mais à cet instant précis, une heure ressemblait de plus en plus à une condamnation à mort.

Il ne voulait pas parler à son père, tant il était furieux contre lui. Il alla pourtant le voir une fois l'émission terminée, quand l'équipe de Crindau FM fut repartie. Ce dernier n'avait pas encore bien saisi ce qui lui était arrivé.

— Mais d'où ils sortent tous ces monsieur-je-sais-tout ? Watkins n'a pas eu à répondre à des questions difficiles comme ça, lui !

— Tu es tombé dans un guet-apens.

Aidan était ébahi.

— Ça devait être les Coinceurs. Tu te souviens, je t'en ai parlé ?

— Mais c'est déloyal ! Il faut informer la presse de tout ça !

— On peut rien prouver. Ça pourrait même nous retomber dessus, si on affirmait des trucs comme ça. Les gens diraient qu'on est prêts à tout, parce qu'on est désespérés.

— Mais on est désespérés !

— Je sais. Mais il ne faut pas le montrer. Maintenant, on a besoin d'une période de stabilité, sans mauvaises surprises, et il faut prier pour que tout ça soit vite oublié.

— Facile à dire pour toi, c'est moi qui me suis fait piéger.

— À qui la faute ?

Son père semblait prêt à exploser.

— OK, OK, se reprit Dylan, ce qui est fait est fait. Mais plus d'initiatives sans qu'on en discute d'abord ensemble !

Après le départ de son fils, Aidan resta seul, au bord de l'effondrement. Il avait grillé sa dernière cartouche. Il était cuit. Écrasé, humilié. Dylan lui avait fait miroiter un conte de fées, et il avait pris ça pour parole d'évangile. À présent, il fallait revenir sur terre. Il repoussa de toutes ses forces l'idée ridicule qu'il pourrait encore gagner. Parce que l'espace d'une seconde, il avait cru qu'un indépendant sans expérience, mû par un juste courroux, pourrait arracher une victoire spectaculaire. Quelle idée complaisante, rassurante ! *Arrête tes conneries, c'est pas ça, la vie.*

Il se dégoûtait lui-même. Pour se punir, il frappa de toutes ses forces le couvercle du cercueil. Il hurla de douleur, et les blessures à peine cicatrisées de son poing se rouvrirent. *Alors, ça fait mal ? Bien fait pour toi, espèce de débile. Ouvre les yeux, t'es vraiment trop con. T'es rien qu'un pauvre prolo ignorant, Aidan Walsh.*

Il fit la grimace et referma le poing pour se punir de nouveau.

Le lendemain, on ne parlait que de ça au Globe.

— C'est comme un sport de combat, fit Tony. Les auditeurs l'ont mis en pièces.

— Enfin, Aidan, c'est pas Einstein non plus.

Tony but une gorgée de bière et renchérit :

— Vous vous rappelez la dernière soirée Quiz ? Il croyait que la capitale du Mexique, c'était Los Angeles !

— Arrête, il avait quelques verres dans le nez, fit Gwynned.

L'autre eut un rire moqueur :

— Moi aussi, mais je savais bien que c'était pas Los Angeles ! Hé ! Frank, s'écria-t-il en se renversant sur sa chaise, t'es sûr qu'elles sont pas périmées, ces chips ?

Le barman leva les yeux de son journal :

— Bien sûr que non, c'est les meilleures sur le marché, en provenance directe d'une petite boutique de Paris.

— T'énerve pas, c'était juste pour savoir !

— Alors, demanda Wilf, c'est quoi la capitale du Mexique ?

— Mexico.

— Ah, c'était une question piège, alors.

— Avec toi, y a que des questions pièges.

— Une minute, coupa Gwynned. Remettons les choses en perspective. Y a peu de chance qu'on trouve ça dans les questions à l'Assemblée : « Le député de Crindau Ouest pourrait-il nous dire quelle est la capitale du Mexique ? » C'est pas une façon de juger si quelqu'un est digne d'être élu ou pas...

Quelques personnes gloussèrent. Tony resta de marbre.

— Je vais te dire le problème ; chaque fois qu'il ouvrira sa gueule en public, on tremblera de peur qu'il sorte des conneries. Parce que là, c'est pas seulement de lui qu'ils se foutront, mais de nous aussi. La ville tout entière sera ridiculisée.

— Le gars du Labour, Watkins, vous l'avez entendu répondre aux questions des auditeurs la semaine dernière ? Il était très professionnel, parfaitement calme.

— Il est avocat. C'est pratique, si jamais t'as un problème avec la municipalité ou ton proprio... Il pourra tout de suite te dire de quoi il en retourne. Aidan, lui, il en aurait pas la moindre idée.

— Mais rappelez-vous ce qu'il a dit de Crindau, il l'a traité « d'affreux trou perdu ».

— Peut-être qu'il a vraiment été cité hors contexte ! Tu sais comment c'est, les journalistes.

— Remarque, c'est pas facile d'être avocat. Faut étudier pendant des années. Et puis faut faire rudement attention à tous les détails. Tous les petits trucs, même si ça a l'air de rien, ça peut être déterminant au procès, tu vois, c'est pour ça qu'il faut avoir une intelligence très développée.

— Comme Rumpole, au Bailey.

— Lui au moins, il se serait pas tapé la honte comme ça !

— Ou bien Perry Mason.

— Par qui est-ce que t'aimerais mieux être représenté ? Un pro, avec la cervelle bien entraînée, ou un plouc qui connaît rien de rien et qu'est juste devenu célèbre parce qu'il s'est enterré au fond de son jardin ?

— Arrête ton char, fit Gwynned, Aidan est pas un plouc qui sait rien de rien.

Personne ne le regardait. Tony jeta un coup d'œil à sa montre, puis autour de lui, l'air étonné.

— Au fait, il est où, Russell, ce soir ?

Wilf avait quitté le boulot assez tôt pour passer voir Aidan. Il se faisait du souci pour lui. Quand il se pencha sur le périscope, son ami examinait en détail son poing. Nom d'une pipe, on aurait dit qu'il s'était castagné !

— Salut, vieux.

Aidan sursauta, comme s'il avait été pris en train de se livrer à un acte honteux. La main meurtrie disparut. Puis il interrogea :

— Alors, qu'est-ce qu'ils racontent sur mon compte maintenant ?

Wilf joua les étonnés :

— Comment ça ?

Aidan serra les dents. *Fait chier !*

— À propos de ma prestation d'hier soir, dans l'émission des auditeurs. Qu'est-ce que tu en penses, toi ?

— Pour tout dire, j'ai rien entendu là-dessus.

— Merde, Wilf, tu peux vraiment pas faire mieux ?

— Mais quoi ? répondit-il en rougissant.

Aidan lui décocha un regard méprisant.

Tu serais nul à ce jeu-là.

— Quel jeu ?

Il ne se souvenait plus du nom. Ça passait à la télé, des années plus tôt.

— Celui où il faut deviner qui ment.

— Connais pas.

— ET QU'EST-CE QUE ÇA PEUT FOUTRE, QUEL JEU ? Nom de Dieu, pourquoi est-ce qu'il faut toujours te mettre les points sur les *i* ?

— Je suis désolé, Aidan.

— Toute façon, c'est pas grave, j'imagine bien ce qu'ils peuvent dire.

Wilf ne savait que répondre.

Je parie qu'ils prennent leur pied.

— Ben…

— Y a rien de mieux que de démolir un gars qu'on connaît. S'en payer une bonne tranche sur son dos, histoire de tuer l'ennui.

Son portable sonna. Il répondit.

— Et ça repart, fit-il en soupirant. Aidan Walsh…

Wilf vit son visage se crisper.

— Pas de commentaire.

Il coupa la communication.

— Salopard. Tu vois ce que je veux dire ?

Wilf ne voyait pas très bien, mais il ne voulait pas fâcher son ami de nouveau, aussi préféra-t-il se taire.

— C'est le cinquantième, aujourd'hui. Ils essaient de me faire passer pour un neuneu. Eh ben, je le suis pas !

Les sympathisants furent moins nombreux à venir prêter main-forte. Quand Dylan arriva, tous gardèrent la tête baissée. Il referma la porte de son bureau derrière lui, décrocha le téléphone et se plongea dans la presse. Watkins l'avait joué finement, appuyant sur des faiblesses que personne n'avait relevées jusque-là.

« Un vote pour Mr Walsh est un vote inutile. C'est ce qui ressort de sa prestation abyssale d'hier soir, à la radio. Il faut avoir tous ses esprits pour se présenter au Parlement. Élire Mr Walsh pouvait paraître attirant dans un premier temps. C'est vrai, qui n'aime pas faire un pied de nez à ceux qui détiennent le pouvoir ? Un homme seul contre le système, David contre Goliath. Nous aimons tous voir gagner les laissés-pour-compte. Mais avez-vous songé aux conséquences ? S'il est élu, il nous représentera pendant quatre ou cinq ans. Quel est son programme, hormis lutter contre la fermeture de l'usine ? Disons qu'elle ferme quand même. Je sais bien que vous préférez ne pas y penser, et croyez-moi, dans les coulisses, loin de toute publicité, le Labour fait tout son possible pour dissuader les dirigeants de mener à bien ce projet. Donc, imaginons que l'usine ferme quand même, quels sont ses autres projets ? Regardons les choses en face, les médias aiment les histrions, c'est tellement plus sympathique, tellement plus amusant de rapporter ses commentaires à l'emporte-pièce, plutôt que l'analyse approfondie de problèmes complexes. Mais si vous voulez quelqu'un qui fasse avancer les choses, qui soit efficace, discipliné, travailleur, alors je vous suggère de reconsidérer votre position. Vous trouverez peut-être la plaisanterie moins drôle au bout de quatre ans. Les gens de Crindau méritent un candidat d'un autre calibre. »

Dylan s'écroula sur son bureau, gémissant doucement. Il avait l'impression que les murs se refermaient sur lui. Il fallait qu'il sorte, qu'il aille se promener, pour se rafraîchir les idées. Il ne voulait pas parler aux journalistes ; il ne voulait pas avoir affaire aux volontaires ; et il ne voulait surtout pas parler à son père. Il ramassa son blouson, vida sa tasse de café, traversa la maison, le jardin, puis franchit le portillon.

Auparavant, il y avait là une espèce de parc mal entretenu, avec quelques balançoires, un toboggan ; à présent, cela n'avait plus rien à voir. Camions de télévision, journalistes, stands. C'était inscrit depuis un moment sur sa liste des problèmes à régler : rendre visite à Pancho pour lui parler de cette petite opération qui empiétait sur leurs plates-bandes à eux. Soudain, il s'aperçut que près de la Cantina du Che, était apparu un deuxième étal, où l'on vendait des souvenirs de la campagne. Il était là depuis plus d'une semaine, sans que Dylan ait trouvé à redire, pensant que cela ajoutait à l'ambiance insolite. Mais ce matin, c'était différent. Il décida d'aller voir de plus près. Sur une table étaient disposées des casquettes de base-ball affichant le slogan : « Tirez-le de là : votez pour lui ! »

Putain, ce connard profitait de la situation ! Il en prit une, l'examina :

— C'est 4,99 livres, mon grand, tu veux l'essayer ? dit l'une des vendeuses.

— Ça va pas ? Et d'abord, qui vous a autorisés à utiliser ce slogan ? fit-il en désignant les mots d'un doigt accusateur.

La femme recula et se rembrunit.

— Et ça, mais c'est quoi, ça ?

Près des casquettes se trouvaient des cercueils miniatures, pas plus grands que des boîtes d'allumettes, dont la partie supérieure avait été découpée, révélant le visage grossier d'un homme, à l'intérieur. Il semblait sourire. Ou peut-être hurlait-il. C'était si mal peint qu'on ne pouvait être sûr. Sur le couvercle, « Sauvez nos emplois » était écrit en blanc. Dylan en saisit un et le présenta brutalement à la vendeuse.

— Depuis combien de temps vous vendez ça ?

— Pas de commentaire, fit-elle en secouant la tête tel un robot.

— Où est Pancho ?

— Là-bas, répondit-elle en désignant l'autre bout du parc.

Il se dirigea vers le camion, serrant dans la main le cercueil miniature. Assis à l'intérieur, Pancho téléphonait sur son portable. Dylan ouvrit la porte du côté passager et lui balança le mini-cercueil sur les genoux. Pancho baissa les yeux, puis jeta au garçon un regard indifférent. Il n'avait pas l'air content d'être ainsi interrompu au beau milieu de sa conversation.

— Faut qu'on parle ! s'exclama-t-il.

Ils se toisèrent mutuellement. Dylan était en colère, intimidé, plein de ressentiment. L'autre soutint son regard, lui montrant qu'il ne l'impressionnait pas du tout, puis il dit à son interlocuteur d'un ton tranquille :

— Faut que j'y aille, je te rappelle plus tard.

Le jeune homme s'assit sur le siège passager.

— J'ai fermé les yeux sur la sandwicherie...

— Ah ! j'avais pas saisi que tu étais propriétaire du parc.

Dylan hésita un instant.

— Mais ça, ça dépasse les bornes !

Pancho ramassa le cercueil, qu'il regarda d'un air attendri.

— Ça part comme des petits pains avec les touristes japonais, d'après les filles.

— Ah ouais ? Et les casquettes avec mon slogan écrit dessus ? Tu spolies mon père. Il faut que ça cesse.

Pancho rangea son portable dans son blouson avec une lenteur délibérée, pour faire mariner le jeune homme.

— Il faut que je te dise un truc, *amigo*, après le petit numéro de ton père, hier soir, le marché des souvenirs s'est écroulé. Il va me rester sur les bras tout un tas d'articles invendus. J'aurais beaucoup de chance si je réussis à récupérer mes billes.

— Épargne-moi ce couplet-là, s'il te plaît. C'est pas le sujet, tu le sais très bien. Tu t'es servi de nous.

Pancho sortit un cigare et l'alluma. Il tira une bouffée, puis le fit lentement tourner entre ses doigts, à hauteur des yeux.

— Et toi, *amigo* ?

Dylan ne s'attendait pas à ça.

— Qu'est-ce que tu veux dire ?

— Tu ferais mieux de te regarder avant d'aller accuser les autres d'exploiter ton père.

Le jeune homme se redressa et lança à Pancho son regard le plus viril :

— Vraiment ?

L'autre ne baissa pas les yeux :

— Je sais que tu fais un film sur toi.

— C'est un journal en vidéo… sur la campagne.

— Avec toi dans le premier rôle, reprit-il en souriant, et tu as aussi écrit le scénario et fait la mise en scène, *si* ?

— Écoute…

— J'ai trouvé quelques-unes de tes cartes de visite, par terre. Tu te balades partout comme si la ville t'appartenait. Tu te prends pour une star, maintenant. Les gens qui ont toujours vécu ici, ça les dérange, si tu veux savoir. Ils me demandent : « C'est qui cet *hombre* qui raconte à tout le monde : "Les gens de Crindau pensent ceci". "Les gens de Crindau n'accepteront jamais cela". Je l'ai jamais vu, avant. »

— J'ai grandi ici.

— Et tu t'es tiré vite fait, pas vrai ? Moi, je fais partie de cette communauté, pas toi. Ça fait des années que tu as foutu le camp pour devenir danseur.

— Comédien.

— Peu importe. Tu as oublié comment ça se passe, ici. Tu peux pas faire un saut à Crindau une fois de temps en temps et changer les règles. Tu crois que tu peux débarquer comme ça, et me dire ce que je dois faire ?

— Va te faire foutre !

Pancho se raidit et quand il reprit la parole, il déclara d'une voix lente et très calme :

— Je passerai là-dessus parce que ton père est un pote à moi.

Il disposa le cercueil miniature avec soin sur le tableau de bord.

— Ici, au pays de Galles, on a les salaires les plus bas du pays, mais les prix sont pareils qu'ailleurs, pas vrai ? Un mec, à Londres, il veut s'acheter un T-shirt de créateur qui coûte 100 livres, il y réfléchit pas à deux fois. Il y va, et il l'achète. Mais ceux qui tirent les ficelles, ils pensent qu'un type d'ici, qui gagne à peine la moitié de l'autre, il doit payer la même chose. Est-ce que c'est juste ? Celui d'ici n'a pas les moyens, pas vrai ? Et pourquoi il aurait pas le droit de s'habiller classe, lui aussi ? Qui a le droit de dire qu'il le mérite pas autant que l'autre ?

— Quel rapport ?

— Et les grosses compagnies qui fabriquent la marchandise, combien tu crois qu'elles payent pour le T-shirt, elles ? Ils font bosser ces pauvres mecs en Inde, aux Philippines quinze à seize heures par jour, et ils leur donnent 50 pence la semaine pour garder des prix compétitifs. Alors quand tu rentres dans un magasin et que tu payes le prix fort, tu contribues à alimenter un système pourri. Les gens d'ici, non seulement ils détestent l'injustice et l'exploitation, mais ils aiment les belles choses, et moi je suis là pour les leur fournir. Et ces souvenirs, ça fait partie de mes opérations. C'est ma manière de rendre quelque chose à la communauté.

Dylan éclata de rire.

— Ah ouais ? Tu peux m'expliquer ?

— Je fais passer le message. Je veux que ton père soit élu tout autant que les autres. En fait, le lendemain où il a annoncé qu'il se présentait, j'ai misé 200 livres sur lui.

Dylan croisa les bras et le fixa d'un air très sérieux :

— Je veux que tu nous reverses un pourcentage de tes recettes.

— Tu commences à m'ennuyer, *amigo*.

— Et toi aussi, tu me gonfles. Je peux te poser une question ? Est-ce que tu as une licence pour vendre ta camelote ?

Pancho se redressa d'un seul coup et pointa le doigt vers Dylan :

— Sors d'ici tout de suite.

— Écoute, je vais pas…

— DEHORS !

Il descendit du camion.

Aidan avait posé la question à Gwynned :
— Où est Russell ?
À Wilf :
— Où est Russell ?
L'air gêné, ils avaient répondu qu'ils l'ignoraient. Alors, il interrogea Dylan. Celui-ci se pencha sur le périscope et vit son père pâle et inquiet. Il décida de lui dire les choses en toute franchise – ça n'aurait pas été juste de les lui cacher.
— Il a pris la mouche et il s'est tiré. Je sais pas très bien pourquoi.
Son père, lui, avait deviné. Ça lui trottait dans la tête. Il ne l'avait pas revu depuis cette conversation interrompue par un appel du *New York Times*.
— Écoute, 'Pa, il avait une mauvaise influence. Ça me fait chier de te dire ça, mais je pense qu'on est mieux sans lui. Pour être honnête, je crois qu'il était jaloux. Il a l'habitude d'être le numéro un, et ça lui plaisait pas de te voir, toi, dans le journal.
Aidan songeait même que la situation actuelle devait beaucoup le réjouir.
— Je sais qu'il est loin d'être parfait, mais c'est un véritable ami pour moi. Pendant toutes ces années, il a toujours été là, quand ça allait bien comme quand ça allait mal.
Dylan se souvenait de ses visites : il se conduisait comme une brute. Et son père se laissait faire.
Aidan nota le scepticisme de son fils.
— En vieillissant, on apprend à pardonner, parce qu'on n'obtient jamais exactement ce qu'on veut avec ses amis et ceux qu'on aime. Tu apprendras ça, toi aussi.

Mais Aidan le savait, Dylan était persuadé que son père n'avait rien à lui apprendre. Parfois, ce garçon était vraiment trop suffisant. Aidan avait envie d'appeler Russell. Hélas il avait conscience que ça ne servirait à rien. Il le connaissait trop bien. Il patienterait. Attendrait que tout soit terminé. Il ne voulait pas être en position inférieure la prochaine fois qu'ils discuteraient, Russell le toisant du haut de son périscope.

Ce soir-là, Watkins passa à la télévision, annonçant que Sunny Jim avait accepté d'entamer des pourparlers avec le gouvernement.

— Je pense qu'il s'agit d'un développement très significatif. Cela montre à quel point le gouvernement juge ce dossier important. Le maintien de l'emploi est une priorité pour notre parti et notre Premier ministre, chaque fois que c'est possible. Que les gens de Crindau soient rassurés, le New Labour a à cœur de protéger leurs intérêts.

Dylan jeta un coussin par terre.

— Pitié, je vais vomir.

— En tant que futur député de Crindau, avez-vous demandé au Premier ministre d'intervenir ? demanda le journaliste.

— Disons qu'il est très bien informé de tout ce qui se passe ici.

Il arborait un petit air triomphaliste qui fit bondir Dylan :

— Espèce d'enculé !

Le message ne pouvait être plus clair : « J'ai des relations, si vous votez pour moi, le boulot sera fait. »

— Tu te fous de la gueule de qui ? fit Dylan en pointant un doigt accusateur sur l'écran de télévision. Tout ça, c'est rien que de la com !

Il éteignit la télévision, dégoûté. *Entamer des pourparlers*. Les électeurs n'allaient quand même pas gober ça ? Non, hein ?

Au Globe, Tony posa sa bière, s'essuya la bouche et déclara :

— Faut reconnaître que Watkins, il sait faire bouger les choses.

Les autres acquiescèrent. Wilf aussi. Puis il aperçut l'expression sombre de Gwynned et le regretta. Son ami remonta ses lunettes sur son nez :

— Tu le crois vraiment ?

Tony se balança sur sa chaise, avec un air de dégoût :

— Au moins, il les a fait revenir à la table des négociations. Aidan, lui, il a jamais réussi, pas vrai ? Ils lui ont même pas décroché un mot.

— C'est juste.

Las, Gwynned se pencha, rassembla son courage et reprit la parole :

— Écoute, tout ce que je dis…

Tony l'arrêta tout de suite :

— Laisse tomber, mon vieux, on s'est assez pris la tête comme ça.

Les autres se mirent à charrier Gwynned et, de guerre lasse, il capitula.

*
* *

Le lendemain, Dylan se réveilla de mauvaise humeur. Il était 7 h 30, il avait mal dormi et son esprit dégageait une énergie négative. Comment allait-il réparer les dommages causés par son père ? Qu'allait-il faire à propos de Pancho ? Il avait déjà tant de problèmes à régler, cela valait-il vraiment la peine de s'en préoccuper ? Mais s'il renonçait, Pancho s'imaginerait qu'il avait peur de lui. Il ne pouvait pas laisser passer ça. Il ramassa la pile de journaux étalée dans l'entrée. Quelques jours plus tôt, il bouillait d'impatience de découvrir ce qu'on écrivait au sujet de la campagne ; cette fois, il les abandonna sur la table du salon sans même y jeter un coup d'œil.

Il se fit du café. Étala de la confiture sur sa tartine, puis revint au salon avec sa tasse et son assiette. Là, il s'assit et commença à regarder la première page d'un nouveau quotidien gallois pas très regardant : *Dragon's Tongue.*

Tout sur la fille lesbienne et droguée du candidat indépendant.

— Putain de bordel de merde !

Sa tartine tomba sur la table, et il saisit le journal à deux mains.

Shauna Walsh, fille du candidat protestataire Aidan Walsh aux élections anticipées de Crindau Ouest a été condamnée pour détention de cannabis. L'information nous est parvenue aujourd'hui.

L'histoire remontait à dix ans, quand elle était étudiante. On la voyait sur une vieille photo, portant un T-shirt *Meat is Murder* et une visière, portrait de l'étudiante typique, fumant de l'herbe. Dylan tirait si fort sur le journal qu'il commença à se déchirer. Il le lâcha et avala quelques gorgées de café. C'était une catastrophe. Une véritable catastrophe.

Shauna Walsh, trente ans, vit avec une fille dénommée « Charlie » Robson, qui joue du saxo dans un groupe féminin controversé, Offa's Dykes. Sur leur album, on trouve des titres comme The Ladies of Llangollen *(les célèbres lesbiennes qui s'installèrent dans ce village au* XIXe *siècle),* Shirley Bassey Wouldn't Like It, *et* I Lost My Cherry in Caerphilly.

Il y avait ensuite une photo plus récente de Shauna et de Charlie – *sa sensuelle compagne saxophoniste.* Le coup de grâce arrivait à la fin : *Si Mr Walsh n'a pas su éviter les égarements judiciaires et sentimentaux de sa fille, les électeurs sont en droit de se demander s'ils peuvent vraiment lui faire confiance pour le reste.* La fin de l'article renvoyait à un éditorial, page 18. Dylan alla voir. Le titre en était : *Aucun respect.*

Le nom Offa's Dykes a été calculé pour choquer le plus possible. C'est en effet une atteinte à notre héritage. Le roi Offa a construit ces célèbres digues, Offa's Dykes, pour empêcher les Gallois de se rendre en Angleterre. Tout Gallois découvert du côté anglais de la digue était considéré comme séditieux, conspirant contre les Anglais, et condamné à avoir la main tranchée afin de ne plus pouvoir manier l'épée. Cela n'avait rien à voir avec le sexe, et le jeu de mots sur « Dyke », qui désigne les lesbiennes en argot, est une insulte au peuple gallois. Voilà ce que les électeurs de Crindau Ouest devront avoir à l'esprit en votant ce vendredi.

Ils se foutaient du monde. Ce journal traitait constamment les défenseurs de la langue galloise de Plaid Cymru de « fascistes linguistiques », et la semaine passée seulement, ils avaient publié un article disant que le festival culturel gallois d'Eisteddfod était un « monstrueux gaspillage ». D'où leur venait donc ce nouveau respect pour l'héritage gallois ?

— OK, OK ! s'exclama Dylan en jetant le *Dragon's Tongue*. Pas de panique. Il faut garder la tête froide. Comment allons-nous faire pour limiter les dégâts ?

Il inspira profondément en essayant de se concentrer. Puis, pendant quelques minutes, il regarda par la fenêtre en silence. Il grogna et tapa du poing sur la table. Putain, il n'en avait pas la moindre idée.

Le portable d'Aidan sonna au moment où il s'apprêtait à mordre dans son casse-croûte du matin.

— Bonjour, Les Richards du *Dragon's Tongue*. Quelle sera votre politique en matière de drogue ?

— Pardon ?

— 'Pa !

Il leva les yeux et vit son fils qui lui faisait des gestes désespérés, lui soufflant : « Pas de commentaire. »

Dylan soutint le regard interrogateur de son père et répéta ses gestes en secouant la tête avec fermeté.

— Allô, vous êtes là Mr Walsh ?

Aidan lut la panique dans les yeux de son fils et déclara :

— Pas de commentaire.

— Avez-vous vu la une du *Dragon's Tongue* ce matin ?

Dylan brandit la première page du journal.

— Oh merde !

Aidan raccrocha.

Ils s'en prenaient à lui à travers sa fille. C'était terrible. Pourquoi ? Une semaine plus tôt, les médias l'intronisaient candidat du peuple.

— C'est la presse de caniveau, 'Pa, c'est pour ça.

Dylan savait que sa sœur fumait un joint de temps à autre… et puis après ? En revanche, il ignorait qu'elle avait été arrêtée pour ça. Et comment ces salopards avaient-ils découvert qu'elle était lesbienne ? Quel cauchemar ! Il aurait dû bien la briefer avant la campagne, pour se débarrasser des squelettes dans le placard.

— Dylan, tu étais au courant qu'elle se droguait ?

— 'Pa, fréquenter la fac sans jamais fumer, c'est comme si tu faisais un tour au pub tous les soirs pendant trois ans sans jamais boire rien d'autre que de l'eau minérale. C'est pas une affaire.

— Elle aurait pu dire non.

Le jeune homme soupira. Lâcher une réplique sarcastique n'était pas une bonne idée, alors il se retint… mais putain, par moments, c'était difficile !

— 'Pa, c'est rien. T'as pas vu cette émission à la télé sur ces vieux, au pays de Galles, qui fument parce que ça fait du bien à leurs rhumatismes ?

Il l'avait vue en effet. Ça lui avait ouvert des horizons. Des retraités, avec leur petit cardigan, qui fumaient un gros pétard en buvant leur thé. *C'est très agréable. Le résultat est étonnant.* Pas de problème si rien d'autre ne marchait. Cela améliorait leur quotidien. Mais bon, c'était différent. C'était à usage thérapeutique !

— Écoute, je vais lui demander de faire une déclaration : « J'ai brièvement essayé les drogues douces quand j'étais étudiante, mais cela n'a pas duré, bla bla bla… Le nom du groupe Offa's Dykes n'est pas une insulte, bla bla bla… »

Mais Aidan avait autre chose en tête :

— Et toi, tu as fumé de la drogue ?

— Ouais, bien sûr. Mais moi, je suis comme toi, 'Pa, je préfère picoler.

Son père décida de ne plus poser de question. Il n'avait rien contre l'idée d'ignorer certaines choses. Il avait eu sa dose de révélations pour la journée.

Bientôt, la presse arriva et fourra son nez dans le périscope, posant les mêmes questions intrusives. Aidan avait beau leur dire « Pas de commentaire », ils revenaient à la charge. Quand il secoua la tête en disant qu'il ne donnait pas d'interviews ce jour-là, on pointa les objectifs sur lui, et il fut mitraillé faisant la grimace ou dissimulant son visage derrière ses mains. Il n'avait pas le choix : il était forcé de rester allongé là en attendant que ça se passe. Ça le rendait malade de voir comment les médias s'étaient retournés contre lui. Il avait donné des centaines d'interviews, et pas une d'entre elles ne s'était mal passée. Mais ils avaient reniflé l'odeur du sang, et tout avait changé.

— Que pensez-vous de la façon dont vit votre fille ?

— Pas de commentaire.

— Êtes-vous un fan d'Offa's Dykes ? Trouvez-vous leur nom de bon goût ?

— Pas de commentaire.

— Quelle est votre politique en matière de cannabis ?

— Pas de commentaire.

— On a beaucoup vu votre fils Dylan durant cette campagne, mais c'est la première fois qu'on entend parler de votre fille. L'avez-vous délibérément mise à l'écart parce qu'elle constituait un handicap ?

— Comment osez-vous ? explosa Aidan. Je suis très fier de ma fille. La façon dont elle vit ne regarde qu'elle. À présent, foutez le camp de mon jardin !

Après leur départ, il réalisa qu'il venait de leur donner précisément ce qu'ils attendaient : un nouveau titre racoleur. *La rage grossière du candidat indépendant*. Pourtant, il était content de son coup de gueule. Content d'avoir défendu Shauna, d'avoir été un bon père. En la protégeant. Même si cela sonnait le glas de sa campagne.

De nouveau, il essaya de l'appeler. Chaque fois qu'il composait son numéro, ça sonnait occupé. Enfin, elle répondit :

— C'est papa. Shauna, tu as vu le journal ?

— Oui.

On sentait dans sa voix la fatigue et la lassitude. Elle était défaite, au bord de la colère.

— Ça va ?

— Comment veux-tu que ça aille après avoir vu ma tête étalée en première page de ce torchon ?

Il se sentit bête. Quelle question idiote !

— Il faut que tu donnes ta version des choses.

— J'en parlerai ce soir avec Charlie et nous déciderons ensemble. Je ne veux pas me précipiter.

— Attends, Shauna, écoute, il faut que tu le fasses tout de suite.

— Et pourquoi ? répliqua-t-elle d'un ton mordant.

— Le vote a lieu ce soir, expliqua-t-il sans réfléchir.

À l'instant, il sut qu'il avait encore dit une bêtise. Elle ne répondit pas ; il retint son souffle.

— C'est donc ça qui te préoccupe.

Son père l'avait déçue. Il s'entendait même chuter dans son estime. Il craignait le moment où il s'écraserait. Elle avait l'air tellement blessée. Il savait que la colère n'allait pas tarder à suivre. Et il ne pouvait le lui reprocher.

— Eh bien ! je suis navrée que tout cela affecte ta position dans les sondages, papa, mais laisse-moi te dire que cela me touche énormément moi aussi.

— Shauna, ma chérie, écoute-moi, je t'en prie, tu ne comprends pas.

— Oh ! si, papa, je comprends très bien. C'est moi qui règle les problèmes, je suis celle sur qui Dylan et toi pouvez toujours compter en cas de coup dur. Et maintenant, quand c'est à mon tour d'avoir besoin du soutien de ma famille, tout ce que tu trouves à dire, c'est m'accuser de diminuer tes chances de l'emporter. Merci beaucoup !

— Shauna.

— Bonne chance pour les élections, papa. Il faut que j'y aille à présent.

— Shauna…

Elle mit fin à la conversation. Il rappela. Elle ne décrocha pas.

Bravo, Aidan !

Ce qu'il détestait le plus, c'était leur façon d'insinuer qu'il avait honte de sa fille. Avait-il honte ? Il prétendait se moquer de la façon dont elle vivait, du moment qu'elle était heureuse, mais était-il sincère ? S'il n'éprouvait aucune gêne, alors pourquoi n'en avait-il jamais parlé à ses amis ? Il imaginait Gwynned et Wilf lisant le journal. Et puis Russell. Ils voudraient savoir pourquoi il ne leur avait rien dit. Que pouvait-il répondre à cela ?

Tu nous as jamais raconté qu'elle était lesbienne.

Ben, vous m'avez jamais demandé.

Ce torchon avait raison. Ils allaient s'interroger sur ce qu'il leur avait caché d'autre. Le public, les électeurs, tous penseraient la même chose. *S'il ne dit pas la vérité au sujet de sa famille, comment pourrait-on lui faire confiance pour le reste et voter pour lui ?*

Il ne savait pas ce qui était le mieux. Shauna s'était confiée à lui, pas à ses amis. Ce n'était pas leurs affaires. C'était une question d'ordre privé. Il n'avait personne à qui en parler. S'il avait connu quelqu'un qui ait un enfant homo, ç'aurait peut-être été différent. *Ouais, Shauna dit ça, elle aussi. C'est dur, hein ? T'as peur de sortir une bêtise, alors tu la fermes. Ça me dérange pas, du moment qu'elle est heureuse, mais des fois, je me fais du souci, parce qu'il y a des gens qui ont des sales idées.*

Mais il avait tout gardé pour lui. Quand ses amis lui demandaient de ses nouvelles, il répondait toujours invariablement : *Shauna ? Ça va bien.*

En fait, il ne se souvenait pas de la dernière fois où il lui avait sérieusement demandé de ses nouvelles, en lui montrant qu'il se préoccupait vraiment d'elle, même si certaines choses n'étaient pas forcément agréables à entendre. Ses enfants avaient leur propre vie à présent, et il ne voulait pas s'en mêler. Voilà ce qu'il se disait à lui-même. Mais peut-être avait-il peur de découvrir combien leur vie était difficile.

Il y avait bien longtemps qu'ils ne lui parlaient plus de leurs problèmes. En réalisant cela, il se sentit soudain très triste et désespérément seul.

Quel pitoyable père il était ! Il n'avait pas donné à sa fille la compréhension dont elle avait besoin. En y songeant, son cœur se mit à battre à tout rompre. Si elle ou Dylan souffrait, s'ils étaient malheureux, désorientés, c'était sa faute à lui. Il méritait toutes les mauvaises choses qui lui étaient arrivées depuis la mort d'Eileen. Il avait fait tant de mal à ceux qu'il aimait. Il les avait laissés tomber et affronter seuls l'extérieur. Il n'était qu'un pauvre minable inutile.

Et il avait le culot de demander aux gens de voter pour lui. Quelle blague !

C'est alors que Safina lui téléphona.

— Je viens de voir le journal, Aidan. Quelle horreur ! La pauvre petite, comme elle doit se sentir mal, à voir sa vie personnelle exposée comme ça !

Il grinça des dents et son poing racla le couvercle du cercueil.

— Oui, et en plus, je fais empirer les choses.

Il lui raconta leur dispute.

— Là, j'ai vraiment tout fait foirer.

— Non, ce n'est pas vrai, tu devrais avoir honte de parler comme ça. Tu ne connais pas ta chance, Aidan Walsh.

— Pardon ?

— De la chance, oui, tu as de la chance. J'aimerais tellement avoir une fille, pour pouvoir me quereller avec elle. Ou un fils. Mais je ne pouvais pas avoir d'enfants.

Sa voix étranglée par l'émotion le figea sur place.

— Safina, je suis désolé…

Il était sous le choc à présent. Il ne savait comment réagir à cette information si personnelle, arrivant soudain sans crier gare.

— Je ne veux pas de ta pitié. Ce n'est pas pour ça que je t'ai dit ça.

Il ne l'avait jamais sentie aussi en colère. Il se demanda s'il l'avait blessée par inadvertance. Il avait l'impression d'avoir raté quelques épisodes – flirt, premiers rendez-vous, week-ends romantiques les yeux dans les yeux – pour en arriver directement aux reproches, à l'amertume, au ressentiment.

— Et ne t'imagine pas que je vais compatir à ta situation ! C'est ta fille qui a besoin d'être soutenue et comprise, en ce moment. Alors arrête de te lamenter sur ton sort et fais quelque chose pour elle, OK ?

Aidan était mal à l'aise. Combien d'autres femmes allaient encore lui tomber sur le râble aujourd'hui ? À ce compte-là, il n'aurait guère été surpris que Megan vienne déverser sur lui le contenu de son bassin hygiénique.

— Eh bien ?

— Eh bien quoi ?

— À quel point ta fille compte donc pour toi ?

— Il n'y a rien de plus important qu'elle. Mais je ne suis pas certain qu'elle le sache.

— Bon, je crois qu'il est temps de le lui faire savoir. Tu te sens mal, maintenant, tu regrettes ce que tu as fait. Mais tu ne te le pardonneras jamais si tu te contentes de rester là à ressasser tout ça, en laissant Shauna croire que tu te moques de sa situation.

Aidan regarda le ciel gris à travers la bâche de plastique qui ondulait doucement sous le vent.

— Mais elle refuse de décrocher son téléphone, alors qu'est-ce que je peux faire ?

— Si c'est vraiment important pour toi, tu vas trouver une solution.

Elle avait raison. Il était temps de prendre le taureau par les cornes. Il fallait agir, quelles qu'en soient les conséquences.

Durant toute la matinée, le téléphone ne cessa de retentir dans le bureau de Dylan. Il tenta des manœuvres dilatoires, disant qu'il ferait bientôt paraître un communiqué de presse, mais qu'en attendant, il ne faisait pas de commentaire. Restait pourtant à l'écrire. Comment l'aurait-il pu, alors que Shauna ne lui répondait pas ? Comment l'aider si elle continuait ainsi à faire la sourde oreille ? De toute façon, quoi qu'il fasse, elle le traitait toujours comme un gosse. La mauvaise passe où elle se trouvait à présent et les dommages ainsi causés à la campagne de son père, il pouvait tout arranger, il le savait... si seulement elle le laissait agir.

Le téléphone retentit de nouveau. D'un geste précis, il décrocha et raccrocha sans attendre. Puis il reprit le combiné et le posa à côté de son socle. Les sonneries incessantes l'empêchaient de se concentrer. Il regarda sa montre : presque 11 h 30. Si elle ne le rappelait pas bientôt, il devrait rédiger son communiqué sans elle, et si ça ne lui plaisait pas, tant pis pour elle. Il ne restait plus beaucoup de temps, et il ne supportait plus cette situation.

À midi, comme sa sœur ne lui avait toujours pas fait signe, Dylan décida d'appeler Nick de l'*Argus*. C'était le journaliste le plus compréhensif, et l'objectif prioritaire en cet instant était de limiter les dégâts. Il dirait que Shauna regrettait ses erreurs de jeunesse au sujet de la drogue, et qu'elle s'opposait fermement à la légalisation du cannabis ; qu'elle était engagée dans une relation de couple stable et durable ; enfin qu'elle connaissait bien la culture galloise, y était très attachée, et regrettait fort que le nom Offa's Dykes ait pu blesser qui que ce soit, etc.

Nick décrocha.

— Allô.

— Salut, Nick, c'est Dylan. J'ai le communiqué de presse en réponse à l'article d'aujourd'hui paru dans *Dragon's Tongue*.

— Très bien... ça peut attendre ?

— Pas vraiment, en fait.

— Écoute, je suis dans le jardin en train d'interviewer ton père, pour avoir sa réaction à lui.

Dylan sortit en trombe et découvrit Nick, debout près du périscope, qui griffonnait dans son carnet. Il se précipita vers lui, s'arrêtant juste derrière, tel un garde du corps inquiet, tendant l'oreille pour entendre ce qui se disait. Sur la pointe des pieds, par-dessus l'épaule du journaliste, il aperçut le visage d'Aidan, au fond du trou. Les premiers mots ne lui parurent guère encourageants.

— Nick, je vais être tout à fait honnête avec vous. Notez bien ce que je vais vous dire.

Dylan vacilla. L'honnêteté parfaite était un concept nouveau et effrayant en matière d'interviews politiques. Mais à quoi jouait donc son père ?

— Je ne peux pas me mettre la main sur le cœur et vous dire que je ferai un meilleur député que Nigel Watkins. Je l'espère, c'est tout. En revanche, je suis certain d'être beaucoup plus attaché à cette ville que lui. Mais je ne promets pas que je m'en sortirai mieux. Je ne supporte plus d'entendre les politiques faire des promesses à tour de bras. Qu'arrive-t-il quand ils ont enfin le pouvoir ? Ils ne répondent jamais tout à fait aux questions qu'on leur pose. Je ne prétendrai pas que je détiens la solution à tous les problèmes, je ne ferai pas de promesses que je ne puisse tenir, parce qu'après, je ne pourrai plus me regarder dans la glace. Et puis, j'ai trop de respect pour les électeurs. Tout ce que je peux dire, c'est que si vous votez pour moi, je ferai absolument tout en mon pouvoir pour vous défendre. Peut-être que Watkins est plus intelligent que moi, mais il y a une chose que je peux affirmer avec certitude : il n'aime pas Crindau autant que moi, il ne se soucie pas de ses habitants comme moi. Empêcher l'usine de fermer sera un combat long et difficile, et en toute franchise, je ne suis pas sûr qu'on puisse y arriver. Par contre, je peux vous promettre que personne ne se battra avec plus d'ardeur que moi. Je ne sais pas si cette promesse suffira à vous décider à voter pour moi, mais c'est là tout ce que je peux vous offrir.

Tout en écrivant, Nick opinait du chef ; derrière lui, Dylan baissait la tête. Il n'arrivait pas à y croire. Mais bon Dieu à quoi pensait donc son père ?

— Et si quelqu'un désapprouve la façon dont vit ma fille, alors je ne veux pas de son bulletin. C'est une jeune femme formidable, et je l'aime profondément.

Il se tut un moment, pour ne pas se laisser emporter par l'émotion. Dylan se tenait la tête à deux mains.

— Pour moi, elle compte plus que tout au monde et si, pour que je sois élu, elle doit souffrir à cause de ce torchon répugnant, alors c'est trop cher payé.

Son fils se retourna et poussa un cri silencieux. Aidan avait tout gâché. C'était fini. Après tout ce que Dylan avait fait.

Il y eut une longue pause. Nick releva la tête et demanda :

— C'est tout ?

— Oui, Nick, je crois que c'est tout.

À présent, il n'avait plus qu'à attendre. Il tiendrait la promesse faite à Shauna. Il sortirait du cercueil, quel que soit le résultat. Il appela Wilf et Gwynned pour leur demander de passer le déterrer après le boulot. Il pria aussi son fils de leur donner un coup de main. Le jeune homme semblait en état de choc. Il murmura son accord puis disparut.

12

En fin d'après-midi, Gwynned, Wilf et Dylan déterrèrent Aidan. Ils déclouèrent le couvercle, l'attrapèrent par la main et le tirèrent hors du cercueil. Ses premiers pas furent hésitants ; ses jambes étaient aussi frêles et chancelantes que celles d'un chaton. La lumière l'aveuglait ; enfin, il était désorienté : tout cet espace autour de lui lui donnait le vertige. Il avait si froid que Gwynned l'enveloppa dans un manteau. Puis il regarda son jardin, sens dessus dessous. Difficile à croire qu'il s'agissait du sien, c'était trop grand, trop différent. Pour aller jusqu'à la maison, il s'appuya sur Wilf.

— Désolé, je dois puer comme un goret.

— Non, non, ça va mon vieux.

Son malaise amplifia dès qu'il passa la porte. Il découvrit des objets – bouilloire, cuisinière, table, rideaux – et se souvint de manière abstraite de quoi il s'agissait, de leur nom, de leur fonction. Mais il se sentait dépassé, menacé par leur simple étrangeté. Gwynned lui saisit l'épaule :

— Ça va ?

— Tout me paraît bizarre.

— C'est normal, mon vieux, après tout ce temps. Allez, viens donc t'asseoir.

Aidan admira le chaos qui régnait, les tréteaux encore recouverts de centaines de dépliants éparpillés, d'assiettes et tasses sales, et puis les affiches, lettres et dessins accrochés aux murs. On aurait dit que tout le monde venait d'être évacué à la suite d'un événement terrible.

Il était comme ébloui par tout cet espace. Rien ne pouvait plus l'empêcher de se lever et d'aller là où il voulait. Pourtant, il demeura assis, ne se sentant pas encore prêt à explorer les autres pièces. C'était trop effrayant. Il lui faudrait des mois ne serait-ce que pour se réhabituer à son salon.

— Qu'est-ce que ça fait de se retrouver chez soi après tout ce temps ? demanda Gwynned.

Aidan l'observa, si grand, si costaud, alors que pendant des semaines, il n'avait été qu'une tête juchée sur des épaules, au sommet du périscope.

— Pour être honnête, ça fiche la trouille. C'est comme si j'étais allé dans l'espace, puis que je revenais sur Terre, et qu'il fallait que je me réhabitue à vivre ici.

Gwynned le regarda longuement :

— Ça prendra le temps que ça prendra. Y a pas le feu. T'as rien d'autre à faire.

— Si, répondit-il avec un frisson d'appréhension. Il faut que j'aille à la mairie pour les résultats des élections, ce soir.

— Ah oui, y a ça !

— Eh oui !

Un silence gêné s'ensuivit.

— Où est mon fils ?

Wilf tira le rideau et regarda dehors :

— Il passe un coup de fil dans le jardin.

Aidan s'agrippa aux accoudoirs du fauteuil :

— Il le vit mal. Il s'est tant investi. Vous aussi, poursuivit-il en regardant ses deux amis. Vous vous êtes tous donné tant de peine. Je suis désolé de vous avoir laissé tomber comme ça.

— Mais tu peux encore gagner, pas vrai, Gwynned ?

Aidan et Wilf se tournèrent vers lui.

— C'est juste. Bon, je vais mettre la bouilloire à chauffer.

Shauna arriva pendant qu'ils prenaient le thé. Quand il la vit dans l'encadrement de la porte, son père sentit son cœur se serrer. Gwynned et Wilf s'enfoncèrent dans le canapé, regrettant de ne pouvoir se défiler subrepticement. La jeune femme entra.

— Merci, papa.

Les larmes envahirent les yeux de son père. Elle laissa choir son sac à main, vint s'accroupir près de lui et le serra très fort.

— Ça a dû être très dur pour toi.

— Pas autant que de te perdre.

— Ça n'arrivera jamais, fit-elle en pressant son visage contre le sien.

Et pour la première fois, il se mit à pleurer devant ses amis.

Shauna découvrit son frère à l'étage, dans son ancienne chambre. Il était assis face au caméscope et fixait l'objectif d'un regard vide.

— Dylan ?

Il se retourna vers elle avec lenteur. Il était blême, tendu.

— Tu ne crois pas que tu pourrais venir passer un moment avec papa ? Ça lui ferait plaisir.

On aurait dit qu'il tendait l'oreille pour entendre quelque chose d'inaudible, peut-être des rires, ou une musique distante.

— Dans une minute, je…

— À quoi tu penses, allez vas-y, crache le morceau.

Il la dévisagea longuement, puis répondit :

— Pourquoi tu m'as pas rappelé ?

— Je n'ai pas eu le temps.

L'expression de Shauna montrait qu'il ne fallait pas pousser plus loin, pourtant c'est ce qu'il fit :

— J'aurais pu t'aider.

— Dylan, ce n'est pas de ce genre d'aide dont j'avais besoin.

— Merci. Tu sais même pas ce que j'allais te proposer…

— Ce dont j'avais besoin, c'est de réconfort. Tu m'aurais offert ça, toi ?

Il resta interdit.

— Je n'avais pas besoin d'un ingénieux plan de communication pour retourner les médias, ni d'excuses soigneusement préparées pour casser l'ignoble code moral des tabloïds. Ce que je voulais, c'était qu'on comprenne ce que je ressentais. Voilà ce dont j'avais besoin par-dessus tout. Tu aurais pu me donner ça, toi ?

Il la regardait toujours, horrifié ; elle était au bord des larmes.

— Te connaissant, je ne crois pas.

Elle se retourna et quitta la pièce.

Aidan s'accorda un long bain chaud. Il mit quelques gouttes d'essence de lavande que lui avait apportée sa fille, s'allongea et ferma les yeux. Au bout d'une vingtaine de minutes, son corps raidi, meurtri, peu à peu se détendit, et il sentit que la tension accumulée commençait à se dissiper. Il fléchit et étendit les doigts, fit passer avec précaution ses jambes d'un bord vers l'autre, créant au passage des vaguelettes qui le ravirent. Il glissa son gros orteil sur le robinet, se délectant du contraste entre le métal froid et l'eau chaude qui enveloppait son corps de douceur. Après s'être lavé pendant des semaines avec des lingettes, se retrouver ainsi dans l'eau était pour lui un luxe ineffable. Il y serait bien resté toute la nuit, et commençait à somnoler quand Shauna frappa à la porte pour lui dire qu'ils devaient bientôt partir. Il se sécha, puis monta s'habiller. Il choisit la chemise qu'il avait portée lors de l'interview avec Huw Humphreys, un pantalon noir et une veste bleu marine. Il n'avait pas de cravate, et il n'était pas question de se mettre à en porter une maintenant. En redescendant, il appela Safina.

— Salut.

— Alors, il paraît que tu es de retour parmi les vivants ?

— Ouais, mais je suis pas sûr de me sentir mieux pour autant. J'ai peur de me retrouver exposé devant tout le monde.

— Tu devrais être fier.

— Je me suis rendu ridicule.

— Non, tu as été très courageux. C'était merveilleux d'entendre quelqu'un dire la vérité pour une fois.

— Je n'y serais pas arrivé sans toi. Ces choses que tu as dites...

Dylan ouvrit la porte, avisa l'expression de son père et referma en douceur. Mais le charme était rompu, et Aidan ne savait plus comment évoquer ce qui s'était passé entre eux, au téléphone. Alors il dit :

— Je vais peut-être me prendre une déculottée, ce soir, et tu sais comment sont les médias, comment ils peuvent s'attaquer à ta vie privée. Il vaudrait peut-être mieux qu'on attende que ça se tasse pour se voir.

— Je comprends. Je pense qu'on a tous les deux besoin d'un peu de temps.

Aidan se demanda ce que ça signifiait. Regrettait-elle d'en avoir trop dit ? Seraient-ils dorénavant trop gênés pour se retrouver face à face ?

— Je t'appelle bientôt.

Il raccrocha et s'assit sur les marches un moment. Peut-être la véritable raison pour laquelle il n'avait pas fixé de rendez-vous, c'est qu'il craignait d'essuyer une nouvelle rebuffade. Il était anxieux. Effrayé. Il avait peur de ne pas être à la hauteur. Ne serait-il pas plus facile de s'installer tranquillement dans la déception, avec un minimum de souci, comme il faisait d'habitude ?

*
* *

Quand ils arrivèrent à l'hôtel de ville, ils furent tout de suite assaillis par une horde de journalistes et de photographes. Pris en sandwich entre Wilf et Gwynned, Aidan s'accrocha au bras de Shauna. Dès qu'il fut face au public, Dylan revint à la vie, fendant la foule pour leur frayer un passage. « Pas de commentaire. Pardon. Pas de commentaire. »

Ils franchirent un long couloir orné de tableaux représentant d'anciens maires et conseillers municipaux à l'air autoritaire. À l'intérieur, attendaient des équipes de télévision venues de France, d'Italie, d'Espagne, de Pologne, d'Inde, d'Australie, etc. Le brouhaha des voix se répercutait sur les murs, le plafond, donnant mal à la tête à Aidan. C'était trop pour lui, après avoir été si longtemps enfermé dans ce cercueil. La foule compacte, les lumières éblouissantes, le fracas, les dimensions de cette vaste salle, la suffisance, la morgue municipale, tout cela lui nouait la gorge. Il avait envie de retourner sous terre, avec un seul périscope pour entrer en contact avec le dangereux monde du dessus, si éclatant, si tumultueux.

— Ça va ? lui dit sa fille.

Il s'agrippa plus fort à elle.

— J'ai besoin de m'asseoir.

Elle l'amena jusqu'à une chaise, et s'accroupit près de lui en lui prenant la main. Aidan sentait peser sur lui le regard des gens. Tout près, se tenaient deux types vêtus de costumes bon marché, tenant un verre en plastique, visiblement éméchés. Ils se mirent à parler de Shauna à voix haute, comme si elle n'était pas là.

— C'est elle, sa fille ?

— Ben, elle a du cran pour se montrer ici !

Aidan faillit se lever pour leur dire deux mots, mais la jeune femme le retint en lui murmurant :

— Laisse tomber, papa, ça n'en vaut pas la peine.

Son ton l'attrista parce qu'il lui sembla qu'elle avait l'habitude d'être ainsi montrée du doigt. Une fois de plus, il s'interrogea sur ce qu'il savait vraiment de la vie de ses enfants.

Dylan, lui, allait et venait, s'immisçant dans les conversations pour voir si Watkins s'en était bien tiré. Aidan savait que c'était sa manière à lui de gérer son stress, mais il regretta que, pour une fois, il ne soit pas tranquillement à attendre auprès de son père et de sa sœur. Il essaya de bloquer la pensée qui lui vint tout de suite après : *Il resterait là si Eileen était encore de ce monde*. Chaque fois que son fils lui tapait sur les nerfs, chaque fois qu'il allait trop loin, Aidan se souvenait combien il était proche de sa mère, et que malgré tous ses efforts il ne parviendrait jamais à la remplacer.

Quelqu'un lui apporta une tasse de thé, et il s'installa pour patienter.

Quand arriva le moment des résultats, Aidan fut pris de vertige. Il avait la gorge sèche, les mains moites. Il se mit en rang avec les autres candidats, le seul à ne porter ni rosette, ni cravate, flanqué de Dylan et Shauna. C'était bizarre d'être ainsi aligné, à son âge, le cœur battant la chamade, attendant avec anxiété qu'on cite son nom. Cela lui rappela les fois où il s'était retrouvé devant la porte du directeur du collège en compagnie d'autres mécréants. À l'époque, il savait qu'il n'échapperait pas aux coups de bâton ; aujourd'hui, il connaissait aussi l'issue de la soirée, il le devinait aux regards que lui lançaient les gens, et à l'air soulagé de Watkins. La joie d'avoir défendu sa fille comme il convenait s'était à présent dissipée. Aidan se sentait vide et terriblement déprimé. Enfin, le visage de marbre, il entendit l'annonce des résultats :

« Nigel Anthony Watkins, 22 837 voix ; Aidan John Patrick Walsh, 21 077 voix. »

Quand les applaudissements et les hourras se furent apaisés, Watkins s'avança pour faire son discours. Il commença par remercier le maire et le conseil municipal pour leur magnifique accueil, et Aidan nota mentalement qu'il lui faudrait faire de même. La moindre des choses à présent était de se retirer dans la dignité, en y mettant les formes.

— Ce fut un combat âpre et difficile jusqu'au bout. En vérité, il y a seulement quelques jours, j'étais donné perdant. Mais j'ai toujours adoré me battre, quelles que soient mes chances, et je n'ai jamais eu l'intention d'abandonner.

Aidan se sentit submergé par une vague d'indignation. Il était dégoûté d'entendre ce riche avocat soutenu par un parti puissant se présenter comme un courageux *outsider*.

— Et je promets aux habitants de Crindau que je montrerai la même ténacité au Parlement.

Il se tut, et comme par hasard, des membres de son parti lui hurlèrent leurs encouragements – on aurait dit qu'il venait de marquer un but en finale de Coupe du Monde.

— En fin de compte, ce fut la victoire du réalisme et du bon sens. Cela prouve que les gens de Crindau ont su discerner avec intelligence et sang-froid ce qui était le mieux pour cette ville.

Non, pensa Aidan, *ils ont changé d'opinion à la dernière minute parce que ta saloperie d'équipe m'a piégé à la radio et que des journaux pourris ont déterré des conneries sur ma fille.*

— Nous avons tendance à embellir le passé, à trouver que tout était mieux avant. Mais le monde change vite, et les certitudes d'hier ne sont plus valables aujourd'hui. Autrefois, le pays de Galles était célèbre dans le monde entier pour son industrie puissante. Hélas, cette période est révolue. Nous devons apprendre à nous adapter. Comme l'a dit Tony Blair, il y a de moins en moins de différence de nos jours entre la production manufacturière et la production de services.

Aidan regarda ses pieds en se demandant ce que ça pouvait bien vouloir dire. Pourtant, le message de fond était clair : n'espérez pas trop que l'usine reste ouverte. Watkins pérora ainsi pendant plusieurs minutes, jusqu'à ce que même ses plus ardents supporters commencent à bâiller. Aidan avait lui aussi du mal à se concentrer et n'entendait plus que des bribes de phrases d'un discours auquel il s'était accoutumé en quelques semaines :

— … approche centralisée… prime d'encouragement pour favoriser le choix des usagers… flexibilité interne et capacité à aller de l'avant… contestation de service…

— Shauna, murmura-t-il en se penchant vers elle, tout ça me passe au-dessus de la tête. J'ai pas la moindre idée de quoi il est en train de parler.

C'est normal, c'est la langue de bois.

Aidan sourit. Il se sentait soulagé. Il lui donna un petit coup de coude. Elle baissa la tête et reprit :

— Ou pour employer une expression plus politique, c'est du vocabulaire de consultant en management. C'est ainsi que s'expriment les politiques, désormais.

— Pourquoi ?

— Pour que les gens ne les comprennent pas vraiment.

— Et lui, alors, qu'est-ce qu'il veut dire ?

— Qu'il va privatiser tout ce qui bouge.

Il lui lança un regard plein de gravité. À cet instant, il comprit qu'il s'était abusé lui-même depuis le début, qu'il n'avait jamais eu la moindre chance de gagner. Même s'il ne s'était pas sabordé en participant à l'émission des auditeurs, même si ce tabloïd n'avait pas traîné sa fille dans la boue, il aurait quand même été rattrapé par la réalité. Il n'était tout simplement pas taillé pour ça. Réussir en politique, aujourd'hui, signifiait limiter ses espoirs, mettre de côté son idéalisme, et convenir que le démantèlement de l'État providence était une solution radicale. Et il fallait déclarer tout cela comme si l'on exposait devant un conseil d'administration la nécessité de réduire le budget des photocopies, plutôt qu'en ayant l'avenir de nos enfants en tête. Tout ça n'était pas pour lui. Il était prêt à redevenir invisible. Toutefois, il lui fallait affronter une dernière fois le public. Les applaudissements se tarirent, c'était au tour d'Aidan de prendre la parole.

Il s'avança. Des effluves de bière montèrent de la foule, un bébé se mit à pleurer dans le fond de la salle, et une quinte de toux furieuse retentit. Puis un silence inattendu s'établit. Comment le perdant allait-il affronter sa disgrâce ? Comme Watkins, il se lança d'abord dans une série de remerciements. Puis en scrutant la foule, il aperçut Geoff, l'ouvrier dont la femme allait mourir d'un cancer. Il avait l'air complètement abattu. Aidan se sentit flancher sous ce regard perdu. Son aînée, Cerys, grimpée sur ses épaules, observait un ballon rouge coincé au plafond. Il les avait laissés tomber, abandonnés sans défense, seuls face à la dure nécessité de s'adapter sans cesse aux nouvelles réalités. Il empoigna le micro d'une main et s'y accrocha fermement.

— Je ne crois pas que j'embellis le passé, ni que tout était mieux autrefois. Mais je suis né dans cette ville, j'y ai grandi, et je n'ai pas honte de dire que je veux ce qu'il y a de meilleur pour ses habitants. Si vous pensez que c'est irréaliste, que ça prouve une incapacité à s'adapter, très bien. Mais je suis fier d'avoir ce rêve, même s'il n'est pas à la mode.

Une vague d'encouragement souleva le public, suivie d'applaudissements impétueux et prolongés. Gwynned s'écria :

— Vas-y, mon vieux, montre-leur !

Aidan sentit une boule se former dans sa gorge. Il ravala ses larmes, inspira profondément et poursuivit.

— Pour moi, la politique devrait nous permettre d'exprimer nos rêves, nos espoirs les plus chers et notre confiance dans notre prochain. Elle devrait avoir des objectifs élevés, elle devrait oser être irréaliste, et utiliser une langue que chacun puisse comprendre, parce qu'elle touche tout le monde.

Il s'arrêta un instant pour regarder Shauna, qui opina du chef pour l'encourager.

— Je me demande si les discours de nos leaders politiques actuels sauront galvaniser les jeunes d'aujourd'hui et les pousser à s'engager à leur tour dans la vie publique. Pour être honnête, j'ai des doutes. Je me souviens quand j'étais adolescent d'avoir suivi un discours de Martin Luther King retransmis à la télévision. C'était ahurissant. Je buvais ses paroles, cramponné au bord de mon siège. Quand il a terminé, j'ai eu le sentiment que le monde était meilleur grâce à des gens comme lui. Maintenant, pouvez-vous l'imaginer disant : « J'ai fait un rêve… qu'un jour, nous parviendrons à la flexibilité interne et à la capacité à aller de l'avant » ? Ou encore : « J'ai fait un rêve… qu'un jour, nous obtiendrons la prime d'encouragement pour favoriser le choix des usagers » ?

Quelques rires fusèrent.

— Alors, vous arrivez à imaginer ça, vous ?

— Non ! répondit Gwynned.

Aidan secoua la tête en le regardant.

— Vous savez ce que c'est une « prime d'encouragement pour favoriser le choix des usagers » ?

Gwynned secoua la tête.

— Non ? Moi non plus, et je n'ai pas honte de le dire. En fait, je me sens même beaucoup mieux à l'idée de l'ignorer, alors si quelqu'un dans l'assistance le sait, qu'il le garde pour lui.

Rires et applaudissements déferlèrent.

— Les politiques se tordent les mains en se demandant pourquoi les gens votent de moins en moins. Mais la réponse, nous la connaissons tous, n'est-ce pas ? Parce qu'aujourd'hui, c'est si difficile de choisir entre les différents partis, qu'on se demande si ça en vaut vraiment la peine. Ça me rappelle cette vieille blague : peu importe pour qui vous votez, le gouvernement est toujours élu.

Aux premiers rangs, les partisans de Watkins semblaient de plus en plus gênés, mais Aidan s'adressait au public du fond de la salle.

— Vous savez ce que j'espère ? Qu'il y a quelqu'un ce soir, parmi ceux qui nous écoutent ou nous regardent, qui en voyant que j'ai failli être élu, aura envie de reprendre le flambeau la prochaine fois. Quelqu'un qui aura tiré des leçons de mes erreurs et réussira, lui. Car c'est possible. Tout ce qu'il faut, c'est ne pas s'arrêter aux avis négatifs. Être un pauvre inconnu qui ne croit pas que les gens haut placés savent tout mieux que les autres. Je suis persuadé qu'un jour viendra où les habitants de cette ville se lèveront pour exiger d'avoir leur mot à dire sur la façon dont on dirige leurs vies.

Il se tut, craignant de ne pas maîtriser sa voix sous le coup de l'émotion.

— Vaclav Havel a dit : « La politique peut être aussi l'art de l'impossible. » Beaucoup de gens ont déclaré que je n'avais aucune chance de sauver nos emplois, qu'un type comme moi ne pouvait pas être élu au Parlement. Eh bien, les habitants de Crindau ont presque fait se produire l'impossible ! Je souhaite sincèrement remercier tous ceux qui ont voté pour moi. Je suis désolé si vous avez le sentiment que je vous ai laissés tomber en échouant, mais j'ai fait du mieux que j'ai pu.

Il s'écarta du micro et prit Shauna dans ses bras. Quand les applaudissements retombèrent, il lui dit :

— Rentrons à la maison, ma chérie.

Aidan passa les deux jours suivants à se réaccoutumer à la vie dans sa maison. Le trajet du salon à la cuisine était une véritable expédition ; la préparation du thé et des toasts, une nouvelle tâche ardue. *Bon Dieu !* Le claquement sec du grille-pain qui remontait le fit sursauter.

Il sortit dans son jardin et sentit l'air frais sur sa peau. S'il avait su écrire, il aurait composé un poème sur cet instant : il était bouleversé. Il était dehors. Libre. Gwynned et Wilf avaient emporté le cercueil, le trou avait été comblé, la terre tassée. Un peu plus loin, le parc avait retrouvé son aspect habituel : Pancho était déjà sur un nouveau coup fumant. À présent, quand Aidan levait la tête pour regarder le ciel, il avait moins le vertige. Les choses redevenaient peu à peu normales. Il songeait à l'avenir. Bientôt, il éprouverait de nouveau le sentiment d'appartenir à ce monde. Dans un jour ou deux, il irait se promener. Shauna lui avait fait des courses, aussi, pour l'instant, il n'avait pas besoin d'aller en ville, où les gens le regarderaient, le montreraient du doigt, rigoleraient. Mais il savait que tôt ou tard, il faudrait sortir. Il devrait aussi se mettre à la recherche d'un nouveau boulot. Cela ne l'enchantait guère. *Pour quelle raison avez-vous quitté votre emploi précédent ? Je me suis enterré au fond de mon jardin.*

Ce serait une vraie partie de plaisir de chercher du travail ! Qui voudrait l'embaucher maintenant ?

Et puis il devait décider s'il rappellerait Safina. Mais pas tout de suite. D'abord, il devait parler à Dylan.

— Fiston, je veux te remercier pour tout ce que tu as fait. Tu t'es démené comme personne.

Celui-ci délaissa un instant le magazine de musique qu'il lisait, recroquevillé sur le canapé. Il restait là presque toute la journée, renfrogné, solitaire, peu loquace. Il fit un petit mouvement de la tête et Aidan décida qu'il acquiesçait.

— Tu peux rester ici aussi longtemps que tu voudras, tu sais.

En vérité, il le mettait mal à l'aise. Bien que Dylan n'ait rien dit, son père savait qu'il les tenait pour responsables de cet échec, Shauna et lui. Le voir ainsi errer à travers la maison en tirant une tête de trois pieds de long était un désaveu terrible, permanent. Ce n'était bon ni pour l'un ni pour l'autre d'être ainsi enfermés ensemble. Dylan avait besoin d'aller voir ailleurs, et Aidan, de reconstruire sa vie. Or, il ne pouvait pas le faire tant qu'il ne serait pas seul.

— Ça m'ennuie de te voir comme ça, fiston.

— C'est-à-dire ?

Tu te comportes comme quand tu étais adolescent.

— À rester assis toute la journée à rien faire.

Il tourna d'un geste nonchalant la page de son magazine.

— Ça va bientôt tomber.

Dylan en était certain. Ce n'était qu'une question de temps : il avait pris de nombreux contacts, distribué des centaines de cartes de visite. Tout le monde avait vu de quoi il était capable. Dans un jour ou deux, il commencerait à passer des coups de fil, à prendre des rendez-vous. Il ne voulait pas s'y mettre tout de suite, pour ne pas avoir l'air désespéré.

Quand le téléphone sonna le lendemain, Dylan se précipita pour répondre.

— Allô, c'est Bryn Thomas, le directeur de Crindau FM.

Déjà ! Son premier appel.

— Bonjour, ici Dylan Walsh.

Qu'allait-il lui offrir ? Sa propre émission ? Cela l'obligerait à rester un moment à Crindau, mais c'était un début.

— Je peux vous aider ?

— Est-ce que votre père est là ?

— Pardon ?

Il avait bien entendu, mais ça n'avait aucun sens.

— J'aimerais parler à votre père, s'il vous plaît.

— Oui, oui…

Dylan alla chercher Aidan, puis retourna dans le salon, alluma une cigarette et se mit à faire les cent pas. Quand son père réapparut, quelques minutes plus tard, il avait l'air complètement ahuri.

— Alors ?

— Tu ne devineras jamais ce qu'il m'a dit…

— Vas-y, répliqua le jeune homme qui commençait à s'impatienter.

— J'arrive pas à y croire, reprit-il en secouant la tête.

— Mais quoi à la fin ?

Aidan s'assit :

— Ils me proposent de présenter une émission.

— À toi ?

— Je sais, c'est incroyable, hein ? répondit-il en riant. Deux fois par semaine, de 20 heures à 22 heures. Ça s'appellerait *Le monde selon Aidan*.

— Quoi ?

— J'ai demandé quel genre d'émission ça serait, et il a répondu : « Ce sera à voir avec votre producteur. Nous pensions que vous pourriez réagir à des phénomènes d'actualité, passer vos chansons préférées, et puis il y aurait quelques interviews, en bref, soyez vous-même. Et vous parleriez de votre expérience dans le cercueil, bien entendu. » Tu imagines ça !

Non, c'était impossible. Dylan sentait que quelque chose de vital lui échappait. Un instant, il crut qu'il allait vomir.

— Tu sais, en plus, je pourrais me servir de l'émission pour continuer à mettre la pression sur Sunny

Jim. Beaucoup de gens croient que ça va s'arranger maintenant qu'ils sont d'accord pour entamer des pourparlers avec le gouvernement, mais j'ai pas confiance en eux… ni dans le New Labour. Je les lâcherai pas, fit-il en fronçant les sourcils, le poing serré.

Puis son expression se radoucit, et il secoua la tête, encore sous le choc.

— J'arrive pas à y croire.

Il fixait son fils des yeux, comme si ce dernier avait pu lui expliquer comment cette incroyable chance lui était échue. Mais le jeune homme en était incapable.

— Félicitations, 'Pa. C'est génial, fit-il d'une voix éteinte.

Le lendemain soir, Dylan vint voir Shauna à son cabinet. Il n'y était jamais allé. Ce n'était pas du tout comme il s'y attendait. Il s'imaginait que ce serait froid, clinique, or les murs étaient bleu ciel, il y avait des fleurs dans un vase élégant posé sur la table basse, près du fauteuil de sa sœur, et un superbe tapis persan ornait le sol. Le divan, assez classe, lui aussi, était recouvert d'un magnifique tissu indien aux couleurs chamarrées, avec de gros coussins moelleux empilés dans un angle. Dylan s'imagina en train de baiser dessus. La pièce était disposée de manière que la personne allongée se retrouve face à une reproduction d'un tableau de Paul Klee, accroché au mur. Il représentait un pêcheur, debout sur un bateau, une lance à la main, tandis qu'un gros poisson rôdait alentour.

Shauna ferma la porte :
— Assieds-toi donc.
Il n'y avait que le divan où s'asseoir. Il se demanda si elle se foutait de lui, mais comme il n'avait pas envie de rester planté debout au milieu de la pièce avec son sac, il posa ses affaires par terre et s'assit sur le bord du divan. Il se releva presque tout de suite, car sa sœur lui lança une grosse enveloppe marron, pleine de billets.
— Merci.
Assis en face d'elle, il évita son regard et rangea l'enveloppe dans la poche intérieure de son blouson. Sur le mur, il remarqua une petite photo encadrée de George Eliot, assortie d'une citation : « Il n'est jamais trop tard pour devenir la personne qu'on aurait pu être. »
— Où vas-tu, cette fois ?
— En Irlande… Tu te rappelles Nuala ?
— Ta passion de l'année dernière ?
— Ouais, c'est ça… En fait, elle a une petite sœur avec qui…
— … tu as couché dans le dos de Nuala.
— C'est elle qui me draguait ! s'écria Dylan.
Elle fit un geste pour abréger. Elle le faisait vraiment chier ! Il jeta un coup d'œil à son agenda, ouvert sur son bureau.
— Tu pars donc en Irlande pour la retrouver.
— Ouais, elle est musicienne, elle fait partie d'une troupe qui se produit dans des salles municipales, et dans des festivals d'été… C'est un mélange de musique, de théâtre et de contes. Ils vivent tous dans un bus aménagé et…
— C'est pas un peu trop hippie pour toi ?

— J'ai besoin de changer d'air, répondit-il en ouvrant les bras. Et je pense que ça peut faire un bon journal vidéo… une comédie, peut-être. Ça me branche toujours le coup du journal en vidéo. Faut juste trouver le bon sujet.

Les mains de Shauna se joignirent sur ses genoux. Dylan remarqua une boîte de mouchoirs en papier posée sur la petite table, à côté du divan. Probablement pour les patients qui se mettaient à chialer en vidant leur sac.

— C'est donc ça que tu veux faire ? Tu crois vraiment que ça va te plaire ?

— Faut bien faire quelque chose.

Il lui adressa son sourire le plus ironique, mais sa sœur resta de marbre.

— Je peux faire une remarque ?

Dylan se raidit. *Et c'est reparti.* Il lui répondit d'un ton qui se voulait joyeux :

— Je t'en prie.

— Je sais que tu crois préserver ta précieuse liberté en changeant constamment d'activité, mais en réalité, dit-elle la main sur le cœur, tu as peur du vrai changement, de toute transformation intérieure, là où c'est vraiment important. Tu es coincé, Dylan, c'est comme si tu étais marié avec quatre enfants et une maison à payer !

— Bon ça va, arrête de m'emmerder pour une fois !

Shauna se redressa et le fixa d'un regard d'acier :

— Non, je ne te ficherai pas la paix, c'est mon rôle, dans cette famille : je suis la mère en colère. Je l'ai endossé à l'âge de quatorze ans, quand notre vraie mère est morte. Et toi, depuis ce jour, tu es le petit garçon perdu. Tu ne crois pas qu'il serait temps de grandir ?

— Tu fais vraiment chier !

Il se leva d'un bond, attrapa son sac. Elle l'imita.

— J'en ai plus qu'assez de ces relations, Dylan. Ce que je voudrais, c'est avoir des rapports normaux avec toi, d'adulte à adulte.

— Te fous pas de ma gueule ; tout ce que tu veux, c'est commander tout le monde !

Il fit un pas en avant, mais elle lui barra la route et retint sa main, posée sur le sac.

— C'est beaucoup plus que ça, mais tu refuses de l'admettre. Je ne suis pas dupe de ton numéro de beau parleur. Tu es bien plus intéressant que ça.

Il fit un pas pour la contourner, mais elle l'en empêcha.

— La question est : peux-tu accepter d'être plus compliqué que tu ne le crois en réalité ?

Il la dévisagea en silence. Mourant d'envie de la bousculer, de l'injurier. Mais à la place, il soupira et ferma les yeux. Quand il reprit la parole, sa voix n'était qu'un murmure, et son regard se perdait à mi-distance.

— Écoute sœurette, faut que j'y aille. Je t'appellerai.

Il se pencha pour l'embrasser.

Il passa à côté d'elle et ouvrit la porte. Quand il se retourna pour refermer derrière lui, il la vit, bras croisés sur la poitrine, des larmes plein les yeux. Elle ressemblait tant à sa mère qu'il en eut le souffle coupé.

Dehors, il pleuvait à verse et l'air était glacial. Comme hypnotisé, il marcha pendant vingt à trente minutes, sans même prendre la peine de fermer son blouson. Il commençait à être trempé, et son sac lui sciait la main. Devant lui se dessinait un long et difficile voyage en solitaire. Il s'arrêta devant un bar. Pourquoi ne pas entrer boire un coup ? Serait-il capable de se limiter à un verre ? Il décréta que oui.

Aidan se rendait en taxi à l'Argel. C'était une nuit tempétueuse ; les bourrasques soulevaient des rideaux de pluie qui s'abattaient sur les vitres comme des volées de gravier. Les essuie-glaces affolés, virage après virage, ils suivaient, pleins phares, la petite route de campagne. Depuis deux heures, Aidan avait l'impression d'avoir du plomb dans l'estomac. Il s'était dit que ce soir commençait sa nouvelle vie ; c'était la seconde chance qu'il s'était promise quand il était encore prisonnier de son cercueil. Pourtant, à présent qu'il allait retrouver Safina, ses nerfs flanchaient. Et s'il s'était trompé sur toute la ligne, qu'elle avait seulement eu pitié de lui et voulait juste être son amie ? Il se pencherait pour l'embrasser, et elle reculerait, dégoûtée. *Mais, qu'est-ce que tu fais ?* Nom de Dieu !

Il n'était pas certain de pouvoir affronter ça. À cet instant précis, l'idée d'être assis dans son salon, une bière à la main, à regarder la télé, bien au chaud chez lui, lui semblait très séduisante. S'il faisait demi-tour tout de suite, c'était encore possible. En revanche, s'il allait la voir, et que c'était un fiasco, son logis lui paraîtrait beaucoup moins accueillant et confortable au retour. Ce ne serait plus qu'une triste maison de célibataire. Un lieu hanté par l'absence. Aux relents d'échec.

— Quel temps pourri, hein ? fit le taxi, l'arrachant à ses pensées.

C'est ça, lance-toi dans une conversation avec le chauffeur pour te distraire l'esprit.

— Vous emmenez souvent des gens là-bas ?

Mais avant que l'autre ait eu le temps de répondre, le portable d'Aidan retentit. Il fouilla avec frénésie dans ses poches, d'où il extirpa l'engin. Il savait que c'était Safina. Quelque chose s'était produit ; elle avait un empêchement de dernière minute.

— C'est Russell.

Aidan fut complètement pris au dépourvu.

— Je suis au Globe avec Gwynned et Wilf, tu veux venir ?

Le soulagement d'Aidan fut tel qu'une bouffée de gaieté l'envahit.

— Je suis content de t'entendre, mon vieux. J'ai beaucoup pensé à toi. J'allais t'appeler, mais…

— Arrête ton char, nom de Dieu ! Tu viens ou pas ?

Aidan éclata de rire.

— Qu'est-ce qu'il y a de drôle ?

Il ne savait comment lui expliquer. C'était Russell qui lui paraissait drôle. Lui, le dur. Le type qui avait tout vu, tout fait, tout entendu, le salopard qui prenait son pied à remettre les gens à leur place. Mais le premier qu'on souhaitait avoir à ses côtés en cas de coup dur, quand les autres se défilaient.

— Désolé, mon vieux, je peux pas, ce soir.

À l'autre bout de la ligne, un silence chargé, dangereux.

— Je suis dans un taxi, j'ai un rendez-vous.

— Ah ouais.

— C'est pas avec un journaliste ni rien. C'est...

Mais il n'était pas prêt à lui parler de Safina.

— C'est autre chose.

Il entendit, derrière, Wilf qui interrogeait :

— Qu'est-ce qu'il dit ?

Russell claqua la langue. Le bruit des boules de billard qui s'entrechoquaient. *A Design for Life* au juke-box. Pendant un instant, il eut envie d'être avec eux, pour que tout redevienne comme avant.

— On se voit demain soir ? proposa Aidan.

— Nan, je suis occupé, fit-il au bout d'un moment.

Aidan sourit : évidemment. S'il n'était pas libre tous les soirs, alors Russell ne pouvait pas l'être lui non plus.

— Alors, on dit vendredi ?

— Ouais. Vendredi, ça devrait aller.

— Chouette. À 8 heures au Globe ?

— C'est ça, fit Russell.

Il était décontenancé, cela se sentait. Il serait sûrement en retard, pour lui donner une leçon. Mais il viendrait, et ils discuteraient et se montreraient le plus honnête possible l'un envers l'autre.

Quand le taxi s'arrêta devant l'Argel et qu'Aidan demanda au chauffeur combien il lui devait, celui-ci se retourna en lui adressant un grand sourire. Trapu, grisonnant, visage ridé, nez crochu, il était du même âge qu'Aidan.

— C'est vous, hein ?

— Pardon ?

— Le gars qui s'est enterré dans un cercueil.

Il avait à présent un sourire jusqu'aux oreilles, comme s'il avait décroché la timbale. Aidan lui sourit à son tour.

— Ouais, c'est moi. Alors, combien je vous dois ?

— Vous savez quoi ? J'espérais vraiment que vous seriez élu, continua-t-il, ignorant la question d'Aidan, le bras posé sur le dossier de son siège pour être plus à l'aise.

— Merci. Et…

— Ouais, et vous avez été pris en embuscade dans cette émission.

Il saisit son nez entre son pouce et son index et se mit à glousser comme un asthmatique, les épaules tressautant.

— Bon sang, qu'est-ce qu'ils vous ont mis, hein ?

Aidan changea de position, mal à l'aise.

— Ouais, bon…

— Et votre fille, elle a l'air un peu… Enfin bon, qu'est-ce qu'on en a à foutre, hein ? C'est vrai, ce qui est vraiment important, c'est si quelqu'un est sincère, vous voyez ce que je veux dire ?

Aidan ne répondit pas.

— Et je vais vous dire, pendant quelque temps, c'était vraiment chouette de vivre ici. D'un seul coup, tout le monde voulait causer, et chaque fois c'était la même question : « Qu'est-ce que vous pensez de ce gars dans son cercueil ? » Les gens ont cru que les choses allaient enfin changer.

Il secoua la tête avec tristesse.

— Laissez-moi vous dire, quand on est taxi, on a droit à ce qu'il y a de pire chez les gens. C'est terrible. Ils vous crient dessus, vous insultent, vous menacent, se barrent en courant pour pas payer, essayent de tirer un coup sur la banquette arrière, quand ils dégueulent pas dessus. Vous pouvez pas savoir tout ce qu'on voit.

Aidan haussa les épaules.

— Mais pendant quelques semaines, ils se sont bien comportés. C'était du genre : « Ça va ? » ou « Vous avez passé une bonne journée ? », et j'ai ramassé plein de pourboires. Tout le monde avait la pêche. Y avait quelque chose, dans l'air. Franchement, mon vieux, c'était bien, vraiment bien !

Il s'arrêta et sourit en se souvenant.

— Et vous avez voté pour moi ?

Le chauffeur lui jeta alors un regard dédaigneux :

— Je vote jamais, moi. C'est rien qu'une perte de temps.

Aidan sortit alors un billet de 5 livres de son porte-monnaie et le lui tendit :

— Tenez.

— Non, c'est pour moi, répondit le taxi en le repoussant d'un geste.

— Je vous en prie, prenez ça.

Il se retourna prestement, baissa le frein à main et fit semblant de démarrer.

— Voilà, fit de nouveau Aidan, gardez la monnaie.

Le conducteur se retourna, ouvrit la portière arrière d'un geste souple de la main :

— Allez, et bon vent !

Aidan sortit sous la pluie battante. Au moment où il repartait, l'autre baissa sa vitre, passa la tête, ferma le poing et s'écria, avant d'éclater de rire :
— Le pouvoir au peuple !

Aidan entra à l'Argel et commanda une bière. Il sentit les yeux se poser sur lui, mais personne ne dit rien, et il ne croisa aucun regard en se retournant. Il prit son verre et alla s'asseoir à une table près de la porte, afin que Safina puisse tout de suite le repérer. Un peu en avance, il se sentit très vite mal à l'aise, assis tout seul, s'imaginant que les autres clients parlaient de lui.

Il vit un homme faire un signe de tête dans sa direction à ses copains. Un couple, à une table proche, le fixait à tour de rôle, en murmurant des choses. Puis Safina entra, vêtue d'un élégant manteau noir et les mains gantées. Elle le chercha, anxieuse. Il se leva et lui fit signe :

— Safina, par ici.

Trop vite, trop fort. Elle sursauta. Elle s'approcha de la table, troublée.

— J'ai mis des heures pour trouver. Il a fallu que je demande à des gens, à la fin.

— Oh ! je suis désolé.

Il tira la chaise pour elle. Trop brusque, il faillit lui donner un coup. Nom de Dieu, son cœur cognait comme un marteau. Elle avait l'air tendue, elle aussi. Peut-être se disait-elle que c'était une erreur ? Et c'en était peut-être bien une, en effet.

Malgré tout, elle était superbe. Il savait que tout le pub la regardait. Le sentant elle aussi, elle enleva son manteau et ses gants avec une certaine gêne, sans lever les yeux. Ainsi resta-t-il debout, près d'elle, comme un laissé-pour-compte, hésitant à se rasseoir, de peur de paraître impoli. Nom d'un chien, il ne savait plus du tout comment se comporter avec une femme. Il allait se rendre ridicule. Une sueur froide lui coulait dans la nuque. Elle arrangea son manteau sur le dossier de sa chaise.

— Donne, fit Aidan en tendant la main. Je vais te l'accrocher là-bas. Y a un portemanteau.

— Non, ici, ça ira très bien.

— Mais y en a pour une minute.

Elle s'assit en secouant la tête :

— Non, vraiment, ça va.

Sans lui prêter plus d'attention, elle se mit à chercher quelque chose au fond de son sac. Visiblement, il la dérangeait. Il se rassit. Il n'imaginait pas que ça se passerait comme ça. Ils s'entendaient si bien au téléphone. Mais peut-être s'en étaient-ils trop dit, trop tôt, et maintenant, enfin face à face, les choses étaient différentes. Comme si ces conversations passées n'avaient été qu'un rêve. Un jeu. Tels des adolescents se titillant sur un *chat room*.

Enfin, elle trouva ce qu'elle cherchait, c'était son baume pour les lèvres. Elle plongea le petit doigt dans le pot, puis étala la crème. Nerveux, Aidan but une gorgée de bière et s'en fit couler sur le menton. Il s'essuya d'un revers de main avant qu'elle n'ait levé les yeux. Quand elle eut rangé son baume, il s'enquit :

— Qu'est-ce que tu veux boire ?

— Je veux bien un verre de vin rouge, merci.

Ton poli, formel. Comme si elle le voyait pour la première fois. Mais bon, c'était bien la première fois qu'ils se rencontraient en dehors du travail. Tous deux avançaient en terrain inconnu. Elle gardait ses distances. Se protégeait. Se ménageait une porte de sortie pour la fin de la soirée.

Aidan alla au bar lui commander son verre. Au moment où il empochait sa monnaie, le barman mit un disque. Le morceau démarra alors qu'il regagnait sa table. En entendant les premiers accords de *Days*, il s'arrêta net. Il se retourna alors vers le barman qui le fixait droit dans les yeux, en souriant d'un air chaleureux. Aidan comprit tout de suite qu'il avait mis ce morceau exprès pour lui. Il se sentit rougir et tourna tout de suite la tête pour poser le verre devant Safina.

— Et voilà.

— Merci.

Elle but une gorgée, puis le regarda enfin, pour la première fois de la soirée, et sourit :

— J'adore cette chanson. Et toi ?

Remerciements

Je remercie l'Arts Council of England, dont la bourse m'a permis d'achever ce roman.

Ma gratitude la plus sincère va également aux personnes suivantes :

Clare Alexander et Sally Riley de Gillon Aitken. Sophie Hannah Jones, James Noash et Tom Palmer de Leeds. Stuart Williams de chez Harvill Secker. Et une fois encore à Joanna et Anna.

Composition et mise en pages réalisées
par IND - 39100 Brevans

Achevé d'imprimer par GGP Media GmbH, Pößneck
en septembre 2009
pour le compte de France Loisirs,
Paris

N° d'éditeur : 56643
Dépôt légal : septembre 2009
Imprimé en Allemagne